FLC

clásicos
juveniles

3.17

ANTOLOGÍA DE RELATOS POLICÍACOS

Edición, introducción, selección, notas y actividades de
Constantino Bértolo

EDELVIVES

Coordinadores de la colección:
Juan Díaz de Atauri y José Hamad

Coordinador editorial:
Carlos Gumpert

Equipo editorial:
Laura García
Ivo Aragón Inigo
Óscar Martín
Domingo Pose

Fotografía:
AISA-Archivo Iconográfico S.A. y Álbum

Dirección de arte:
Departamento de imagen y diseño GELV

Diseño de cubiertas e interiores:
Sebastián Baigún

Ilustración de cubierta:
Roger Olmos

Traducciones:

J. Gómez de la Serna, A. Lázaro Ros, A. Reyes,
Pedro Viteri, H. González Trejo (cedida por Editorial Debate)
y Juan Manuel Ibeas (cedida por el traductor).

ISBN: 84-263-5245-6
Depósito legal: Z. 545-04

 Talleres Gráficos Edelvives (50012 Zaragoza)
Certificados ISO 9001
Printed in Spain

ÍNDICE

ESPÍAS EN TERRITORIO ENEMIGO

LEER PUEDE SER PERJUDICIAL PARA SU SALUD

Los profesores decimos: leer nos hace mejores. No es cierto. No siempre es cierto. Sabemos que muchos de los grandes desastres y crímenes que jalonan la historia de la Humanidad han tenido como responsables a gentes y personas «muy leídas». Por ejemplo, el emperador romano Nerón era una persona muy cultivada, discípulo predilecto del gran Séneca y amante de la poesía más refinada, y sin embargo ordenó con absoluta frialdad el incendio de Roma, hecho que supuso la muerte de más de cinco mil habitantes de la ciudad de las siete colinas (entre ellos cientos de niños). Y es bien sabido, todavía existen testigos vivos, que muchos de los responsables del holocausto de los judíos durante la Segunda Guerra Mundial enviaban a sus víctimas a los crematorios mientras ellos se deleitaban oyendo la mejor música de Johann Sebastian Bach o leyendo los altos y profundos versos de Rainer Maria Rilke. No, leer, no es garantía alguna de mejoramiento moral o ético. Algunas veces leer puede ser incluso algo dañino y pernicioso. El asesino de John Lennon confesó que fue la lectura de la novela *El guardián entre el centeno* de J. D. Salinger lo que le llevó a cometer su crimen, y se cuenta que la lectura del libro *Las penas del joven Werther,* de W. G. Goethe, provocó una epidemia de suicidios entre los románticos de su tiempo.

«Leer es un placer». «El placer de leer». Estas frases se suelen repetir en las mil y una campañas que periódicamente las instituciones culturales y educativas montan con el sano propósito de incrementar el tanto por ciento de lectores en nuestro país. Según las últimas estadísticas, un 47 por ciento de los españoles no leen ningún libro al año. Pasan las campañas publicitarias y los porcentajes no se alteran por mucho placer que prometan. ¿Un placer? Puede que sí y puede que no. De cualquier forma, no nos parece un argumento suficiente. También fumar es un placer y las autoridades sanitarias avisan de que es malo para la salud. Si fuera una mera cuestión de placer no quedaría más remedio que aceptar que los debe de haber más placenteros cuando ese 47 por ciento de la población ni se ha asomado a él.

Los profesores también decimos: leer nos hace más sabios. Y eso nos parece algo más cierto. Alguien dijo que un tonto que lee muchos libros no dejará de ser un tonto ilustrado, pero aunque la frase nos parezca brillante no debemos olvidar que la inteligencia, como la tontería, no son cualidades innatas o genéticas de un modo mecánico. La inteligencia requiere esfuerzo y adiestramiento. Si la inteligencia no se trabaja cualquiera puede volverse un imbécil. Todos sabemos de muchos que lograron el éxito por su inteligencia, pero a los cuales el aplauso les hizo dormirse en los laureles para al poco tiempo convertirse en idiotas de remate.

Pero, excepciones aparte, es evidente que si uno lee libros de viajes, aprende cosas. No ya dónde está la India o cuáles son sus principales ciudades, sino también cómo se vive en ese país, qué religiones existen, qué costumbres, qué código de valores comparten. Un libro así nos da conocimientos y esos conocimientos, además de satisfacer nuestra curiosidad, pueden llegar a sernos útiles. Leyéndolo, por ejemplo, no cometeremos el error, en caso de ir algún día a Calcuta, de pedir en un restaurante un filete de vaca.

La inteligencia es información e interpretación, y leer es una fuente de interpretación e información, y la información es necesaria para sobrevivir. Y llamamos sobrevivir no solo a aprobar curso y a que los padres se queden contentos o a no ser encarcelados por pedir un filete de vaca en la India, sino a detectar y resolver los miles de obstáculos que a lo largo de una vida amenazan y amenazarán en mayor o menor grado nuestra integridad.

Somos seres programados genéticamente para sobrevivir como lo es cualquier otro animal. El león, por ejemplo, usa sus sentidos para reconocer el peligro que puede surgir de su entorno. Huele al cazador que lo vigila, reconoce los ruidos de la selva y sabe cuáles son normales y cuáles avisan de que algo anormal nos acecha. Y, porque sabe, puede sobrevivir.

UNA SELVA DE SEÑALES

Pero si yo no vivo en la India ni pienso viajar hasta ella ni soy un león ni mucho menos vivo en la selva, ¿para qué necesito leer? Y, sobre todo, ¿para qué necesito leer narraciones policíacas?

Te equivocas. La India está aquí al lado. La India es «lo otro», los otros, lo ajeno, y todos vivimos rodeados de lo ajeno, de los otros. Vivimos con ellos, entre ellos y somos otro para ellos. Los otros son el espejo en que vemos y nos construimos. Porque existen los otros podemos saber si somos altos o bajos, rubios o morenos, guapos o feos, inteligentes o tontos. Y todos tenemos nuestras vacas sagradas. Te equivocas si crees que nunca irás a la India. Pero sobre todo te equivocas porque todos vivimos en una selva. Puede sonar chocante, pero no deja de ser cierto. Estamos a principios del siglo XXI y somos seres civilizados y nuestros taparrabos han llegado a ser muy sofisticados, pero vivimos en medio de una selva, una selva de signos y señales.

Señales visuales como el semáforo, los rótulos, los pasos de cebra, la palabra escrita: «No tocar, peligro de muerte»,

«No aparcar, avisamos grúa», «Abierto de 9 a 14», «Cerrado por defunción». Señales acústicas como el timbre de teléfono que suena o no suena. El aullido de la sirena de una ambulancia. Una alarma antirrobo. Un grito de auxilio. Una voz que nos avisa o llama. Señales y más señales que pueblan nuestra vida cotidiana. Cada una se reparte o enmarca dentro de un código que todos debemos conocer si queremos sobrevivir. Podría decirse que la historia de la humanidad consiste en un despliegue acelerado de señales.

Una señal nos avisa, nos dice, nos prepara. Pero hay también otras señales, los signos, que no están en ningún código y que también nos preparan, nos dicen, nos avisan. Hay nubes oscuras. Las copas de los árboles se agitan intensamente. Signos que nos avisan: peligro de lluvia, coge el paraguas o ponte el chubasquero; hace viento, abrígate. Las señales nos hablan a través de un código, el código de circulación, por ejemplo. En cambio, los signos no están codificados. Necesitamos interpretarlos. Las señales son relativamente pocas. Los signos son incontables. Todo puede ser signo en cualquier momento. Todo es signo. Que actúe o no como tal, es decir, que signifique algo para alguien, depende de las circunstancias de ese alguien. De interpretar bien un signo puede depender una vida. El náufrago escruta el horizonte porque su vida depende de ver o no ver una vela blanca. Todos hemos sondeado la cara de nuestra madre o de nuestro padre intentando conocer su estado de ánimo antes de plantearles tal o cual petición. ¿Estará de buen humor? Todos hemos buscado signos de aceptación en el rostro o gestos de aquella chica o chico que nos gusta. Sonrisas o ceños fruncidos. Miradas o indiferencia. Con razón se ha dicho que cuando uno está enamorado todo cobra otro significado. Todo es signo.

La literatura está hecha de señales y signos, de significantes y significados. Toda la literatura, y por eso leer nos ayuda a sobrevivir. Vivimos en sociedades donde la solidaridad existe pero el egoísmo individualista es el orden dominante. Somos —lo dice Sherlock Holmes en *La liga de los pelirrojos*— «espías en territorio enemigo». Leer nos ayuda a tener información y a saber procesarla, interpretarla, pero en la literatura policíaca ese territorio de signos y señales funciona con especial intensidad. En ese territorio literario todo puede ser una huella, un indicio, una pista, una apariencia. Todo puede ser otra cosa. Todo es signo. Hasta la ausencia de signo puede ser un signo. Como diría Platón, todo es sombra de otra cosa. Leer un relato policíaco es introducirse en una selva de signos que hay que desbrozar, atravesar y ordenar. Su lectura es una lectura peligrosa. Si uno no lee bien corre el peligro de equivocarse, y equivocarse en este terreno puede significar la muerte, la cárcel, o acaso algo peor: el ridículo. Una narración policíaca es como una tierra inexplorada que uno debe cruzar sin ayuda de mapas. La única brújula del lector será su capacidad de razonar, de relacionar signos, de descifrar señales, de elaborar hipótesis y luego confirmarlas o desestimarlas. La literatura policíaca necesita que el lector se apasione, que el lector entre en el juego de los signos. Que viva la muerte de la víctima, el acoso del asesino, la investigación del detective. Con la literatura policíaca no caben medias tintas: o gusta o no. O uno se apasiona con ella o la rechaza rabiosamente. Normalmente se suele valorar muy positivamente un texto literario cuando ese texto nos logra emocionar: «Lloré leyendo tal novela», «Se me encogió el corazón cuando la protagonista...», «Me partía de risa en la escena en que...». Pues bien, la literatura policíaca provoca un tipo de emoción especial y yo diría que superior. No es una emoción destinada al corazón sino a la inteligencia. Hace que se nos emocione la inteligencia, que se nos alegre la inteligencia.

Bien, vale, muy bonito, señor Profesor, pero ¿qué es la literatura policíaca?

Aquí me has pillado. Pregunta nada fácil de responder. Podría escaparme por los cerros de Úbeda y decir que literatura policíaca es la que se encuentra colocada en la sección de ese nombre en las librerías y esta respuesta no es una simple perogrullada, pues algo en común deben de tener los libros de este género cuando los libreros los agrupan y colocan juntos. Podríamos incluso añadir que la literatura policíaca es un género porque cumple las dos condiciones que se le exigen a un género para ser tal: agrupar textos con un asunto o temática semejante y que además tengan también en común un repertorio recurrente de artificios. Definiendo esa temática y ese repertorio podremos acercarnos a una definición válida. Esa temática sería el descubrimiento del culpable de un delito, el famoso «¿quién lo hizo?», y ese repertorio recurrente de artificios podríamos determinarlo refiriéndonos a la presencia en este tipo de relatos de un detective o investigador que se encarga de descubrir a ese culpable. Regis Messac indica que «la novela policíaca es un relato consagrado, ante todo, al descubrimiento metódico y gradual —por medio de instrumentos racionales y de circunstancias exactas— de un acontecimiento misterioso de carácter generalmente criminal o delictivo». François Forca la define como «la narración de una caza del hombre, pero —y esto es lo fundamental— de una caza en la que se utiliza un tipo de razonamiento que interpreta hechos en apariencia insignificantes para extraer de ellos una conclusión».

Cierto que estas definiciones algo dicen sobre el «qué» es la literatura policíaca, pero sería ilusorio pretender encontrar una definición buena, bonita y barata, es decir, concisa y exacta. Tal dificultad arranca de un hecho primordial: la literatura policíaca, a pesar de la permanencia de un tema común y de un repertorio de artificios común, es un género —o, mejor, un subgénero narrativo— vivo y que ha sufrido muchas transformaciones a lo largo de su historia. La propia diversidad de nombres con que se designan los textos de este género —literatura de intriga, literatura de enigma, literatura detectivesca, literatura de investigación criminal, literatura criminal, literatura policíaca, novela negra, *thriller,* etc.— nos avisa de cualquier intento simplificador.

Con todo, existe un cierto consenso sobre la afirmación, semejante a las definiciones expuestas, de que la literatura policíaca agrupa aquellas obras narrativas en las que se produce un hecho criminal, es decir, una ruptura del orden cotidiano, un quebrantamiento de la ley, que da lugar a una investigación sobre quién ha sido el responsable de ese hecho. Para el poeta inglés W. H. Auden la fórmula básica sería esta: «Un asesinato ocurre; se sospecha de muchos; todos, a excepción de un sospechoso, el asesino, son eliminados como posibles culpables; el asesino es arrestado o muere».

Pero no nos volvamos locos buscando definiciones exactas. Para entendernos: las narraciones policíacas son aquellas en las que hay un crimen y un investigador encargado de encontrar al culpable. Que luego haya variaciones más o menos importantes es lo de menos. Puede ser que el crimen sea un asesinato o un robo o un rapto o algo semejante, y puede ser incluso que ese hecho criminal no haya llegado realmente a producirse y algún ejemplo de esto encontraréis entre los textos seleccionados en esta *Antología*. Puede ser que el investigador sea un detective privado, un policía o un simple aficionado. Puede ser incluso que nunca se llegue a descubrir al asesino. Lo importante es lo ya dicho: un hecho criminal y una investigación de carácter racional. Este último matiz sí tiene especial relevancia porque en la literatura fantástica o de terror —pariente cercana y progenitora de lo policíaco— pueden existir también un hecho criminal y una investigación, pero en ese caso la investigación no se basará en procedimientos racionales. Haya proceso de investigación o no, eso es lo que marca la diferencia.

UN MUESTRARIO DE NUECES

De acuerdo, señor Profesor. Ya nos ha convencido de que existe y es posible hablar de una literatura policíaca que nos convendría leer, pero hasta ahora bien podríamos decir que lo suyo es mucho ruido y pocas nueces. ¿Y ahora qué? ¿Qué lecturas nos propone? Porque la vida es corta y los libros muchos y el día solo tiene veinticuatro horas y tampoco pretenderá que estemos todo el día leyendo encerrados en casita o en la biblioteca.

¡Líbreme Dios de tal atrevimiento! Bien sabéis, supongo, que la mejor novela española de toda la literatura española, *Las aventuras del famoso hidalgo Don Quijote de la Mancha,* nos cuenta precisamente a qué grados de locura nos puede llevar el encerrarnos en la lectura. Lejos de mí la idea de que os paséis la vida leyendo, pero un tiempo para una cosa y un tiempo para otra. Tiempo para jugar y tiempo para leer, tiempo para salir con los amigos y tiempo para «salir» con los personajes de un buen libro, tiempo para dejar pasar simplemente el tiempo y tiempo para no perder el tiempo viendo tonterías en la tele cuando una buena y entretenida historia te espera entre las páginas de un libro.

Los libros son como cerezas en un cesto. Más o menos famosos u olvidados conviven juntos en ese enorme cesto que llamamos Historia de la Literatura Universal, y dentro de ese cesto la literatura policíaca ocupa un lugar reducido aunque ciertamente muy frecuentado. Como las cerezas, al sacarlos, unos tiran de otros y acaban por conformar una constelación que los astrónomos —los profesores de Literatura, en este caso— acaban ordenando y dando nombre: literatura policíaca, literatura fantástica, literatura de aventuras, literatura social, literatura amorosa. Pero por algún sitio hay que empezar y para eso proponemos esta *Antología de relatos policíacos.* No hemos seleccionado las mejores —aun si fuera posible ponerse de acuerdo en eso—, sino las más significativas o representativas de la historia y evolución del género. Diez narraciones. Empieza con un relato de Edgar Allan Poe y se cierra con una narración de Raymond Chandler. Quizás podía empezar con un relato anterior a Poe y terminar con uno posterior a Chandler, pero no nos pareció necesario porque entre ambos autores, en las diez historias seleccionadas, se encuentra el muestrario relevante y completo del género y porque en los diez relatos que componen la *Antología* podemos encontrar el cuadro de todas las coordenadas que delimitan el mapa y la brújula de la literatura policíaca tanto desde el punto de vista de su historia y evolución como desde el de su estructura, forma y temática. En cierto modo esta *Antología* es como un viaje al fondo de la literatura policíaca. Para hacer este viaje sólo dos cosas son necesarias: atención e inteligencia. El esfuerzo merece la pena. Y leer es eso: un esfuerzo placentero.

Arranca este viaje de una manera espectacular. Con un texto del norteamericano Edgar Allan Poe, *Los crímenes de la rue Morgue,* que es el relato que inaugura, funda lo policíaco, y que ya contiene muchas de las claves, rasgos y características de todo el género: un crimen que se presenta como un misterio y un detective aficionado, Auguste Dupin, que gracias a su altísima inteligencia analítica acaba descubriendo la realidad que se ocultaba detrás de ese misterio. Están presentes otros rasgos importantes: como en toda narración policíaca, se trata de «reconstruir» lo que pasó. El crimen, el asesinato, la muerte, es el dato último de una historia anterior que finaliza con ese crimen o muerte como evidencia. Todo lo demás, lo anterior, el ¿quién lo hizo?, ¿cómo?, ¿por qué?, está oculto. Esa historia anterior, oculta, es, podríamos decir, la historia que tiene como protagonista al culpable. Las narraciones policíacas empiezan donde esa narración termina: en el crimen, en el asesinato, en la muerte. A partir de ahí empieza la novela del detective, su investigación. Observa la escena del crimen, recoge testimonios, descubre pistas, busca móviles, delimita el mapa de los sospechosos, elucubra, integra e interpreta la información a su alcance, la «procesa», establece hipótesis y las verifica o rechaza. Por decirlo de otro modo: logra escribir la narración que el culpable dejó oculta.

Y está también en este relato del genial Poe un elemento fundamental en la composición clásica de este tipo de narraciones: la historia nos la cuenta alguien cercano al detective, que nos va contando sus movimientos. A través de él —y ese es uno de los encantos especiales del género— nosotros, los lectores, «investigamos» también, tratando incluso de adelantarnos al detective, tratando de ser más listos que él, tratando de saber quién es el culpable antes que él. Es tan grande ese deseo que a veces los impacientes no pueden resistir el viaje y leen las páginas finales antes de finalizar toda la lectura. Ese narrador —intermediario entre el detective y nosotros—, que en el caso de *Los crímenes de la rue Morgue* no tiene nombre, parece encarnar el sentido común, la inteligencia estándar, y ese sentido común a menudo le engaña y nos engaña a los lectores. Porque se trata de descubrir al culpable pero el otro rasgo fundamental de las narraciones policíacas consiste precisamente en que los lectores no seamos capaces de descubrirlo antes de que lo haga el detective. Ese es el reto que se le plantea al autor y esa es una de las claves del género. La narración nos cuenta cómo el investigador descubre el quién, el cómo y el porqué del crimen, y al mismo tiempo tiene que impedir que nosotros lo hagamos. Todo un reto. Para el autor, pero también para nosotros los lectores. ¿Adivinaremos quién es el asesino antes de que nos lo cuente el detective? Todo eso está ya presente en el relato de Poe. No está mal como primera etapa de nuestro viaje.

Proseguiremos con una pequeña pero genial parada con *Cazador cazado,* del británico Wilkie Collins. Un texto importante para «desintoxicarnos» un tanto y con mucho humor del «veneno del análisis» que nos haya podido inocular el detective de Poe. Un aviso sobre los riesgos a los que nos puede llevar interpretar la realidad en clave detectivesca: todo es sospecha. Ya hay humor en Poe, pero el humor, la ironía, es un ingrediente básico en este relato, y a partir de él va a estar siempre presente en las historias policíacas. El patético Matthew Sharpin (observemos ese final en «in» de su apellido que nos remite a Dupin y que luego encontraremos también en Lupin y Valentin, los héroes de los relatos de Leblanc y Chesterton) hace el ridículo en su afán de ver pistas e indicios en cualquier cosa pasándose de listo una y otra vez. Una especie de caricatura de Dupin que no hace sino confirmar el éxito de la fórmula creada por Poe.

Y luego un encuentro inevitable con el personaje literario más famoso de toda la historia de la literatura con la excepción de Don Quijote y, como este, inmortal e imperecedero: Sherlock Holmes. Como un científico en su laboratorio, escudriña, observa, se fija en detalles aparentemente nimios, explora, palpa el terreno y, donde todos ven un simple misterio o un simple fraude, él columbra una maquinación criminal. Y conocer a Sherlock es conocer a su inevitable acompañante y narrador —ese narrador intermediario que el autor utiliza para despistarnos— de sus hazañas: el doctor Watson. Del análisis lógico, filosófico, especulativo, de Dupin, pasamos al pensamiento científico, experimental: recopilación de datos, trabajo sobre el terreno, refutación o confirmación, el conocimiento como fuente de deducción. Dos detectives con capacidades comunes: altas dotes de observación y análisis, alta capacidad de asociación, rarezas en el carácter, ánimo melancólico que solo la acción de investigar disipa, pero dos raciocinios dispares: Dupin es un filósofo, Holmes un científico; Dupin va de la teoría a la praxis, Holmes de lo concreto a lo abstracto. Inolvidables ambos.

La siguiente estación se llama Arsenio Lupin, el detective aventurero creado por el escritor francés Maurice Leblanc. La literatura policíaca es una especie de rama que con Poe se desgaja del tronco de la literatura fantástica y de misterio —lo policíaco es un misterio racional que se desvela con métodos racionales—, pero a su vez la literatura de misterio es una rama de la literatura de aventuras. La aventura es una historia en la cual un héroe debe superar a través de la acción ciertos obstáculos para cumplir una meta o una misión determinada. Las ramas se han ido desgajando pero mantienen relaciones de parentesco y de vez en cuando una savia común las fecunda. En la literatura policíaca a veces reaparece la acción, el héroe aventurero, osado, valeroso, decidido, que actúa más con los hechos que con la mente. Hay toda una escuela de la literatura policíaca que está impregnada de este espíritu de aventura aunque la investigación racional y analítica esté presente. Se la suele llamar Escuela Francesa porque muchos de los autores que escribieron en este registro eran franceses. Es el caso de Gaboriau, de Leblanc y, como veremos, de Gaston Leroux. El héroe de Leblanc, el famoso Arsenio Lupin, tiene elementos de la literatura de folletín: se disfraza, sorprende, se desliza por subterráneos, tiende a ser melodramático, le gustan las escenas con mucha tensión acumulada. En cierto modo Lupin es una contrarréplica de Dupin y Holmes: más un hombre de acción que de pensamiento, aunque no carezca de una mente penetrante. El relato que la *Antología* propone es precisamente un combate de talentos entre Lupin y Holmes. En esta ocasión gana el detective francés. Nada raro, si tenemos en cuenta que el autor es precisamente su padre literario. ¿Qué padre no vela por el honor de sus criaturas?

El hacha de oro de Gaston Leroux es un ejemplo significativo de ese trasvase de savias entre géneros de una misma familia. En este caso no se trata de explicar un crimen sino de resolver un misterio que parece estar ocultando un hecho criminal. Rompiendo los rasgos dominantes de lo policíaco no nos encontramos en esta historia con un detective o un investigador. La historia tiene como protagonista a una mujer normal que se ve envuelta en un enigma que altera su vida. El verdadero detective de este relato es el lector, que se ve obligado a investigar, a analizar la historia de esa mujer con la que uno se identifica y quiere salvar... ¿de qué? La respuesta está en el texto, leer es saber. Un relato entre sombras, sospechas, brumas, premoniciones. Miedo a no saber y más miedo todavía a saber lo que se quisiera no saber.

Esta última frase quizá resuma la atmósfera de un relato policíaco pero puedo asegurarle, señor Profesor, que expresa fielmente lo que un alumno siente justo antes de que empiece un examen.

Bien visto, mi querido Watson, pero para sabiduría la del protagonista de nuestro siguiente paisaje literario: el padre Brown, el singular detective —*¿pero hay algún detective que no sea singular, señor Profesor?*— ideado por Gilbert Keith Chesterton. Como si el género se hubiera cansado de tantos héroes más cercanos al superhombre que al hombre, los «métodos» del padre Brown conceden menos importancia a lo racional o científico y se basan en el estudio de la psicología y en una psicología que está muy cercana al pensamiento teológico y religioso. El padre Brown es ya una figura más humana y más verosímil que la de los prodigiosos Dupin o Holmes. Para él, el criminal es una criatura humana como los demás, con su parte buena y su parte mala. Su clarividencia proviene de su capacidad para comprender desde dentro el ánimo del criminal. Crimen y misterio son para él, escribe el profesor Alberto del Monte, efectos de la acción diabólica: resolver un enigma significa restituir al mundo, trastornado por el demonio, el orden primero en el que se refleja la paz de Dios. Como comprobamos leyendo *La cruz azul*, el padre Brown entiende que para realizar el bien es necesario conocer y moverse en el entorno del mal. Comprendemos también que para el padre Brown —y acaso esa sea su gran diferencia con todos los demás detectives— lo importante no es descubrir al culpable sino convertirlo al bien. Hay además en este cuento una síntesis brillante de lo que es la literatura policíaca: «El criminal es el artista creador, el detective es solo el crítico». Nada más cierto: al criminal se le descubre porque escribe mal su crimen. Acaba en la cárcel porque es un mal escritor.

Hacemos ahora un pequeño descanso para probar un bocado paradójicamente exótico: un relato policíaco español, *Nube de paso,* de la escritora Emilia Pardo Bazán. Un poco esquemático nos puede resultar por más que la autora nos distraiga contándonos el almuerzo de los dos personajes que a través de su diálogo nos van a mostrar la historia. Pero no deja de ser interesante que «el detective» de doña Emilia esté dispuesto a enmendarle la plana a Sherlock Holmes. No en vano la Pardo Bazán era una mujer «de rompe y rasga». Ni método analítico ni método científico: el instinto, esa es la brújula que defiende este detective español, quizá recogiendo las teorías mundanas sobre el famoso «instinto femenino». Sin duda una buena muestra de la sabiduría policíaca a la española.

Pero la figura del detective sabelotodo, dotado de una mente superlativa y de unos conocimientos enciclopédicos no se resigna fácilmente a desaparecer de la literatura policíaca. Basta para comprobarlo asomarse a la magnífica historia *El problema de la celda número 13,* escrita por Jacques Frutelle. No hay aquí crimen alguno aunque haya cárceles y presos, pero sí hay lo fundamental: una investigación. El famoso detective creado por el autor —*¿pero hay algún detective que no sea famoso, señor Profesor?*—, Auguste Van Bunsen, más conocido por la Máquina Pensante (¿una metáfora de los ordenadores antes de haberse inventado estos?) parece jugar al más difícil todavía retomando el clásico tema policíaco ya presente en *Los crímenes de la rue Morgue* de «el cuarto cerrado». Todo un reto es lo que la historia le pone por delante, y los lectores no dejamos de entrar en el juego. Un cuento como un laberinto.

Se acerca ya el final del viaje pero precisamente ahora el clima del paisaje se va a alterar de manera radical. El clima templado, las casas con calefacción, la brisa que acaricia, las mansiones silenciosas van a dejar paso al asfalto, al tráfico urbano, a la intemperie de los barrios bajos, a la oscuridad de las calles sin iluminación. Estamos llegando al gran cambio: la novela negra.

En *Un hombre llamado Spade,* del genial Dashiell Hammett, todavía persiste algo de ese juego de rompecabezas que tienen los relatos policíacos tradicionales (llamamos relatos tradicionales precisamente a los que corresponden a los esquemas narrativos anteriores a la novela negra), pero ya en el tono de los diálogos y en la rapidez con que se suceden los hechos advertimos que aquel tipo de detective dotado de paciencia y que meditaba y reflexionaba intensamente y de manera gradual iba sacando conclusiones ha dado paso a un detective que «tiene prisa», que va al grano, que presiona a los sospechosos, los interroga con tono de violencia, y que busca la confesión más que el desvelamiento lógico de los hechos. Toda la historia parece moverse en un entorno de cinismo, de descarnado egoísmo. El paisaje moral es de corrupción, de chanchullos y negocios. El héroe ya no tiene ningún atributo heroico, ninguna facultad superior, se interesa en el caso porque es un profesional al que le pagan y su única cualidad parece residir en la falta de escrúpulos con que interroga a los sospechosos. Conserva todavía cualidades tradicionales: capacidad de observación, capacidad para relacionar unos hechos con otros, pero es más su malicia que su inteligencia lo que le lleva a arrinconar al culpable para hacer que este se delate. La novela negra supuso el advenimiento de una literatura policíaca realista y, como bien se dijo, «restituyó el crimen al lugar de dónde este venía: la calle». Los detectives privados de Hammett, como es el caso de Sam Spade, en comparación con los detectives anteriores significan algo así como la irrupción de un elefante en una cacharrería, la entrada de la realidad, cruda, fea y violenta en un mundo de detectives «superiores», educados, caballerosos y respetables. Por eso este tipo de historias suponen también la recuperación del lenguaje cotidiano, coloquial, el lenguaje de todos los días. Un lenguaje seco, cortante, fresco, irónico.

Igual paisaje literario y moral, acaso más acentuado, encontramos en la última etapa de nuestro viaje, *El hombre que amaba a los perros*. Hay quizá más melancolía en el detective de Chandler que en el de Hammett, más cinismo, más inclinación hacia lo autodestructivo, más desilusión, pero los dos actúan sabiendo que viven en un mundo dominado por la ley del más fuerte y en el que las fronteras entre la ley y el delito son difíciles de distinguir. Para Carmady, ese detective que parece estar a punto de disolverse en la enorme cantidad de alcohol que consume, el delito no es una excepción o un hecho aislado que ha alterado la pacífica convivencia social. El delito es más bien «el pan nuestro de cada día» en un mundo profundamente desordenado en el que el crimen es un desorden dentro del desorden general. El crimen como la punta de un iceberg hecho de sangre, codicia, furia y egoísmo.

Está bien, señor Profesor, me ha convencido, leeré lo que nos propone, pero una última pregunta: ¿qué nos enseña la lectura de la narración policíaca que solo la literatura policíaca enseña?

Buena pregunta que intentaré responderte con una sola frase: *a desconfiar del narrador.* Y digo que esa es la enseñanza propia de la literatura policíaca no solo porque por su propia estructura el narrador tiene siempre como misión conducirnos al engaño, a hacernos pensar que el culpable va a ser «Tal» para luego hacernos ver que era «Cual», sino porque nos enseña que lo que los demás dicen, lo que todos decimos, siempre se dice en función del contexto en que hablamos. Que en todo *decir* hay un *no decir,* que en toda verdad puede anidar una mentira y que en toda mentira se esconde una verdad.

Aprender a leer es aprender a desconfiar del narrador, aprender a descubrir cuáles son sus intenciones e intereses, y que solo una vez que los hemos «detectado» podremos interpretar correctamente sus palabras. Como escribió el lingüista Ferdinand de Saussure, «lo importante no es encontrar la verdad sino saber situarla», y para acercarnos a esa cota de sabiduría la lectura de la literatura policíaca es un adiestramiento perfecto. Somos «espías en territorio enemigo» y para sobrevivir es necesario saber cifrar y descifrar la realidad que nos rodea. El éxito lo alcanza aquel que es capaz de descubrir el asesino que llevamos dentro y que nos amenaza. Aprender a conocerlo es aprender a vivir.

ANTOLOGÍA
DE RELATOS POLICÍACOS

E. A. POE

LOS CRÍMENES DE LA RUE MORGUE

*¿Qué canción cantaron las sirenas? ¿Qué nombre tomó
Aquiles cuando se escondió entre mujeres?
Preguntas que, aunque sorprendentes,
no se encuentran libres de toda conjetura.*

THOMAS BROWNE, *Urnas funerarias.*

Las condiciones mentales que pueden considerarse como
analíticas son, en sí mismas, de difícil análisis. Las considera-
mos tan solo por sus efectos. De ellas conocemos, entre otras
cosas, que son siempre, para el que las posee, cuando se poseen en
grado extraordinario, una fuente de vivísimos goces. Del mismo
modo que el hombre fuerte disfruta con su habilidad física, de-
leitándose en ciertos ejercicios que ponen en acción sus músculos, el analista goza con esa actividad intelectual que se ejerce
en el hecho de *desentrañar.* Consigue satisfacción hasta de las
más triviales ocupaciones que ponen en juego su talento. Se des-
vive por los enigmas, acertijos y jeroglíficos, y en cada una de las
soluciones muestra un sentido de *agudeza* que parece al vulgo una
penetración sobrenatural. Los resultados obtenidos por un solo
espíritu y la esencia de su procedimiento adquieren, realmente,
la apariencia total de una intuición.

Esta facultad de resolución está, tal vez, muy fortalecida por los
estudios matemáticos, y especialmente por esa importantísima
rama de ellos que, con ninguna propiedad y sólo teniendo en
cuenta sus operaciones previas, ha sido llamada *par excellence*
análisis. Y, no obstante, calcular no es intrínsecamente analizar.

Un ajedrecista, por ejemplo, lleva a cabo lo uno sin esforzarse en lo otro. De esto se deduce que el juego de ajedrez, en sus efectos sobre el carácter mental, no está lo suficientemente comprendido.

Yo no intento escribir un tratado en estas líneas, sino que prologo únicamente un relato muy singular, con observaciones efectuadas a la ligera. Usaré, por tanto, de esta ocasión para asegurar que las facultades más importantes de la inteligencia reflexiva trabajan con mayor decisión y provecho en el sencillo juego de damas que en toda esa frivolidad primorosa del ajedrez. En este último, donde las piezas tienen, cada una, distintos y raros movimientos, con diversos y variables valores, lo que tan sólo es complicado se toma equivocadamente, error muy común, por profundo. *La atención,* aquí, es poderosamente puesta en juego. Si un solo instante flaquea, se comete un descuido, cuyos resultados implican pérdida o derrota.

Como quiera que los movimientos posibles no son solamente variados, sino complicados, las posibilidades de estos descuidos son múltiples: de cada diez casos, nueve triunfa el jugador más capaz de concentración y no el más perspicaz. En el juego de damas, por el contrario, donde los movimientos son *únicos* y de muy poca variación, las posibilidades de descuido son menores, y como la atención queda relativamente distraída, las ventajas que consigue cada una de las partes lo son por una *perspicacia superior.*

Para ser menos abstractos supongamos, por ejemplo, un juego de damas cuyas piezas se han reducido a cuatro reinas y donde no es posible el descuido. Evidentemente, en este caso, la victoria, hallándose los jugadores en absoluta igualdad de condiciones, puede decidirse en virtud de un movimientos *calculado* resultante de un determinado esfuerzo de la inteligencia. Privado de los recursos ordinarios, el analista consigue penetrar en el espíritu de su contrario. Por tanto, se identifica con él, y a menudo descubre de una ojeada el único medio —a veces, en realidad, absurdamente sencillo—, en virtud del cual puede inducirle a error o llevarle a un cálculo equivocado.

Desde hace largo tiempo se ha citado el *whist*[1] por su acción sobre la facultad calculadora. Se ha visto que hombres de gran inteligencia han encontrado en él un goce aparentemente inexplicable, mientras abandonaban el ajedrez como una frivolidad. No hay duda de que no hay juego alguno que, en relación con este, haga trabajar tanto la facultad analítica. El mejor jugador de ajedrez del mundo no puede ser más que el mejor jugador de ajedrez. Pero la habilidad en el *whist* implica ya capacidad para el triunfo en todas las demás importantes empresas en las que la inteligencia se enfrenta con la inteligencia. Cuando digo habilidad, me refiero a esa perfección en el juego que lleva consigo una comprensión de todas las fuentes de las que se deriva una legítima ventaja. Estas fuentes no solo son diversas, sino también multiformes. Frecuentemente se hallan en las profundidades del pensamiento, y son por entero inaccesibles para las inteligencias ordinarias. Observar atentamente es recordar distintamente.

Y desde este punto de vista, el jugador de ajedrez capaz de intensa concentración jugará muy bien al *whist,* puesto que las reglas de Hoyle, basadas en el puro mecanismo del juego, son suficientes y generalmente inteligibles. Por esto, poseer una buena memoria y jugar de acuerdo con el libro son puntos comúnmente considerados como el cumplimiento total del jugador excelente. Pero en aquellos casos que se encuentran fuera de los límites de la pura regla es donde se demuestra el talento del analista. En silencio, realiza una porción de observaciones y deducciones. Posiblemente, sus compañeros harán otro tanto, y la diferencia en la extensión de la información adquirida no se basará tanto en la validez de la deducción como en la calidad de la observación.

Lo principal, lo importante, es saber *lo que debe ser* observado. Nuestro jugador no se reduce únicamente al juego, y aunque este sea el objeto actual de su atención, habrá de prescindir de

[1] **Whist:** juego de cartas muy de moda en el siglo XIX.

determinadas deducciones originadas al considerar objetos extraños al juego. Examina la fisonomía de su compañero, y la compara cuidadosamente con la de cada uno de sus contrarios. Se fija en el modo de distribuir las cartas a cada mano, con frecuencia calculando triunfo por triunfo y tanto por tanto, observando las miradas de los jugadores ante su juego. Se da cuenta de cada una de las variaciones de los rostros, a medida que adelanta el juego, recogiendo gran número de ideas por las diferencias que observa en las distintas expresiones de seguridad, sorpresa, triunfo o desagrado. En la manera de recoger una baza juzga si la misma persona podría hacer la que sigue. Reconoce la carta jugada en el ademán con que se deja sobre la mesa. Una palabra casual o involuntaria; la forma accidental con que cae una carta, o el volverla sin querer, con la ansiedad o la indiferencia que acompañan la acción de evitar que sea vista; la cuenta de las bazas y el orden de su colocación; la perplejidad, la duda, el entusiasmo o el temor, todo ello facilita a su percepción, intuitiva en apariencia, indicaciones del verdadero estado de cosas. Cuando se han dado las dos o tres primeras vueltas, conoce completamente los juegos de cada uno, y, desde aquel momento, echa sus cartas con tal absoluto dominio como si los demás jugadores las tuvieran vueltas hacia él.

La facultad analítica no debe confundirse con el simple ingenio, porque mientras el analista es, necesariamente, ingenioso, el hombre ingenioso está con frecuencia notablemente incapacitado para el análisis. La facultad constructiva o de combinación con que, por lo general, se manifiesta el ingenio, y a la que los frenólogos, equivocadamente a mi parecer, asignan un órgano aparte, suponiendo que se trata de una facultad primordial, se ha visto tan a menudo en individuos cuya inteligencia bordeaba, por otra parte, la idiotez, que ha llamado la atención general entre los escritores de temas morales. Entre el ingenio y la aptitud analítica hay una diferencia mucho mayor, en efecto, que entre la fantasía y la imaginación, aunque son de carácter rigurosamente análogo. En realidad, se observará fácilmente que el hombre ingenioso es siempre fantástico, mientras que el *verdadero* imaginativo nunca deja de ser analítico. El relato que sigue a continuación podrá servir en cierto modo al lector para ilustrarle en una interpretación de las proposiciones que acabo de anticipar.

Encontrándome en París durante la primavera y parte del verano de 18..., conocí allí a un señor llamado C. Auguste Dupin. Pertenecía este joven caballero a una excelente, es decir, ilustre, familia; pero por una serie de adversos sucesos había quedado reducido a tal pobreza, que sucumbió la energía de su carácter y renunció a sus ambiciones mundanas, lo mismo que a procurar el restablecimiento de su hacienda. Con el beneplácito de sus acreedores, quedó todavía en posesión de un pequeño resto de su patrimonio, y con la renta que este le producía encontró el medio, gracias a una economía rigurosa, de subvenir a las necesidades de su vida, sin preocuparse en absoluto por lo más superfluo. En realidad, su único lujo eran libros, y en París estos son fáciles de adquirir. Nuestro conocimiento tuvo efecto en una oscura biblioteca de la rue Montmartre, donde nos puso en estrecha intimidad la coincidencia de buscar los dos un muy raro y al mismo tiempo notable volumen. Nos vimos con frecuencia. Yo me había interesado vivamente por la sencilla historia de su familia, que me contó con todo pormenor, con la ingenuidad y abandono con que un francés se explaya en sus confidencias cuando habla de sí mismo. Por otra parte, me admiraba del número de sus lecturas, y, sobre todo, me llegaban al alma el vehemente afán y la viva frescura de su imaginación. La índole de las investigaciones que me ocuparon entonces en París me hizo comprender que la amistad de un hombre semejante era para mí un inapreciable tesoro.

Con esta idea me confié sin reserva a él. Por último, convinimos en que viviríamos juntos todo el tiempo que durase mi permanencia en la ciudad, y como mis asuntos económicos se desenvolvían menos embarazosamente que los suyos, me fue permitiendo participar en los gastos de alquilar y amueblar, de acuerdo con el carácter algo fantástico y melancólico de nuestro común temperamento, una vieja y grotesca casa abandonada hacía ya mucho tiempo, en virtud de ciertas suposiciones que no quisimos averiguar. Lo cierto es que la casa se estremecía como si fuera a hundirse en un retirado y desolado rincón del *faubourg*[2] Saint-Germain.

Si hubiera sido conocida por la gente la rutina de nuestra vida en aquel lugar, nos hubieran tomado por locos, aunque de especie inofensiva. Nuestra reclusión era completa. No recibíamos visita alguna. En realidad, el lugar de nuestro retiro era un secreto guardado cuidadosamente para mis antiguos camaradas, y ya hacía mucho tiempo que Dupin había cesado de frecuentar o hacerse visible en París. Vivíamos solo para nosotros.

Una rareza del carácter de mi amigo —no sé cómo calificarla de otro modo— consistía en estar enamorado de la noche. Pero con esta *bizarrerie*[3], como con todas las demás suyas, condescendía yo tranquilamente, y me entregaba a sus singulares caprichos con un perfecto abandono. No siempre podía estar con nosotros la negra divinidad, pero sí podíamos falsear su presencia. En cuanto la mañana alboreaba, cerrábamos inmediatamente los macizos postigos de nuestra vieja casa y encendíamos un par de bujías perfumadas intensamente, y que no daban más que un resplandor muy pálido y débil. En medio de esta tímida claridad, entregábamos nuestras almas a sus sueños; leíamos, escribíamos o conversábamos hasta que el reloj nos advertía la llegada de la verdadera oscuridad. Salíamos entonces, cogidos del brazo, a pasear por aquellas calles, continuando la conversación del día y rondando por doquier hasta muy tarde, buscando a través de las estrafalarias luces y sombras de la populosa ciudad esas innumerables excitaciones mentales que no puede procurar la tranquila meditación.

En tales circunstancias, yo no podía menos que notar y admirar en Dupin —aunque ya, por la rica imaginación de que

---

[2] **Faubourg**: barrio periférico.

[3] **Bizarrerie**: extravagancia.

estaba dotado, me sentía preparado a esperarlo— un talento particularmente analítico. Por otra parte, parecía deleitarse intensamente en ejercitarlo, ya que no concretamente en ejercerlo, y no vacilaba en confesar el placer que ello le producía. Se vanagloriaba ante mí, burlonamente, de que muchos hombres, para él, llevaban ventanas en sus pechos, y acostumbraba a apoyar tales afirmaciones usando pruebas muy sorprendentes y directas de su íntimo conocimiento hacia mí.

En tales momentos, sus maneras eran glaciales y abstraídas. Quedaban sus ojos sin expresión, mientras su voz, por lo general ricamente atenorada, se elevaba hasta un timbre atiplado, que hubiera parecido petulante de no ser por la ponderada y completa claridad de su pronunciación. A menudo, viéndolo en tales disposiciones de ánimo, meditaba yo acerca de la antigua filosofía del *Alma doble,* y me divertía la idea de un doble Dupin: el creador y el analítico.

Por cuanto acabo de decir, no hay que creer que estoy contando algún misterio o escribiendo una novela. Mis observaciones a propósito de este francés no son más que el resultado de una inteligencia hiperestesiada o enferma, tal vez. Un ejemplo dará mejor idea de la naturaleza de sus observaciones durante la época a que aludo.

Íbamos una noche paseando por una calle larga y sórdida, cercana al *Palais Royal.* Al parecer, cada uno de nosotros se había sumido en sus propios pensamientos, y por lo menos durante quince minutos ninguno pronunció una sola sílaba. De pronto Dupin rompió el silencio con estas palabras:

—En realidad, ese muchacho es demasiado pequeño y estaría mejor en el *Théatre des Variétés.*

—No cabe duda —repliqué, sin fijarme en lo que decía, y sin apreciar en aquel momento, tan absorto había estado en mis reflexiones, el modo extraordinario con que mi interlocutor había hecho coincidir sus palabras con mis meditaciones.

Un momento después me repuse y experimenté un profundo asombro.

—Dupin —dije gravemente—, lo que ha sucedido excede a mi comprensión. No vacilo en manifestar que estoy asombrado y que apenas puedo dar crédito a lo que he oído. ¿Cómo es posible que usted haya podido adivinar que estaba pensando en...?

Diciendo esto, me interrumpí, para asegurarme, ya sin ninguna duda, de que él sabía realmente en quién pensaba.

—¿En Chantilly? —preguntó—. ¿Por qué se ha interrumpido usted? Usted pensaba que su escasa estatura no era la apropiada para dedicarse a la tragedia.

Esto era precisamente lo que había constituido el tema de mis reflexiones. Chantilly era un ex zapatero remendón de la rue Saint-Denis, apasionado por el teatro y que había estudiado el *rôle*[4] de Jerjes en la tragedia de Crébillon con este título. Pero sus esfuerzos habían provocado la burla del público.

—Dígame usted, por Dios —exclamé—, por qué método, si es que hay alguno, ha penetrado usted en mi alma en este caso.

Realmente, estaba yo mucho más asombrado de lo que hubiese querido confesar.

—Ha sido el vendedor de frutas —contestó mi amigo— quien le ha llevado a usted a la conclusión de que el remendón de suelas no tiene suficiente estatura para representar el papel de Jerjes *et id genus omne*[5].

—¿El vendedor de frutas? Me asombra usted. No conozco a ninguno.

—Sí; es ese hombre con quien ha tropezado usted al entrar en esta calle, hará unos quince minutos aproximadamente.

Recordé entonces que, en efecto, un vendedor de frutas, que llevaba sobre la cabeza una gran banasta de manzanas, estuvo a punto de hacerme caer, sin pretenderlo, cuando pasábamos de la rue C*** a la calleja en que ahora nos encontrábamos. Pero yo no podía comprender la relación de este hecho con Chantilly.

[4] **Rôle**: papel.

[5] **Et id genus omne**: y para ninguno de semejante clase.

... Íbamos una noche paseando por una calle larga y sórdida, cercana al Palais Royal...

Palacio parisino: grabado del año 1830.

No había por qué suponer *charlatanerie*[6] alguna en Dupin.

—Se lo explicaré —me dijo—. Para que pueda usted darse cuenta de todo claramente, vamos a repasar primero en sentido inverso el curso de sus meditaciones desde este instante en que le estoy hablando hasta el de su *rencontre*[7] con el vendedor de frutas. En sentido inverso, los más importantes eslabones de la cadena se suceden de esta forma: Chantilly, Orión, doctor Nichols, Epicuro, estereotomía, los adoquines y el vendedor de frutas.

Existen pocas personas que no se hayan entretenido, en cualquier momento de su vida, en recorrer en sentido inverso las etapas por las cuales han sido conseguidas ciertas conclusiones de su inteligencia. Frecuentemente es una ocupación llena de interés, y el que la prueba por primera vez se asombra de la aparente distancia ilimitada y de la falta de ilación que parece mediar desde el punto de partida hasta la meta final. Júzguese, pues, cuál no sería mi asombro cuando escuché lo que el joven francés acababa de decir, y no pude menos de reconocer que había dicho la verdad. Continuó después de este modo:

—Si bien recuerdo, en el momento en que íbamos a dejar la rue C*** hablábamos de caballos. Este era el último tema que discutíamos. Al entrar en esta calle, un vendedor de frutas, que llevaba una gran banasta sobre la cabeza, pasó velozmente ante nosotros y lo empujó a usted contra un montón de adoquines, en un lugar donde la calzada se encuentra en reparación. Usted puso el pie sobre una de las piedras sueltas, resbaló y se torció levemente el tobillo. Aparentó usted cierto fastidio o mal humor, murmuró unas palabras, se volvió para observar el montón de adoquines y continuó luego caminando en silencio. Yo no prestaba particular atención a lo que usted hacía; pero desde hace mucho tiempo la observación se ha convertido para mí en una especie de necesidad.

---

[6] **Charlatanerie**: charlatanería.

[7] **Rencontre**: reencuentro.

»Caminaba usted con los ojos fijos en el suelo, atendiendo a los baches y rodadas del empedrado, por lo que deduje que continuaba usted pensando todavía en las piedras. Procedió así hasta que llegamos a la callejuela llamada Lamartine, que, a modo de prueba, ha sido pavimentada con tarugos sobrepuestos y acoplados sólidamente. Al entrar en ella, su rostro se iluminó, y me di cuenta de que se movían sus labios. Por este movimiento no me fue posible dudar que pronunciaba usted la palabra «esterotonía», término que tan pretenciosamente se aplica a esta especie de pavimentación. Yo estaba seguro de que no podía usted pronunciar para sí la palabra «esterotonía», sin que esto le llevara a pensar en los átomos, y, por consiguiente, en las teorías de Epicuro.

»Y como quiera que no hace mucho rato discutíamos este tema, le hice notar a usted de qué modo tan singular, y sin que ello haya sido muy notado, las vagas conjeturas de ese noble griego han encontrado en la reciente cosmogonía nebular su confirmación. He comprendido por esto que no podía usted resistir a la tentación de levantar sus ojos a la gran nebulosa de Orión, y con toda seguridad he esperado que usted lo hiciera. En efecto, usted ha mirado a lo alto, y he adquirido entonces la certeza de haber seguido correctamente el hilo de sus pensamientos. Ahora bien: en la amarga *tirade*[8] sobre Chantilly, publicada ayer en el *Musée,* el escritor satírico, haciendo mortificantes alusiones al cambio de nombre del zapatero al calzarse el coturno, citaba un verso latino del que hemos hablado nosotros con frecuencia. Me refiero a este:

Perdidit antiquum litera prima sonum[9].

»Yo le había dicho a usted que este verso se relacionaba con la palabra «Orión», que en un principio se escribía «Urion». Además, por determinadas discusiones un tanto apasionadas que

---

[8] **Tirade:** perorata.

[9] **Perdidit antiquum litera prima sonum:** la primera letra perdió su antiguo sonido.

tuvimos acerca de mi interpretación, tuve la seguridad de que usted no la habría olvidado. Por tanto, era evidente que asociara usted las dos ideas: Orión y Chantilly, y esto lo he comprendido por la forma de la sonrisa que he visto en sus labios. Ha pensado usted, pues, en aquella inmolación del pobre zapatero. Hasta ese momento usted había caminado con el cuerpo encorvado, pero a partir de ese momento se irguió usted, recobrando toda su estatura. Este movimiento me ha confirmado que pensaba usted en la diminuta figura de Chantilly, y ha sido entonces cuando he interrumpido sus meditaciones para observar que, por tratarse de un hombre de baja estatura, estaría mejor Chantilly en el *Théatre des Variétés*.

Poco después hojeábamos una edición de la tarde de la *Gazette des Tribunaux,* cuando llamaron nuestra atención los siguientes titulares:

«EXTRAORDINARIOS CRÍMENES

»Esta madrugada, alrededor de las tres, los habitantes del *quartier*[10] Saint-Roch fueron despertados por una serie de espantosos gritos que parecían proceder del cuarto piso de una casa de la rue Morgue, ocupada, según se dice, por una tal madame L'Espanaye y su hija, mademoiselle Camille L'Espanaye. Después de algún tiempo empleado en infructuosos esfuerzos para poder penetrar buenamente en la casa, se forzó la puerta de entrada con una palanca de hierro, y entraron ocho o diez vecinos acompañados de dos gendarmes. En ese momento cesaron los gritos; pero en cuanto aquellas personas llegaron apresuradamente al primer rellano de la escalera, se distinguieron dos o más voces ásperas que parecían disputar violentamente y proceder de la parte alta de la casa. Cuando la gente llegó al segundo rellano, cesaron también aquellos rumores y todo permaneció en absoluto silencio. Los vecinos recorrieron todas las habitaciones

---

[10] **Quartier**: barrio, en este caso el barrio de Saint-Roch (San Roque), en París.

precipitadamente. Al llegar, por último, a una gran sala situada en la parte posterior del cuarto piso, cuya puerta hubo de ser forzada por estar cerrada con llave, se ofreció a los presentes un espectáculo que sobrecogió sus ánimos, no solo de horror, sino también de asombro.

»La habitación se hallaba en violento desorden, rotos los muebles y diseminados en todas direcciones. No quedaba más lecho que la armadura de una cama, cuyas partes habían sido arrancadas y tiradas por el suelo. Sobre una silla se encontró una navaja barbera manchada de sangre. Había en la chimenea dos o tres largos y abundantes mechones de pelo cano, empapados en sangre y que parecían haber sido arrancados de raíz. Sobre el suelo se encontraron cuatro napoleones[11], un zarcillo adornado con un topacio, tres grandes cucharas de plata, tres cucharillas de *métal d'Alger*[12] y dos sacos conteniendo, aproximadamente, cuatro mil francos en oro. En un rincón se hallaron los cajones de un buró abiertos, y al parecer, saqueados, aunque quedaban en ellos algunas cosas. También se encontró un cofrecillo de hierro bajo la cama, no bajo su armadura. Estaba abierto y la cerradura contenía aún la llave. En el cofre no había más que unas cuantas cartas viejas y otros papeles sin importancia.

»No se encontró rastro alguno de madame L'Espanaye; pero como quiera que se notase una anormal cantidad de hollín en el hogar, se efectuó un reconocimiento de la chimenea, y —horroriza decirlo— se extrajo de ella el cuerpo de su hija, que estaba colocado cabeza abajo y que había sido introducido por la estrecha abertura hacia una altura considerable. El cuerpo estaba todavía caliente. Al examinarlo se comprobaron en él numerosas excoriaciones, ocasionadas, sin duda, por la violencia con que el cuerpo había sido metido allí y por el esfuerzo que hubo de emplearse para sacarlo. En su rostro se apreciaban profundos arañazos, y en la

---

[11] **Napoleones:** moneda francesa de oro que podía equivaler a 100, 50, 20 o 10 francos.

[12] **Métal d'Alger:** metal de Argel. Se fabricaba para imitar plata mediante una aleación de estaño, plomo y antimonio.

garganta, magulladuras cárdenas y hondas huellas producidas por las uñas, como si la muerte se hubiera verificado por estrangulación.

»Después de un minucioso examen efectuado en todas las habitaciones, sin que se lograra ningún descubrimiento nuevo, los presentes se dirigieron a un pequeño patio pavimentado, situado en la parte posterior del edificio, donde hallaron el cadáver de la anciana señora, con el cuello cortado de tal modo, que la cabeza se desprendió del tronco al levantar el cuerpo. Tanto este como la cabeza estaban tan horriblemente mutilados, que apenas conservaban apariencia humana.

»Que sepamos, no se ha obtenido hasta el momento el menor indicio que permita aclarar este horrible misterio».

El diario del día siguiente daba algunos nuevos pormenores:

«*La tragedia de la rue Morgue.* Gran número de personas han sido interrogadas con respecto a tan extraordinario y horrible *affaire* (la palabra *affaire* no tiene entre nosotros un significado tan fuerte como en Francia)[13], pero nada ha podido deducirse que dé alguna luz sobre ello. Damos a continuación las declaraciones más importantes que se han obtenido:

»*Pauline Dubourg,* lavandera, declara haber conocido desde hace tres años a las víctimas y haber lavado para ellas durante todo este tiempo. Tanto la madre como la hija parecían vivir en buena armonía y profesarse mutuamente gran cariño. Pagaban con puntualidad. Nada sabe acerca de su género de vida y medios de existencia. Supone que madame L'Espanaye decía la buenaventura para ganar el sustento. Tenía fama de poseer algún dinero escondido. Nunca encontró a otras personas en la casa cuando la llamaban para recoger la ropa, ni cuando la devolvía. Estaba segura de que las señoras no tenían servidumbre alguna. Salvo en el cuarto piso, no parecía que hubiera muebles en ninguna parte de la casa.

---

[13] Esta acotación consta en el original de Poe, y la mantenemos en la presente edición.

»*Pierre Moreau,* estanquero, declara que era el habitual proveedor de tabaco y de rapé de madame L'Espanaye desde hace cuatro años. Nació en su vecindad y ha vivido siempre allí. Hacía más de seis años que la muerta y su hija vivían en la casa donde fueron encontrados sus cadáveres. Anteriormente a su estancia, el piso había sido ocupado por un joyero, que subarrendaba a su vez las habitaciones inferiores a distintas personas. La casa era propiedad de madame L'Espanaye. Descontenta por los abusos de su inquilino, se había trasladado al inmueble de su propiedad, negándose a alquilar ninguna parte de él. La buena señora chocheaba a causa de la edad. El testigo había visto a su hija unas cinco o seis veces durante los seis años. Las dos llevaban una vida muy retirada, y era fama que tenían dinero. Entre los vecinos había oído decir que madame L'Espanaye decía la buenaventura, pero él no lo creía. Nunca había visto pasar la puerta a nadie, excepto a la señora y a su hija, una o dos veces a un recadero y ocho o diez a un médico.

»En esta misma forma declararon varios vecinos, pero de ninguno de ellos se dice que frecuentara la casa. Tampoco se sabe que la señora y su hija tuvieran parientes vivos. Raramente estaban abiertos los postigos de los balcones de la fachada principal. Los de la parte trasera estaban siempre cerrados, a excepción de las ventanas de la gran sala posterior del cuarto piso. La casa era una finca excelente y no muy vieja.

»*Isidore Muset,* gendarme, declara haber sido llamado a la casa a las tres de la madrugada, y dice que halló ante la puerta principal a unas veinte o treinta personas que procuraron entrar en el edificio. Con una bayoneta, y no con una barra de hierro, pudo, por fin, forzar la puerta. No halló grandes dificultades en abrirla, porque era de dos hojas y carecía de cerrojo y pasador en su parte alta. Hasta que la puerta fue forzada, continuaron los gritos, pero luego cesaron repentinamente. Daban la sensación de ser alaridos de una o varias personas víctimas de una gran angustia. Eran fuertes y prolongados, y no gritos breves y rápidos. El testigo subió rápidamente los escalones. Al llegar al primer rellano oyó dos voces que disputaban acremente. Una de estas era áspera, y la otra, aguda, una voz muy extraña. De la primera pudo distinguir algunas palabras, y le pareció francés el que las había pronunciado. Pero, evidentemente, no era voz de mujer. Distinguió claramente las palabras *sacré* y *diable*[14]. La aguda voz pertenecía a un extranjero, pero el declarante no puede asegurar si se trataba de hombre o mujer. No pudo distinguir lo que decían, pero supone que hablaban español. El testigo declaró el estado de la casa y de los cadáveres como fue descrito ayer por nosotros.

»*Henri Duval,* vecino, y de oficio platero, declara que él formaba parte del grupo que entró primeramente en la casa. En términos generales, corrobora la declaración de Muset. En cuanto se abrieron paso, forzando la puerta, la cerraron de nuevo, con objeto de contener a la muchedumbre que se había reunido a pesar de la hora. Este opina que la voz aguda fuera la de un italiano, y está seguro de que no era la de un francés. Duda, en cambio, de que se tratase de una voz masculina, admitiendo que pueda ser la de una mujer. No conoce el italiano. No pudo distinguir las palabras, pero, por la entonación del que hablaba, está convencido de que era un italiano. Conocía a madame L'Espanaye y a su hija. Con las dos había conversado con frecuencia. Estaba seguro de que la voz no correspondía a ninguna de las dos mujeres.

»*Odenheimer, restaurateur*[15]. Voluntariamente, el testigo se ofreció a declarar. Como no hablaba francés, fue interrogado haciéndose uso de un intérprete. Nació en Amsterdam. Pasaba por delante de la casa en el momento en que se oyeron los gritos. Se detuvo durante unos minutos, diez, probablemente. Eran fuertes y prolongados y producían horror y angustia. Fue uno de los que entraron en la casa. Corrobora las declaraciones anteriores

[14] **Sacré; diable:** sagrado; diablo.

[15] **Restaurateur:** restaurador.

en todos sus pormenores, excepto uno: está seguro de que la voz aguda era la de un hombre, de un francés. No pudo distinguir claramente las palabras que había pronunciado. Estaban dichas en voz alta y con rapidez, con cierta desigualdad, pronunciadas, según suponía, con miedo y con ira al mismo tiempo. La voz era áspera, no tan aguda como áspera. Realmente, no puede asegurar que fuese una voz aguda. La voz grave dijo varias veces: Sacré, diable, y una vez sola *mon Dieu*[16].

»*Jules Mignaud,* banquero, de la casa Mignaud et Fils, de la calle Deloraine. Es el mayor de los Mignaud. Madame L'Espanaye tenía algunos intereses. Había abierto una cuenta corriente en su casa de Banca en la primavera del año... (ocho años antes). Con frecuencia había ingresado pequeñas cantidades. No retiró ninguna hasta tres días antes de su muerte. La retiró personalmente, y la suma ascendía a cuatro mil francos. La cantidad fue pagada en oro, y se encargó a un dependiente que la llevara a su casa.

»*Adolphe Le Bon,* dependiente de la Banca Mignaud et Fils, declara que el día de autos, al mediodía, acompañó a madame L'Espanaye a su domicilio con los cuatro mil francos, distribuidos en dos pequeños talegos. Al abrirse la puerta apareció mademoiselle L'Espanaye. Esta cogió uno de los saquitos, y la anciana señora otro. Entonces, él saludó y se fue. En aquellos momentos no había nadie en la calle. Era una calle apartada, muy solitaria.

»*William Bird,* sastre, declara que fue uno de los que entraron en la casa. Es inglés. Ha vivido dos años en París. Fue uno de los primeros que subieron por la escalera. Oyó las voces que disputaban. La gruesa era de un francés. Pudo oír algunas palabras, pero ahora no puede recordarlas todas. Oyó claramente *sacré* y *mon Dieu.* Por un momento se produjo un rumor, como si varias personas peleasen. Ruido de riña y forcejeo. La voz aguda era

---

[16] **Mon Dieu:** Dios mío.

muy fuerte, más que la grave. Está seguro de que no se trataba de la voz de ningún inglés, sino más bien la de un alemán. Podía haber sido la de una mujer. No entiende el alemán.

»Cuatro de los testigos mencionados arriba, nuevamente interrogados, declararon que la puerta de la habitación en que fue encontrado el cuerpo de mademoiselle L'Espanaye se hallaba cerrada por dentro cuando el grupo llegó a ella. Todo se hallaba en un silencio absoluto. No se oían ni gemidos ni ruidos de ninguna especie. Al forzar la puerta, no se vio a nadie. Tanto las ventanas de la parte posterior como las de la fachada estaban cerradas y aseguradas fuertemente por dentro con sus cerrojos respectivos. Entre las dos salas se hallaba también una puerta entornada. En esta sala se hacinaban camas viejas, cofres y objetos de esta especie. No quedó un solo centímetro de la casa sin ser cuidadosamente registrada. Se ordenó que tanto por arriba como por abajo se introdujeran deshollinadores por las chimeneas. La casa consta de cuatro pisos, con buhardillas (*mansardes*). En el techo había, fuertemente asegurada, una puerta de escotillón, y parecía no haber sido abierta durante muchos años. Por lo que respecta al intervalo de tiempo transcurrido entre las voces que disputaban y el acto de forzar la puerta del piso, las afirmaciones de los testigos difieren bastante. Unos hablan de tres minutos, y otros amplían este tiempo a cinco. Costó mucho forzar la puerta.

»*Alfonso García*, empresario de pompas fúnebres, declara que habita en la rue Morgue y que es español. También formaba parte del grupo que entró en la casa. No subió la escalera, porque es muy nervioso y temía los efectos que podía producirle la emoción. Oyó las voces que disputaban. La grave era de un francés. No pudo distinguir lo que decían, y esta seguro de que la voz aguda era de un inglés. No entiende el idioma, pero se basa en la entonación.

»*Alberto Montani*, confitero, declara haber sido uno de los primeros en subir la escalera. Oyó las voces aludidas. La grave era de un francés. Pudo distinguir varias palabras. Parecía que este individuo reconviniera a otro. En cambio, no pudo comprender nada de la voz aguda. Hablaba rápidamente y de forma entrecortada. Supone que esta voz fuera la de un ruso. Corrobora también las declaraciones generales. Es italiano. No ha hablado nunca con ningún ruso.

»Interrogados de nuevo algunos testigos, certificaron que las chimeneas de todas las habitaciones del cuarto piso eran demasiado estrechas para que permitieran el paso de una persona. Cuando hablaron los deshollinadores, se refirieron a las escobillas cilíndricas que con ese objeto usan los limpiachimeneas. Las escobillas fueron pasadas de arriba abajo por todos los tubos de la casa. En la parte posterior de esta no hay paso alguno por donde alguien hubiese podido bajar mientras el grupo subía las escaleras. El cuerpo de mademoiselle L'Espanaye estaba tan fuertemente introducido en la chimenea, que no pudo ser extraído de allí sino con la ayuda de cinco hombres.

»*Paul Dumas,* médico, declara que fue llamado hacia el amanecer para examinar los cadáveres. Yacían entonces los dos sobre las correas de la armadura de la cama, en la habitación donde fue encontrada mademoiselle L'Espanaye. El cuerpo de la joven estaba muy magullado y lleno de excoriaciones. Se explican suficientemente estas circunstancias por haber sido empujado hacia arriba en la chimenea. Sobre todo, la garganta presentaba grandes excoriaciones. Tenía también profundos arañazos bajo la barbilla, al lado de una serie de lívidas manchas que eran, evidentemente, huellas de dedos. El rostro estaba horriblemente descolorido, y los ojos, fuera de sus órbitas. La lengua había sido mordida y seccionada parcialmente. Sobre el estómago se descubrió una gran magulladura, producida, según se supone, por la presión de una rodilla. Según monsieur Dumas, mademoiselle L'Espanaye había sido estrangulada por alguna persona o personas desconocidas. El cuerpo de su madre estaba horriblemente mutilado. Todos los huesos de la pierna derecha y del brazo estaban, poco o mucho, quebrantados. La tibia izquierda, igual que las costillas del mismo lado, estaba hecha astillas. Tenía todo el cuerpo con espantosas magulladuras y descolorido. Es imposible certificar cómo fueron producidas estas heridas. Tal vez un pesado garrote de madera o una gran barra de hierro —alguna silla—, o una herramienta ancha, pesada y roma, podría haber producido lesiones semejantes. Pero siempre que hubieran sido manejados por un hombre muy fuerte. Ninguna mujer podría haber causado tales heridas con ninguna clase de arma. Cuando el testigo la vio, la cabeza de la muerta estaba totalmente separada del cuerpo y, además, destrozada. Evidentemente, la garganta había sido seccionada con un instrumento afiladísimo, probablemente una navaja barbera.

»*Alexandre Etienne,* cirujano, declara haber sido llamado al mismo tiempo que el doctor Dumas, para examinar los cuerpos. Corroboró la declaración y las opiniones de este.

»No han podido obtenerse más pormenores importantes en otros interrogatorios. Un crimen tan extraño y tan complicado en todos sus aspectos no había sido cometido jamás en París, en el caso de que se trate realmente de un crimen. La Policía carece totalmente de rastros, circunstancia rarísima en asuntos de tal naturaleza. Puede asegurarse, pues, que no existe la menor pista».

En la edición de la tarde afirmaba el periódico que reinaba todavía gran excitación en el *quartier* Saint-Roch; que, de nuevo, se habían investigado cuidadosamente las circunstancias del crimen, pero que no se había obtenido ningún resultado. A última hora anunciaba una noticia que Adolphe Le Bon había sido detenido y encarcelado, pero ninguna de las circunstancias ya expuestas parecía acusarle.

Dupin demostró estar especialmente interesado en el desarrollo de aquel asunto; al menos, así lo deducía yo por su conducta, porque no hacía ningún comentario. Sólo después de haber sido encarcelado Le Bon me preguntó mi parecer sobre los asesinatos.

Yo no pude expresarle sino mi conformidad con todo el público parisiense, considerando aquel crimen como un misterio insoluble. No veía cómo pudiera darse con el asesino.

—Por interrogatorios tan superficiales no podemos juzgar nada con respecto al modo de encontrarlo —dijo Dupin—. La Policía de París, tan elogiada por su perspicacia, es astuta, pero nada más. No hay más método en sus diligencias que el que las circunstancias sugieren. Exhiben siempre las medidas tomadas, pero con frecuencia ocurre que son tan poco apropiadas a los fines propuestos, que nos hacen pensar en monsieur Jourdain[17] pidiendo su *robe-de-chambre... pour mieux entendre la musique*[18]. A veces no dejan de ser sorprendentes los resultados obtenidos. Pero, en su mayor parte, se consiguen por mera insistencia y actividad. Cuando resultan ineficaces tales procedimientos, fallan todos sus planes. Vidocq[19], por ejemplo, era un excelente adivinador y un hombre perseverante; pero como su inteligencia carecía de educación, se desviaba con frecuencia por la misma intensidad de sus investigaciones. Disminuía el poder de su visión por mirar el objeto tan de cerca. Era capaz de ver, probablemente, una o dos circunstancias con una poco corriente claridad; pero al hacerlo perdía necesariamente la visión total del asunto. Este puede decirse que es el defecto de ser demasiado profundo. La verdad no está siempre en el fondo de un pozo. En realidad, yo pienso que, en cuanto a lo que más importa conocer, es invariablemente superficial. La profundidad se encuentra en los valles donde la buscamos, pero no en las cumbres de las montañas, que es donde la vemos. Las variedades y orígenes de esta especie de error tienen un magnífico ejemplo en la contemplación de los cuerpos celestes. Dirigir a una estrella una rápida ojeada, examinarla oblicuamente, volviendo hacia ella las partes exteriores de la retina (que son más sensibles a las débiles impresiones de la luz que las anteriores), es contemplar la estrella distintamente, obtener la

---

[17] **Monsieur Jourdain:** protagonista de la obra *El burgués gentilhombre,* del escritor francés Molière (1622-1673).

[18] **Robe-de-chambre... pour mieux entendre la musique:** [pidiendo su] bata... para escuchar mejor la música.

[19] **Vidocq:** antiguo delincuente reconvertido en primer jefe de la Policía de París. Sus memorias son un precedente de la literatura policíaca.

Antología de relatos policíacos

más exacta apreciación de su brillo, brillo que se oscurece a medida que volvemos nuestra visión de lleno hacia ella. En el último caso, caen en los ojos mayor número de rayos, pero en el primero se obtiene una receptibilidad más afinada. Con una extrema profundidad, embrollamos y debilitamos el pensamiento, y aun lo confundimos. Podemos, incluso, lograr que Venus se desvanezca del firmamento si le dirigimos una atención demasiado sostenida, demasiado concentrada o demasiado directa.

»Por lo que respecta a estos asesinatos, examinemos algunas investigaciones por nuestra cuenta, antes de formar una opinión de ellos. Una investigación como esta nos procurará una buena diversión —a mí me pareció impropia esta última palabra aplicada al presente caso, pero no dije nada—, y por otra parte, Le Bon ha comenzado por prestarme un servicio y quiero demostrarle que no soy un ingrato. Iremos al lugar del suceso y lo examinaremos con nuestros propios ojos. Conozco a G***, el prefecto de Policía, y no me será difícil conseguir el permiso necesario.

Nos fue concedida la autorización y nos dirigimos inmediatamente a la rue Morgue. Es esta una de esas miserables callejuelas que unen la rue Richelieu y la de Saint-Roch. Cuando llegamos a ella, eran ya las últimas horas de la tarde, porque este barrio se encuentra situado a gran distancia de aquel en que nosotros vivíamos. Pronto hallamos la casa, porque aún había ante ella varias personas mirando las ventanas con vana curiosidad. Era una casa como tantas de París. Tenía una puerta principal, y en uno de sus lados había una casilla de cristales con un bastidor corredizo en la ventanilla, y parecía ser la *loge de concierge*[20]. Antes de entrar, nos dirigimos calle arriba, torciendo por un callejón, y, torciendo de nuevo, pasamos a la fachada posterior del edificio. Dupin examinó durante todo este rato los alrededores, así como la casa, con una atención tan cuidadosa, que me era imposible comprender su finalidad.

---

[20] **Loge de concierge:** portería.

Volvimos luego sobre nuestros pasos, y llegamos ante la fachada de la casa. Llamamos a la puerta, y después de mostrar nuestro permiso, los agentes de guardia nos permitieron la entrada. Subimos las escaleras, hasta llegar a la habitación donde había sido encontrado el cuerpo de mademoiselle L'Espanaye y donde se hallaban aún los dos cadáveres. Como de costumbre, había sido respetado el desorden de la habitación. Nada vi fuera de lo que se había publicado en la *Gazette des Tribunaux*. Dupin lo analizaba todo minuciosamente, sin exceptuar los cuerpos de las víctimas. Pasamos inmediatamente a otras habitaciones, y bajamos luego al patio. Un gendarme nos acompañó a todas partes, y la investigación nos ocupó hasta el anochecer, marchándonos entonces. De regreso a nuestra casa, mi compañero se detuvo unos minutos en las oficinas de un periódico.

He dicho ya que las rarezas de mi amigo eran muy diversas y que *je les menageais*[21] —esta frase no tiene equivalente en inglés—. Hasta el día siguiente, a mediodía, se negó a toda conversación sobre los asesinatos. Entonces me preguntó de pronto si yo había observado algo particular en el lugar del hecho.

En su manera de pronunciar la palabra había algo que me produjo un estremecimiento sin saber por qué.

—No, nada de particular —le dije—; por lo menos, nada más de lo que ya sabemos por el periódico.

—Mucho me temo —me replicó— que la *Gazette* no haya logrado penetrar en el insólito horror del asunto. Pero dejemos las necias opiniones de este papelucho. Yo creo que si este misterio se ha considerado como insoluble, por la misma razón debería de ser fácil de resolver, y me refiero al carácter *outré*[22] de sus circunstancias. La Policía se ha confundido por la ausencia aparente de motivos que justifiquen, no el crimen, sino la atrocidad con que ha sido cometido. Asimismo, les confunde la aparente imposibilidad de conciliar las voces que disputaban con

---

[21] **Je les menageais**: yo sabía cómo tratarlas.

[22] **Outré**: exagerado.

la circunstancia de no haber sido hallada arriba sino mademoiselle L'Espanaye asesinada, y no encontrar la forma de que nadie saliera del piso sin ser visto por las personas que subían por las escaleras. El extraño desorden de la habitación; el cadáver metido con la cabeza hacia abajo en la chimenea; la mutilación espantosa del cuerpo de la anciana, todas estas consideraciones, con las ya descritas y otras no dignas de mención, han sido suficientes para paralizar sus facultades, haciendo que fracasara por completo la tan traída y llevada perspicacia de los agentes del gobierno. Han caído en el grande, aunque común error de confundir lo insospechado con lo abstruso. Pero precisamente por estas desviaciones de lo normal es por donde ha de hallar la razón su camino en la investigación de la verdad, en el caso en que ese hallazgo sea posible. En investigaciones como la que estamos realizando ahora, no hemos de preguntarnos tanto si ha ocurrido, como qué ha ocurrido que no había ocurrido jamás hasta ahora. Realmente, la sencillez con que yo he de llegar, o he llegado ya, a la solución de este misterio, se halla en razón directa con su aparente falta de solución en el criterio de la policía.

Con mudo asombro, fijé la mirada en mi amigo.

—Estoy esperando ahora —continuó diciéndome, mirando a la puerta de nuestra habitación— a un individuo que, aun cuando probablemente no ha cometido esta carnicería, bien puede estar, en cierta medida, complicado en ella. Es probable que resulte inocente de la parte más desagradable de los crímenes cometidos. Creo no equivocarme en esta suposición, porque en ella se funda mi esperanza de descubrir el misterio. Yo espero a este individuo aquí, en esta habitación, y de un momento a otro. Cierto es que puede no venir, pero lo probable es que venga. Si viene, hay que detenerlo. Aquí hay unas pistolas, y los dos sabemos para qué sirven cuando las circunstancias lo requieren.

Sin saber lo que me hacía, ni lo que oía, tomé las pistolas, mientras Dupin continuaba hablando como si monologara. Sus palabras se dirigían a mí, pero su voz, no muy alta, tenía esa entonación empleada frecuentemente en hablar con una persona que se halla un poco distante. Sus pupilas inexpresivas miraban fijamente hacia la pared.

—La experiencia ha demostrado plenamente que las voces que disputaban —dijo—, oídas por quienes subían las escaleras, no eran las de las dos mujeres. Este hecho descarta el que la anciana hubiese matado primero a su hija y se hubiera suicidado después. Hablo de esto únicamente por respeto al método; porque, además, la fuerza de madame L'Espanaye no hubiera conseguido nunca arrastrar el cuerpo de su hija por la chimenea arriba, tal como fue hallado. Por otra parte, la naturaleza de las heridas excluye totalmente la idea de suicidio. Por tanto; el asesinato ha sido cometido por terceras personas, y las voces de estas son las que se oyeron disputar. Permítame que le haga notar no todo lo que se ha declarado con respecto a estas voces, sino lo que hay de particular en las declaraciones. ¿No ha observado usted nada en ellas?

Y le dije que había observado que mientras todos los testigos coincidían en que la voz grave era la de un francés, había un gran desacuerdo por lo que respecta a la voz aguda, o áspera, como uno de ellos la había calificado.

—Esto es evidencia pura —dijo—, pero no lo particular de esa evidencia. Usted no ha observado nada característico, pero, no obstante, había algo que observar. Como ha notado usted, los testigos estuvieron de acuerdo en cuanto a la voz grave. En ello había unanimidad. Pero, en lo que respecta a la voz aguda, consiste su particularidad no en el desacuerdo, sino en que cuando un italiano, un inglés, un español, un holandés y un francés intentan describirla, cada uno de ellos opinan como si fuese la de un extranjero. Cada uno está seguro de que no es la de un compatriota, y cada uno la compara, no a la de un hombre de una nación cualquiera cuyo lenguaje conoce, sino todo lo contrario. Supone el francés que era la voz de un español y que «hubiese podido distinguir algunas palabras de haber estado familiarizado con el español». El holandés sostiene que fue la de un francés, pero sabemos que, «por no conocer este idioma, el testigo había sido interrogado por un intérprete». Supone el inglés que la voz fue la de un alemán, pero añade que no entiende el alemán. El español, «está seguro» de que es la de un inglés, pero «considera que lo es tan solo por la entonación, ya que no tiene ningún conocimiento del idioma». El italiano cree que es la voz de un ruso, pero «jamás ha tenido conversación alguna con un ruso». Otro francés difiere del primero, y está seguro de que la voz era de un italiano; pero aunque no conoce este idioma, como el español, «está seguro, por su entonación».

»Ahora bien: ¡cuán extraña debía de ser aquella voz para que tales testimonios *pudieran* darse de ella! ¡En sus inflexiones, ciudadanos de cinco grandes naciones europeas, no pueden reconocer nada que les sea familiar! Tal vez usted diga que puede muy bien haber sido la voz de un asiático o la de un africano; pero ni los asiáticos ni los africanos se ven frecuentemente por París. Mas, sin decir que esto sea posible, quiero ahora dirigir su atención nada más que sobre tres puntos. Uno de los testigos describe aquella voz como «más áspera que aguda»; otros dicen que es «rápida y desigual»; en este caso, no hubo palabras, no hubo sonido que tuvieran semejanza alguna con palabras, que ningún testigo menciona como inteligibles.

»Ignoro qué impresión —continuó Dupin— puede haber causado en su entendimiento, pero no dudo en manifestar que las legítimas deducciones efectuadas con solo esta parte de los testimonios conseguidos (la que se refiere a las voces graves y agudas), bastan por sí mismas para motivar una sospecha que bien puede dirigirnos en todo ulterior avance en la investigación de este misterio. He dicho «legítimas deducciones», pero así no queda del todo explicada mi intención. Quiero únicamente manifestar que esas deducciones son las únicas apropiadas, y que mi sospecha se origina inevitablemente en ellas como una conclusión única. No diré todavía cuál es esa sospecha. Tan sólo deseo hacerle comprender a usted que para mí tiene fuerza bastante para dar definida forma (determinada tendencia) a mis investigaciones en aquella habitación.

»Mentalmente, trasladémonos a aquella sala. ¿Qué es lo primero que hemos de buscar allí? Los medios de evasión utilizados por los asesinos. No hay necesidad de decir que ninguno de los dos creemos en este momento en acontecimientos sobrenaturales. Madame y mademoiselle L'Espanaye no han sido, evidentemente, asesinadas por espíritus. Quienes han cometido el crimen fueron seres materiales y escaparon por procedimientos materiales. ¿De qué modo? Afortunadamente, sólo hay una forma de razonar con respecto a este punto, y esta habrá de llevarnos a una solución precisa. Examinemos, pues, uno por uno, los posibles medios de evasión.

»Cierto es que los asesinos se encontraban en la alcoba donde fue hallada mademoiselle L'Espanaye, o, cuando menos, en la contigua, cuando las personas subían por las escaleras. Por tanto, solo hay que investigar las salidas de estas dos habitaciones. La Policía ha dejado al descubierto los pavimentos, los techos y la mampostería de las paredes en todas. A su vigilancia no hubieran podido escapar determinadas salidas secretas. Pero yo no me fiaba de sus ojos y he querido examinarlo con los míos. En efecto, no había salida secreta. Las puertas de las habitaciones que daban al pasillo estaban cerradas perfectamente por dentro. Veamos las chimeneas. Aunque de anchura normal hasta una altura de ocho o diez pies sobre los hogares, no pueden, en toda su longitud, ni siquiera dar cabida a un gato corpulento. La imposibilidad de salida por los ya indicados medios es, por tanto, absoluta. Así, pues, no nos quedan más que las ventanas. Por la de la alcoba que da a la fachada principal no hubiera podido escapar nadie sin que la muchedumbre que había en la calle lo hubiese notado. Por tanto, los asesinos han de haber pasado por las de la habitación posterior. Llegados, pues, a esta conclusión, no podemos, según un minucioso razonamiento, rechazarla, teniendo en cuenta aparentes imposibilidades. Nos queda solo por demostrar que esas aparentes «imposibilidades» en realidad no lo son.

»En la habitación hay dos ventanas. Una de ellas no está obstruida por los muebles, y está completamente visible. La parte inferior de la otra la oculta a la vista la cabecera de la pesada armazón del lecho, estrechamente pegada a ella. La primera de las dos ventanas está fuertemente cerrada y asegurada por dentro. Resistió a los más violentos esfuerzos de quienes intentaron levantarla. En la parte izquierda de su marco se veía un gran agujero practicado con una barrena, y un clavo muy grueso hundido en él hasta la cabeza. Al examinar la otra ventana se encontró otro clavo semejante, clavado de la misma forma, y un vigoroso esfuerzo para separar el marco fracasó también. La Policía se convenció entonces de que por ese camino no se había efectuado la salida, y por esta razón consideró superfluo quitar aquellos clavos y abrir las ventanas.

»Mi examen fue más minucioso, por la razón que acabo de decir, ya que sabía que era *preciso* probar que todas aquellas aparentes imposibilidades no eran tales realmente.

»Continué razonando así *a posteriori*. Los asesinos han debido de escapar por una de estas ventanas. Suponiendo esto, no es fácil que pudieran haberlas sujetado por dentro, como se las ha encontrado, consideración que, por su evidencia, paralizó las investigaciones de la Policía en este aspecto. No obstante, las ventanas estaban cerradas y aseguradas. Era, pues, preciso que pudieran cerrarse por sí mismas. No había modo de escapar a esta conclusión. Fui directamente a la ventana no obstruida, y con cierta dificultad extraje el clavo y traté de levantar el marco. Como yo suponía, resistió a todos los esfuerzos. Había, pues, evidentemente, un resorte escondido, y este hecho, corroborado por mi idea, me convenció de que mis pesquisas, por muy misteriosas que apareciesen las circunstancias relativas a los clavos, eran correctas. Una minuciosa investigación me hizo descubrir pronto el oculto resorte. Lo oprimí y, satisfecho con mi descubrimiento, me abstuve de abrir la ventana.

»Volví entonces a colocar el clavo en su sitio, después de haberlo examinado atentamente. Una persona que hubiera pasado por aquella ventana podía haberla cerrado haciendo funcionar el resorte. Pero el clavo no podía haber sido colocado. Esta conclusión era clarísima, y restringía mucho el campo de mis investigaciones. Los asesinos debían, por tanto, haber escapado por la otra ventana.

»Suponiendo que los dos resortes fueran iguales, como era posible, debía, pues, haber una diferencia entre los clavos, o, por lo menos, en su colocación. Me subí sobre las correas de la armadura del lecho, y por encima de su cabecera examiné minuciosamente la segunda ventana. Pasando la mano por detrás de la madera, descubrí y apreté el resorte, que, como yo había supuesto, era idéntico al anterior. Entonces examiné el clavo. Era del mismo grueso que el otro, y aparentemente estaba clavado de la misma forma, hundido casi hasta la cabeza.

»Tal vez diga usted que me quedé perplejo; pero si abriga semejante pensamiento, es que no ha comprendido bien la naturaleza de mis deducciones. Sirviéndome de una palabra deportiva, no me he encontrado ni una vez «en falta». El rastro no se ha perdido. No se ha perdido ni un solo instante. En ningún eslabón de la cadena ha habido un defecto. Hasta su última consecuencia he seguido el secreto. Y la consecuencia era el clavo. En todos sus aspectos, he dicho, aparentaba ser análogo al de la otra ventana; pero todo era nada (tan decisivo como parecía) comparado con la consideración de que en aquel punto terminaba mi pista. «Debe haber algún defecto en este clavo», me dije. Lo toqué, y su cabeza, con unos siete milímetros de su espiga, se me quedó en la mano. El resto quedaba en el orificio, donde se había roto. La rotura era antigua, como se deducía del óxido de sus bordes, y, al parecer, había sido producida por un martillazo que hundió una parte de la cabeza del clavo en la superficie del marco.

»Volví entonces a colocar cuidadosamente aquella parte en el lugar de donde la había separado, y su semejanza con un clavo intacto fue completa. La rotura era inapreciable. Apreté el resorte y levanté suavemente unos milímetros el marco. Con él subió la cabeza del clavo, quedando fija en su agujero. Cerré la ventana, y era otra vez perfecta la apariencia del clavo entero.

»Hasta aquí estaba resuelto el enigma. El asesino había huido por la ventana situada en la cabecera del lecho. Al bajar por sí misma, luego de haber escapado por ella, o tal vez al ser cerrada deliberadamente, había quedado sujeta por el resorte, y la sujeción de este había engañado a la policía, confundiéndola con la del clavo, por lo cual se había considerado innecesario proseguir la investigación.

»El problema era ahora saber cómo había bajado el asesino. Sobre este punto me sentía satisfecho de mi paseo en torno al edificio. Aproximadamente a metro y medio de la ventana en cuestión pasa la cadena de un pararrayos. Por esta hubiera sido imposible a cualquiera llegar hasta la ventana, y ya no digamos entrar. Sin embargo, al examinar los postigos del cuarto piso, vi que eran de una especie particular, que los carpinteros parisienses llaman *ferrades,* especie poco usada hoy, pero hallada frecuentemente en las casas antiguas de Lyon y Burdeos. Tiene la forma de una puerta normal (sencilla y no de dobles batientes), excepto que su mitad superior está enrejada o trabajada a modo de celosía, por lo que ofrece un agarradero excelente para las manos. En el caso en cuestión, estos postigos tienen una anchura de un metro, más o menos. Cuando los vimos desde la parte posterior de la casa, los dos estaban abiertos hasta la mitad; es decir, formaban con la pared un ángulo recto. Es probable que la Policía haya examinado, como yo, la parte posterior del edificio; pero al mirar las *ferrades* en el sentido de su anchura (como deben de haberlo hecho) no se han dado cuenta de la dimensión de este sentido, o cuando menos no le han dado la necesaria importancia. En realidad, una vez convencidos de que no podía efectuarse la huida por aquel lado, no lo examinaron sino superficialmente.

»Sin embargo, para mí era claro que el postigo que pertenecía a la ventana situada a la cabecera de la cama, si se abría totalmente hasta que tocara la pared, llegaría hasta algo más de medio metro de la cadena del pararrayos. También estaba claro que con el esfuerzo de una energía y un valor insólitos podía muy bien haberse entrado por aquella ventana con ayuda de la cadena. Llegado a aquella distancia de unos setenta centímetros (supongamos ahora abierto el postigo), un ladrón hubiese podido encontrar en el enrejado un sólido asidero, para luego, desde él, soltando la cadena y apoyando bien los pies contra la pared, lanzarse rápidamente, caer en la habitación y atraer hacia sí violentamente el postigo, de modo que se cerrase, y suponiendo, desde luego, que se hallara siempre la ventana abierta.

»Tenga usted en cuenta que me he referido a una energía insólita necesaria para llevar a cabo con éxito una empresa tan arriesgada y difícil. Mi propósito es el de demostrarle, en primer lugar, que el hecho podía realizarse, y muy principalmente llamar su atención sobre el carácter muy extraordinario, casi carácter sobrenatural, de la agilidad necesaria para su ejecución.

»Me replicará usted, sin duda, valiéndose del lenguaje de la ley, que para «defender mi causa» debiera más bien prescindir de la energía requerida en ese caso antes que insistir en valorarla exactamente. Esto es realizable en la práctica forense, pero no en la razón. Mi objetivo final es la verdad tan sólo, y mi propósito inmediato, conducirle a usted a que compare esa insólita energía de que acabo de hablarle con la peculiarísima voz aguda (o áspera) y desigual, con respecto a cuya nacionalidad no se han hallado ni siquiera dos testigos que estuviesen de acuerdo, y en cuya pronunciación no ha sido posible descubrir una sola sílaba.

A estas palabras comenzó a formarse en mi espíritu una vaga idea de lo que pensaba Dupin. Creía llegar al límite de la comprensión, sin que todavía pudiera comprender, lo mismo que esas personas que se encuentran algunas veces en el borde de un recuerdo y no son capaces de llegar a conseguirlo. Mi amigo continuó sus razonamientos.

—Habrá usted visto —me dijo— que he retrotraído la cuestión del modo de salir al de entrar. Mi plan es demostrarle que ambas cosas se han efectuado de la misma manera y por el mismo sitio. Volvamos ahora a la habitación. Estudiemos todos sus aspectos. Según se ha dicho, los cajones del buró han sido saqueados, aunque han quedado en ellos algunas prendas de vestir. Esta conclusión es absurda. Es una simple conjetura, muy necia, por cierto, y nada más. ¿Cómo es posible saber que todos esos objetos encontrados en los cajones no eran todo lo que estos contenían? Madame L'Espanaye y su hija vivían una vida excesivamente retirada. No se trataban con nadie, salían rara vez y, por consiguiente, tenían pocas ocasiones para cambiar de vestido. Los objetos que se han encontrado eran de tan buena calidad, por lo menos, como cualquiera de los que posiblemente hubiesen poseído esas señoras. Si un ladrón hubiera cogido alguno, ¿por qué no los mejores, o por qué no todos? En fin, ¿hubiese abandonado cuatro mil francos en oro para cargar con un fardo de ropa blanca? El oro fue abandonado. Casi la totalidad de la suma mencionada por monsieur Mignaud, el banquero, ha sido hallada sobre el suelo, en los saquitos.

»Insisto, por tanto, en querer descartar de su pensamiento la idea desatinada de un motivo, engendrada en el cerebro de la Policía por esa declaración que se refiere a dinero entregado a la puerta de la casa. Coincidencias diez veces más notables que estas (entrega del dinero y asesinato, tres días más tarde, de la persona que lo recibe) se presentan constantemente en nuestra vida sin despertar siquiera nuestra atención momentánea. Por lo general, las coincidencias son otros tantos motivos de error en el camino de esa clase de pensadores educados de tal modo que nada saben de la teoría de probabilidades, esa teoría a la cual las más memorables conquistas de la civilización humana deben lo más glorioso de su saber. En este caso, si el oro hubiera desaparecido, el hecho de haber sido entregado tres días antes hubiese podido parecer algo más que una coincidencia. Corroboraría la idea de un motivo. Pero, dadas las circunstancias reales en que nos hallamos, si hemos de suponer que el oro ha sido el móvil de hecho, también debemos imaginar que quien lo ha cometido ha sido tan vacilante y tan idiota, que ha abandonado al mismo tiempo el oro y el motivo.

»Fijados bien en nuestro pensamiento los puntos sobre los cuales yo he llamado su atención: la voz peculiar, la insólita agilidad y la sorprendente falta de motivo en un crimen de una atrocidad tan singular como este, examinemos por sí misma esta carnicería. Nos encontramos con una mujer estrangulada con las manos y metida cabeza abajo en una chimenea. Normalmente, los criminales no emplean semejantes procedimientos de asesinato. En el violento modo de introducir el cuerpo en la chimenea habrá usted de admitir que hay algo excesivamente *outré*, algo que está en desacuerdo con nuestras corrientes nociones con respecto a los actos humanos, aun cuando supongamos que los autores de este crimen sean los seres más depravados. Por otra parte, piense usted cuán enorme debe de haber sido la fuerza que logró introducir tan violentamente el cuerpo hacia arriba en una abertura como aquella, por cuanto los esfuerzos unidos de varias personas apenas si lograron sacarlo de ella.

»Fijemos ahora nuestra atención en otros indicios que ponen de manifiesto este vigor maravilloso. Había en el hogar unos espesos mechones de cabellos grises humanos. Habían sido arrancados de cuajo. Conoce usted la fuerza que es necesaria para arrancar de la cabeza aun cuando no sea mas que veinte o treinta cabellos a la vez. Tan bien como yo, usted habrá visto aquellos mechones. Sus raíces ensangrentadas (¡que espantoso espectáculo!) tenían adheridos fragmentos de cuero cabelludo, segura prueba de la prodigiosa fuerza que ha sido necesaria para arrancar un millar de cabellos a la vez. La garganta de la anciana no sólo estaba cortada, sino que tenía la cabeza completamente separada del tronco, y el instrumento para esta operación fue una sencilla navaja barbera.

»Le ruego que se fije también en la brutal ferocidad de tal acto. No es necesario hablar de las magulladuras que aparecieron en el cuerpo de madame L'Espanaye. Monsieur Dumas y su honorable colega monsieur Etienne han declarado que habían sido producidas por un instrumento romo. En ello, estos señores están en lo cierto. El instrumento ha sido, sin duda alguna, el pavimento del patio sobre el que la víctima ha caído desde la ventana situada encima del lecho. Por muy sencilla que parezca ahora esta idea escapó a la perspicacia de la Policía, por la misma razón que le impidió notar la anchura de los postigos, porque, dada la circunstancia de los clavos, su percepción era contraria a la idea de que las ventanas hubieran podido ser abiertas.

»Si ahora, como añadidura a todo esto, ha reflexionado usted bien acerca del extraño desorden de la habitación, hemos llegado ya al punto de combinar las ideas de agilidad maravillosa, fuerza sobrehumana, bestial ferocidad, carnicería sin motivo, una *grotesquerie*[23] en lo horrible, extraña en absoluto a la humanidad, y una voz extranjera por su acento para los oídos de hombres de distintas naciones y desprovistas de todo silabeo que pudiera advertirse distinta e inteligiblemente. ¿Qué se deduce de todo ello? ¿Cuál es la impresión que ha producido en su imaginación?

Al hacerme Dupin esta pregunta sentí un escalofrío.

—Un loco ha cometido ese crimen —dije, algún lunático furioso que se habrá escapado de alguna *maison de santé*[24] vecina.

—En algunos aspectos —me contestó— no es desacertada su idea. Pero hasta en sus más feroces paroxismos, las voces de los locos no se parecen nunca a esa voz peculiar oída desde la escalera. Los locos pertenecen a una nación cualquiera, y su lenguaje, aunque incoherente, es siempre articulado. Por otra parte, el cabello de un loco no se parece al que yo tengo en la mano. De los dedos rígidamente crispados de madame L'Espanaye he desenredado este pequeño mechón. ¿Qué puede usted deducir de esto?

—Dupin —exclamé completamente desalentado— ¡qué cabello más raro! No es un cabello humano.

—Yo no he dicho que lo fuera —me contestó—. Pero antes de decidir con respecto a este particular, le ruego que examine

[23] Grotesquerie: algo grotesco.

[24] Maison de santé: manicomio u hospital psiquiátrico.

este pequeño diseño que he trazado en un trozo de papel. Es un facsímil que representa lo que una parte de los testigos han declarado como cárdenas magulladuras y profundos rasguños producidos por las uñas en el cuello de mademoiselle L'Espanaye, y que los doctores Dumas y Etienne llaman una serie de manchas lívidas evidentemente producidas por la impresión de los dedos. Comprenderá usted —continuó mi amigo, desdoblando el papel sobre la mesa y ante nuestros ojos— que este dibujo da idea de una presión firme y poderosa. Aquí no hay *deslizamiento* visible. Cada dedo ha conservado, quizá hasta la muerte de la víctima, la terrible presa en la cuál se ha moldeado. Pruebe usted ahora a colocar sus dedos, todos a un tiempo, en las respectivas impresiones, tal como las ve usted aquí.

Lo intenté en vano.

—Es posible —continuó— que no efectuemos esta experiencia de un modo decisivo. El papel está desplegado sobre una superficie plana, y la garganta humana es cilíndrica. Pero aquí tenemos un tronco de leña cuya circunferencia es, poco mas o menos, la de la garganta. Enrolle en su superficie este diseño y volvamos a efectuar la experiencia.

Lo hice así, pero la dificultad fue todavía más evidente que la primera vez.

—Esta —dije— no es la huella de una mano humana.

—Ahora, lea este pasaje de Cuvier —continuó Dupin.

Era una historia anatómica, minuciosa y general, del gran orangután salvaje de las islas de la India Oriental. Son harto conocidas de todo el mundo la gigantesca estatura, la fuerza y agilidad prodigiosa, la ferocidad salvaje y las facultades de imitación de estos mamíferos. Comprendí entonces, de pronto, todo el horror de aquellos asesinatos.

—La descripción de los dedos —dije, cuando hube terminado la lectura— está de acuerdo perfectamente con este dibujo. Creo que ningún animal, excepto el orangután de la especie que aquí se menciona, puede haber dejado huellas como las que ha dibujado usted. Este mechón de pelo ralo tiene el mismo carácter que el del animal descrito por Cuvier. Pero no me es posible comprender las circunstancias de este espantoso misterio. Hay que tener en cuenta, además, que se oyeron disputar *dos voces,* e, indiscutiblemente, una de ellas pertenecía a un francés.

—Cierto, y recordará usted una expresión atribuida casi unánimemente a esa voz por los testigos; la expresión *Mon Dieu.* Y en tales circunstancias, uno de los testigos, Montani, el confitero, la identificó como expresión de protesta o reconvención. Por tanto, yo he fundado en estas voces mis esperanzas de la completa resolución de este misterio. Indudablemente, un francés conoce el asesinato. Es posible, y, en realidad, más que posible, probable, que sea él inocente de toda participación en los hechos sangrientos que han ocurrido. Puede habérsele escapado el orangután, y puede haber seguido su rastro hasta la habitación. Pero, dadas las agitadas circunstancias que se hubieran producido, pudo no haberle sido posible capturarle de nuevo. Todavía anda suelto el animal. No es mi propósito continuar estas conjeturas, y las califico así porque no tengo derecho a llamarlas de otro modo, ya que los atisbos de reflexión en que se fundan apenas alcanzan la suficiente base para ser apreciables incluso para mi propia inteligencia, y, además, porque no me es posible hacerlas inteligibles para la comprensión de otra persona. Llamémoslas, pues, conjeturas, y considerémoslas así. Si, como yo supongo, el francés a que me refiero es inocente de tal atrocidad, este anuncio que, a nuestro regreso, dejé en las oficinas de *Le Monde,* un periódico consagrado a intereses marítimos y muy buscado por los marineros, nos lo traerá a casa.

Me entregó el periódico, y leí:

«CAPTURA.— En el *Bois de Boulogne* se ha encontrado, a primeras horas de la mañana del día... de los corrientes (la mañana del crimen), un enorme orangután de la especie de Borneo. Su propietario (que se sabe es un marino perteneciente a la tripulación de un navío maltés) podrá recuperar el animal, previa su identificación, pagando algunos pequeños gastos ocasionados por su captura y manutención. Dirigirse al número... de la rue..., *faubourg* Saint-Germain..., tercero».

—¿Cómo ha podido usted saber —le pregunté a Dupin— que el individuo de que se trata es marinero y está enrolado en un navío maltés?

—Yo no lo conozco —repuso Dupin—; no estoy seguro de que exista. Pero tengo aquí este pedacito de cinta que, a juzgar por su forma y su grasiento aspecto, ha sido usado, evidentemente, para anudar los cabellos en forma de esas largas *queues*[25] a que tan aficionados son los marineros. Por otra parte, este lazo saben anudarlo muy pocas personas, y es característico de los malteses. Recogí esta cinta al pie de la cadena del pararrayos. No puede pertenecer a ninguna de las dos víctimas. Por lo demás, si me he equivocado en mis deducciones con respecto a este lazo, es decir, pensando que ese francés sea un marinero enrolado en un navío maltés, no habré perjudicado a nadie diciendo lo que digo en el anuncio. Si me he equivocado, supondrá él que algunas circunstancias me engañaron, y no se tomará el trabajo de inquirirlas. Pero, si acierto, habremos dado un paso muy importante. Aunque inocente del crimen, el francés habrá de conocerlo, y vacilará entre si debe responder o no al anuncio y reclamar o no el orangután. Sus razonamientos serán los siguientes: «Soy inocente; soy pobre; mi orangután vale mucho dinero, una verdadera fortuna, para un hombre que se encuentra en mi situación. ¿Por qué he de perderlo con un vano temor al peligro? Lo tengo aquí, a mi alcance. Lo encontraron en el *Bois de Boulogne,* a mucha distancia del escenario de aquel crimen. ¿Quién sospecharía que un animal ha cometido semejante acción? La Policía está despistada. No ha obtenido el menor indicio. Dado el caso de que sospecharan del animal, sería imposible demostrar que

[25] **Queues:** coletas trenzadas.

yo tengo conocimiento del crimen, ni mezclarme en él por el solo hecho de conocerlo. Además, me conocen. El anunciante me señala como dueño del animal. No sé hasta qué punto llega este conocimiento. Si soslayo en reclamar una propiedad de tanto valor, y que, además, se sabe que es mía, concluiré haciendo sospechoso al animal. No es prudente llamar la atención sobre mí ni sobre él. Contestaré, por tanto, a este anuncio, recobraré mi orangután y lo encerraré hasta que se haya olvidado por completo este asunto».

En este instante oímos pasos en la escalera.

—Esté preparado —me dijo Dupin—. Coja sus pistolas, pero no haga uso de ellas ni las enseñe hasta que yo le haga una seña.

Habíamos dejado abierta la puerta principal de la casa. El visitante entró sin llamar y subió algunos peldaños de la escalera. Ahora, sin embargo, parecía vacilar. Le oímos descender. Dupin se precipitó hacia la puerta, pero en este instante le oímos subir de nuevo. Ahora ya no retrocedía por segunda vez, sino que subió con decisión y llamó a la puerta de nuestro piso.

—Adelante —dijo Dupin con voz satisfecha y alegre.

Entró un hombre. A no dudarlo, era un marinero. Un hombre alto, fuerte, musculoso, con una expresión de arrogancia no del todo desagradable. Su rostro, muy atezado, estaba oculto en más de su mitad por las patillas y el *mustachio*[26]. Estaba provisto de un grueso garrote de roble, y no parecía llevar otras armas. Saludó, inclinándose torpemente, pronunciando un «buenas noches» con acento francés, el cual, aunque bastardeado levemente por el suizo, daba a conocer claramente su origen parisiense.

—Siéntese, amigo —dijo Dupin—. Supongo que viene a reclamar su orangután. Le aseguro que casi se lo envidio. Es un hermoso animal, y, sin duda alguna, de mucho precio. ¿Qué edad cree usted que tiene?

---

[26] **Mustachio**: bigote.

El marinero suspiró hondamente, como quien se alivia de un enorme peso, y contestó luego con firme, voz:

—No puedo decírselo, pero no creo que tenga más de cuatro o cinco años. ¿Lo tiene usted aquí?

—¡Oh, no! Esta habitación no reúne condiciones para ello. Está en una cuadra de alquiler en la calle Dubourg, cerca de aquí. Mañana por la mañana, si usted quiere, podrá recuperarlo. Supongo que vendrá usted preparado para demostrar su propiedad.

—Sin duda alguna, señor.

—Mucho sentiré tener que separarme de él —dijo Dupin.

—No pretendo que se haya usted tomado tantas molestias para nada, señor —dijo el hombre—. Ni pensarlo. Estoy dispuesto a pagar una gratificación por el hallazgo del animal, mientras sea razonable.

—Bien —contestó mi amigo—. Todo esto es, sin duda, muy justo. Veamos. ¿Qué voy a pedirle? ¡Ah, ya sé! Se lo diré ahora. Mi gratificación será esta: ha de decirme usted cuanto sepa con respecto a los asesinatos de la rue Morgue.

Estas últimas palabras las dijo Dupin con voz muy baja y con una gran tranquilidad. Con análoga tranquilidad se dirigió hacia la puerta, la cerró y se guardó la llave en el bolsillo. Luego sacó la pistola y, sin mostrar agitación alguna, la dejó sobre la mesa.

La cara del marinero enrojeció como si se hallara en un arrebato de sofocación. Se levantó y empuñó su bastón. Pero inmediatamente se dejó caer sobre la silla, con un temblor convulsivo y con el rostro de un cadáver. No dijo una sola palabra, y de todo corazón lo compadecí.

—Amigo mío —dijo Dupin bondadosamente—, le aseguro a usted que se alarma sin motivo alguno. No es nuestro propósito causarle el menor daño. Le doy a usted mi palabra de honor, de caballero y francés, que nuestra intención no es perjudicarle. Sé perfectamente que nada tiene usted que ver con las atrocidades de la rue Morgue. Sin embargo, no puedo negar que, en cierto modo, está usted complicado. Por cuanto le digo comprenderá usted perfectamente que, con respecto a este asunto,

Antología de relatos policíacos

poseo excelentes medios de información, medios en los cuales no hubiera usted pensado jamás. El caso está ya claro para nosotros. Nada ha hecho usted que haya podido evitar. Naturalmente, nada que lo haga a usted culpable. Nadie puede acusarle de haber robado, pudiendo haberlo hecho con toda impunidad, y no tiene tampoco nada que ocultar. También carece de motivos para hacerlo. Además, por todos los principios del honor, está usted obligado a confesar cuanto sepa. Se ha encarcelado a un inocente, a quien se acusa de un crimen cuyo autor solamente usted puede señalar.

Cuando Dupin hubo pronunciado estas palabras, ya el marinero había recobrado un poco su presencia de ánimo. Pero toda su arrogancia había desaparecido.

—¡Que Dios me ampare! —dijo, después de una breve pausa—. Le diré cuanto sepa sobre este asunto; pero estoy seguro de que no creerá usted ni la mitad siquiera. Estaría loco si lo creyese. Sin embargo, soy inocente, y aunque me cueste la vida, le hablaré con franqueza.

En resumen, fue esto lo que nos contó:

Había hecho recientemente un viaje a Insulindia. Él formaba parte de un grupo que desembarcó en Borneo, y pasó al interior para una excursión de placer. Entre él y un compañero suyo habían dado captura al orangután. Su compañero murió, y el animal quedó de su exclusiva pertenencia. Después de muchas molestias producidas por la ferocidad indomable del cautivo, durante el viaje de regreso, consiguió por fin alojarlo en su misma casa, en París, donde, para no atraer sobre él la curiosidad insoportable de los vecinos, lo recluyó cuidadosamente, con objeto de que curase de una herida que se había producido en un pie con una astilla, a bordo de su buque. Su proyecto era venderlo.

Una noche, o, mejor dicho, una mañana, la del crimen, al volver de una francachela celebrada con algunos marineros, encontró al animal en su alcoba. Había escapado del cuarto contiguo, donde él creía tenerlo seguramente encerrado. Se hallaba sentado ante un espejo, teniendo una navaja de afeitar en una mano. Estaba todo enjabonado, intentando afeitarse, operación en la que probablemente había observado a su amo a través del ojo de la cerradura. Aterrado, viendo tan peligrosa arma en manos de un animal tan feroz y sabiéndole muy capaz de hacer uso de ella, el hombre no supo qué hacer durante unos segundos. Frecuentemente había conseguido dominar al animal en sus accesos más furiosos utilizando un látigo, y recurrió a él también en aquella ocasión. Pero al ver el látigo, el orangután saltó de repente fuera de la habitación, echó a correr escaleras abajo y, viendo una ventana, desgraciadamente abierta, salió a la calle.

El francés, desesperado, se echó tras él. El mono, sin soltar la navaja, paraba de vez en cuando, se volvía y le hacia muecas, hasta que llegaba el hombre cerca de él. Entonces escapaba de nuevo. La persecución duró así un buen rato. Las calles se encontraban en completa tranquilidad, porque serían las tres de la madrugada. Al descender por un pasaje situado detrás de la rue Morgue, la atención del fugitivo fue atraída por una luz procedente de la ventana abierta de la habitación de madame L'Espanaye, en el cuarto piso de la casa. Se precipitó hacia la casa, y al ver la cadena del pararrayos, trepó ágilmente por ella, se agarró al postigo, que estaba abierto de par en par hasta la pared, y, apoyándose en esta, se lanzó sobre la cabecera de la cama. Apenas toda esta gimnasia duró un minuto. El orangután, al entrar en la habitación, había rechazado contra la pared el postigo, que de nuevo quedó abierto.

El marinero estaba entonces contento y perplejo. Tenía grandes esperanzas de capturar ahora al animal, que podría escapar difícilmente de la trampa donde se había metido, de no ser que lo hiciera por la cadena, donde él podría salirle al paso cuando descendiese. Por otra parte, le inquietaba grandemente lo que pudiera ocurrir en el interior de la casa, y esta última reflexión le decidió a seguir persiguiendo al fugitivo. Para un marinero no es difícil trepar por una cadena de pararrayos. Pero una vez hubo llegado a la altura de la ventana, cerrada entonces, se vio en la imposibilidad de alcanzarla. Lo más que pudo hacer fue dirigir una rápida ojeada al interior de la habitación. Lo que vio le sobrecogió de tal modo que estuvo a punto de caer. Fue entonces cuando se oyeron los terribles gritos que despertaron, en el silencio de la noche, al vecindario de la rue Morgue. Madame L'Espanaye y su hija, vestidas con sus camisones, estaban, según parece, arreglando algunos papeles en el cofre de hierro ya mencionado, que había sido llevado al centro de la habitación. Estaba abierto, y esparcido su contenido por el suelo. Sin duda, las víctimas se hallaban de espaldas a la ventana, y, a juzgar por el tiempo que transcurrió entre la llegada del animal y los gritos, es probable que no se hubieran dado cuenta inmediatamente de su presencia. El golpe del postigo debieron atribuirlo verosímilmente al viento.

Cuando el marinero miró al interior, el terrible animal había asido a madame L'Espanaye por los cabellos, que en aquel instante tenía sueltos, por estarse peinando, y movía la navaja ante su rostro, imitando los ademanes de un barbero. La hija yacía inmóvil en el suelo, desvanecida. Los gritos y esfuerzos de la anciana (durante los cuales estuvo arrancando el cabello de su cabeza) tuvieron el efecto de cambiar los probables propósitos pacíficos del orangután en pura cólera. Con un decidido movimiento de su hercúleo brazo le separó casi la cabeza del tronco. A la vista de la sangre, su ira se convirtió en frenesí. Con los dientes apretados y despidiendo llamas por los ojos, se lanzó sobre el cuerpo de la hija y clavó sus terribles garras en su garganta, sin soltarla hasta que expiró. Sus extraviadas y feroces miradas se fijaron entonces en la cabecera del lecho, sobre la cual la cara de su amo, rígido por el horror, apenas se distinguía en la oscuridad. La furia de la bestia, que recordaba todavía el terrible látigo, se convirtió instantáneamente en miedo. Comprendiendo que lo que había hecho le hacía acreedor de un castigo, pareció deseoso de ocultar su sangrienta acción. Con la angustia de su agitación y nerviosismo, comenzó a dar saltos por la alcoba, derribando y destrozando los muebles con sus movimientos y levantando los colchones del lecho. Por fin, se apoderó del cuerpo de la joven y, a empujones, lo introdujo por la chimenea en la posición en que fue encontrado. Después se lanzó sobre el de la madre y lo precipitó de cabeza por la ventana.

Al ver que el mono se acercaba a la ventana con su mutilado fardo, el marinero retrocedió horrorizado hacia la cadena, y, más que agarrándose, dejándose deslizar por ella, se fue inmediata y precipitadamente a su casa, con el temor de las consecuencias de aquella horrible carnicería, y abandonando gustosamente, tal fue su horror, toda preocupación por lo que pudiera sucederle al orangután. Así, pues, las voces oídas por la gente que subía las escaleras fueron sus exclamaciones de horror y espanto, mezcladas con los diabólicos charloteos del animal.

Poco me queda que añadir. Antes del amanecer debió de huir el orangután de la alcoba utilizando la cadena del pararrayos. Maquinalmente cerraría la ventana al pasar por ella. Tiempo más tarde fue capturado por su dueño, quien lo vendió por una fuerte suma para el *Jardin des Plantes*[27]. Después de haber contado cuanto sabíamos, añadiendo algunos comentarios por parte de Dupin, en el buró del prefecto de Policía, Le Bon fue puesto inmediatamente en libertad. El funcionario, por muy inclinado que estuviera en favor de mi amigo, no podía disimular de modo alguno su mal humor, viendo el giro que el asunto había tomado, y se permitió unas frases sarcásticas con respecto a la corrección de las personas que se mezclaban en las funciones que a él le correspondían.

—Déjele que diga lo que quiera —me dijo luego Dupin, que no creía oportuno contestar—. Déjele que hable. Así aligerará su conciencia. Por lo que a mí respecta, estoy contento de haberle vencido en su propio terreno. No obstante, el no haber acertado la solución de este misterio no es tan extraño como él supone, porque, realmente, nuestro amigo el prefecto es lo suficientemente agudo para

---

[27] **Jardin des Plantes:** el Jardín Botánico de París en el que además se encuentra la casa de fieras, razón por la que el orangután es vendido a esta institución.

pensar sobre ello con profundidad. Pero su ciencia carece de base. Todo él es cabeza, mas sin cuerpo, como las pinturas de la diosa Laverna, o, por mejor decir, todo cabeza y espalda, como el bacalao. Sin embargo, es una buena persona. Le aprecio particularmente por un golpe maestro de afectación, al cual debe su reputación de hombre de talento. Me refiero a su modo *de nier ce qui est, et d'expliquer ce qui n'est pas*[28].

---

[28] **De nier ce qui est, et d'expliquer ce qui n'est pas**: de negar lo que es y de explicar lo que no es.

CAZADOR CAZADO

(Del inspector jefe Theakstone, del Departamento
de investigaciones, al sargento Bulmer,
del mismo Departamento)
Londres, 4 de julio de 18...

Sargento Bulmer: Sirva esta para informarle de que se le necesita para ayudar a resolver un caso importante que requiere la intervención de un hombre de su experiencia. Me hará usted el favor de transferir al joven portador de esta carta el asunto sobre robo en el cual está usted ocupado actualmente. Le dará usted toda la información que tenga sobre el caso, tal como está; le pondrá usted en antecedentes sobre los progresos que ha hecho (si es que los hay) para descubrir a la persona o personas que robaron el dinero. Deje que él haga lo mejor que pueda con este asunto que ahora está en sus manos. A él le corresponderá la responsabilidad, o el éxito, si consigue llevar el asunto a buen término.

Estas son las órdenes que tenía que comunicar a usted.

Déjeme ahora que le murmure al oído algo acerca del hombre que lo reemplazará en este asunto. Se llama Matthew Sharpin, y se le presenta la oportunidad de ingresar en el Departamento por la puerta falsa. Ya veremos si logra permanecer en él. Usted me preguntará seguramente cómo consiguió este privilegio. Lo único que puedo decirle es que alguien muy influyente lo respalda. Se trata de una persona que, tanto usted como yo, preferimos no nombrar. El joven de quien le hablo ha sido pasante de un abogado;

tiene una elevada opinión de sí mismo, y es tan mezquino y falso como aparenta. Según manifiesta, ha abandonado su anterior ocupación para incorporarse a la nuestra por su propia voluntad y deseo. Usted no creerá esto más que yo. Opino más bien que se ha apoderado de algún secreto de un cliente de su antiguo patrón, cosa que lo convierte en persona poco grata para tenerla en la oficina; de paso, esto le da cierto poder sobre su patrón, quien no podría despedirlo sin peligro. Yo creo que darle esta oportunidad equivale a lo mismo que darle dinero para que se calle lo que sabe. Sea lo que fuere el señor Matthew Sharpin se ocupará ahora del asunto que está en sus manos, y si su actuación se viera coronada por el éxito, meterá su sucia nariz en nuestras oficinas, tan ciertamente como la luz del sol. Le informo de todo esto para que no le dé ningún motivo de queja con el que pudiera ir a la Jefatura y perjudicarle a usted. Atentamente suyo, *Francis Theakstone.*

(*Del señor Matthew Sharpin al inspector jefe Theakstone*)
Londres, 5 de julio de 18...

Estimado señor: Después de haberme visto favorecido con las necesarias instrucciones del sargento Bulmer, me permito llamarle la atención sobre ciertas órdenes que he recibido relativas a los informes que, sobre mi futura actuación, he de preparar para someter a la Jefatura.

El objeto de que me dirija a usted, y de que usted examine lo escrito por mí antes de elevarlo a más altas autoridades, es, según se me ha informado, concederme el beneficio de su consejo, para el caso de que lo necesite (y me atrevo a esperar que no será así), en cualquier momento de mis actuaciones. Como las extraordinarias circunstancias del asunto en que estoy ocupado me privan de ausentarme del lugar donde fue cometido el robo, mientras no haga algún progreso en el descubrimiento del ladrón, no podré consultar personalmente con usted. De ahí la necesidad en que me veo de escribirle sobre varios detalles que quizá sería preferible tratar de viva voz. Esta es, si no me equivoco, la posición en que nos hallamos colocados. Consigno mis impresiones al respecto a fin de que podamos entendernos perfectamente desde el principio, y quedo su atento y seguro servidor, *Matthew Sharpin*.

(Del inspector jefe Theakstone al señor Matthew Sharpin)
Londres, 5 de julio de 18...

Señor: Ha empezado usted perdiendo tiempo, tinta y papel. Ambos sabíamos perfectamente bien cuáles eran nuestras respectivas posiciones cuando le mandé con mi carta al sargento Bulmer. No había la menor necesidad de repetirlo por escrito. En lo sucesivo, haga el favor de emplear su pluma para el asunto que se le ha encomendado.

Tres son los informes que usted debe escribirme. Primero: ha de hacerme un resumen de las instrucciones que ha recibido del sargento Bulmer, para demostrarme que nada ha escapado a su memoria y que está completamente familiarizado con las circunstancias del caso que se le confía. Segundo: debe usted informarme sobre lo que se propone hacer. Tercero: tiene que comunicarme por escrito cada progreso que haga (si es que hace alguno) día por día, y, si es necesario, hora por hora. Este es su deber. En lo que se refiere al mío, cuando yo quiera que me lo recuerde, se lo comunicaré. Mientras tanto, lo saluda, *Francis Theakstone*.

(Del señor Matthew Sharpin al inspector jefe Theakstone)
Londres, 6 de julio de 18...

Señor: Usted es un hombre de edad madura y, por lo tanto, naturalmente inclinado a sentirse un poco celoso de los jóvenes que, como yo, están en la flor de la vida y en plena posesión de sus facultades. En estas circunstancias, es mi deber estar respetuoso con usted y no tomar demasiado a pecho sus pequeños defectos. Declino también sentirme ofendido por el tono de su carta; le hago beneficiario de mi bondad natural y borro de mi memoria su insolente comunicación. En una palabra, inspector jefe Theakstone, le perdono, y voy al caso.

Mi primer deber es darle un informe completo de las instrucciones que he recibido del sargento Bulmer. Helas aquí, según mi versión:

En el número 3 de la calle Rutherford, en Soho, existe un comercio de papelería atendido por un tal Yatman, casado y sin hijos. Además del señor Yatman y su esposa, los otros ocupantes de la casa son: un hombre soltero de apellido Jay, que ocupa la habitación del frente del segundo piso; un dependiente, que duerme en una de las piezas del desván, y una persona para todo servicio, que tiene su cama en la pieza que está detrás de la cocina. Una vez por semana, y sólo algunas horas por la mañana, viene una mujer para ayudar en la limpieza. Estas son las personas que habitualmente tienen libre acceso al interior de la casa.

El señor Yatman ha estado en los negocios durante varios años, llevando sus asuntos en forma próspera, hasta el punto de poder disfrutar de una envidiable independencia para un hombre de su posición. Desgraciadamente, con el fin de acrecentar su fortuna, empezó a especular. Hizo inversiones audaces, y la suerte se volvió contra él en forma tal que, hace apenas dos años, se encontró convertido otra vez en un hombre pobre. Todo lo que logró salvar del naufragio fueron doscientas libras.

Aunque el señor Yatman hizo lo que pudo para enfrentarse con las circunstancias, suprimiendo lujos y comodidades a los que él y su esposa estaban acostumbrados, le fue imposible ahorrar nada de lo que sacaba de la papelería. El negocio iba declinando de año en año, a causa de competidores que vendían a precios más baratos. De esta manera, pues, estaban las cosas hasta la última semana; el único remanente de la fortuna del señor Yatman eran las doscientas libras que consiguió salvar del naufragio de su fortuna. Esta suma estaba depositada en un Banco de capital común de gran solvencia.

Hace ocho días, el señor Yatman y su huésped, el señor Jay, sostuvieron una conversación acerca de las dificultades que en estos tiempos entorpecen el comercio en todas sus ramificaciones. El señor Jay (que vive de lo que le producen los sueltos sobre accidentes, querellas y breves noticias de interés general que manda a los periódicos y que le pagan a tanto la línea) dijo a su casero que esa mañana había oído comentarios desfavorables de los Bancos de capital común. Esos rumores ya habían llegado a oídos del señor Yatman por otros conductos. Tales noticias, confirmadas por su inquilino, alarmaron tanto al señor Yatman, ya predispuesto a ello por su pérdida anterior, que decidió retirar cuanto antes el dinero depositado en el Banco.

Como era un poco antes del atardecer, llegó a tiempo para que le entregaran el dinero, antes de cerrar el Banco.

Recibió el importe de su depósito en la siguiente forma: un billete de cincuenta libras, tres de veinte libras, seis de diez libras y seis de cinco libras. Pidió el dinero así porque pensaba invertirlo en préstamos seguros de poca importancia entre los pequeños comerciantes de su distrito, algunos de los cuales se hallan en situación apremiante en estos momentos. Las inversiones de esta índole parecían al señor Yatman las más provechosas y menos arriesgadas. Guardó el sobre con el dinero en el bolsillo interior de su chaqueta, y al llegar a su casa pidió una caja de latón que años atrás usara para guardar valores y que, según creía recordar, era del tamaño exacto de los billetes. Durante largo rato buscaron en vano la caja. El señor Yatman preguntó a su esposa si sabía dónde podía estar la caja. La pregunta fue oída por la sirvienta, que en ese momento llevaba la bandeja con el té, y por el señor Jay, que en ese instante bajaba para ir al teatro. Por fin, la caja fue encontrada por el dependiente del negocio. El señor Yatman colocó los billetes del Banco en ella, la cerró con el candado y se la guardó en un bolsillo del abrigo, del que sobresalía un poco, lo suficiente para ser vista. El señor Yatman permaneció toda la tarde en el piso alto de su casa; no recibió visitas, y a las once de la noche se fue a acostar, no sin haber puesto antes la caja con el dinero, junto con su ropa, en una silla al lado de la cama.

Cuando él y su esposa despertaron a la mañana siguiente, la caja había desaparecido. Se avisó al Banco de Inglaterra para que no canjeara esos billetes, aunque hasta aquel momento nada se había sabido de ellos.

Hasta aquí, las circunstancias del caso eran perfectamente claras, y demuestran de una manera indiscutible que el robo debió de ser cometido por alguna persona que vive en la casa. Por esto las sospechas recaen sobre la sirvienta, el dependiente y el señor Jay. Los dos primeros estaban en antecedentes de la búsqueda de la caja, y aunque no supieran para qué la quería el señor Yatman, era muy probable que supusieran que era para guardar dinero. Ambos tuvieron oportunidad de ver la caja que sobresalía del bolsillo de su patrón; la sirvienta, cuando retiró la bandeja con el servicio de té, y el dependiente, cuando fue a entregarle las llaves de la tienda, antes de salir. Al verle la caja en el bolsillo pueden haber inferido que el señor Yatman pensaba llevarla a su dormitorio esa noche.

Por otra parte, el señor Jay sabía, después de la conversación que sostuvo por la tarde acerca de los bancos, que el señor Yatman tenía un depósito de doscientas libras en uno de ellos; y sabía, también, al separarse, que su casero tenía intención de retirar en seguida el dinero. Cuando después oyó las preguntas relativas a la caja, es natural que dedujera que el dinero estaba ya en la casa y que la caja era requerida para guardarlo. El hecho de que él saliera de la casa antes de que la caja se encontrara, lo descarta como sabedor del lugar donde el señor Yatman pensaba guardarlo durante la noche. Lógicamente, si el señor Jay cometió el robo tiene que haber entrado en el dormitorio después que el señor Yatman se hubo acostado, ignorando si encontraría la caja o no.

Al hablar del dormitorio, caigo en la cuenta de la necesidad de situar su ubicación en la casa, y de lo fácil que es entrar en él a cualquier hora de la noche.

Esta habitación se encuentra en la parte de atrás del primer piso. A causa del miedo que la señora Yatman tiene a los incendios (que le hace temer quedar apresada por las llamas en su habitación en caso de incendio al no poder abrir una puerta cerrada con llave), su marido está acostumbrado a no cerrar jamás la puerta del dormitorio. Por otra parte, ambos confiesan tener un sueño profundo. De lo dicho se desprende que una persona con intenciones aviesas que quisiera penetrar en ese dormitorio, correría muy poco riesgo; con dar la vuelta a la manija de la puerta, esta se abriría, y por poca precaución que tuvieran los ocupantes de la pieza, no despertarían. Este detalle es de mucha importancia, ya que fortalece nuestra convicción de que el dinero fue robado por alguna de las personas que viven en la casa, sin que para ello sea necesario poseer la astucia y experiencia de un ladrón profesional.

Estas son las circunstancias, tal como fueron referidas al sargento Bulmer, cuando fue llamado para descubrir al ladrón, o ladrones, y, si le era posible, recuperar el dinero. Sus acuciosas averiguaciones fallaron al no poder presentar la menor evidencia contra las personas de las cuales era lógico sospechar. Cuando se les informó del robo cometido, procedieron como lo harían personas ajenas al hecho. El sargento Bulmer advirtió desde el primer momento que este caso requería un procedimiento de investigación lo más secreto posible. Comenzó por aconsejar al señor Yatman y a su esposa que demostraran no tener la menor duda ni desconfianza hacia las personas que habitan bajo su mismo techo. El sargento Bulmer inició la campaña observando las idas y venidas de esas personas y, además, tratando de averiguar las costumbres, secretos y amistades de la criada para todo servicio.

Durante tres días y tres noches el sargento Bulmer estuvo vigilándola, acompañado de algunos agentes de gran competencia, pero el resultado fue nulo: no encontraron nada que pudiera arrojar la menor sombra de sospecha sobre la muchacha.

El mismo sistema de vigilancia empleó para con el dependiente. En este caso tuvo más dificultades, debido a lo poco que sabía del hombre, pero por lo que consiguió averiguar (aunque en este caso su certeza no fue tan completa como en el de la muchacha) llegó a la conclusión de que era ajeno al robo de la caja con el dinero.

Como consecuencia lógica de estos procedimientos, las sospechas recaen sobre el pensionista, el señor Jay.

Cuando comparecí ante el sargento Bulmer con su carta de presentación, este había hecho ya ciertas averiguaciones respecto al joven pensionista. El resultado de estas no lo favorece mucho. Sus costumbres son irregulares, frecuenta sitios poco recomendables y sus amistades son personas de carácter disoluto. Está en deuda con todos los comerciantes con los cuales tiene tratos y, además, debe un mes de alquiler al señor Yatman. La semana pasada se le vio hablando con un boxeador, y ayer por la tarde, al llegar, daba muestras de haber bebido bastante alcohol. En una palabra, aunque el señor Jay se hace llamar periodista por los artículos de poca monta que publica en los periódicos, demuestra ser un joven de maneras vulgares y peores hábitos. Nada se le ha podido descubrir hasta ahora que redunde en beneficio suyo.

Esto es, en detalle, lo que me comunicó el sargento Bulmer. No creo que usted pueda encontrar que he omitido algo, y me parece, además, que, a pesar de los prejuicios que tiene contra mí, no dejará de reconocer que nadie le ha presentado un informe más claro y completo. Mi segunda obligación consiste en informarle acerca de lo que me propongo hacer con el asunto que se me ha confiado.

En primer lugar, comprendo claramente que he de comenzar las cosas en el punto en que las dejó el sargento Bulmer. De acuerdo con lo dicho anteriormente, no tengo que preocuparme de la sirvienta, ni del dependiente, ya que no existe ninguna duda acerca de su inocencia. Queda por probar la inocencia o culpabilidad del señor Jay, puesto que antes de dar el dinero por perdido debo asegurarme, si puedo, de que es persona completamente ajena al robo.

El plan que he trazado, y que seguiré con la plena aprobación del señor Yatman y de su esposa, para descubrir si el señor Jay es la persona que robó la caja, es el siguiente: Me propongo llegar hoy mismo allí aparentando ser un joven que busca una pieza para alquilar. Se me mostrará la habitación trasera del segundo piso, donde pienso instalarme esta misma tarde dando a entender que soy un joven que acaba de llegar a Londres en busca de un empleo en un comercio u oficina respetable.

De esta manera podré vivir en la habitación contigua a la ocupada por el señor Jay. Como la pared divisoria es un delgado tabique recubierto de yeso, me será fácil practicar un pequeño agujero por el que podré espiar lo que haga el señor Jay en su aposento y oír las conversaciones que sostenga con los amigos que vayan a visitarlo. Mientras él permanezca en casa, yo estaré en mi puesto de observación. Cuando salga, iré tras él. Empleando estos medios de vigilancia, creo que me será posible llegar a descubrir su secreto, es decir, averiguar si sabe algo de los billetes del Banco.

No sé lo que opinará usted acerca de mi plan de observación. A mí me parece audaz y sencillo a la vez. Con esta seguridad termino este comunicado, lleno de confianza en el futuro. Su seguro servidor, *Matthew Skarpin*.

(Del señor Matthew Sharpin al inspector jefe Theakstone)
7 de julio

Señor: No habiendo sido honrado con ninguna respuesta a mi última carta, creo, a pesar de los prejuicios que tenga usted contra mí, haberle producido buena impresión. Sintiéndome recompensado por este silencio, que interpreto como una elocuente señal de su aprobación, procedo a relatarle los progresos realizados en las últimas veinticuatro horas.

Me encuentro cómodamente instalado en la habitación contigua a la que ocupa el señor Jay, es una satisfacción para mí poder decir que he practicado dos agujeros, en lugar de uno, en la pared divisoria. Mi natural sentido del humor me ha llevado a la perdonable extravagancia de ponerles nombre: el observador y el auricular. El nombre puesto al primero se explica solo; en cuanto al del segundo, se debe a un pequeño caño de metal que he insertado en él, lo que me da la ventaja de oír mientras observo. De esta manera, mientras estoy espiando al señor Jay, puedo también escuchar lo que dice.

La sinceridad, virtud que he poseído desde mi infancia, me obliga a reconocer que la idea de practicar el agujero que he llamado auricular me fue sugerida por la esposa de Yatman. Esta señora, inteligente, sencilla y de modales distinguidos, ha estudiado y comprendido todos mis planes con un entusiasmo e inteligencia dignos de encomio. El señor Yatman, en cambio, está tan abatido por la pérdida de su dinero que es incapaz de prestarme ninguna ayuda. La esposa de Yatman, que siente mucho afecto por su marido, lamenta más el estado de pesadumbre de este que la pérdida del dinero y se ha entregado con todas sus energías a levantar el espíritu de su esposo, que presenta un miserable estado de postración.

—El dinero, señor Sharpin —me decía ayer la señora Yatman, con lágrimas en los ojos—, el dinero puede ser recuperado, haciendo economías o dedicándose de lleno al negocio. Es el lamentable estado de ánimo de mi marido lo que me hace desear con ansiedad el descubrimiento del ladrón. Quizá me equivoque, pero desde que usted entró en esta casa mis esperanzas renacieron, y creo, además, que usted es el hombre indicado para descubrir al malvado.

Yo acepté ese cumplido, firmemente convencido de que tarde o temprano haré honor al mismo.

Pero volvamos al asunto, es decir, a mi puesto de observación y audición.

He pasado algunas horas divertidas y tranquilas contemplando al señor Jay. Aunque rara vez está en casa, según me ha dicho la señora Yatman, hoy no ha salido en todo el día. Esto no deja de ser sospechoso, a mi modo de ver. He de informar, además, que esta mañana se ha levantado tarde (mala señal en un hombre joven) y perdió después un tiempo considerable en bostezar y en quejarse de dolor de cabeza. Como todos los hombres corrompidos, no comió nada en el desayuno; después fumó una pipa, una sucia pipa de arcilla, que cualquier caballero se sentiría avergonzado de ponerse entre los labios. Cuando terminó de fumar, tomó pluma, tinta y papel y se dispuso a escribir, lanzando un gemido al sentarse, no sé si de remordimiento por haber robado el dinero o por tener que escribir una carta. Después de escribir algunas líneas (estoy demasiado lejos de él para poder leer lo que escribe), se apoyó contra el respaldo de la silla y empezó a silbar algunos aires populares. Si estos no son claves que usa para comunicarse con sus cómplices es algo que queda por averiguar. Al cabo de un rato de distraerse con sus silbidos, empezó a pasear por la habitación, deteniéndose de vez en cuando para agregar un párrafo a lo que había escrito. A poco, se acercó a un armario y lo abrió. Yo agucé la vista para no perder ni un solo detalle; vi que con todo cuidado sacaba algo del armario, pero al volverse... ¡resultó que lo que tenía en la mano era una botella de coñac! Después de haber bebido un poco del contenido de la botella, aquella despreciable e indolente persona se tumbó en la cama otra vez y a los cinco minutos dormía.

Estuve oyendo sus ronquidos durante dos horas, hasta que un golpe dado en la puerta de la habitación vecina me llamó a mi puesto de observación. El señor Jay saltó de la cama y abrió la puerta con sospechosa rapidez.

El visitante era un mozalbete de cara sucia, que al entrar dijo:

—Por favor, señor; lo están esperando.

Dichas estas palabras el mozalbete se sentó en una silla, estiró las piernas y se quedó dormido. El señor Jay lanzó un juramento, se ató una toalla mojada a la cabeza y, volviendo a su papel, empezó a escribir lo más rápidamente que le permitían sus dedos. De vez en cuando se levantaba para volver a mojar la toalla, que se ataba de nuevo a la cabeza. Así estuvo durante tres horas, al cabo de las cuales dobló las hojas escritas, despertó al muchacho y le dijo estas interesantes palabras:

—¡Rápido, dormilón! Si ves al tutor, dile que tenga el dinero listo para cuando yo vaya a buscarlo.

El muchacho hizo una mueca y desapareció. Estuve tentado de seguir al dormilón, pero me pareció más prudente quedarme observando las acciones del señor Jay.

Media hora después se puso el sombrero y salió. Naturalmente, yo hice lo mismo. Al bajar la escalera, me topé con la señora Yatman. Habíamos convenido que ella registraría la pieza del señor Jay cuando este estuviera ausente y yo ocupado en la grata tarea de seguirle los pasos. En esta ocasión vi que se dirigía a la taberna más próxima y pedía dos costillas de cordero. Yo me senté en una mesa cercana a la suya y pedí lo mismo. Apenas habían transcurrido dos minutos, un joven de aspecto más que sospechoso, que estaba sentado a otra mesa, se levantó y, tomando un vaso, se dirigió hacia donde estaba el señor Jay y se sentó a su lado. Fingí estar enfrascado en la lectura de mi periódico, pero, como era mi deber, toda mi atención estaba concentrada en escuchar la conversación de los dos hombres.

—Jack ha estado aquí preguntando por usted —dijo el joven desconocido.

—¿Dejó algún mensaje para mí? —preguntó el señor Jay.

—Si —contestó el interlocutor—. Me dijo que si lo veía le dijera que tenía especial interés en verlo esta noche, y que pasaría a las siete por la calle Rutherford.

—Está bien —dijo el señor Jay—. Estaré allí a esa hora.

Después de esto, el joven de aspecto sospechoso terminó su oporto y, manifestando que tenía prisa, se despidió de su amigo (quizá no sería arriesgado decir su cómplice) y se marchó.

A las seis y veinticinco minutos y medio (en estos casos es siempre muy importante ser exacto con la hora), el señor Jay terminó sus costillas y pagó la cuenta. A las seis y veintiséis minutos y tres cuartos, yo terminé mis costillas y pagué la cuenta. Diez minutos más tarde, entraba en la casa de la calle Rutherford, donde me esperaba la señora Yatman. Su rostro encantador tenía una expresión melancólica y apenada que daba lástima ver.

—Temo, señora, que no ha encontrado usted nada sospechoso en la habitación de su huésped.

La señora Yatman sacudió la cabeza y suspiró. Fue un suspiro lánguido y hondo que me conmovió. Por unos instantes, olvidándome del asunto que tenía a mi cargo, envidié al señor Yatman.

—No se desanime, señora —dije con una suavidad que pareció emocionarla—. Acabo de escuchar una conversación muy sospechosa y sé algo acerca de una cita culpable... Espero presenciar grandes acontecimientos esta noche desde mi puesto de observación. Por favor, no se alarme; pero creo que estamos al borde de un descubrimiento.

Mi entusiasta devoción a mi deber se sobrepuso a mis tiernos sentimientos. La miré..., le hice un guiño..., bajé la cabeza..., me alejé de ella.

De regreso a mi puesto de observación, hallé al señor Jay haciendo la digestión de las costillas que había comido, sentado en una poltrona y fumando su pipa. En la mesa había dos vasos, una jarra con agua y la botella de coñac. Eran cerca de las siete. A la hora exacta llegó el hombre llamado Jack.

Parecía nervioso; en realidad, y digo esto con placer, parecía muy agitado. La satisfacción de prever una jornada fructífera me inundaba de pies a cabeza, valga la expresión. Lleno de curiosidad, apliqué el ojo al agujero, y vi que el visitante, el Jack de este delicioso caso, se había sentado cara a mí, al otro lado de la mesa. Aquellos dos bribones de aspecto desaliñado se parecían tanto entre sí, que viéndolos juntos, separados apenas por la mesa, llegué a la conclusión de que eran hermanos. Jack era el más limpio y cuidado en el vestir, convengo en ello. Es tal vez uno de mis defectos llevar la justicia y la imparcialidad a sus límites más extremos. No soy un fariseo, y donde el vicio se redime, sea de la manera que sea, no dejo de reconocerlo.

—¿Qué pasa ahora, Jack? —preguntó el señor Jay.

—¿No lo ves reflejado en mi rostro? —dijo Jack—. Mi querido amigo, las demoras son siempre peligrosas. No dudemos más; arriesguémoslo todo pasado mañana.

—¿Tan pronto? —gritó el señor Jay, asombrado—. Bien, si tú estás dispuesto, yo también. Pero, ¿estará lista esa otra persona? ¿Estás seguro, Jack?

El señor Jay mostró una desagradable sonrisa al hablar, especialmente cuando se refirió a «esa otra persona», palabras que acentuó marcadamente. Es evidente que en este asunto hay mezclado un tercer rufián.

—Puedes encontrarte con nosotros mañana —dijo Jack—. Así podrás juzgar por ti mismo. Acude al *Regent Park* a las once de la mañana; nos encontrarás en el recodo que desemboca en la avenida.

—Estaré allí —dijo el señor Jay—. ¿Quieres un poco de coñac con agua? ¿Para qué te levantas? ¿Ya te vas?

—Sí, me voy —contestó Jack—. El hecho es que estoy tan inquieto que no puedo quedarme tranquilo ni un minuto. Aunque te parezca ridículo, estoy muy nervioso. El pensamiento de que en el momento menos pensado nos pueden sorprender no me abandona. Me imagino que cada hombre que me mira dos veces en la calle es un espía...

Al oír estas palabras, me pareció que las rodillas se me doblaban. Sólo a fuerza de voluntad pude seguir espiando por mi agujero. Le doy mi palabra de honor acerca de esto.

—¡Tonterías! —exclamó el señor Jay, con la audacia de un criminal inveterado—. Hasta este momento hemos guardado el secreto, y lo seguiremos guardando hasta el fin. Toma un trago de coñac con agua, y te sentirás tan confiado como yo.

Jack rehusó el coñac con firmeza, y con más firmeza aún persistió en marcharse.

—Trataré de distraerme caminando. Y no lo olvides: mañana, a las once, en el *Regent Park,* del lado de la avenida.

Con estas palabras de despedida, salió. Su mezquino pariente soltó una carcajada y volvió a tomar la pipa.

No me cabía la menor duda de que no se había hecho ningún intento para cambiar los billetes del Banco; y quiero agregar que el sargento Bulmer abundaba en esta misma opinión cuando dejó el caso en mis manos. ¿Cuál es la conclusión lógica a sacar de la conversación oída por mí, y a que me he referido antes? Es evidente que la cita concertada para mañana será para repartirse el dinero y estudiar la forma más segura de cambiar los billetes al día siguiente. El señor Jay es, sin duda alguna, el jefe en este asunto, y será probablemente quien correrá el riesgo de cambiar el billete de cincuenta libras. Por consiguiente, mañana lo seguiré a *Regent Park,* y trataré de colocarme lo más cerca posible para enterarme de lo que digan. Si conciertan alguna otra cita, les iré a la zaga, claro está. Para esto necesito la ayuda de dos agentes (pues es posible que los cómplices se alejen en distintas direcciones) que sigan a los dos ladrones de menor importancia. Es obvio que si los bribones se alejan juntos, estos subordinados permanecerán a la expectativa. Siendo ambicioso por naturaleza, deseo, si es posible, que el éxito del descubrimiento de este robo me pertenezca a mí solo.

8 de julio

Agradezco la pronta llegada de mis dos subordinados. Me temo que no sean hombres muy hábiles, pero, por fortuna, yo estaré cerca de ellos para dirigirlos.

Lo primero que hice esta mañana fue hablar con el señor Yatman y su esposa con el fin de explicarles la presencia de dos extraños en su casa. El señor Yatman (que es un pobre hombre, y quede esto entre nosotros), se limitó a mover la cabeza, lloriqueando. La señora Yatman (¡qué mujer superior!) me favoreció con una encantadora mirada llena de significado.

—¡Oh, señor Sharpin! —exclamó la señora Yatman—. ¡Si supiera usted cómo lamento la presencia de esos dos hombres! Empiezo a creer que tiene usted dudas acerca de su éxito en el asunto, pues de lo contrario no hubiera pedido ayuda.

Disimuladamente, le hice un guiño (ella es muy comprensiva y no se ofende por una cosa así) y le expliqué, bromeando, que estaba equivocada.

—Es porque tengo la seguridad de triunfar por lo que mandé llamar a esos hombres. Estoy decidido a recobrar el dinero, y esto no por lo que a mi me concierne, sino por lo que se refiere al señor Yatman... y por usted.

Acentué con énfasis las tres últimas palabras.

—¡Oh, señor Sharpin! —exclamó otra vez la señora Yatman, enrojeciendo y clavando los ojos sobre su costura. En ese momento yo me sentí capaz de ir al fin del mundo con esta mujer, siempre que al señor Yatman se le ocurriera morirse.

Envié a mis dos subordinados a que me esperasen en el portón del *Regent Park* que da sobre la avenida. Media hora más tarde salía yo detrás del señor Jay.

Los dos cómplices fueron puntuales. Me sonroja tener ahora que anotar que el tercer bribón, la misteriosa «otra persona» de que hablaron los dos hermanos en su conversación, es ¡una mujer! Y, lo que es peor, una mujer joven; una mujer joven y bonita, para colmo de males. Siempre me he resistido a creer en el hecho de que en todos los delitos hay complicada una persona del sexo débil. Después de la experiencia que he tenido esta mañana, no lucharé más contra esta creencia. Renunciaré a las mujeres..., exceptuando a la señora Yatman.

El hombre llamado Jack ofreció su brazo a la mujer, mientras el señor Jay se colocaba al otro lado de esta, y así reunidos empezaron a caminar despacio bajo la sombra de los árboles. Yo los seguía a conveniente distancia; y, también a conveniente distancia, mis dos subordinados me seguían a mi.

Lamento tener que decir que me era imposible acercarme lo suficiente para oír lo que decían, sin correr el riesgo de hacerme sospechoso. Lo único que pude inferir por sus gestos y ademanes es que trataban un asunto de sumo interés para ellos. Al cabo de un cuarto de hora, dieron la vuelta bruscamente y desandaron el camino recorrido. Mi presencia de ánimo no me abandonó en este trance. Hice señas a mis dos subordinados para indicarles que siguieran de largo, y yo me oculté detrás de un árbol. Al pasar cerca de mí, oí al nombrado Jack que se dirigía al señor Jay con estas palabras:

—Digamos mañana por la mañana a las diez y media. Por favor, ven en coche. Mejor será que no nos arriesguemos tomando uno en este barrio.

El señor Jay contestó con unas breves palabras que no pude oír. Al llegar al lugar donde se habían encontrado, se despidieron estrechándose las manos con tanta efusión que me enfermó. Yo seguí al señor Jay. Mis subordinados se dedicaron a los otros dos.

En lugar de ir a la calle Rutherford, el señor Jay se dirigió al *Strand*. Penetró en una casa de sucia apariencia, y que, a pesar del letrero colgado en la puerta en el que se leía el nombre de un periódico, a mí me pareció el lugar adecuado para la recepción de mercancías robadas.

Después de permanecer adentro unos minutos, salió silbando y con los pulgares metidos en los bolsillos del chaleco. Un hombre menos discreto que yo lo hubiera arrestado allí mismo. Pero tenía que atrapar también a sus cómplices y, además, había que esperar la cita concertada para la mañana siguiente. Es raro encontrar una sangre fría semejante, en circunstancias tan difíciles, en un joven principiante como yo, cuya reputación como detective está por hacer.

De allí, el señor Jay se dirigió a un café, donde se entretuvo leyendo revistas. Yo lo imité. Del café se dirigió a su taberna, donde ordenó costillas. Yo entré y pedí lo mismo. Cuando terminó se dirigió a su alojamiento; y cuando yo terminé, me dirigí al mío. A primeras horas de la noche le entró sueño y se fue a la cama. Al oír sus ronquidos, me entró también sueño y me fui a la cama.

Mis dos subordinados vinieron al día siguiente temprano a darme su informe.

El hombre llamado Jack dejó a la mujer al llegar a la puerta de una villa de respetable apariencia, no lejos de *Regent Park*. De ahí dobló a la derecha y se internó en una calle suburbana donde hay varios comercios y penetró en una casa abriendo la puerta con su propia llave. Al hacer esto miró a su alrededor y clavó sus desconfiados ojos en mis dos ayudantes, que iban por la acera de enfrente. Esto es todo lo que mis subordinados tenían por comunicarme. Hice que se quedaran en mi habitación, por si los necesitaba, y yo me instalé en mi puesto de observación.

El señor Jay estaba vistiéndose, tratando en todo lo posible de borrar el lamentable aspecto de su persona. Esto era precisamente lo que yo esperaba. Un vagabundo de la calaña del señor Jay sabe la importancia que tiene un digno continente en el momento de arriesgarse a cambiar un billete de cincuenta libras. A las diez y cinco minutos terminaba de cepillar su usado sombrero y de borrar las manchas de sus guantes con miga de pan. A las diez y diez salía a la calle para encaminarse a la próxima parada de coches. Yo y mis subordinados íbamos detrás, casi pisándole los talones.

El señor Jay tomó un cabriolé y nosotros lo seguimos en otro. El día anterior no pude oír el lugar donde se citaban, pero pronto advertí que se dirigían hacia el portón que da a la avenida.

El coche del señor Jay dobló lentamente hacia el parque. Para evitar toda sospecha, hice que el nuestro se detuviese antes de entrar, bajé y empecé a seguirlo a pie. A poco, el cabriolé de ellos se detuvo, y vi aparecer entre los árboles a los dos cómplices. Subieron estos al coche, que dobló rápidamente hacia la salida. Corrí a mi cabriolé y ordené al cochero que siguiera al otro vehículo en cuanto nos pasara.

El hombre siguió mis instrucciones con tan poca inteligencia que temí despertar las sospechas de nuestros perseguidos. Habrían transcurrido unos tres minutos (durante los cuales volvimos a recorrer el camino anterior), cuando se me ocurrió mirar por la ventanilla, para ver a qué distancia de nosotros se hallaba el otro coche. Al hacerlo vi dos sombreros que se asomaban y dos caras que me miraban. Me recosté en mi asiento, invadido por un sudor frío. Esta expresión es grosera, pero no hay otras palabras para describir claramente el estado en que yo me encontraba en aquellos momentos.

—¡Nos han descubierto! —dije en voz baja a mis dos subordinados.

Ellos me miraron, atónitos. Mis sentimientos mudaron de la desesperación al colmo de la cólera.

—La culpa es del cochero —dije—. ¡A ver! Que uno de ustedes baje y le dé un puñetazo en la cabeza.

En vez de obedecerme (tendré que dar parte a la superioridad de esta falta de disciplina), los dos se asomaron para mirar por la ventanilla. Antes de que yo lo pudiera impedir, ambos se habían vuelto a sentar. Estaba yo a punto de estallar de indignación, cuando ellos, mirándome de una manera extraña, me dijeron:

—Haga el favor de asomarse, señor. Hice lo que me decían. El cabriolé de los ladrones se había detenido.

¿Dónde? ¡A la puerta de una iglesia!

El efecto que semejante descubrimiento puede tener en una persona común, no lo sé. Pero, siendo yo un hombre profundamente religioso, me llenó de horror. He leído a menudo que los criminales son astutos y carecen de principios; pero el atrevimiento de entrar en una iglesia para despistar a sus perseguidores fue para mi un sacrilegio sin precedente en los anales del crimen.

Dominé a mis dos subordinados con solo fruncir las cejas. Fácil era adivinar lo que su mente superficial pensaba. Pero para mí, que veía más allá de la apariencia inocente de esos dos hombres y esa mujer bien vestidos que entraban en una iglesia, la escena tenía otro significado más siniestro que el que pudieran haber encontrado mis dos subordinados. Muy difícil es engañarme. Descendí del coche y penetré en la iglesia, seguido de uno de mis hombres; el otro lo envié a la puerta de la sacristía. ¡Es más fácil encontrar dormida a una comadreja que pescar desprevenido a su humilde servidor Matthew Sharpin!

Subiendo a la galería, nos dirigimos hacia el sitial del órgano, para espiar desde detrás de las cortinas. Los tres estaban abajo, tranquilamente sentados en un banco. Sí, aunque parezca imposible, los tres estaban sentados en un banco de la iglesia.

Antes de que yo alcanzara a tomar una determinación acerca de lo que procedía hacer, apareció por la puerta de la sacristía un clérigo con sus vestiduras de ceremonia. Tras él iba un acólito. Mi cerebro empezó a girar, se me nubló la vista. Por mi espíritu flotaban las imágenes de robos cometidos en sacristías; temblé por el clérigo y temblé también por el acólito...

El sacerdote se situó frente al altar. Los tres malhechores se le acercaron. El ministro de Dios abrió su libro y empezó a leer. ¿Qué?, preguntará usted.

Le contesto sin la menor sombra de duda: las primeras líneas del oficio matrimonial.

Mi subordinado tuvo la audacia de mirarme y luego se tapó la boca con un pañuelo. No me digné prestarle atención. Al descubrir que el llamado Jack era el novio y que el señor Jay era el padrino de la boda, salí de la iglesia seguido por mi ayudante y me reuní con el otro a la puerta de la sacristía. Muchos, en mi situación, hubieran quedado aturrullados, presa de grandes dudas, pero yo no me turbé lo más mínimo y ni por un segundo vaciló la alta estima que tengo de mí mismo. Y aún en estos momentos, tres horas después del descubrimiento, mi mente permanece, me alegra decirlo, tan tranquila como antes.

Cuando yo y mis dos subordinados nos reunimos fuera de la iglesia, di a conocer mi intención de seguir al otro cabriolé, a pesar de lo ocurrido. Tenía mis motivos para ello. Mis dos subordinados se quedaron sorprendidos ante mi determinación, y uno de ellos tuvo la impertinencia de decirme:

—Por favor, señor, ¿a quién seguimos? ¿A un hombre que ha robado dinero o a uno que ha robado una esposa?

El otro hombre, vulgar también, soltó la carcajada. Ambos merecen una seria reprimenda; confío que la recibirán.

Una vez terminada la ceremonia, sus tres protagonistas volvieron a subir en el coche, y el nuestro (que estaba convenientemente oculto en la esquina, para que no pudieran sospechar que los seguíamos) fue tras ellos.

Les seguimos el rastro hasta la estación terminal del ferrocarril South-Western. La pareja de recién casados compró billetes para Richmond, pagando con medio soberano, cosa que me privó de detenerlos. Lo hubiera hecho si hubiesen pagado con un billete del Banco. Se despidieron del señor Jay con estas palabras:

—Recuerda la dirección: Babylon Terrace. Te esperamos a cenar de hoy en una semana.

El señor Jay aceptó riendo, y agregó que volvía a su casa para quitarse sus limpios vestidos y ponerse cómodo y sucio otra vez para el resto de la jornada. Debo informar que lo seguí y que, en estos momentos, vuelve a ir sucio y disfruta de comodidad, para usar su grosero lenguaje.

Aquí termina lo que podría llamarse la primera etapa del asunto.

Sé muy bien lo que dirán de mi actuación las personas que juzgan a la ligera los actos de los demás. Asegurarán que me he equivocado en todo de la forma más absurda; declararán que las conversaciones sospechosas oídas por mí se referían a las dificultades y peligros que significa para una pareja de novios el casarse a escondidas, y como prueba de la validez de su aseveración se referirán a la escena de la iglesia. No discutiré esto. Sin embargo, desde la hondura de mi sagacidad y experiencia como hombre de mundo, haré una pregunta que mis enemigos no podrán contestar, pero que yo considero de fácil respuesta.

Aceptando el hecho de la ceremonia nupcial, ¿qué pruebas tengo yo de la inocencia de las tres personas que tomaron parte en ese clandestino asunto? Ninguna. Al contrario, tengo más motivos que antes para sospechar del señor Jay y de sus dos cómplices. Un caballero que va a pasar su luna de miel en Richmond necesita dinero, y un caballero que tiene deudas con todos sus proveedores necesita dinero. ¿Es esta una imputación injustificable de bajos motivos? En nombre de la ultrajada moral, lo niego. Estos dos hombres se pusieron de acuerdo para raptar a una mujer. ¿Por qué no pueden haber robado una caja con dinero?

Me mantengo dentro de la estricta lógica de la virtud, y desafío a cualquiera a que me mueva un centímetro de mi posición.

Hablando de virtud, debo agregar que conversé con el señor Yatman y su señora acerca de las conclusiones a que yo había llegado. Al principio, esta encantadora y digna mujer no comprendió el encadenamiento de mis argumentos, y, sacudiendo la cabeza, se unió a su marido en prematuras lamentaciones por la pérdida del dinero. Pero una sucinta explicación de mi parte, y un poco de atención de parte de la señora Yatman, la hicieron cambiar de opinión. Ahora está de acuerdo conmigo en que la ceremonia clandestina no disminuye en nada las sospechas que recaen sobre el señor Jay, el llamado Jack o la fugitiva dama. «Pícara audaz», fue el término que mi hermosa amiga empleó al hablar de esta mujer. Lo importante, sin embargo, es que la señora Yatman no ha perdido su confianza en mí y su esposo parece dispuesto a seguir el mismo camino, lleno de esperanza en el futuro.

Dado el giro que han tomado las cosas, creo que lo más cuerdo, por ahora, es esperar los consejos de usted. Espero nuevas órdenes, con la satisfacción del cazador que ha matado dos pájaros de un tiro, ya que al seguir a los cómplices desde la puerta de la iglesia hasta la estación, lo hice impulsado por dos motivos. Primero, los seguí porque era mi deber, puesto que los considero culpables del robo. Segundo, por el interés particular de poder descubrir el lugar donde se esconde la pareja fugitiva y, una vez sabido, informar a los padres de la joven. Pase lo que pase, me congratulo de antemano por no haber perdido el tiempo. Si usted aprueba mi conducta, mi plan estará listo para ser continuado; si usted lo desaprueba, me iré tranquilamente con mi valiosa información a la villa situada en las inmediaciones de *Regent Park*. De todos modos, el asunto colocará dinero en mi bolsillo y me acredita como hombre de singular destreza y penetración.

Sólo me queda por agregar lo siguiente: si alguien se arriesga a asegurar que el señor Jay y sus cómplices son del todo inocentes del robo de la caja con el dinero, yo lo desafío, aunque se trate del propio inspector jefe Theakstone, a que me diga quién cometió el robo en la casa de la calle de Rutherford, Soho.

Créame su seguro servidor, *Matthew Sharpin.*

(Del inspector jefe Theakstone al sargento Bulmer)
Birmingham, 9 de julio

Sargento Bulmer: El cabeza de chorlito del señor Matthew Sharpin ha hecho, tal como yo esperaba, un gran enredo con el caso de la calle Rutherford. Estando ocupado por el momento en esta ciudad, le escribo para que arregle usted las cosas. Adjunto le mando los garabatos que el infeliz Sharpin califica de informes. Cuando haya terminado de leer esta vacua garrulería, llegará a la misma conclusión que yo, es decir, que ese badulaque engreído ha buscado al ladrón en todas las direcciones posibles menos en la verdadera. Usted puede descubrir a la persona culpable en cinco minutos. Liquide el caso en seguida, mándeme el informe a esta ciudad y comunique al señor Sharpin que queda suspendido hasta nuevo aviso.

Le saluda, *Francis Theakstone.*

(Del sargento Bulmer al inspector jefe Theakstone)
Londres, 10 de julio

Inspector Theakstone: He leído su carta y el informe que me incluye. Dicen que los hombres inteligentes siempre pueden aprender algo, hasta de un tonto. Cuando terminé de leer el quejumbroso informe de Sharpin sobre su propia estupidez, vi claramente el final del caso de la calle Rutherford, tal como usted pensó que yo lo vería. Media hora después me hallaba en la casa. La primera persona a quien encontré fue el propio señor Sharpin.

—¿Ha venido usted para ayudarme? —me preguntó.

—No exactamente —le contesté—. He venido para decirle que queda usted suspendido hasta nuevo aviso.

—Muy bien —contestó Sharpin, sin demostrar que se le hubieran bajado los humos—. Sé que han tenido envidia de mí, y no los culpo; es natural. Entre y póngase cómodo. Un asunto particular requiere mi presencia en las inmediaciones de *Regent Park*. Que se divierta, sargento.

Con estas palabras salió del paso, que era precisamente lo que yo deseaba.

En cuanto la sirvienta cerró la puerta, le dije que avisara a su patrón, porque quería hablar en privado con él. Me hizo pasar a la sala que se halla detrás de la tienda, donde encontré al señor Yatman leyendo el periódico.

—Vengo para hablarle del asunto del robo, señor —le dije.

—Sí, sí —me interrumpió de la forma impertinente que era de esperar en un hombre de tan cortos alcances como carácter—. Sí, ya sé; usted ha venido para decirme que el hombre extraordinario que ha practicado agujeros en el tabique del segundo piso se ha equivocado y ha perdido el rastro del ladrón sinvergüenza que me robó el dinero.

—Sí, señor —contesté—; esa es una de las cosas que tenía que decirle, pero debo agregar algo más.

—¿Puede usted decirme quién es el ladrón? —me preguntó, regañón.

—Sí, creo que sí —contesté.

Dejó el periódico. Estaba nervioso y parecía asustado.

—¿No será mi dependiente? Espero que no sea él.

—No es él. Siga preguntando.

—¿Será acaso esa sirviente inútil?

—Es tan inútil como sucia, cosas que averigüé yo al principio. Pero no es el ladrón.

—¿Quién es, entonces, en nombre del cielo?

—Empiece a prepararse para una sorpresa muy desagradable —dije—. Y le advierto, para el caso que pierda usted los estribos, que yo soy el más fuerte de los dos y que si se le ocurre ponerme una mano encima, puedo lastimarlo, al defenderme.

La cara del señor Yatman palideció. A medida que yo hablaba, había ido apartándose de mí.

—Usted me ha pedido, señor, que le nombre al ladrón —proseguí yo—. Si usted insiste en que le diga...

—Insisto —dijo en voz baja—. ¿Quién es el ladrón?

—Su esposa —contesté también en voz baja, pero firme.

Saltó de la silla como si lo hubieran pinchado y dio un puñetazo sobre la mesa, tan fuerte que hizo crujir la madera.

—¡Calma, señor! De nada servirá que se deje usted llevar por la cólera.

—¡Es una mentira! —gritó dando otro puñetazo sobre la mesa—. ¡Es una baja, infame y vil mentira!

Se desplomó en la silla, miró a su alrededor, azorado, y se echó a llorar.

—Cuando recobre la calma, estoy seguro que pedirá disculpas por el lenguaje usado. Mientras tanto, escuche lo que tengo que decirle. El señor Sharpin envió a nuestro inspector un informe del tipo más ridículo que se puede imaginar. Consignó en él no sólo sus estupideces, sino también los haceres y decires de la señora Yatman. En cualquier otro caso, tal documento hubiera ido a parar al cesto de los papeles, pero resulta que en este la cantidad de tonterías escritas por el señor Sharpin llega a una conclusión que el necio de su autor no alcanzó a ver. Tan seguro estoy de la explicación a que he llegado, que me juego el puesto si no resulta que su esposa estuvo aprovechándose del engreimiento y estupidez de este joven para alejar las sospechas de su persona y entusiasmarle para que desconfiara de los no complicados en el caso. Le digo esto en confidencia, y diré más todavía. Puedo señalar lo que hizo su esposa con el dinero. Basta con mirar a su esposa, señor, para quedar admirado por el gusto y elegancia de sus vestidos.

Al pronunciar yo estas últimas palabras, el pobre hombre pareció recobrar el habla; me interrumpió en forma brusca y altanera, como si en lugar de ser un pobre comerciante fuese un duque.

—Busque otros medios para justificar la calumnia que ha levantado contra mi esposa —dijo—. La cuenta de su modista correspondiente al año pasado está guardada en mi archivo.

—Perdóneme, señor —contesté—. Pero esto no prueba nada. Las modistas tienen una poco recomendable costumbre con la que nosotros tropezamos a cada rato en nuestro oficio. Una mujer casada puede tener dos cuentas separadas en su modista: una que el marido paga y ve, y otra que es una cuenta privada, resultado de las extravagancias y caprichos que la esposa paga cuando y como puede. Según nuestra experiencia, esta cuenta se paga con lo que se rebaña de los gastos del hogar. En su caso, sospecho que su esposa no pagó ningún plazo y, víctima tal vez de alguna amenaza, se encontró acorralada y decidió pagar con el dinero de la caja.

—No lo creo. Cada palabra suya es un insulto para mí y para mi esposa.

Tratando de ahorrar tiempo y palabras, contesté:

—¿Tendría usted el valor de tomar el recibo de la modista que está en su poder y acompañarme a la tienda de modas donde compra su esposa?

Al oír estas palabras enrojeció; luego fue a buscar el recibo y se puso el sombrero. Yo saqué de mi libreta una lista con los números de los billetes y salimos de la casa.

Llegamos a la tienda de modas (que era un elegante local en el *West-End*, tal como esperaba yo) y pedí una entrevista con la dueña del negocio. No era la primera vez que ella y yo nos encontrábamos para tratar de asuntos parecidos. En cuanto la señora me vio, mandó llamar a su marido. Mencioné quién era el señor Yatman y lo que deseábamos saber.

—¿Se trata de un asunto privado? —preguntó el marido de la modista.

Yo asentí con un gesto de la cabeza.

—¿Y confidencial? —preguntó ella.

Asentí de nuevo.

—¿Tienes algún inconveniente, querida, en mostrar al sargento los libros? —preguntó el marido.

Antología de relatos policíacos

—Ninguno, mi amor, si tú estás de acuerdo —contestó la mujer.

Durante todo el tiempo, el señor Yatman parecía la personificación del asombro y la pena; como si estuviera a mil leguas de aquel lugar. Trajeron los libros, y bastó un simple vistazo a las páginas en las que figuraba el nombre de la señora Yatman para probar la verdad de lo que yo había afirmado.

En uno de los libros estaba la cuenta que el señor Yatman había liquidado; en el otro constaba la cuenta particular, que había sido pagada en la fecha del día siguiente al del robo. La suma ascendía a ciento setenta y cinco libras y algunos chelines, y abarcaba un período de tres años. No había anotación de ningún pago parcial. Debajo de la última línea constaba esta anotación: «Tercer aviso. 23 de junio». Señalé esto a la modista, preguntándole si la fecha se refería al mes de junio pasado. Me contestó que así era, en efecto, y que lamentaba profundamente tener que decir que el último aviso había sido acompañado de una amenaza de procedimiento judicial.

—Creí que ustedes daban a los clientes créditos más amplios —dije.

—No cuando el marido está en dificultades —me contestó la señora, en voz baja y mirando al señor Yatman. Al hablar me señaló las cuentas. Las compras efectuadas en la época en que el señor Yatman empezó a encontrarse en mala situación eran tan extravagantes como en el tiempo anterior a esto. Si la dama economizaba en algo no era precisamente en vestirse.

No quedaba más que revisar el libro de caja, por pura fórmula. El dinero fue pagado en billetes cuya numeración era la misma que figuraba en mi lista.

Después de esto saqué inmediatamente al señor Yatman de la tienda. Estaba en una condición tan lastimosa que paré un coche y lo acompañé a su casa. Al principio lloró y protestó como un niño; pero después que lo hube calmado, cerca ya de su casa, debo confesar que se disculpó bellamente por su comportamiento anterior. Yo, en cambio, me permití darle algún consejo sobre el modo cómo debía arreglar las cosas con su esposa. No me hizo el menor caso, y subió las escaleras mascullando algo acerca de una posible separación. No sé cómo se las arreglará la señora Yatman para salir de esta situación. Seguramente usará la táctica del histerismo, para que el pobre se asuste con sus gritos y la perdone. Pero esto ya no es asunto nuestro. En lo que nos concierne, el caso está terminado.

Queda siempre a sus órdenes seguro servidor, *Thomas Bulmer.*

P. S. Debo agregar que al irme de la calle Rutherford, me encontré con el señor Sharpin, que venía a retirar sus cosas.

—¡Figúrese usted! —me dijo, restregándose las manos muy satisfecho—. Vengo de la villa, donde tan pronto como mencioné el asunto que me llevaba me echaron fuera a puntapiés. Había dos testigos que presenciaron el atropello. Si no saco cien libras de esto, sacaré mucho más.

—Le deseo mucha suerte —le dije.

—Gracias. ¿Cuándo podré decirle lo mismo por haber encontrado al ladrón?

—Cuando usted quiera —contesté—. Ya lo encontramos.

—Es lo que esperaba —dijo—. Yo hice todo el trabajo y ustedes se llevan el premio. Es el señor Jay, naturalmente.

—No —contesté.

—¿Quién es, entonces?

—Pregúnteselo a la señora Yatman. Le está esperando.

—Muy bien. Prefiero oírlo de labios de esa mujer encantadora —dijo, entrando a toda prisa en la casa.

¿Qué piensa usted de esto, inspector Theakstone? ¿Le gustaría estar en los zapatos del señor Sharpin? Yo no, se lo aseguro.

(Del inspector jefe Theakstone al señor Matthew Sharpin)
12 de julio

Señor: El sargento Bulmer le ha dicho ya que queda usted suspendido hasta nuevo aviso. Tengo autoridad para agregar que el

Retrato de William Wilkie Collins del año 1875.

Departamento de Investigación declina el ofrecimiento de sus servicios. Considere esta carta como notificación oficial de despido.

Le informo, para su interés, que esto no arroja ninguna sombra sobre su persona; solo significa que usted no es lo bastante perspicaz para nuestra conveniencia. Si tuviéramos que tomar un empleado nuevo, preferiríamos a la señora Yatman.

Su seguro servidor, *Francis Theakstone.*

(Nota del señor Theakstone
sobre la correspondencia que antecede)

El inspector no está en condiciones de agregar ninguna explicación de importancia a la última carta. Se ha sabido que el señor Sharpin salió de la casa de la calle Rutherford cinco minutos después de su encuentro con el sargento Bulmer. Su cara reflejaba una mezcla de asombro y terror, y en su mejilla izquierda lucía una marca roja, producida seguramente por una mano femenina. El dependiente de la tienda de la calle Rutherford oyó que el señor Sharpin se refería a la señora Yatman en forma poco respetuosa; al doblar la esquina se le vio blandir el puño en forma vindicativa. Esto es lo único que se sabe de él; seguramente habrá ido a ofrecer sus servicios a la Policía Provincial.

Acerca de la situación entre el señor Yatman y su esposa, se sabe menos aún. Sin embargo, es cosa cierta que el médico de la familia fue llamado poco después de haber regresado el señor Yatman de la tienda de la modista. El farmacéutico de la vecindad recibió la orden de preparar una poción sedante para la señora Yatman. Al día siguiente, el señor Yatman compró en el mismo comercio un frasco de sales, y luego se le vio en la biblioteca circundante pidiendo una novela que tratase de la vida de la alta sociedad para distraer a una dama enferma. De esto se infiere que el señor Yatman no ha creído conveniente llevar adelante su amenaza de separarse de su esposa, por lo menos en la presente (y presunta) condición del sistema nervioso de la dama.

ARTHUR CONAN DOYLE

LA LIGA DE LOS PELIRROJOS

Había ido yo a visitar a mi amigo el señor Sherlock Holmes cierto día de otoño del año pasado, y me lo encontré muy enzarzado en conversación con un caballero anciano muy voluminoso, de cara rubicunda y cabellera de un subido color rojo. Iba yo a retirarme, disculpándome por mi entrometimiento, pero Holmes me hizo entrar bruscamente de un tirón, y cerró la puerta a mis espaldas.

—Mi querido Watson, no podía usted venir en mejor momento —me dijo con expresión cordial.

—Creí que estaba usted ocupado.

—Lo estoy, y muchísimo.

—Entonces puedo esperar en la habitación de al lado.

—De ninguna manera. Señor Wilson, este caballero ha sido compañero y colaborador mío en muchos de los casos que mayor éxito tuvieron, y no me cabe la menor duda de que también en el de usted me será de la mayor utilidad.

El voluminoso caballero hizo intención de ponerse en pie y me saludó con una inclinación de cabeza, que acompañó de una rápida mirada interrogadora de sus ojillos, medio hundidos en círculos de grasa.

—Tome asiento en el canapé —dijo Holmes, dejándose caer otra vez en su sillón, y juntando las yemas de los dedos, como era costumbre suya cuando se hallaba de humor reflexivo—. De sobra sé, mi querido Watson, que usted participa de mi afición a todo lo que es raro y se sale de los convencionalismos y de la monótona rutina de la vida cotidiana. Usted ha demostrado el deleite que eso le produce, como el entusiasmo que le ha impulsado a escribir la crónica de tantas de mis aventurillas, procurando embellecerlas hasta cierto punto, si usted me permite la frase.

—Desde luego, los casos suyos despertaron en mí el más vivo interés —le contesté.

—Recordará usted que hace unos días, antes de que nos lanzásemos a abordar el sencillo problema que nos presentaba la señorita Mary Sutherland, le hice la observación de que los efectos raros y las combinaciones extraordinarias debíamos buscarlas en la vida misma, que resulta siempre de una osadía infinitamente mayor que cualquier esfuerzo de la imaginación.

—Sí, y yo me permití ponerlo en duda.

—En efecto, doctor, pero tendrá usted que venir a coincidir con mi punto de vista, porque, en caso contrario, iré amontonando y amontonando hechos sobre usted hasta que su razón se quiebre bajo su peso y reconozca usted que estoy en lo cierto. Pues bien: el señor Jabez Wilson, aquí presente, ha tenido la amabilidad de venir a visitarme esta mañana, dando comienzo a un relato que promete ser uno de los más extraordinarios que he escuchado desde hace algún tiempo. Me habrá usted oído decir que las cosas más raras y singulares no se presentan con mucha frecuencia unidas a los crímenes grandes, sino a los pequeños, y también, de cuando en cuando, en ocasiones en las que puede existir duda de si, en efecto, se ha cometido algún hecho delictivo. Por lo que he podido escuchar hasta ahora, me es imposible afirmar si en el caso actual estamos o no ante un crimen; pero el desarrollo de los hechos es, desde luego, uno de los más sorprendentes que he tenido jamás ocasión de enterarme. Quizá, señor Wilson, tenga usted la extremada bondad de empezar de nuevo el relato. No se lo pido únicamente porque mi amigo, el doctor Watson, no ha escuchado la parte inicial, sino también porque la índole especial de la historia despierta en mí el vivo deseo de oír de labios de usted todos los detalles posibles. Por regla general, me suele bastar una ligera indicación acerca del desarrollo de los hechos para guiarme por los millares de casos similares que se me vienen a la memoria. Me veo obligado a confesar que en el caso actual, y según creo firmemente, los hechos son únicos.

El voluminoso cliente enarcó el pecho, como si aquello le enorgulleciera un poco, y sacó del bolsillo interior de su gabán un periódico sucio y arrugado. Mientras él repasaba la columna de anuncios, adelantando la cabeza, después de alisar el periódico sobre sus rodillas, yo lo estudié a él detenidamente, esforzándome, a la manera de mi compañero, por descubrir las indicaciones que sus ropas y su apariencia exterior pudieran proporcionarme.

No saqué, sin embargo, mucho de aquel examen.

A juzgar por todas las señales, nuestro visitante era un comerciante inglés de tipo corriente, obeso, solemne y de lenta comprensión. Vestía unos pantalones abolsados, de tela de pastor, a cuadros grises; una levita negra y no demasiado limpia, desabrochada delante; chaleco gris amarillento, con albertina de pesado metal, de la que colgaba para adorno un trozo, también de metal, cuadrado y agujereado. A su lado, sobre una silla, había un raído sombrero de copa y un gabán marrón descolorido, con el arrugado cuello de terciopelo. En resumidas cuentas, y por mucho que yo lo mirase, nada de notable distinguí en aquel hombre, fuera de su pelo rojo vivísimo y la expresión de disgusto y de pesar extremados que se leía en sus facciones.

La mirada despierta de Sherlock Holmes me sorprendió en mi tarea, y mi amigo movió la cabeza, sonriéndome, en respuesta a las miradas mías interrogadoras:

—Fuera de los hechos evidentes de que en tiempos estuvo dedicado a trabajos manuales, de que toma rapé, de que es francmasón, de que estuvo en China y de que en estos últimos tiempos ha estado muy atareado en escribir, no puedo sacar nada más en limpio.

El señor Jabez Wilson se irguió en su asiento, puesto el dedo índice sobre el periódico, pero con los ojos en mi compañero.

—Pero, por vida mía, ¿cómo ha podido usted saber todo eso, señor Holmes? ¿Cómo averiguó, por ejemplo, que yo he realizado trabajos manuales? Todo lo que ha dicho es tan verdad como el Evangelio, y empecé mi carrera como carpintero de un barco.

—Por sus manos, señor. La derecha es un número mayor de medida que su mano izquierda. Usted trabajó con ella, y los músculos de la misma están más desarrollados.

—Bien, pero ¿y lo del rapé y la francmasonería?

—No quiero hacer una ofensa a su inteligencia explicándole de qué manera he descubierto eso, especialmente porque, contrariando bastante las reglas de vuestra orden, usa usted un alfiler de corbata que representa un arco y un compás.

—¡Ah! Se me había pasado eso por alto. Pero ¿y lo de la escritura?

—Y ¿qué otra cosa puede significar el que el puño derecho de su manga esté tan lustroso en una anchura de doce centímetros, mientras que el izquierdo muestra una superficie lisa cerca del codo, indicando el punto en que lo apoya sobre el pupitre?

—Bien, ¿y lo de China?

—El pez que lleva usted tatuado más arriba de la muñeca sólo ha podido ser dibujado en China. Llevo realizado un pequeño estudio acerca de los tatuajes, y he contribuido incluso a la literatura que trata de ese tema. El detalle de colorear las escamas del pez con un leve color sonrosado es completamente característico de China. Si, además de eso, veo colgar de la cadena de su reloj una moneda china, el problema se simplifica aun más.

El señor Jabez Wilson se rió con risa torpona, y dijo:

—¡No lo hubiera creído! Al principio me pareció que lo que había hecho usted era una cosa por demás inteligente; pero ahora me doy cuenta de que, después de todo, no tiene ningún mérito.

—Comienzo a creer, Watson —dijo Holmes—, que es un error de parte mía el dar explicaciones. *Omne ignotum pro magnifico*[29], como no ignora usted, y si yo sigo siendo tan ingenuo, mi pobre

---

[29] **Omne ignotum pro magnifico:** todo lo desconocido pasa por magnífico.

celebridad, mucha o poca, va a naufragar. ¿Puede enseñarme usted ese anuncio, señor Wilson?

—Sí, ya lo encontré —contestó él, con su dedo grueso y colorado fijo hacia la mitad de la columna—. Aquí está. De aquí empezó todo. Léalo usted mismo, señor.

Le quité el periódico, y leí lo que sigue:

«A la liga de los pelirrojos. Con cargo al legado del difunto Ezekiah Hopkins, Penn., EEUU, se ha producido otra vacante que da derecho a un miembro de la Liga a un salario de cuatro libras semanales a cambio de servicios de carácter puramente nominal. Todos los pelirrojos sanos de cuerpo y de inteligencia, y de edad superior a los veintiún años, pueden optar al puesto. Presentarse personalmente el lunes, a las once, a Duncan Ross en las oficinas de la Liga, Pope's Court. n.º 7. Fleet Street».

—¿Qué diablos puede significar esto? —exclamé después de leer dos veces el extraordinario anuncio.

Holmes se rió por lo bajo, y se retorció en su sillón, como solía hacer cuando estaba de buen humor.

—¿Verdad que esto se sale un poco del camino trillado? —dijo—. Y ahora, señor Wilson, arranque desde la línea de salida, y no deje nada por contar acerca de usted, de su familia y del efecto que el anuncio ejerció en la situación de usted. Pero antes, doctor, apunte el periódico y la fecha.

—Es el *Morning Chronicle* del veintisiete de abril de mil ochocientos noventa. Exactamente, de hace dos meses.

—Muy bien. Veamos, señor Wilson.

—Pues bien: señor Holmes, como le contaba a usted —dijo Jabez Wilson secándose el sudor de la frente—, yo poseo una pequeña casa de préstamos en Coburg Square, cerca de la *City*[30]. El negocio no tiene mucha importancia, y durante los últimos años no me ha producido sino para ir tirando. En otros tiempos podía permitirme tener dos empleados, pero en la actualidad sólo conservo uno; y aun a este me resultaría difícil poder pagarle, de no

---

[30] City: barrio ubicado en el centro de Londres donde se concentran muchas oficinas bancarias y redacciones de periódicos y revistas.

ser porque se conforma con la mitad de la paga, con el propósito de aprender el oficio.

—¿Cómo se llama este joven de tan buen conformar? —preguntó Sherlock Holmes.

—Se llama Vincent Spaulding, pero no es precisamente un mozalbete. Resultaría difícil calcular los años que tiene. Yo me conformaría con que un empleado mío fuese lo inteligente que es él; sé perfectamente que él podría ganar el doble de lo que yo puedo pagarle, y mejorar de situación. Pero, después de todo, si él está satisfecho, ¿por qué voy a revolverle yo el magín?

—Naturalmente, ¿por qué va usted a hacerlo? Es para usted una verdadera fortuna el poder disponer de un empleado que quiere trabajar por un salario inferior al del mercado. En una época como la que atravesamos no son muchos los patronos que están en la situación de usted. Me está pareciendo que su empleado es tan extraordinario como su anuncio.

—Bien, pero también tiene sus defectos ese hombre —dijo el señor Wilson—. Por ejemplo, el de largarse por ahí con el aparato fotográfico en las horas en que debería estar cultivando su inteligencia, para luego venir y meterse en la bodega, lo mismo que un conejo en la madriguera, a revelar sus fotografías. Ese es el mayor de sus defectos; pero, en conjunto, es muy trabajador. Y carece de vicios.

—Supongo que seguirá trabajando con usted.

—Sí, señor. Yo soy viudo, nunca tuve hijos, y en la actualidad componen mi casa él y una chica de catorce años, que sabe cocinar algunos platos sencillos y hacer la limpieza. Los tres llevamos una vida tranquila, señor; y gracias a eso estamos bajo techado, pagamos nuestras deudas, y no pasamos de ahí. Fue el anuncio lo que primero nos sacó de quicio. Spaulding se presentó en la oficina, hoy hace exactamente ocho semanas, con este mismo periódico en la mano, y me dijo: «¡Ojalá, Dios, que yo fuese pelirrojo, señor Wilson!». Yo le pregunté: «¿De qué se trata?». Y él me contestó: «Pues que se ha producido otra vacante en la Liga de los Pelirrojos. Para quien lo sea equivale a una pequeña fortuna, y, según tengo entendido, son más las vacantes que los pelirrojos, de modo que los albaceas testamentarios andan locos no sabiendo qué hacer con el dinero. Si mi pelo cambiase de color, ahí tenía yo un huequecito a pedir de boca donde meterme». «Pero bueno, ¿de qué se trata?», le pregunté. Mire, señor Holmes, yo soy un hombre muy de su casa. Como el negocio vino a mí, en vez de ir yo en busca del negocio, se pasan semanas enteras sin que yo ponga el pie fuera del felpudo de la puerta del local. Por esa razón vivía sin enterarme mucho de las cosas de fuera, y recibía con gusto cualquier noticia. «¿Nunca oyó usted hablar de la Liga de los Pelirrojos?», me preguntó con asombro. «Nunca». «Sí que es extraño, siendo como es usted uno de los candidatos elegibles para ocupar las vacantes». «Y ¿qué supone en dinero?», le pregunté. «Una minucia. Nada más que un par de centenares de libras al año, pero casi sin trabajo, y sin que le impidan gran cosa dedicarse a sus propias ocupaciones». Se imaginará usted fácilmente que eso me hizo afinar el oído, ya que mi negocio no marchaba demasiado bien desde hacía algunos años, y un par de centenares de libras más me habrían venido de perlas. «Explíqueme bien ese asunto», le dije. «Pues bien —me contestó mostrándome el anuncio—: usted puede ver por sí mismo que la Liga tiene una vacante, y en el mismo anuncio viene la dirección en que puede pedir todos los detalles. Según a mí se me alcanza, la Liga fue fundada por un millonario norteamericano, Ezekiah Hopkins, hombre raro en sus cosas. Era pelirrojo, y sentía mucha simpatía por los pelirrojos; por eso, cuando él falleció, se vino a saber que había dejado su enorme fortuna encomendada a los albaceas, con las instrucciones pertinentes a fin de proveer de empleos cómodos a cuantos hombres tuviesen el pelo de ese mismo color. Por lo que he oído decir, el sueldo es espléndido, y el trabajo, escaso». Yo le contesté: «Pero serán millones los pelirrojos que los soliciten». «No tantos como usted se imagina —me contestó—. Fíjese en que el ofrecimiento está limitado a los londinenses, y a hombres mayores de edad.

El norteamericano en cuestión marchó de Londres en su juventud, y quiso favorecer a su vieja y querida ciudad. Me han dicho, además, que es inútil solicitar la vacante cuando se tiene el pelo de un rojo claro o de un rojo oscuro; el único que vale es el color rojo auténtico, vivo, llameante, rabioso. Si le interesase solicitar la plaza, señor Wilson, no tiene sino presentarse; aunque quizá no valga la pena para usted el molestarse por unos pocos centenares de libras». La verdad es, caballeros, como ustedes mismos pueden verlo, que mi pelo es de un rojo vivo y brillante, por lo que me pareció que, si se celebraba un concurso, yo tenía tantas probabilidades de ganarlo como el que más de cuantos pelirrojos había encontrado en mi vida. Vincent Spaulding parecía tan enterado del asunto, que pensé que podría serme de utilidad; de modo, pues, que le di la orden de echar los postigos por aquel día y de acompañarme inmediatamente. Le cayó muy bien lo de tener un día de fiesta, de modo, pues, que cerramos el negocio, y marchamos hacia la dirección que figuraba en el anuncio. No creo que vuelva a contemplar en mi vida un espectáculo como aquel, señor Holmes. Procedentes del Norte, del Sur, del Este y del Oeste, todos cuantos hombres tenían un algo de rubicundo en los cabellos se habían largado a la *City* respondiendo al anuncio. Fleet Street estaba obstruida de pelirrojos, y Pope's Court producía la impresión del carrito de un vendedor de naranjas. Jamás pensé que pudieran ser tantos en el país como los que se congregaron por un solo anuncio. Los había allí de todos los matices: rojo pajizo, limón, naranja, ladrillo, cerro, *setter* irlandés, hígado, arcilla. Pero, según hizo notar Spaulding, no eran muchos los de un auténtico rojo, vivo y llameante. Viendo que eran tantos los que esperaban, estuve a punto de renunciar, de puro desánimo; pero Spaulding no quiso ni oír hablar de semejante cosa. Yo no sé cómo se las arregló, pero el caso es que, a fuerza de empujar a este, apartar al otro y chocar con el de más allá, me hizo cruzar por entre aquella multitud, llevándome hasta la escalera que conducía a las oficinas.

—Fue la suya una experiencia divertidísima —comentó Holmes, mientras su cliente se callaba y refrescaba su memoria con un pellizco de rapé—. Prosiga, por favor, el interesante relato.

—En la oficina no había sino un par de sillas de madera y una mesa de tabla, a la que estaba sentado un hombre pequeño, y cuyo pelo era aún más rojo que el mío. Conforme se presentaban los candidatos les decía algunas palabras, pero siempre se las arreglaba para descalificarlos por algún defectillo. Después de todo, no parecía cosa tan sencilla el ocupar una vacante. Pero cuando nos llegó la vez a nosotros, el hombrecito se mostró más inclinado hacia mí que hacia todos los demás, y cerró la puerta cuando estuvimos dentro, a fin de poder conversar reservadamente con nosotros. «Este señor se llama Jabez Wilson —le dijo mi empleado—, y desearía ocupar la vacante que hay en la Liga». «Por cierto que se ajusta de maravilla para el puesto —contestó el otro—. Reúne todos los requisitos. No recuerdo desde cuándo no he visto pelo tan hermoso». Dio un paso atrás, torció a un lado la cabeza, y me estuvo contemplando el pelo hasta que me sentí invadido de rubor. Y de pronto, se abalanzó hacia mí, me dio un fuerte apretón de manos y me felicitó calurosamente por mi éxito. «El titubear constituiría una injusticia —dijo—. Pero estoy seguro de que sabrá disculpar el que yo tome una precaución elemental». Y acto continuo me agarró del pelo con ambas manos, y tiró hasta hacerme gritar de dolor. Al soltarme, me dijo: «Tiene usted lágrimas en los ojos, de lo cual deduzco que no hay trampa. Es preciso que tengamos sumo cuidado, porque ya hemos sido engañados en dos ocasiones, una de ellas con peluca postiza, y la otra, con el tinte. Podría contarle a usted anécdotas del empleo de cera de zapatero remendón, como para que se asquease de la condición humana». Dicho esto se acercó a la ventana, y anunció a voz en grito a los que estaban debajo que había sido ocupada la vacante. Se alzó un gemido de desilusión entre los que esperaban, y la gente se desbandó, no quedando más pelirrojos a la vista que mi gerente y yo. «Me llamo Duncan Ross —dijo este—, y soy uno de los que cobran pensión procedente del legado de nuestro noble bienhechor. ¿Es usted casado, señor Wilson? ¿Tiene usted familia?». Contesté que no la tenía. La cara de aquel hombre se nubló en el acto, y me dijo con mucha gravedad: «¡Vaya por Dios, qué inconveniente más grande! ¡Cuánto lamento oírle decir eso! Como es natural, la finalidad del legado es la de que aumenten y se propaguen los pelirrojos, y no sólo su conservación. Es una gran desgracia que usted sea un hombre sin familia». También mi cara se nubló al oír aquello, señor Holmes, viendo que, después de todo, se me escapaba la vacante; pero, después de pensarlo por espacio de algunos minutos, sentenció que eso no importaba. «Tratándose de otro —dijo—, esa objeción podría ser fatal; pero estiraremos la cosa en favor de una persona con un pelo como el suyo. ¿Cuándo podrá usted hacerse cargo de sus nuevas obligaciones?». «Hay un pequeño inconveniente, puesto que yo tengo un negocio mío», contesté. «¡Oh! No se preocupe por eso, señor Wilson —dijo Vincent Spaulding—. Yo me cuidaré de su negocio». «¿Cuál será el horario?», pregunté. «De diez a dos». Pues bien: el negocio de préstamos se hace principalmente a eso del anochecido, señor Holmes, especialmente los jueves y los viernes, es decir, los días anteriores al de paga; me venía, pues, perfectamente el ganarme algún dinerito por las mañanas. Además, yo sabía que mi empleado es una buena persona y que atendería a todo lo que se le presentase. «Ese horario me convendría perfectamente —le dije—. ¿Y el sueldo?». «Cuatro libras a la semana». «¿En qué consistirá el trabajo?» «El trabajo es puramente nominal». «¿Qué entiende usted por puramente nominal?». «Pues que durante esas horas tendrá usted que hacer acto de presencia en esta oficina, o, por lo menos, en este edificio. Si usted se ausenta del mismo, pierde para siempre su empleo. Sobre este punto es terminante el testamento. Si usted se ausenta de la oficina en estas horas, falta a su compromiso». «Son nada más que cuatro horas al día, y no se me ocurrirá ausentarme», le contesté. «Si lo hiciese, no le valdrían excusas —me dijo el señor Duncan Ross—. Ni por enfermedad, negocios, ni nada. Usted tiene que permanecer aquí, so pena de perder la colocación». «¿Y el trabajo?». «Consiste en copiar la *Enciclopedia Británica*.

En este estante tiene usted el primer volumen. Usted tiene que procurarse tinta, plumas y papel secante; pero nosotros le suministramos esta mesa y esta silla. ¿Puede usted empezar mañana?». «Desde luego que sí», le contesté. «Entonces, señor Jabez Wilson, adiós, y permítame felicitarle una vez más por el importante empleo que ha tenido usted la buena suerte de conseguir». Se despidió de mí con una reverencia, indicándome que podía retirarme, y yo me volví a casa con mi empleado, sin saber casi qué decir ni qué hacer, de tan satisfecho como estaba con mi buena suerte. Pues bien: me pasé el día dando vueltas en mi cabeza al asunto, y para cuando llegó la noche, volví a sentirme abatido, porque estaba completamente convencido de que todo aquello no era sino una broma o una superchería, aunque no acertaba a imaginarme qué finalidad podían proponerse. Parecía completamente imposible que hubiese nadie capaz de hacer un testamento semejante, y de pagar un sueldo como aquel por un trabajo tan sencillo como el de copiar la *Enciclopedia Británica*. Vincent Spaulding hizo todo cuanto le fue posible por darme ánimos, pero a la hora de acostarme había yo acabado por desechar del todo la idea. Sin embargo, cuando llegó la mañana resolví ver en qué quedaba aquello, compré un frasco de tinta de a penique, me proveí de una pluma de escribir y de siete pliegos de papel de oficio, y me puse en camino para Pope's Court. Con gran sorpresa y satisfacción mía, encontré las cosas todo lo bien que podían estar. La mesa estaba a punto, y el señor Duncan Ross presente para cerciorarse de que yo me ponía a trabajar. Me señaló para empezar la letra «A», y luego se retiró; pero de cuando en cuando aparecía por allí para comprobar que yo seguía en mi sitio. A las dos me despidió, me felicitó por la cantidad de trabajo que había hecho, y cerró la puerta del despacho después de salir yo. Un día tras otro, las cosas siguieron de la misma forma, y el gerente se presentó el sábado, poniéndome encima de la mesa cuatro soberanos de oro, en pago del trabajo que yo había realizado durante la semana. Lo mismo ocurrió la semana siguiente, y la otra. Me presenté todas las mañanas a las diez, y me ausenté a las dos. Poco a poco, el señor Duncan Ross se limitó a venir una vez durante la mañana, y al cabo de un tiempo dejó de venir del todo. Como es natural, yo no me atreví, a pesar de eso, a ausentarme de la oficina un solo momento, porque no tenía la seguridad de que él no iba a presentarse, y el empleo era tan bueno, y me venía tan bien, que no me arriesgaba a perderlo. Transcurrieron de idéntica manera ocho semanas, durante las cuales yo escribí lo referente a los Abades, Arqueros, Armaduras, Arquitectura y Ática, esperanzado de llegar, a fuerza de diligencia, muy pronto a la «B». Me gasté algún dinero en papel de oficio, y ya tenía casi lleno un estante con mis escritos. Y de pronto se acaba todo el asunto.

—¿Que se acabó?

—Sí, señor. Y eso ha ocurrido esta mañana mismo. Me presenté, como de costumbre, al trabajo a las diez; pero la puerta estaba cerrada con llave, y en mitad de la hoja de la misma, clavado con una tachuela, había un trocito de cartulina. Aquí lo tiene, puede leerlo usted mismo.

Nos mostró un trozo de cartulina blanca, más o menos del tamaño de un papel de cartas, que decía lo siguiente:

«Ha quedado disuelta la Liga de los Pelirrojos,
9 octubre 1890».

Sherlock Holmes y yo examinamos aquel breve anuncio y la cara afligida que había detrás del mismo, hasta que el lado cómico del asunto se sobrepuso de tal manera a toda otra consideración, que ambos rompimos en una carcajada estruendosa.

—Yo no veo que la cosa tenga nada de divertida —exclamó nuestro cliente sonrojándose hasta la raíz de sus rojos cabellos—. Si no pueden ustedes hacer en favor mío otra cosa que reírse, me dirigiré a otra parte.

—No, no —le contestó Holmes empujándolo hacia el sillón del que había empezado a levantarse—. Por nada del mundo me perdería yo este asunto suyo. Se sale tanto de la rutina que resulta un descanso. Pero no se me ofenda si le digo que hay en el mismo algo de divertido. Vamos a ver, ¿qué pasos dio usted al encontrarse con ese letrero en la puerta?

—Me dejó de una pieza, señor. No sabía qué hacer. Entré en las oficinas de al lado, pero nadie sabía nada. Por último, me dirigí al dueño de la casa, que es contador y vive en la planta baja, y le pregunté si podía darme alguna noticia sobre lo ocurrido a la Liga de los Pelirrojos. Me contestó que jamás había oído hablar de semejante sociedad. Entonces le pregunté por el señor Duncan Ross, y me contestó que era la vez primera que oía ese nombre. «Me refiero, señor, al caballero de la oficina número cuatro», le dije. «¿Cómo? ¿El caballero pelirrojo?». «Ese mismo». «Su verdadero nombre es William Morris. Se trata de un procurador, y me alquiló la habitación temporalmente, mientras quedaban listas sus propias oficinas. Ayer se trasladó a ellas». «Y, ¿dónde podría encontrarlo?». «En sus nuevas oficinas. Me dio su dirección. Eso es, King Edward Street, número diecisiete, junto a San Pablo». Marché hacia allí, señor Holmes, pero cuando llegué a esa dirección me encontré con que se trataba de una fábrica de rodilleras artificiales, y nadie había oído hablar allí del señor William Morris, ni del señor Duncan Ross.

—Y ¿qué hizo usted entonces? —le preguntó Holmes.

—Me dirigí a mi casa de Saxe-Coburg Square, y consulté con mi empleado. No supo darme ninguna solución, salvo la de decirme que esperase, porque con seguridad recibiría noticias por carta. Pero esto no me bastaba, señor Holmes. Yo no quería perder una colocación como aquella así como así; por eso, como había oído decir que usted llevaba su bondad hasta aconsejar a la pobre gente que lo necesita, me vine derecho a usted.

—Y obró usted con gran acierto —dijo Holmes—. El caso de usted resulta extraordinario, y lo estudiaré con sumo gusto. De lo que usted me ha informado, deduzco que aquí están en juego cosas mucho más graves de lo que a primera vista parece.

—¡Que si se juegan cosas graves! —dijo el señor Jabez Wilson—. Yo, por mi parte, pierdo nada menos que cuatro libras semanales.

—Por lo que a usted respecta —le hizo notar Holmes—, no veo que usted tenga queja alguna contra esta extraordinaria Liga. Todo lo contrario; por lo que le he oído decir, usted se ha embolsado unas treinta libras, dejando fuera de consideración los minuciosos conocimientos que ha adquirido sobre cuantos temas caen bajo la letra «A». A usted no le han causado ningún perjuicio.

—No, señor. Pero quiero saber de esa gente, enterarme de quiénes son, y qué se propusieron haciéndome esta jugarreta, porque se trata de una jugarreta. La broma les salió cara, ya que les ha costado treinta y dos libras.

—Procuraremos ponerle en claro esos extremos. Empecemos por un par de preguntas, señor Wilson. Ese empleado suyo, que fue quien primero le llamó la atención acerca del anuncio, ¿qué tiempo llevaba con usted?

—Cosa de un mes.

—¿Cómo fue el venir a pedirle empleo?

—Porque puse un anuncio.

—¿No se presentaron más aspirantes que él?

—Se presentaron en número de una docena.

—¿Por qué se decidió usted por él?

—Porque era listo y se ofrecía barato.

—A mitad de salario, ¿verdad?

—Sí.

—¿Cómo es ese Vincent Spaulding?

—Pequeño, grueso, muy activo, imberbe, aunque no bajará de los treinta años. Tiene en la frente una mancha blanca, de salpicadura de algún ácido.

Holmes se irguió en su asiento, muy excitado, y dijo:

—Me lo imaginaba. ¿Nunca se fijó usted en si tiene las orejas agujereadas como para llevar pendientes?

—Sí, señor. Me contó que se las había agujereado una gitana cuando era todavía muchacho.

—¡Ejem! —dijo Holmes recostándose de nuevo en su asiento—. Y ¿sigue todavía en casa de usted?

—Sí, señor; no hace sino un instante que lo dejé.

—¿Y estuvo bien atendido el negocio de usted durante su ausencia?

—No tengo queja alguna, señor. De todos modos, poco es el negocio que se hace por las mañanas.

—Con esto me basta, señor Wilson. Tendré mucho gusto en exponerle mi opinión acerca de este asunto dentro de un par de días. Hoy es sábado; espero haber llegado a una conclusión allá para el lunes.

—Veamos, Watson —me dijo Holmes una vez que se hubo marchado nuestro visitante—. ¿Qué saca usted en limpio de todo esto?

—Yo no saco nada —le contesté con franqueza—. Es un asunto por demás misterioso.

—Por regla general —me dijo Holmes—, cuanto más estrambótica es una cosa, menos misteriosa suele resultar. Los verdaderamente desconcertantes son esos crímenes vulgares y adocenados, de igual manera que un rostro corriente es el más difícil de identificar. Pero en este asunto de ahora tendré que actuar con rapidez.

—Y ¿qué va usted a hacer? —le pregunté.

—Fumar —me respondió—. Es un asunto que me llevará sus tres buenas pipas, y yo le pido a usted que no me dirija la palabra durante cincuenta minutos.

Sherlock Holmes se hizo un ovillo en su sillón, levantando las rodillas hasta tocar su nariz aguileña, y de ese modo permaneció con los ojos cerrados y la negra pipa de arcilla apuntando fuera, igual que el pico de algún extraordinario pajarraco. Yo había llegado a la conclusión de que se había dormido, y yo mismo estaba cabeceando; pero Holmes saltó de pronto de su asiento con el gesto de un hombre que ha tomado una resolución, y dejó la pipa encima de la repisa de la chimenea, diciendo:

—Esta tarde toca Sarasate[31] en St. James Hall. ¿Qué opina

---

[31] **Sarasate:** Pablo Martín Melitón Sarasate y Navascues (1844-1908), famoso violinista y compositor pamplonés.

usted, Watson? ¿Pueden sus enfermos prescindir de usted durante algunas horas?

—Hoy no tengo nada que hacer. Mi clientela no me acapara nunca mucho.

—En ese caso, póngase el sombrero y acompáñeme. Pasaré primero por la *City*, y por el camino podemos almorzar alguna cosa. Me he fijado en que el programa incluye mucha música alemana, que resulta más de mi gusto que la italiana y la francesa. Es música introspectiva, y yo quiero hacer un examen de conciencia. Vamos.

Hasta Aldersgate hicimos el viaje en el ferrocarril subterráneo; un corto paseo nos llevó hasta Saxe-Coburg Square, escenario del extraño relato que habíamos escuchado por la mañana. Era esta una placita ahogada, pequeña, de quiero y no puedo, en la que cuatro hileras de desaseadas casas de ladrillo de dos pisos miraban a un pequeño cercado, de verjas, dentro del cual una raquítica cespedera y unas pocas matas de ajado laurel luchaban valerosamente contra una adversa atmósfera cargada de humo. Tres bolas doradas y un rótulo marrón con el nombre «Jabez Wilson», en letras blancas, en una casa que hacía esquina, servían de anuncio al local en que nuestro pelirrojo cliente realizaba sus transacciones. Sherlock Holmes se detuvo delante del mismo, ladeó la cabeza y lo examinó detenidamente con ojos que brillaban entre sus encogidos párpados. Después caminó despacio calle arriba, y luego calle abajo hasta la esquina, siempre con la vista clavada en los edificios. Regresó, por último, hasta la casa del prestamista, y, después de golpear con fuerza dos o tres veces en el suelo con el bastón, se acercó a la puerta y llamó. Abrió en el acto un joven de aspecto despierto, bien afeitado, y le invitó a entrar.

—No, gracias; quería sólo preguntar por dónde se va al Strand —dijo Holmes.

—Tres a la derecha, y luego cuatro a la izquierda contestó el empleado, apresurándose a cerrar.

—He ahí un individuo listo —comentó Holmes cuando nos alejábamos—. En mi opinión, es el cuarto en listeza de Londres, y en cuanto a audacia, quizá pueda aspirar a ocupar el tercer lugar. He tenido antes de ahora ocasión de intervenir en asuntos relacionados con él.

—Es evidente —dije yo— que el empleado del señor Wilson entra por mucho en este misterio de la Liga de los Pelirrojos. Estoy seguro de que usted le preguntó el camino únicamente para tener ocasión de echarle la vista encima.

—No a él.

—¿A quién, entonces?

—A las rodilleras de sus pantalones.

—¿Y qué vio usted en ellas?

—Lo que esperaba ver.

—¿Y por qué golpeó usted el suelo de la acera?

—Mi querido doctor, estos son momentos de observar, no de hablar. Somos espías en campo enemigo. Ya sabemos algo de Saxe-Coburg Square. Exploremos ahora las travesías que tiene en su parte posterior.

La carretera por la que nos metimos al doblar la esquina de la apartada plaza de Saxe-Coburg presentaba con esta el mismo contraste que la cara de un cuadro con su reverso. Estábamos ahora en una de las arterias principales por donde discurre el tráfico de la *City* hacia el Norte y hacia el Oeste. La calzada se hallaba bloqueada por el inmenso río del tráfico comercial que fluía en una doble marea hacia dentro y hacia fuera, en tanto que las aceras hormigueaban de gentes que caminaban presurosas. Contemplando la hilera de tiendas elegantes y de magníficos locales de negocio, resultaba difícil hacerse a la idea de que, en efecto, desembocasen por el otro lado en la plaza descolorida y muerta que acabábamos de dejar.

—Veamos —dijo Holmes, en pie en la esquina y dirigiendo su vista por la hilera de edificios adelante—. Me gustaría poder recordar el orden en que están aquí las casas. Una de mis aficiones es la de conocer Londres al dedillo. Tenemos el Mortimer's, el despacho de tabacos, la tiendecita de periódicos, la sucursal Coburg del City and Suburban Bank, el restaurante vegetalista y el depósito de las carrocerías McFarlane. Y con esto pasamos a la otra manzana. Y ahora, doctor, ya hemos hecho nuestra trabajo, y es tiempo de que tengamos alguna distracción. Un bocadillo, una taza de café, y acto seguido a los dominios del violín, donde todo es dulzura, delicadeza y armonía, y donde no existen clientes pelirrojos que nos molesten con sus rompecabezas.

Era mi amigo un músico entusiasta que no se limitaba a su gran destreza de ejecutante, sino que escribía composiciones de verdadero mérito. Permaneció toda la tarde sentado en su butaca sumido en la felicidad más completa; de cuando en cuando marcaba gentilmente con el dedo el compás de la música, mientras que su rostro de dulce sonrisa y sus ojos ensoñadores se parecían tan poco a los de Holmes el sabueso, a los de Holmes el perseguidor implacable, agudo, ágil, de criminales, como es posible concebir. Los dos aspectos de su singular temperamento se afirmaban alternativamente, y su extremada exactitud y astucia representaban, según yo pensé muchas veces, la reacción contra el humor poético y contemplativo que, en ocasiones, se sobreponía dentro de él. Ese vaivén de su temperamento lo hacía pasar desde la más extrema languidez a una devoradora energía; y, según yo tuve oportunidad de saberlo bien, no se mostraba nunca tan verdaderamente formidable como cuando se había pasado días enteros descansando ociosamente en su sillón, entregado a sus improvisaciones y a sus libros de letra gótica. Era entonces cuando le acometía de súbito el anhelo vehemente de la caza, y cuando su brillante facultad de razonar se elevaba hasta el nivel de la intuición, llegando al punto de que quienes no estaban familiarizados con sus métodos le mirasen de soslayo, como a persona cuyo saber no era el mismo de los demás mortales. Cuando aquella tarde lo vi tan arrebujado en la música de St. James Hall, tuve la sensación de que quizá se les venían encima malos momentos a aquellos en cuya persecución se había lanzado.

—Seguramente que querrá usted ir a su casa, doctor —me dijo cuando salíamos.

—Sí, no estaría de más.

—Y yo tengo ciertos asuntos que me llevarán varias horas. Este de la plaza de Coburg es cosa grave.

—¿Cosa grave? ¿Por qué?

—Está preparándose un gran crimen. Tengo toda clase de razones para creer que llegaremos a tiempo de evitarlo. Pero el ser hoy sábado complica bastante las cosas. Esta noche lo necesitaré a usted.

—¿A qué hora?

—Con que venga a las diez será suficiente.

—Estaré a las diez en Baker Street.

—Perfectamente. ¡Oiga, doctor! Échese el revólver al bolsillo, porque quizá la cosa sea peligrosilla.

Me saludó con un vaivén de la mano, giró sobre sus tacones, y desapareció instantáneamente entre la multitud.

Yo no me tengo por más torpe que mis convecinos, pero siempre que tenía que tratar con Sherlock Holmes me sentía como atenazado por mi propia estupidez. En este caso de ahora, yo había oído todo lo que él había oído, había visto lo que él había visto, y, sin embargo, era evidente, a juzgar por sus palabras, que él veía con claridad no solamente lo que había ocurrido, sino también lo que estaba a punto de ocurrir, mientras que a mí se me presentaba todavía todo el asunto como grotesco y confuso. Mientras iba en coche hasta mi casa de Kensington, medité sobre todo lo ocurrido, desde el extraordinario relato del pelirrojo copista de la *Enciclopedia,* hasta la visita a Saxe-Coburg Square, y las frases ominosas con que Holmes se había despedido de mí. ¿Qué expedición nocturna era aquella, y por qué razón tenía yo que ir armado? ¿Adonde iríamos, y qué era lo que teníamos que hacer? Holmes me había insinuado que el empleado barbilampiño del prestamista era un hombre temible, un hombre que quizá estaba desarrollando un juego de gran alcance. Intenté desenredar el enigma, pero renuncié a ello con desesperanza, dejando de lado el asunto hasta que la noche me trajese una explicación.

Eran las nueve y cuarto cuando salí de mi casa y me encaminé, cruzando el Parque y siguiendo por Oxford Street, hasta Baker Street. Había parados delante de la puerta dos coches *Hanso*, y al entrar en el vestíbulo oí ruido de voces en el piso superior. Al entrar en la habitación de Holmes, encontré a este en animada conversación con dos hombres, en uno de los cuales reconocí al agente oficial de policía Peter Jones; el otro era un hombre alto, delgado, caritristón, de sombrero muy lustroso y levita abrumadoramente respetable.

—¡Ajá! Ya está completa nuestra expedición —dijo Holmes, abrochándose la zamarra de marinero y cogiendo del perchero su pesado látigo de caza—. Creo que usted, Watson, conoce ya al señor Jones, de Scotland Yard. Permítame que le presente al señor Merryweather, que será esta noche compañero nuestro de aventuras.

—Otra vez salimos de caza por parejas, como usted ve, doctor —me dijo Jones con su prosopopeya habitual—. Este amigo nuestro es asombroso para levantar la pieza. Lo que él necesita es un perro viejo que le ayude a cazarla.

—Espero que, al final de nuestra caza, no resulte que hemos estado persiguiendo fantasmas —comentó, lúgubre, el señor Merryweather.

—Caballero, puede usted depositar una buena dosis de confianza en el señor Holmes —dijo con engreimiento el agente de policía—. Él tiene pequeños métodos propios, y estos son, si él no se ofende porque yo se lo diga, demasiado teóricos y fantásticos, pero lleva dentro de sí mismo a un detective hecho y derecho. No digo nada de más afirmando que en una o dos ocasiones, tales como el asunto del asesinato de Sholto y del tesoro de Agra, ha andado más cerca de la verdad que la organización policíaca.

—Me basta con que diga usted eso, señor Jones —respondió con deferencia el desconocido—. Pero reconozco que echo de menos mi partida de cartas. Por vez primera en veintisiete años, dejo de jugar mi partida de cartas un sábado por la noche.

—Creo —le hizo notar Sherlock Holmes— que esta noche se juega usted algo de mucha mayor importancia que todo lo que se ha jugado hasta ahora, y que la partida le resultará más emocionante. Usted, señor Merryweather, se juega unas treinta mil libras esterlinas, y usted, Jones, la oportunidad de echarle el guante al individuo a quien anda buscando.

—A John Clay, asesino, ladrón, defraudador y falsificador. Se trata de un individuo joven, señor Merryweather, pero marcha a la cabeza de su profesión, y preferiría esposarlo a él mejor que a ningún otro de los criminales de Londres. Este John Clay es hombre extraordinario. Su abuelo era duque de sangre real, y el nieto cursó estudios en Eton y en Oxford[32]. Su cerebro funciona con tanta destreza como sus manos, y aunque encontramos rastros suyos a la vuelta de cada esquina, jamás sabemos dónde dar con él. Esta semana violenta una casa en Escocia, y a la siguiente va y viene por Cornwall recogiendo fondos para construir un orfanato. Llevo persiguiéndolo varios años, y nunca pude ponerle los ojos encima.

—Espero tener el gusto de presentárselo esta noche. También yo he tenido mis más y mis menos con el señor John Clay, y estoy de acuerdo con usted en que va a la cabeza de su profesión. Pero son ya las diez bien pasadas, y es hora de que nos pongamos en camino. Si ustedes suben en el primer coche, Watson y yo los seguiremos en el segundo.

Sherlock Holmes no se mostró muy comunicativo durante nuestro largo trayecto en coche, y se arrellanó en su asiento tarareando melodías que había oído aquella tarde. Avanzamos traqueteando por un laberinto inacabable de calles alumbradas con gas, y desembocamos, por fin, en Farringdon Street.

—Ya estamos llegando —comentó mi amigo—. Este Merryweather es director de un Banco, y el asunto le interesa de una manera personal. Me pareció asimismo bien el que nos acompañase Jones. No es mala persona, aunque en su profesión resulte un imbécil

---

[32] Instituciones de enseñanza donde tradicionalmente se educan los hijos de la clase alta británica.

perfecto. Posee una cualidad positiva. Es valiente como un *bull-dog*, y tan tenaz como una langosta cuando cierra sus garras sobre alguien. Ya hemos llegado, y nos esperan.

Estábamos en la misma concurrida arteria que habíamos visitado por la mañana. Despedimos a nuestros coches y, guiados por el señor Merryweather, nos metimos por un estrecho pasaje, y cruzamos una puerta lateral que se abrió al llegar nosotros. Al otro lado había un corto pasillo, que terminaba en una pesadísima puerta de hierro. También esta se abrió, dejándonos pasar a una escalera de piedra y en curva, que terminaba en otra formidable puerta. El señor Merryweather se detuvo para encender una linterna, y seguidamente nos condujo por un corredor oscuro y que olía a tierra; luego, después de abrir una tercera puerta, desembocamos en una inmensa bóveda o bodega en que había amontonadas por todo su alrededor jaulas de embalaje con cajas macizas dentro.

—Desde arriba no resulta usted muy vulnerable —hizo notar Holmes, manteniendo en alto la linterna y revisándolo todo con la mirada.

—Ni desde abajo —dijo el señor Merryweather golpeando con su bastón en las losas con que estaba empedrado el suelo—. ¡Por mi vida, esto suena a hueco! —exclamó, alzando sorprendido la vista.

—Me veo obligado a pedir a usted que permanezca un poco más tranquilo —le dijo con severidad Holmes—. Acaba usted de poner en peligro todo el éxito de la expedición. ¿Puedo pedirle que tenga la bondad de sentarse encima de una de estas cajas, sin intervenir en nada?

El solemne señor Merryweather se encaramó a una de las jaulas de embalaje mostrando gran disgusto en su cara, mientras Holmes se arrodillaba en el suelo y, sirviéndose de la linterna y de una lente de aumento, comenzó a escudriñar minuciosamente las rendijas entre losa y losa. Le bastaron pocos segundos para llegar al convencimiento, porque se puso ágilmente en pie y se guardó su lente en el bolsillo.

—Tenemos por delante lo menos una hora —dijo a modo de comentario—, porque nada pueden hacer mientras el prestamista no se haya metido en la cama. Pero cuando esto ocurra, pondrán inmediatamente manos a la obra, pues cuanto antes le den fin, más tiempo les quedará para la fuga. Doctor, en este momento nos encontramos, según usted habrá ya adivinado, en los sótanos de la sucursal que tiene en la *City* uno de los principales bancos londinenses. El señor Merryweather es el presidente del Consejo de Dirección, y él le explicará a usted por qué razones puede esta bodega despertar ahora mismo vivo interés en los criminales más audaces de Londres.

—Se trata del oro francés que aquí tenemos —cuchicheó el director—. Hemos recibido ya varias advertencias de que quizá se llevase a cabo una tentativa para robárnoslo.

—¿El oro francés?

—Sí. Hace algunos meses se nos presentó la conveniencia de reforzar nuestros recursos, y para ello tomamos en préstamo treinta mil napoleones de oro al Banco de Francia. Ha corrido la noticia de que no habíamos tenido necesidad de desempaquetar el dinero, y que este se encuentra aún en nuestra bodega. Esta jaula sobre la que estoy sentado encierra dos mil napoleones empaquetados entre capas superpuestas de plomo. En este momento, nuestras reservas en oro son mucho más elevadas de lo que es corriente guardar en una sucursal, y el Consejo de Dirección tenía sus recelos por este motivo.

—Recelos que estaban muy justificados —hizo notar Holmes—. Es hora ya de que pongamos en marcha nuestros pequeños planes. Calculo que de aquí a una hora las cosas habrán hecho crisis. Para empezar, señor Merryweather, es preciso que corra la pantalla de esta linterna sorda.

—¿Y vamos a permanecer en la oscuridad?

—Eso me temo. Traje conmigo un juego de cartas, pensando que, en fin de cuentas, siendo como somos una *partie carree*[33], quizá no se quedara usted sin echar su partidita habitual. Pero, según he observado, los preparativos del enemigo se hallan tan avanzados,

---

[33] **Partie carree**: cuadrilla, grupo reducido

que no podemos correr el riesgo de tener la luz encendida. Y, antes que nada, tenemos que tomar posiciones. Esta gente es temeraria y, aunque los situaremos en desventaja, podrían causarnos daño si no andamos con cuidado. Yo me situaré detrás de esta jaula, y ustedes escóndanse detrás de aquellas. Cuando yo los enfoque con una luz, ustedes los cercan rápidamente. Si ellos hacen fuego, no sienta remordimientos de tumbarlos a tiros, Watson.

Coloqué mi revólver, con el gatillo levantado, sobre la caja de madera detrás de la cual estaba yo parapetado. Holmes corrió la cortina delantera de su linterna, y nos dejó; sumidos en negra oscuridad, en la oscuridad más absoluta en que yo me encontré hasta entonces. El olor del metal caliente seguía atestiguándonos que la luz estaba encendida, pronta a brillar instantáneamente. Aquellas súbitas tinieblas, y el aire frío y húmedo de la bodega, ejercieron una impresión deprimente y amortiguadora sobre mis nervios, tensos por la más viva expectación.

—Sólo les queda un camino para la retirada —cuchicheó Holmes—; el de volver a la casa y salir a Saxe-Coburg Square. Habrá usted hecho ya lo que le pedí, ¿verdad?

—Un inspector y dos funcionarios esperan en la puerta delantera.

—Entonces, les hemos tapado todos los agujeros. Silencio, pues, y a esperar.

¡Qué larguísimo resultó aquello! Comparando notas más tarde, resulta que la espera fue de una hora y cuarto, pero yo tuve la sensación de que había transcurrido la noche y que debía de estar alboreando por encima de nuestras cabezas. Tenía los miembros entumecidos y cansados, porque no me atrevía a cambiar de postura, pero mis nervios habían alcanzado el más alto punto de tensión, y mi oído se había agudizado hasta el punto de que no sólo escuchaba la suave respiración de mis compañeros, sino que distinguía por su mayor volumen la inspiración del voluminoso Jones de la nota suspirante del director del Banco. Desde donde yo estaba, podía mirar por encima del cajón hacia el piso de la bodega. Mis ojos percibieron de pronto el brillo de una luz.

Empezó por ser nada más que una leve chispa en las losas del empedrado, y luego se alargó hasta convertirse en una línea amarilla; de pronto, sin ninguna advertencia ni ruido, pareció abrirse un desgarrón, y apareció una mano blanca, femenina casi, que tanteó por el centro de la pequeña superficie de luz. Por espacio de un minuto o más, sobresalió la mano del suelo, con sus inquietos dedos. Se retiró luego tan súbitamente como había aparecido, y todo volvió a quedar sumido en la oscuridad, menos una chispita cárdena, reveladora de una grieta entre las losas.

Pero esa desaparición fue momentánea. Una de las losas, blancas y anchas, giró sobre uno de sus lados, produciendo un ruido chirriante, de desgarramiento, dejando abierto un hueco cuadrado, por el que se proyectó hacia fuera la luz de una linterna. Asomó por encima de los bordes una cara barbilampiña, infantil, que miró con gran atención a su alrededor y luego, haciendo palanca con las manos a un lado y otro de la abertura, se lanzó hasta sacar primero los hombros, luego la cintura, y apoyó por fin una rodilla encima del borde. Un instante después se irguió en pie a un costado del agujero, ayudando a subir a un compañero, delgado y pequeño como él, de cara pálida y una mata de pelo de un rojo vivo.

—No hay nadie —cuchicheó—. ¿Tienes el cortafrío y los talegos?... ¡Válgame Dios! ¡Salta, Archie, salta; yo le haré frente!

Sherlock Holrnes había saltado de su escondite, agarrando al intruso por el cuello de la ropa. El otro se zambulló en el agujero, y yo pude oír el desgarrón de sus faldones en los que Jones había hecho presa. Centelleó la luz en el cañón de un revólver, pero el látigo de caza de Holmes cayó sobre la muñeca del individuo, y el arma fue a parar al suelo, produciendo un ruido metálico sobre las losas.

—Es inútil, John Clay —le dijo Holmes, sin alterarse—; no tiene usted la menor probabilidad a su favor.

—Ya lo veo —contestó el otro con la mayor sangre fría—. Supongo que mi compañero está a salvo, aunque, por lo que veo, se han quedado ustedes con las colas de su chaqueta.

—Le esperan tres hombres a la puerta —le dijo Holmes.

—¿Ah, sí? Por lo visto no se le ha escapado a usted detalle. Le felicito.

—Y yo a usted —le contestó Holmes—. Su idea de los pelirrojos tuvo gran novedad y eficacia.

—En seguida va usted a encontrarse con su compinche —dijo Jones—. Es más ágil que yo descolgándose por los agujeros. Alargue las manos mientras le coloco las pulseras.

—Haga el favor de no tocarme con sus manos sucias —comentó el preso, en el momento en que se oyó el clic de las esposas al cerrarse—. Quizá ignore que corre por mis venas sangre real. Tenga también la amabilidad de darme el tratamiento de «señor» y de pedirme las cosas «por favor».

—Perfectamente —dijo Jones, abriendo los ojos y con una risita—. ¿Se digna, señor, caminar escaleras arriba, para que podamos llamar a un coche y conducir a su alteza hasta la comisaría?

—Así está mejor —contestó John Clay serenamente. Nos saludó a los tres con una gran inclinación cortesana, y salió de allí tranquilo, custodiado por el detective.

—Señor Holmes —dijo el señor Merryweather, mientras íbamos tras ellos, después de salir de la bodega—, yo no sé cómo podrá el Banco agradecérselo y recompensárselo. No cabe duda de que usted ha sabido descubrir y desbaratar del modo más completo una de las tentativas más audaces de robo de bancos que yo he conocido.

—Tenía mis pequeñas cuentas que saldar con el señor John Clay —contestó Holmes—. El asunto me ha ocasionado algunos pequeños desembolsos que espero que el Banco me reembolsará. Fuera de eso, estoy ampliamente recompensado con esta experiencia, que es en muchos aspectos única, y con haberme podido enterar del extraordinario relato de la Liga de los Pelirrojos.

Antología de relatos policíacos

Ya de mañana, sentado frente a sendos vasos de whisky con soda en Baker Street, me explicó Holmes:

—Comprenda usted, Watson; resultaba evidente desde el principio que la única finalidad posible de ese fantástico negocio del anuncio de la Liga y del copiar la *Enciclopedia,* tenía que ser el alejar durante un número determinado de horas todos los días a este prestamista, que tiene muy poco de listo. El medio fue muy raro, pero la verdad es que habría sido difícil inventar otro mejor. Con seguridad que fue el color del pelo de su cómplice lo que sugirió la idea al cerebro ingenioso de Clay. Las cuatro libras semanales eran un señuelo que forzosamente tenía que atraerlo, ¿y qué suponía eso para ellos, que se jugaban en el asunto muchos millares? Insertan el anuncio; uno de los granujas alquila temporalmente la oficina, y el otro incita al prestamista a que se presente a solicitar el empleo, y entre los dos se las arreglan para conseguir que esté ausente todos los días laborables. Desde que me enteré de que el empleado trabajaba a mitad de sueldo, vi con claridad que tenía algún motivo importante para ocupar aquel empleo.

—¿Y cómo llegó usted a adivinar este motivo?

—Si en la casa hubiese habido mujeres, habría sospechado que se trataba de un vulgar enredo amoroso. Pero no había que pensar en ello. El negocio que el prestamista hacía era pequeño, y no había nada dentro de la casa que pudiera explicar una preparación tan complicada y un desembolso como el que estaban haciendo. Por consiguiente, era por fuerza algo que estaba fuera de la casa. ¿Qué podía ser? Me dio en qué pensar la afición del empleado a la fotografía, y el truco suyo de desaparecer en la bodega... ¡La bodega! En ella estaba uno de los extremos de la complicada madeja. Pregunté detalles acerca del misterioso empleado, y me encontré con que tenía que habérmelas con uno de los criminales más calculadores y audaces de Londres. Este hombre estaba realizando en la bodega algún trabajo que le exigía varias horas todos los días, y esto por espacio de meses. ¿Qué puede ser?, volví a preguntarme. No me quedaba sino pensar que estaba abriendo un túnel que desembocaría en algún otro edificio. A ese punto había llegado cuando fui a visitar el lugar de la acción. Lo sorprendí a usted cuando golpeé el suelo con mi bastón. Lo que yo buscaba era descubrir si la bodega se extendía hacia la parte delantera o hacia la parte posterior. No daba a la parte delantera. Tiré entonces de la campanilla, y acudió, como yo esperaba, el empleado. Él y yo hemos librado algunas escaramuzas, pero nunca nos habíamos visto. Apenas si me fijé en su cara. Lo que yo deseaba ver eran sus rodillas. Usted mismo debió de fijarse en lo desgastadas y llenas de arrugas y de manchas que estaban. Pregonaban las horas que se había pasado socavando el agujero. Ya sólo quedaba por determinar hacia dónde lo abrían. Doblé la esquina, me fijé en que el City and Suburban Bank daba al local de nuestro amigo, y tuve la sensación de haber resuelto el problema. Mientras usted, después del concierto, marchó en coche a su casa, yo me fui de visita a Scotland Yard, y a casa del presidente del directorio del Banco, con el resultado que usted ha visto.

—¿Y cómo pudo usted afirmar que realizarían esta noche su tentativa? —le pregunté.

—Pues bien: al cerrar las oficinas de la Liga daban con ello a entender que ya les tenía sin cuidado la presencia del señor Jabez Wilson; en otras palabras: que habían terminado su túnel. Pero resultaba fundamental que lo aprovechasen pronto, ante la posibilidad de que fuese descubierto, o el oro trasladado a otro sitio. Les convenía el sábado, mejor que otro día cualquiera, porque les proporcionaba dos días para huir. Por todas esas razones yo creí que vendrían esta noche.

—Hizo usted sus deducciones magníficamente —exclamé con admiración sincera—. La cadena es larga, pero, sin embargo, todos sus eslabones suenan a cosa cierta.

—Me libró de mi fastidio —contestó Holmes, bostezando—. Por desgracia, ya estoy sintiendo que otra vez se apodera de mí. Mi vida se desarrolla en un largo esfuerzo para huir de las vulgaridades de la existencia. Estos pequeños problemas me ayudan a conseguirlo.

—Y es usted un benefactor de la raza humana —le dije yo.

Holmes se encogió de hombros, y contestó a modo de comentario:

—Pues bien: en fin de cuentas, quizá tengan alguna pequeña utilidad. *L'homme c'est rien, l'ouvre c'est tout*[34], según escribió Gustave Flaubert a George Sand.

---

[34] **L'homme c'est rien, l'ouvre c'est tout**: el hombre no es nada, la obra lo es todo.

MAURICE LEBLANC

SHERLOCK HOLMES LLEGA DEMASIADO TARDE

—¡Es asombroso lo que se parece usted a Arsène Lupin, Velmont!

—¿Lo conoce usted?

—Como lo conoce todo el mundo, por sus retratos. Aunque no hay dos iguales, cada uno deja, sin embargo, la impresión de una fisonomía idéntica..., que, en efecto, es la de usted.

Horace Velmont pareció más bien contrariado.

—¡Dice usted unas cosas, amigo Devanne! No es la primera vez, por cierto, que oigo tal afirmación.

—Llega a tal grado el parecido, que, de no haberme sido usted recomendado por mi primo De Estevan, y de no ser usted el famoso pintor cuyas hermosas marinas admiro, no sé si no habría ya dado parte a la policía de la presencia de usted en Dieppe.

Además de Velmont, en el vasto comedor del castillo de Thibermesnil, se encontraban el abate Gelis, cura del pueblo, y una docena de oficiales, cuyos regimientos estaban de maniobras en las cercanías. Todos habían acudido a la invitación del banquero Georges Devanne y de su madre. Uno de ellos preguntó:

—¿No ha sido anunciada la llegada de Arsène Lupin a estos sitios, precisamente a raíz de su hazaña del rápido de París a El Havre?

—Así es, hace tres semanas. Una semana después conocía yo en el casino a nuestro bueno de Velmont, quien, desde entonces, ha tenido a bien honrarme con algunas visitas, agradable preámbulo de una visita más seria que me hará uno de estos días, o mejor, una de estas noches...

De nuevo se rieron todos. Pasaron luego a la antigua sala de guardias, vasta pieza, muy alta de techo, que ocupa toda la parte inferior de la torre Guillermo y en la cual Devanne ha reunido las incomparables riquezas acumuladas de siglo en siglo por los señores de Thibermesnil. Entre la puerta y la ventana de la izquierda se alzaba una biblioteca monumental de estilo Renacimiento, sobre cuyo frontón se lee en letras de oro: «Thibermesnil» y, debajo, la divisa de la familia: «Haz lo que quieres hacer».

Todos encendían puros. Devanne continuó:

—Pero tendrá que darse prisa, Velmont, porque sólo le queda a usted esta noche.

—¿Por qué? —preguntó el pintor que, decididamente, tomaba el asunto a chacota.

Iba Devanne a contestar cuando su madre le hizo una seña. Pero la excitación de la comida y el deseo de interesar a sus huéspedes pudieron más que la prudencia.

—¡Bah! Ahora ya puedo hablar —dijo—; ya no es de temer una indiscreción.

Movidos por la curiosidad, todos formaron corro. Devanne, con la satisfacción de quien anuncia una importante noticia, declaró:

—Mañana, a las cuatro de la tarde, Sherlock Holmes, el famoso policía inglés, para quien no hay misterios; Sherlock Holmes, el más extraordinario descifrador de enigmas; el prodigioso personaje que parece vaciado de una sola pieza por la imaginación de un novelista, Sherlock Holmes, será mi huésped.

Estalló una exclamación general: ¡Sherlock Holmes en Thibermesnil! ¿De modo que la cosa iba de veras? ¿Arsène Lupin se encontraba en la comarca?

—Arsène Lupin y su gente no están lejos. Sin contar el robo de que fue víctima el barón de Cahorn, ¿a quién atribuir los de

Montigny, de Gruchet, de Crasville, sino a nuestro ladrón nacional? Hoy ha llegado mi turno.

—¿Y ha sido usted avisado, como lo fue el Barón?

—El mismo ardid no sirve dos veces.

—¿Entonces?

—Entonces, aquí tenemos...

Se levantó y, señalando con el índice una de las estanterías de la biblioteca donde había un espacio vacío entre dos enormes infolios, siguió hablando:

—Había ahí un libro, un libro del siglo XVI, titulado *Crónicas de Thibermesnil*. En dicho libro consta la historia del castillo desde su construcción por el duque de Rolon sobre el terreno que ocupaba una fortaleza feudal. Contiene tres láminas grabadas. Una representa una vista del conjunto del castillo; la segunda, el plano de los distintos edificios, y la tercera, y sobre esto me permito llamar especialmente la atención de ustedes, el trazado de un subterráneo, una de cuyas salidas se abre fuera de la primera línea de murallas y la otra aquí, sí, en esta misma sala donde nos encontramos. El caso es que el tal libro desapareció el mes pasado.

—Mala señal —dijo Velmont—. Pero no basta para motivar la intervención de Sherlock Holmes.

—No, de no haber ocurrido otro hecho que da a lo que acabo de contarles toda su significación. Existía en la Biblioteca Nacional un segundo ejemplar de dicha crónica. Ambos ejemplares diferían por ciertos detalles relativos al subterráneo, como, por ejemplo, el indicar uno un perfil y una escala que no indica el otro, y varias anotaciones, no impresas, sino trazadas con tinta y más o menos borradas. Sabía yo estas particularidades, y sabía también que el trazado definitivo no podía ser reconstruido sino por medio de una confrontación minuciosa de los dibujos. Ahora bien, al día siguiente de desaparecer mi ejemplar, el de la Biblioteca Nacional era pedido por un lector, el cual se lo llevó, sin que fuera posible determinar en qué condiciones se había efectuado el robo.

Estas palabras fueron acogidas con exclamaciones.

—Esta vez, la cosa iba de veras.

—Esta segunda vez —dijo Devanne—, la policía ha comprendido la gravedad del asunto y ha dado algunos pasos que, por cierto, no han tenido ningún resultado.

—Como siempre que anda metido en el juego Arsène Lupin.

—Precisamente. Entonces fue cuando se me ocurrió la idea de pedir auxilio a Sherlock Holmes, quien me contestó que deseaba habérselas con Arsène Lupin.

—¡Qué gloria para Arsène Lupin! —dijo Velmont—. Pero si nuestro ladrón nacional, como usted lo llama, no intenta nada contra Thibermesnil, no será muy difícil el cometido de Sherlock Holmes.

—Hay otra cosa que, sin duda alguna, le interesará vivamente: el descubrimiento del subterráneo.

—Pero ¿hasta qué punto? ¿No nos ha dicho usted que una de las entradas da al campo y la otra a este salón mismo?

—Sí, pero ¿dónde, en qué lugar del salón? La línea que en los planos representa el subterráneo da, por un lado a un circulito acompañado de estas dos mayúsculas: «T. G.», lo cual supongo significa Torre Guillermo. Pero la torre es redonda, ¿y quién podría determinar en qué sitio del redondel termina el trazado del dibujo?

Devanne encendió un segundo puro y se vertió una copita de benedictino. Todos le hacían preguntas. Y él, contento al ver el interés provocado sonreía. Por fin dijo:

—Se ha perdido el secreto. Nadie lo conoce. De padres a hijos, dice la leyenda, los poderosos señores se lo transmitían al sentirse próximos a morir, hasta el día en que Godofredo, último de su nombre, fue decapitado en el cadalso, el 7 de Termidor, año II, a la edad de diecinueve años.

—Pero durante más de un siglo habrán buscado...

—Sí, pero en vano. Yo mismo, cuando compré el castillo al heredero del convencional Leribourg, mandé hacer excavaciones. ¿Y para qué? Fíjense en que esta torre, rodeada de agua, sólo por un punto está unida al castillo, y que, por consiguiente, es preciso que el subterráneo pase bajo los antiguos fosos. Además, el plano de la Biblioteca Nacional da una serie de cuatro escaleras, que entre todas comprenden cuarenta y ocho escalones, lo cual hace suponer una profundidad de más de diez metros. Y la escala anexa al otro plano fija la distancia en doscientos metros. En realidad, todo el problema reside aquí, entre este piso, este techo y estas paredes. Y la verdad, confieso que titubeo en echarlos abajo.

—¿Y no hay ningún indicio?

—Ninguno.

El abate Gelis intervino:

—Señor Devanne, hemos de tener en cuenta dos citas.

—¡Oh! —exclamó Devanne, riéndose—. El señor cura es un escudriñador de archivos, y todo lo que se refiere a Thibermesnil le apasiona. Pero la explicación de que habla sólo sirve para enmarañar el asunto.

—Sin embargo...

—¿Tiene usted mucho empeño en ello?

—Muchísimo.

—Bien. Pues sepan ustedes que de las lecturas del señor cura resulta que dos reyes de Francia han conocido la clave del enigma.

—¡Dos reyes de Francia!

—Enrique IV y Luis XVI.

—No son dos pelagatos. ¿Y cómo sabe el señor cura...?

—Muy sencillo —continuó Devanne—. La antevíspera de la batalla de Arques, el rey Enrique IV vino a cenar y a dormir en este castillo. A las once de la noche, Luisa de Tancarville, la más hermosa dama de Normandía, fue llevada hasta él a través del subterráneo, con la complicidad del duque Edgardo, quien, en tal ocasión, divulgó el secreto de familia. Dicho secreto, Enrique IV lo confió más tarde a su ministro Sully, quien cuenta la anécdota en sus *Reales Economías de Estado,* sin acompañarla de más comentario que de esta incomprensible frase: *La hache tournoie dans l'air qui frémit, mais l'aile s'ouvre, et l'on va jusqu'a Dieu*[35].

Después de una breve pausa, Velmont dijo con sorna:

—No ciega por su claridad.

---

[35] El sentido de esta frase se irá aclarando según se desarrolle el relato.

—¿Verdad? El señor cura está persuadido de que Sully encerró en esta frase el secreto. De esta manera evitó que se divulgase entre los escribanos a quienes dictaba sus memorias.

—La hipótesis no deja de ser ingeniosa.

—¿Y el bueno de Luis XVI —dijo Velmont— hizo abrir el subterráneo para recibir también la visita de una dama?

—Lo ignoro. Lo cierto es que Luis XVI vivió en Thibermesnil en 1784, y que el famoso armario de hierro, encontrado en el Louvre a consecuencia de la denuncia de Gamain, contenía un papel con el siguiente apunte del puño y letra del rey: «Thibermesnil: 2-6-12».

Horace Velmont soltó una carcajada.

—¡Victoria! —exclamó—. Se disipan cada vez más las tinieblas: dos por seis, doce.

—Ríase cuanto guste, caballero —dijo el cura—, pero no es menos verdad que estas dos cifras contienen la solución y que más tarde o más temprano vendrá alguien que las descifrará.

—Por de pronto, vendrá Sherlock Holmes —dijo Devanne—. A menos que se le adelante Arsène Lupin. ¿Qué opina usted, Velmont?

Este se levantó, puso la mano sobre el hombro de Devanne y declaró:

—Digo que a los datos suministrados por el libro de usted y por el de la Biblioteca Nacional faltaba un informe de suma importancia que ha tenido usted la amabilidad de ofrecerme, por lo que le doy las gracias.

—¿De manera que...?

—De manera que voy a poner manos a la obra.

—¿En seguida?

—Sin perder minuto. ¿No hemos quedado en que esta noche, es decir, antes de la llegada de Sherlock Holmes, he de efectuar un importante robo en su castillo?

—Lo cierto es que el tiempo apremia. ¿Quiere usted que lo acompañe?

—¿Hasta Dieppe?

—Sí. De paso traeré al señor y a la señora de Androl y a una joven, hija de amigos de ellos, que llegan a las doce —contestó Devanne y, dirigiéndose a los oficiales, añadió—: Además, mañana, a la hora del almuerzo, nos volveremos a ver, ¿verdad, señores? Cuento con ustedes, puesto que este castillo ha de ser atacado y tomado por unos regimientos a eso de las once.

A medianoche, sus amigos bajaban del tren. A las doce y media el automóvil entraba en Thibermesnil. A la una, después de una ligera cena servida en el salón, cada cual se retiró. Poco a poco se fueron apagando todas las luces. El gran silencio de la noche envolvió el castillo.

Pero la luna apartó las nubes que la ocultaban y, deslizando sus rayos por dos de las ventanas, llenó de blanca claridad el salón. Esto duró poco, pues la luna se ocultó definitivamente detrás de las colinas. Reinó la oscuridad y el silencio pareció más absoluto aún. Apenas, de vez en cuando, lo turbaban crujidos de muebles y el zumbido de los cañaverales en el estanque cuyas aguas bañan los antiguos muros.

El reloj pasaba el infinito rosario de los segundos. El timbre sonó dos veces: eran las doce. Y de nuevo, presurosos y monótonos, siguieron cayendo los segundos en la pesada paz de la noche. Dieron las tres.

De súbito, se oyó un chasquido, como cuando se cambia de posición un disco al paso del tren. Un haz de luz atravesó la parte alta del salón, cual flecha que dejara tras sí un rastro brillante. Brotaba de la estría central de una pilastra en la que se apoya, a la derecha, el frontón de la biblioteca. Formando un círculo deslumbrador, primero se inmovilizó sobre el lienzo opuesto; luego se paseó por todos lados, cual mirada inquieta que escruta la sombra, y por fin se desvaneció, mientras toda una parte de la biblioteca giraba y ponía al descubierto una amplia abertura abovedada.

Entró un hombre llevando en la mano una linterna eléctrica. Otro hombre, y luego un tercero, surgieron provistos de un rollo de cuerdas y de varios instrumentos. El primero inspeccionó la pieza, escuchó y dijo:

—Avisad a los compañeros.

Ocho mocetones fornidos, con cara enérgica, acudieron por el subterráneo. Y comenzó la mudanza.

Tardó poco. Arsène Lupin iba de un mueble a otro, lo examinaba y, según sus dimensiones o su valor artístico, lo dejaba o mandaba:

—¡Fuera!

Y el objeto era quitado de su sitio, tragado por la negra boca del túnel y transportado a través de las entrañas de la tierra.

Así fueron escamoteados seis butacas y seis sillas Luis XV, tapicerías de Aubusson, dos Fragonard y un Nattier[36], un busto de Houdon y algunas estatuitas. A veces Arsène Lupin se quedaba plantado un momento delante de algún soberbio mueble y, suspirando, decía:

—Harto pesado..., harto voluminoso... ¡Qué lástima!

Luego proseguía su elección.

Al cabo de cuarenta minutos el salón quedó «limpio». Todo ello se efectuó con un orden admirable, sin ruido, como si todos los objetos cargados por aquellos hombres tuvieran una espesa capa de algodón en rama.

Entonces Lupin, dirigiéndose al último de aquellos hombres, que se iba llevando una preciosa caja de reloj de pared, dijo:

—No es necesario que vuelvan. Queda convenido que, tan pronto como quede cargado el camión, echarán a correr hacia la granja de Roquefort.

—¿Y usted patrón?

—Que me dejen la motocicleta.

Cuando el hombre hubo salido, Lupin cerró aquel lado de la biblioteca; luego, después de haber borrado todo rastro acusador, alzó un cortinón y penetró en una galería que comunicaba la torre con el castillo. En medio había una vitrina. Se dirigió hacia ella.

Encerraba maravillas: una colección única de relojes de bolsillo, de tabaqueras, de sortijas, de cadenas de miniaturas de precioso trabajo. Con una palanqueta forzó la cerradura, y sintió el

---

[36] **Fragonard, Nattier:** pintores franceses de renombre.

inefable placer de tocar aquellas joyas de oro y de plata, aquellas obritas de un arte tan primoroso y delicado.

Traía colgado del cuello y del hombro, un amplio saco de tela especialmente dispuesto para tales ocasiones. Lo llenó. Y también llenó los bolsillos de su chaqueta, de su chaleco y de su pantalón. Estaba apretando su brazo izquierdo sobre un mantoncito de aquellos retículos de abalorios que tanto gustaban a nuestros tatarabuelos, y que la moda actual busca tan apasionadamente..., cuando un ligero ruido hirió su oído.

Escuchó. No había duda: el ruido se acercaba.

Y de repente, recordó que en la extremidad de la galería, una escalera interior conducía a habitaciones, vacías hasta entonces, pero que, desde aquella noche, estaban ocupadas por una joven a quien Devanne había ido a buscar a Dieppe con sus amigos De Androl.

Con gesto rápido apagó la linterna eléctrica. Apenas se había metido en el hueco de una ventana, cuando en lo alto de la escalera se abrió la puerta y una tenue claridad penetró en la galería.

Tuvo la sensación —pues, medio oculto por una cortina, nada veía— de que una persona bajaba con precaución los primeros peldaños. Abrigó la esperanza de que no iría más lejos. Bajó, no obstante, y dio algunos pasos por la pieza. La persona dio un grito: acababa de ver sin duda la vitrina estropeada y medio vacía. Por el perfume reconoció la presencia de una mujer. Su vestido casi rozaba la cortina tras la cual se ocultaba él, y le pareció sentir los latidos del corazón de aquella mujer, y que ella también adivinaba la presencia de otro ser detrás de ella, en la sombra, al alcance de su mano... Él pensó: «Tiene miedo... se va a marchar..., es imposible que no se marche...». Pero no se marchó. La bujía dejó de temblar en su mano. Se volvió, vaciló un momento, pareció escuchar el silencio y, de repente, apartó el cortinón.

Arsène murmuró, trastornado:

—Usted..., usted..., señorita.

¡Era miss Nelly, la pasajera del trasatlántico, la que había escuchado las palabras de amor del joven durante aquella travesía inolvidable, la que fue testigo de su arresto y que, antes que traicionarlo, hizo el lindo gesto de arrojar al mar el aparato fotográfico en que había encerrado las joyas y los billetes de banco. ¡Miss Nelly, la querida y sonriente criatura cuya imagen tantas veces entristeció o alegró sus largas horas de prisión!

Tan prodigiosa era la casualidad que los ponía en presencia uno de otro en aquel castillo y en aquella hora de la noche, que no se movían ni pronunciaban una palabra, estupefactos, como hipnotizados por la aparición que uno era para el otro.

Miss Nelly tuvo que sentarse, anonadada.

Él quedó de pie frente a ella. Y, poco a poco, en el transcurso de los interminables segundos que pasaron, tuvo conciencia del efecto de aquel momento, con los brazos, los bolsillos y la chaqueta cargados de objetos de valor. Se sintió invadido por una tremenda confusión, se avergonzó de estar allí en la fea postura de un ladrón cogido in fraganti.

Para ella, sucediera lo que sucediera, él resultaba el ladrón, el que mete la mano en el bolsillo ajeno, el que fuerza las cerraduras y se introduce furtivamente en las casas. Uno de los relojes rodó por la alfombra, y luego otro. Y otros objetos iban a caérsele de los brazos, y no sabía cómo sujetarlos. Entonces, decidiéndose de pronto, dejó caer sobre la butaca parte de los objetos, vació sus bolsillos y se quitó la chaqueta.

Sintiéndose más tranquilo, dio un paso hacia Nelly con intención de hablarle. Pero ella hizo ademán de retroceder; luego se levantó vivamente, como asustada, y se precipitó hacia el salón. Lupin corrió tras ella. Estaba allí, trémula y muda, contemplando con terror la inmensa pieza saqueada.

Advirtiéndolo, él dijo con rapidez:

—Mañana, a las tres de la tarde, todo quedará colocado en su sitio... Volverán los muebles...

Ella no contestó. Lupin repitió:

—Mañana, a las tres; me comprometo a ello. Ningún poder podrá impedir que cumpla mi promesa...

Un largo silencio pesó sobre ellos. Él no se atrevía a romperlo, y la emoción de la joven le causaba un verdadero dolor. Lentamente, sin pronunciar una palabra, Lupin se alejó de ella.

Y pensaba: «¡Que se vaya! ¡Que se sienta libre de marcharse! ¡Que no tenga miedo de mí!».

Pero de repente, estremeciéndose, ella murmuró:

—Escuche..., pasos..., oigo pasos...

La miró con extrañeza. Parecía trastornada por completo, como si la amenazara una desgracia inminente.

—No oigo nada —dijo él—. Y aunque así fuera...

—¡Cómo! Hay que huir... pronto; huya usted.

—¿Huir? ¿Por qué?

—¡Es preciso! ¡Es preciso! ¡Oh, no se quede aquí!

Lupin corrió hasta la entrada de la galería y escuchó. No, no había nadie. El ruido seguramente venia de fuera... Esperó todavía un segundo y, tranquilizada, se volvió.

Arsène Lupin había desaparecido.

Tan pronto como Devanne se dio cuenta del saqueo de su castillo, pensó: «Esto es obra de Velmont, y Velmont no es sino Arsène Lupin». Todo se explicaba de esta manera, y nada se explicaba de otra. Pero esta idea no hizo más que cruzar por su cerebro, de tal manera le parecía inverosímil que Velmont no fuera Velmont, el pintor conocido, el compañero de círculo de su primo De Estevan. Cuando el sargento de la Gendarmería, que fue avisado en seguida, se presentó, Devanne ni siquiera pensó en comunicarle tan absurda suposición.

Durante toda la mañana hubo en el castillo una agitación indescriptible. Los gendarmes, el guardia rural, el comisario de policía de Dieppe, los habitantes del pueblo, todo aquel mundo iba y venía por los pasillos, por el parque, por donde podía. Las tropas que, maniobrando, se acercaban, la fusilería, añadían curiosos toques a lo pintoresco de la escena.

Las primeras investigaciones no arrojaron ningún indicio. Como ni las puertas ni las ventanas habían sido fracturadas, no quedaba duda de que la «mudanza» se había efectuado por la salida secreta. Sin embargo, no había ningún rastro de pasos sobre la alfombra ni ninguna señal insólita se veía en las paredes.

Sólo se comprobó una cosa inesperada, y que llevaba todo el sello de las ocurrencias de Arsène Lupin: la famosa crónica del siglo XVI ocupaba de nuevo su antiguo lugar, y a su lado había un libro semejante, que no era otro sino el ejemplar robado a la Biblioteca Nacional.

A las once llegaron los oficiales. Devanne los acogió alegremente, pues aunque le disgustaba mucho la pérdida de tales riquezas artísticas, su fortuna le permitía soportarla sin mal humor. Sus amigos De Androl y Nelly bajaron.

Efectuadas las presentaciones, se notó que faltaba uno de los invitados: Horace Velmont. ¿No acudiría?

Su ausencia habría despertado sospechas en Devanne. A las doce en punto se presentó.

—¡Vamos, aquí está el amigo Velmont! —dijo Devanne.

—¿No soy puntual?

—Sí, pero podía no haberlo sido..., después de una noche tan agitada. ¿Sabe usted lo que ha ocurrido?

—¿Qué?

—Ha saqueado usted el castillo.

—¿Qué me cuenta usted?

—Lo que le digo. Pero principie por ofrecerle el brazo a miss Underdown, y vamos al comedor. Señorita, permítame...

Impresionado por la turbación de la joven, se interrumpió. Un recuerdo cruzó por su espíritu:

—Es verdad..., en efecto, hace algún tiempo viajó usted en compañía de Arsène Lupin, antes de su arresto... ¿Quizás el parecido de este con el amigo Velmont, aquí presente, le extraña a usted?

La joven no contestó. Ante ella, Velmont esperaba sonriente, el joven se inclinó y ella tomó su brazo. Luego se sentó enfrente de la joven.

Durante el almuerzo no se habló más que de Arsène Lupin, de los muebles sustraídos; del subterráneo, de Sherlock Holmes.

Sólo al final de la comida, cuando los comensales hablaban ya de otra cosa, Lupin tomó parte en la conversación. Estuvo divertido, chistoso, elocuente y hasta habló con gravedad. Pero todas sus palabras parecían tener por objetivo agradar a la joven, quien, muy absorta, nada oía o fingía no oír.

El café se sirvió en la terraza que domina el patio del honor y el jardín francés del lado de la fachada principal. En medio de un lindo prado, la música del regimiento se puso a tocar, y los campesinos y los soldados se esparcieron por las alamedas.

No obstante, Nelly recordaba la promesa de Arsène Lupin: «A las tres, todo estará aquí; me comprometo a ello».

¡A las tres, y las agujas del gran reloj que adornaba el ala derecha señalaban las dos y cuarenta minutos! Y también miraba ella a Velmont, que se balanceaba suavemente en una mecedora.

Las dos y cincuenta..., las dos y cincuenta y cinco... Impaciencia y angustia hacían presa en la joven. ¿Sería posible que se efectuara el milagro, y que se efectuara en el minuto fijado, cuando el castillo, el patio y el campo estaban llenos de gente, en aquel momento mismo en que el procurador de la República y el juez de instrucción proseguían el sumario?

¡Y sin embargo..., sin embargo, Arsène Lupin había prometido con tal solemnidad! «Todo sucederá tal como ha dicho», pensó la joven, impresionada por la energía, autoridad y certeza que había en aquel hombre. Y semejante cosa no le parecía ya un milagro sino un acontecimiento natural que tenía que realizarse por la fuerza de las circunstancias.

Durante un segundo, las miradas de ambos se cruzaron, Nelly se sonrojó y volvió la cabeza.

Las tres... Sonaron las tres campanadas... Horace Velmont sacó su reloj, miró después el del ala derecha del castillo y metió el suyo en el bolsillo. Transcurrieron algunos segundos. Súbitamente, el gentío se apartó para dejar paso a dos vehículos que acababan de franquear la verja del parque, arrastrados por dos caballos cada uno. Eran dos de esos furgones que siguen a los regimientos llevando objetos. Se detuvieron ante las gradas de la entrada. Un sargento furriel saltó de uno de los pescantes y preguntó por el señor Devanne.

Este acudió bajando por las gradas. Bajo los toldos vio, esmeradamente colocados y bien envueltos, sus muebles, sus cuadros y sus objetos de arte.

A las preguntas que le hicieron, el furriel contestó mostrando la orden que le había sido transmitida. Dicha orden decía que la segunda compañía del cuarto batallón quedaba encargada de hacer llevar, a las tres en punto al castillo de Thibermesnil, propiedad del señor Devanne, los objetos depositados en la encrucijada de Halleux, en el bosque de Arques. Firmaba la orden el coronel.

—En la encrucijada —añadió el sargento— todo estaba listo, sobre la hierba, bajo la vigilancia de... los transeúntes. No dejó de parecerme muy extraña la cosa, pero mi deber era cumplir lo que se me mandaba.

Uno de los oficiales examinó la firma: muy bien imitada, pero falsa.

La música había cesado de tocar; se vaciaron los furgones y los objetos volvieron a ocupar sus respectivos lugares.

En medio de toda esta agitación, Nelly quedó sola en la terraza. Estaba pensativa y como entristecida. De repente, vio que Velmont se acercaba. Hubiera querido evitar su presencia, pero no había más camino de salida que aquel por donde venía el joven. Nelly no se movió. Un rayo de sol temblaba sobre sus cabellos de oro. Alguien dijo en voz baja:

—He cumplido mi promesa de anoche.

Arsène Lupin estaba junto a ella. No había nadie más en la terraza.

Repitió con voz entrecortada:

—He cumplido mi promesa de anoche.

Esperaba una palabra de agradecimiento, siquiera un gesto que demostrara el interés que tomaba ella en aquel acto. Pero la joven no pronunció palabra.

Semejante desprecio irritó a Arsène Lupin, aunque comprendía cuánto lo separaba de Nelly, ahora que ella sabía la verdad. Hubiera querido disculparse, buscar excusas, mostrar su vida en lo que de audaz y grande tenía. Pero sus palabras morían en su garganta y sentía lo absurdo e insolente de toda explicación. Invadido por una ola de recuerdos, murmuró tristemente:

—¡Qué lejos está el pasado! ¿Recuerda usted aquellas largas horas sobre la cubierta del *Provence*? Un día tenía usted como hoy una rosa en la mano... Se la pedí a usted..., pareció no oírme... No obstante, después de marcharse usted, hallé la rosa, olvidada, sin duda... La he guardado...

Ella siguió callando. Parecía encontrarse muy lejos de él. Continuó:

—En recuerdo de aquellas horas, no piense usted en lo que sabe. ¡Que el pasado se enlace con el presente! Que no sea yo aquel a quien vio usted anoche, sino el de otro tiempo, y que sus ojos me miren, aunque solo sea un segundo, como me miraban... Por favor..., ¿no soy el mismo?

Ella alzó los ojos, como él pedía, y lo miró. Luego, sin pronunciar una palabra, posó un dedo sobre una sortija que Lupin llevaba en el índice. Sólo se veía el anillo; la piedra, vuelta hacia dentro, era un rubí de gran valor.

Arsène se sonrojó. Dicha sortija pertenecía a Devanne. Sonriendo con amargura, dijo:

—Tiene usted razón. Lo que ha sido, será siempre. Arsène Lupin no es ni puede ser sino Arsène Lupin, y entre usted y él ni siquiera puede haber un recuerdo. Perdóneme... Hubiera debido comprender que mi sola presencia al lado de usted es un ultraje.

Se pegó todo lo que pudo a la balaustrada, sombrero en mano, en actitud humilde. Nelly pasó delante de él. Sintió deseos de retenerla, de suplicar; pero le faltó audacia para ello, y la siguió con la mirada, como aquel día lejano, cuando salió ella del buque en Nueva York. Subió la joven las gradas que conducían a la puerta. Durante unos momento su fina silueta se dibujó entre los mármoles. Luego desapareció.

Una nube oscureció el sol. Arsène observaba, inmóvil, la huella de los pasos impresa en la arena. De repente, se estremeció: sobre el cajón de un arbusto contra el cual Nelly se había apoyado, yacía la rosa, la pálida rosa que no se atrevió él a pedirle... ¿Olvidada también? Pero... ¿Adrede o por distracción?

La cogió con afán; los pétalos cayeron: uno a uno los fue recogiendo, como reliquias...

«Vamos —pensó—, nada tengo que hacer aquí. Pensemos en la retirada. Tanto más si Sherlock Holmes toma cartas en el asunto, se pondrá fea la cosa».

El parque estaba desierto. Sin embargo, cerca del pabellón que domina la entrada había un grupo de gendarmes. Arsène se hundió en la arboleda, escaló el muro del recinto y tomó, por ir a la estación más próxima, un sendero que serpenteaba por aquellos campos. Unos diez minutos después, vio Lupin que el camino se encajonaba entre dos declives. En el momento de entrar en aquel angosto desfiladero vio que alguien se acercaba en sentido contrario.

Era un hombre de unos cincuenta años, bastante grueso, afeitado, y cuyo traje confirmaba la idea que su aspecto suscitaba: era extranjero. Llevaba en la mano un grueso bastón y de su hombro colgaba un saquito de viaje.

Se cruzaron. Con acento inglés apenas perceptible, el extranjero preguntó:

—Dispense señor, ¿es este el camino indicado para ir al castillo?

—Siga derecho, señor, y doble a la izquierda tan pronto como llegue al pie del muro. Se le espera a usted con impaciencia.

—¡Aah!

—Sí, mi amigo Devanne nos anunció anoche la visita de usted.

—Peor para el señor Devanne si ha tenido la lengua demasiado larga.

—Y es un gran placer para mí ser el primero en saludarle a usted; Sherlock Holmes no tiene admirador más ferviente que yo.

Dijo esto con un asomo de ironía que le hubiera gustado poder reprimir, pues Sherlock Holmes lo miró de pies a cabeza, de manera tan penetrante y amplia, que Arsène se sintió apresado, registrado por aquella mirada, como nunca lo fuera por aparato fotográfico alguno.

«Ya tomó mi clisé —pensó—. De poco me servirá que me disfrace con el lince ese... Pero..., ¿me habrá reconocido?». Se saludaron. De pronto se oyó un galopar de caballos que, con sus vivos movimientos, hacían sonar todo el metal que llevaban sus jinetes. Eran los gendarmes. Los dos hombres tuvieron que pegarse contra la pendiente, en medio de la hierba, muy crecida para no ser molestados. Los gendarmes pasaron, y como corrían bastante espaciados entre sí, tardaron en dejar libre el camino.

«Todo depende de esta pregunta —pensó Lupin—: ¿me habrá reconocido? Si es así hay muchas posibilidades de que abuse de la situación. El problema es fascinante».

Cuando hubo pasado el último jinete, Sherlock Holmes salió al sendero y, sin decir una palabra, sacudió su ropa cubierta de polvo. La correa de su saquito de viaje se había enredado en un espino. Arsène Lupin acudió. Durante un segundo, ambos se examinaron. Si alguien hubiese podido sorprenderlos en aquel instante, habría resultado un espectáculo impresionante aquel primer encuentro de aquellos dos hombres, tan extraños, tan poderosamente armados, verdaderamente superiores ambos y destinados fatalmente, por sus aptitudes especiales, a chocar entre sí como dos fuerzas iguales a través del espacio.

El inglés dijo:

—Gracias, señor.

—Estoy completamente a sus órdenes —contestó Lupin. Se separaron. Lupin se dirigió hacia la estación; Sherlock Holmes, hacia el castillo.

El juez de instrucción y el procurador de la República se habían marchado sin haber descubierto ningún indicio seguro, y Sherlock Holmes era esperado con una curiosidad justificada por su gran fama. Causó cierta decepción por su aspecto de bur-guesote bonachón, que tanto se diferenciaba de la idea que de él se habían hecho todos. En nada recordaba al héroe de nove-la, el personaje enigmático y diabólico que en nosotros evoca la idea de Sherlock Holmes. Sin embargo, Devanne exclamó rim-bombante:

—¡Por fin maestro, lo vemos a usted! ¡Qué dicha la nuestra! Hace tanto tiempo que ansiaba... Casi me alegro de lo que ha ocurrido porque a ello debo el placer de verlo. Pero, ante todo, ¿cómo ha venido usted?

—En tren.

—¡Qué lástima! ¡Le mandé mi automóvil al desembarcadero!

—Una llegada oficial, ¿verdad?, con música y tambores. Ex-celente medio para facilitarme la tarea —rezongó el inglés.

Semejante comienzo desconcertó a Devanne, que, no obs-tante, trató de bromear. Dijo:

—Afortunadamente, la tarea es más sencilla de lo que le co-muniqué por carta. El robo se efectuó anoche.

—Si no hubiese anunciado mi visita, señor, el robo no se ha-bría cometido anoche.

—¿Cuándo, pues?

—Mañana, u otro día.

—¿En cuyo caso...?

—Lupin habría caído en la trampa.

—Y mis muebles...

—No habrían salido de aquí.

—¿Aquí? Me han sido devueltos a las tres de la tarde.

—¿Por Lupin?

—Por dos furgones militares.

Con gesto brusco, Sherlock Holmes se encasquetó el som-brero y sujetó bien su cartera de viaje. Devanne, asustado, pre-guntó:

—¿Qué hace usted?

—Me voy.

—¿Y por qué?

Antología de relatos policíacos

—Sus muebles han sido devueltos, Arsène Lupin está lejos: ha terminado mi cometido.

—La ayuda de usted me es indispensable, mi querido señor. Lo ocurrido ayer puede repetirse mañana, puesto que ignoramos lo más importante: ¿cómo entró Arsène Lupin, cómo salió y por qué algunas horas después devolvió lo robado?

—¡Ah! Usted ignora...

Ante la perspectiva de descubrir un secreto, Sherlock Holmes se suavizó.

—Bueno, busquemos. Pero pronto, ¿verdad?, y en lo posible solos.

La frase aludía claramente a los asistentes. Devanne, comprendiendo, acompañó al inglés hasta el salón. En un tono seco, en frases que parecían estar previamente contadas, ¡y con qué parsimonia!, Holmes le hizo preguntas acerca de la velada de la víspera, de los comensales que a ella asistieron, sobre las personas que solían frecuentar el castillo. Después examinó los dos tomos de la crónica, comparó los planos del subterráneo, se hizo repetir las citas observadas por el abate Gelis y preguntó:

—¿Ayer, solo ayer, habló usted de esas citas?

—Sí, solo ayer.

—¿Nunca hasta ayer las comunicó usted a Velmont?

—Nunca.

—Bien. Mande usted que tengan listo su automóvil. Me marcho dentro de una hora. No más tiempo ha empleado Lupin en resolver el problema planteado por usted.

—¿Planteado por mí a Arsène Lupin?

—¡Claro que sí! Arsène Lupin y Velmont son una sola y misma persona.

—Lo sospechaba... ¡Ah, pillo!

—Sepa usted que anoche, a las diez, proporcionó a Lupin los elementos que le faltaban y que buscaba desde hacía tiempo. Y, en el transcurso de la noche, Lupin encontró medio de descifrar el enigma, de reunir a su gente y de saquearlo a usted. Tengo la pretensión de no ser más lerdo que él.

Sherlock Holmes iba y venía por la pieza, meditando. Después se sentó, cruzó sus largas piernas y cerró los ojos.

Devanne esperaba, preocupado.

—¿Duerme, medita?

No sabiendo qué hacer, salió para dar órdenes. Al regresar vio a Holmes en la parte baja del extremo de la galería, de rodillas y examinando la alfombra.

—¿Qué ocurre?

—Mire usted, ahí, estas manchas de cera de una bujía.

—En efecto, y son recientes.

—Y hay otras iguales en la parte alta de la escalera, y más aún alrededor de esa vitrina que Arsène Lupin fracturó y cuyos objetos quitó para ponerlos un momento sobre esta butaca.

—¿De lo cual deduce usted...?

—Nada. Todos estos hechos explicarían sin duda la restitución efectuada por él. Pero este es un aspecto de la cuestión que, por falta de tiempo, no puedo estudiar. Lo importante es el trazado del subterráneo.

—¿Por lo visto confía usted en que...?

—No confío: sé positivamente. A doscientos o trescientos metros del castillo hay una capilla, ¿verdad?

—Sí, una capilla medio derruida donde se encuentra la tumba del duque Rolon.

—Dígale a su chofer que nos espere al pie de esa capilla.

—Mi chofer no ha regresado aún... Me avisarán... Pero ¿qué indicio le ha hecho deducir que el subterráneo da a la capilla?

Sherlock Holmes lo interrumpió:

—Desearía que me proporcionase una escalera y un farol.

—¡Ah! ¿Necesita usted una escalera y un farol?

—Probablemente, puesto que se los pido a usted.

Devanne, algo sorprendido por tan inflexible lógica, llamó. Un criado trajo los dos objetos. Entonces las órdenes se sucedieron con un rigor y una precisión militares.

—Ponga usted esta escalera contra la biblioteca, a la izquierda de la palabra Thibermesnil...

Devanne puso la escalera, y el inglés prosiguió:

—Más a la izquierda..., a la derecha... Basta. Suba usted... Bien... Todas las letras de esa palabra son letras de bulto, ¿verdad?

—Sí.

—Vamos a la letra «H». ¿Puede hacerla girar?

Devanne agarró la letra «H» y exclamó:

—Así es. Gira hacia la derecha, un cuarto de círculo... ¿Quién le ha revelado a usted eso?

Sin contestar, Sherlock Holmes continuó:

—¿Puede usted, desde donde está llegar a la «R»? Sí... Muévala varias veces, como si fuese un cerrojo.

Devanne movió la «R». Con gran asombro suyo, cedió un muelle interior.

—Perfectamente. Ahora haga el favor de llevar la escalera al otro extremo, es decir, al final de la palabra Thibermesnil... Eso es. Y ahora, si no me he equivocado, si las cosas suceden como deben suceder, la letra «L» se abrirá como una taquilla.

Con cierta solemnidad, Devanne asió la letra «L». La letra se abrió, pero Devanne cayó de la escalera, pues toda la parte de la biblioteca situada entre la primera y la última letra giró sobre sí misma y descubrió la boca del subterráneo.

Sherlock Holmes preguntó, flemático:

—¿No se ha herido usted?

—No, no —contestó Devanne levantándose—; no estoy herido, pero sí alelado... Esas letras que se mueven..., ese subterráneo con su negra boca abierta...

—¿Y qué hay de extraordinario en ello? ¿No concuerda acaso con la cita de Sully?

—¿En qué?

—Muy sencillo. «La "H" gira» *(la hache tournoie),* «la "R" se estremece» *(l'air frémit)* y «la "L" se abre» *(l'aile s'ouvre)*... Todo lo cual le permitió a Enrique IV recibir a altas horas de la noche a la señorita de Tancarville.

—Pero ¿y Luis XVI? —preguntó Devanne, estupefacto.

—Luis XVI era un gran herrero y un cerrajero muy hábil. He leído un *Tratado de cerraduras de combinación* que se atribuye a él. Thibermesnil, como buen cortesano, seguramente mostró a su señor esta obra maestra de mecánica. Para que no se le olvidase, el rey anotó: «2-6-12», es decir: «H-R-L», la segunda, la sexta y la duodécima letra de la palabra.

—¡Ah! Muy bien... Empiezo a comprender... Sólo que, si bien me explico cómo se sale de esta sala, no me explico cómo pudo Lupin entrar en ella. Porque no cabe duda que él venía de fuera.

Holmes encendió el farol y penetró algunos pasos dentro del subterráneo.

—Mire usted: aquí todo el mecanismo está a la vista, como el de un reloj de torre, y todas las letras están al revés. De modo que Lupin no ha tenido más que hacerlas mover desde este lado del tabique.

—¿Qué prueba hay de ello?

—¿Qué prueba? Mire este charquito de aceite. Lupin llegó a prever que las ruedas necesitarían ser engrasadas —dijo con admiración Sherlock Holmes.

—En ese caso, ¿conocía la salida?

—Como la conozco yo. Sígame usted.

Primero bajaron doce peldaños, luego otros doce y después dos veces otros tantos, y se metieron en un largo pasillo cuyas paredes de ladrillos tenían señales de restauraciones sucesivas y que rezumaban en algunos sitios. El suelo estaba húmedo.

—Ahora pasamos por debajo del estanque —observó Devanne, poco tranquilizado.

El pasillo daba a una escalera de doce peldaños, seguida de otras tres escaleras de doce peldaños, que ambos subieron no sin trabajo, y desembocaron en una cavidad abierta en la roca viva. El camino terminaba allí.

—¡Diablo! —murmuró Holmes—. Solo paredes desnudas. Esto se pone feo.

—Creo que lo mejor es regresar al castillo —murmuró Devanne—. No veo la necesidad de saber más. Con esto basta.

Levantando la cabeza, el inglés lanzó un suspiro de alivio: encima de sus cabezas se repetía el mismo mecanismo que en la entrada. Hizo maniobrar las tres letras y un bloque de granito giró, abriendo paso. Del otro lado estaba la losa sepulcral del duque de Rolon en cuya superficie había grabadas en relieve las doce letras de la palabra «Thibermesnil». Se hallaron en la capilla medio derruida mencionada por el inglés.

—«Y se va hasta Dios» *(et l'on va jusqu'à Dieu),* es decir, hasta la capilla —dijo, repitiendo el final de la cita de Sully.

—¿Es posible —exclamó Devanne, confundido por la clarividencia y la sagacidad de Holmes—, es posible que tan sencilla indicación le haya bastado a usted?

—Y hasta era inútil —contestó el inglés—. En el ejemplar de la Biblioteca Nacional, el rasgo termina a la izquierda, bien lo sabe usted, por un círculo; y a la derecha, esto lo ignora usted, por una crucecita, pero tan borrada, que sólo con una lente se puede ver. Dicha cruz significa, indudablemente, la capilla en que estamos.

Al pobre Devanne le parecía estar soñando.

—¡Inaudito, milagroso, y, no obstante, de una sencillez infantil! ¿Cómo es que nadie pudo descifrar nunca el enigma?

—Porque nadie reunió nunca los tres o cuatro elementos necesarios; es decir, los dos libros y las citas... Nadie, excepto Arsène Lupin y yo.

—Pero tanto el abate Gelis como yo... —objetó Devanne—. Estábamos tan enterados como usted, y no obstante...

Holmes sonrió.

—Señor Devanne, no todo el mundo tiene facultades para descifrar enigmas.

—He estado buscando durante diez años, y usted en diez minutos...

—La costumbre...

Salieron de la capilla.

—¡Un automóvil esperando! —exclamó él inglés.

—¡Pero si es el mío!

—¿El de usted? Tenía entendido que el chófer no había regresado.

—En efecto... Y me pregunto...

Se dirigieron hacia el coche. Al llegar junto al chófer, Devanne preguntó:

—¿Quién le ha mandado a usted venir aquí?

—El señor Velmont.

—¿El señor Velmont? ¿De modo que lo ha visto usted?

—Cerca de la estación, y me ha dicho que viniera a la capilla.

—¡Que viniera a la capilla! ¡Y con qué objeto?

—Para esperar al señor y al amigo del señor.

Devanne y Sherlock Holmes se miraron. Devanne dijo:

—Ha comprendido que el enigma sería un juego para usted. La atención es sumamente delicada.

Una sonrisa de satisfacción asomó a los delgados labios del detective. Le agradaba aquella atención. Acompañando sus palabras con un movimiento de cabeza, dijo:

—Es un hombre. Por otra parte, al verlo, lo calé en seguida.

—¿Lo ha visto usted?

—Me crucé con él hace un rato.

—¿Y no sabía usted que era Horace Velmont, quiero decir, Arsène Lupin?

—No, pero no tardé en adivinarlo, por cierta ironía suya.

—¿Y lo dejó usted escapar?

—Si... Y, no obstante, la ocasión era propicia: pasaban cinco gendarmes.

—¡Caramba! ¡Caramba! Podía haber aprovechado la feliz ocasión...

—Mi estimado señor —dijo el inglés con empaque—, cuando se trata de hombres como Arsène Lupin, Sherlock Holmes no se aprovecha nunca de las ocasiones, sino que las suscita.

Como ya era tarde, y por otra parte Arsène Lupin había tenido la amabilidad de enviar el automóvil, decidieron aprovecharse de él sin tardar. Devanne y Sherlock Holmes se instalaron en el fondo del coche, que echó a andar. Campos y árboles empezaron a desfilar; las suaves ondulaciones del país de Caux se alargaban ante ellos. De pronto, la mirada de Devanne se fijó en un paquetito colocado en una de las bolsitas del coche.

—Lea usted: «Para el señor Sherlock Holmes, de parte de Arsène Lupin».

El inglés abrió el paquete: era un reloj.

—¡Cómo, el reloj de usted! ¡Arsène Lupin le devuelve el reloj! Pero si se lo devuelve es porque se lo quitó... ¡Le quitó a usted el reloj! ¡Tiene una gracia tremenda! ¡El reloj de Sherlock Holmes sustraído por Arsène Lupin! ¡Qué chiste más gracioso, más estupendo! Perdóneme, pero no puedo menos... Tengo que reírme... ¡Oh! ¡Cómo me río!

Realmente, no podía contenerse. Y se reía, se reía... Una vez desahogado, afirmó:

—Sí, en efecto, es un hombre.

El inglés no pestañeó. Hasta Dieppe no abrió una sola vez la boca, fija la mirada en el horizonte que huía. Su silencio fue terrible, insondable, más violento que la rabia más furiosa. Al bajar del automóvil, dijo simplemente.

—Sí, es un hombre, un hombre sobre cuyo hombro me gustará un día poner esta mano que le tiendo a usted ahora, señor Devanne. Presiento que Arsène Lupin y Sherlock Holmes se encontrarán un día u otro... Sí, el mundo es demasiado pequeño para que no se encuentren..., y entonces...

GASTON LEROUX

EL HACHA DE ORO

Me encontraba, hace muchos años, en Gersau, aldea situada a orillas del lago de los Cuatro Cantones, a algunos kilómetros de Lucerna. Había decidido pasar allí el otoño, para terminar un trabajo en la paz de aquel lindo pueblecito, cuyos vetustos tejados puntiagudos se reflejan en las románticas aguas que surcó otrora la barca de Guillermo Tell. Debido a lo avanzado de la estación, los turistas habían partido; los insoportables *tartarines*[37] procedentes de Alemania, con sus *alpenstocks*[38], sus polainas y sus sombreros redondos, inevitablemente adornados con una leve pluma, habían regresado a su país en busca de sus tarros de cerveza, su *choucroute*[39] y sus «conciertos magnos», dejándonos al fin el campo libre desde el monte Pilatos a los Mitten y al Rigi[40].

A la mesa redonda solo acudíamos ya una media docena de huéspedes, que simpatizábamos unos con otros y que, por las noches, charlábamos sobre los paseos del día o tocábamos el piano.

Una anciana, siempre envuelta en negros crespones, que jamás había dirigido la palabra a nadie mientras el hotel había estado lleno de turistas, y que nos había parecido siempre la personificación

---

[37] **Tartarines:** referencia a Tartarín de Tarascón, famoso personaje creado por el escritor francés Alphonse Daudet en el siglo XIX.

[38] **Alpenstocks:** bastones alpinos.

[39] **Choucroute:** comida de origen alemán cuyo alimento básico es la col fermentada.

[40] **Mitten y Rigi:** montañas de los Alpes suizos.

de la tristeza, se reveló como una pianista de primer orden. Sin hacerse rogar, tocaba algunas composiciones de Chopin y, sobre todo, cierta melodía de Schumann, en cuya ejecución ponía tal sentimiento que, al oírla, se nos llenaban de lágrimas los ojos.

Le estábamos todos tan agradecidos por los hermosos ratos que nos había hecho pasar, que decidimos obsequiarla con un recuerdo. Uno de nosotros, que debía ir aquella tarde a Lucerna, fue el encargado de comprar el regalo. Regresó por la noche, con un imperdible de oro que tenía la forma de un hacha.

Pero se dio el caso de que ni aquella noche ni la siguiente vimos a la anciana. Los huéspedes, que se marchaban, me dejaron el hacha de oro.

El equipaje de la dama estaba aún en el hotel, y yo esperaba su regreso de un momento a otro, tranquilizado acerca de su suerte por el fondista, quien me dijo que la viajera solía hacer aquellas escapatorias y que no había motivo para alarmarse. En efecto, la víspera de mi marcha, mientras paseaba por última vez por los alrededores del lago, me detuve a poca distancia de la capilla de Guillermo Tell y advertí a la anciana en el umbral del santuario.

Nunca, como en aquel momento, me había impresionado tanto el inmenso desconsuelo que se reflejaba en su rostro, surcado por gruesas lágrimas, ni había percibido, tan claramente como entonces, las huellas, aún visibles, de su antigua belleza. Al verme se echó el velo sobre la cara y se dirigió hacia el lago. Sin vacilar me acerqué a ella y, tras saludarla, le expresé el sentimiento de nuestros compañeros de hospedaje y, por último, como llevaba el regalo en el bolsillo, le entregué el estuche que contenía el hacha de oro. Sonriendo con dulzura, abrió la cajita; pero al ver el objeto que contenía se puso a temblar, se apartó de mí, como temerosa de mi presencia, y, enloquecida, arrojó el hacha al lago.

Aún no se había desvanecido el estupor causado por su inexplicable conducta, cuando la dama me pidió perdón, sollozando. Cerca de allí había un banco. Nos sentamos en él. Y, tras algunas lamentaciones contra el destino, de las cuales no entendí una palabra, he aquí el extraño relato que me hizo, la triste historia que me confió y que no olvidaré mientras viva. Porque en verdad no conozco destino más horrible que el de la dama enlutada que tocaba, con tanto sentimiento, la melodía de Schumann.

—Va usted a saberlo todo —me dijo—, porque me propongo alejarme para siempre de este país, que he querido ver por última vez. Y, cuando lo sepa usted, comprenderá por qué he arrojado al lago el hacha de oro. Nací en Ginebra, en el seno de una distinguidísima familia. Éramos ricos, pero algunas desgraciadas operaciones en la Bolsa arruinaron a mi padre, que murió a consecuencia de ello. A los dieciocho años yo era una muchacha muy hermosa, pero sin dote. Mi madre desesperaba por casarme. Sin embargo, hubiera querido asegurar mi suerte antes de ir a reunirse con mi padre. Tenía yo veinticinco años cuando se me presentó un partido que todo el mundo consideró excelente. Un joven de Brinsgau, que pasaba los veranos en Suiza y que conocimos en el casino de Evian, se enamoró de mí, y yo lo amé. Herbert Gutmann era un muchacho generoso, sencillo y bueno. A todas las buenas cualidades del corazón parecía unir las de la inteligencia. Aunque no era rico, disfrutaba de cierta holganza económica. Su padre era comerciante y le pasaba una rentita para que viajase, en espera de que Herbert le sucediera en los negocios. Nos disponíamos a ir todos juntos a visitar al anciano Gutmann a su casa de Todnau, en plena Selva Negra, cuando la mala salud de mi madre precipitó los acontecimientos. Como no se sentía con fuerzas para viajar, mi madre regresó apresuradamente a Ginebra, donde a petición suya, recibió de las autoridades de Todnau los más satisfactorios informes relativos a Herbert y a su familia. El padre, tras sus comienzos de simple leñador, había abandonado el pueblo, al que regresó después de hacer una fortunita «vendiendo madera». Esto era, por lo menos, cuanto sabían de él en Todnau. No necesitó más mi madre para apresurarse a llenar todas las formalidades necesarias para mi matrimonio, que se celebró ocho días antes de su fallecimiento. Murió en paz, «tranquila por mi suerte», como decía.

»Mi esposo, con sus cuidados e inagotable bondad, me ayudó a sobreponerme al dolor del espantoso golpe recibido. Antes de regresar a casa de su padre vinimos a pasar una semana aquí, en Gersau, y luego, con gran asombro mío, emprendimos un largo viaje, sin ir antes a ver a mi suegro. Mi tristeza se hubiera desvanecido paulatinamente si no hubiese advertido, casi con espanto, a medida que transcurrían los días, que el humor de mi esposo se volvía cada vez más sombrío. Tal cosa me extrañó considerablemente, porque, en Evian, Herbert me había parecido de un carácter alegre y muy natural. ¿Debía yo descubrir, pues, que toda aquella alegría de entonces era ficticia y ocultaba una honda pena? ¡Ay de mí! Los suspiros que lanzaba cuando se creía solo, y la agitación, a veces alarmante, de su sueño, no me permitían abrigar ninguna esperanza. Resolví interrogarlo. A las primeras palabras que aventuré acerca de su tristeza, me contestó riendo a carcajadas, y luego me llamó locuela y me abrazó apasionadamente, demostraciones que solo sirvieron para persuadirme más y más de que me enfrentaba con el más doloroso misterio.

»No podía ocultarme a mí misma que en la conducta de Herbert había algo que se parecía mucho a los remordimientos. Sin embargo, hubiese jurado que era incapaz de una acción —no ya baja o vil—, sino indelicada. Entonces, la fatalidad, que me perseguía encarnizadamente, nos hirió en la persona de mi suegro, de cuya muerte nos enteramos encontrándonos en Escocia. Esta funesta noticia abatió a mi marido más de lo que yo podría expresar. Permaneció en silencio toda la noche, sin llorar, sin oír, al parecer, las dulces frases de consuelo con que trataba, a mi vez, de infundirle ánimos. Parecía anonadado. Finalmente, al quebrar el alba, se levantó de la butaca en que se había desplomado y, con el rostro alterado y acento desgarrador, me dijo: «Vamos, Isabel; es preciso regresar. ¡Es preciso regresar!». Estas palabras, por el tono en que fueron pronunciadas, parecían tener un sentido que yo no alcanzaba a comprender. Era una cosa tan natural regresar al pueblo de su padre, que yo no veía razón ni motivo para que fuese lo contrario. A partir de aquel día, Herbert cambió por completo; se volvió taciturno y lo sorprendí más de una vez llorando desconsoladamente. El dolor causado por la pérdida de su padre no podía explicar todo el horror de nuestra situación, porque no hay en el mundo nada más horrible que el misterio, el profundo misterio que se interpone entre dos seres que se adoran, para separarlos en los momentos de mayor efusión y obligarlos a mirarse uno a otro, enloquecidos, sin comprenderse.

»Llegamos a Todnau a tiempo para rezar junto a una tumba recién cerrada. Este pueblecillo de la Selva Negra, cercano al Valle del Infierno, era lúgubre y no había en él nadie con quien yo pudiese tratar. La casa de Gutmann, en la cual nos instalamos, se levanta en el lindero del bosque. Era una quinta sombría y aislada, que no recibía más visita que la de un anciano relojero del lugar, al que se tenía por rico y había sido amigo del padre de Herbert; se presentaba de cuando en cuando a la hora de las comidas para hacerse invitar. Yo no experimentaba ningún afecto hacia aquel fabricante de relojes, que prestaba dinero a rédito y que, si era rico, era aún más avaro e incapaz de la menor delicadeza. Herbert tampoco quería a Franz Baeckler, pero, por respeto a la memoria de su padre, seguía recibiéndolo.

»Baeckler, hombre sin familia, había prometido muchas veces al anciano Gutmann que no tendría más heredero que Herbert. Un día este me habló de ello con verdadera repugnancia, y tuve ocasión, una vez más, de juzgar la nobleza de su corazón. «¿Te gustaría —me dijo— heredar de ese viejo avaro, cuya fortuna se debe a la ruina de todos los pobres relojeros del Valle del Infierno?». «Te aseguro que no —le contesté—. Tu padre nos ha dejado algún dinero; con él, y con lo que tú ganas honradamente, nos bastará para vivir, aun cuando el cielo quiera enviarnos un hijo».

»Al oír esta frase, Herbert palideció. Lo estreché entre mis brazos, temerosa de que se desmayara; pero su rostro volvió a cobrar color. «¡Sí, sí, es verdad, no hay nada mejor que tener la conciencia tranquila!» —exclamó con violencia. Y huyó como un loco.

»A veces, Herbert se ausentaba durante uno o dos días, para atender a sus negocios, que consistían, según decía, en comprar lotes de árboles y revenderlos a los contratistas. No trabajaba por su cuenta: dejaba a los demás el cuidado de hacer traviesas para la vía férrea si los troncos eran de mala calidad, y postes o mástiles para los barcos si eran de una calidad superior. Pero se preciaba de entender el negocio. Esta disposición la había heredado de su padre. Nunca me llevaba con él en sus viajes. Me dejaba sola en la casa con una vieja criada que me había recibido con hostilidad y de la que me escondía para llorar, porque era desgraciada. Tenía la seguridad de que Herbert me ocultaba alguna cosa, una cosa en la cual él pensaba incesantemente. Yo, por mi parte, a pesar de no saber de qué se trataba, tampoco podía apartar mi pensamiento del misterio que había en la vida de mi esposo; y además, aquel inmenso bosque me daba miedo. ¡Y la criada me daba miedo! ¡Y Baeckler me daba miedo! ¡Y también me daba miedo aquel vetusto caserón! Era muy grande, con muchas escaleras que conducían a corredores en los que no me atrevía a aventurarme. Al extremo de uno de esos corredores se hallaba un cuartito en el que había visto entrar dos o tres veces a mi marido, pero en el que yo nunca había penetrado. No podía pasar sin estremecerme por delante de la puerta, siempre cerrada, de aquel gabinete. Detrás de aquella puerta se refugiaba Herbert, según me decía para hacer sus cuentas y poner en limpio sus libros, pero también lo oía llorar, a solas con su secreto.

»Una noche en que Herbert estaba ausente en uno de sus viajes, yo me esforzaba inútilmente por dormir. De pronto, me llamó la atención un ligero ruido que se oía bajo mi ventana, que yo había dejado abierta a causa del calor. Me levanté con precaución. Grandes nubarrones ocultaban las estrellas. Apenas podía distinguir las enormes y amenazadoras siluetas de los primeros árboles que rodeaban nuestra casa. Y no vi distinguirse a mi marido y a la criada hasta el momento en que pasaban bajo mi ventana, con mil precauciones, andando sobre la hierba para que yo no oyese el rumor de sus pasos, llevando por las asas una especie de largo y angosto baúl que yo no había visto nunca. Entraron en la casa, y no volví a verlos ni oírlos durante más de diez minutos. Mi angustia me abrumaba. ¿Por qué se ocultaban de mí? ¿Por qué no había oído llegar el cochecillo en que regresaba Herbert? En aquel momento me pareció oír un relincho. Y la criada reapareció, cruzó los prados, se perdió en la oscuridad y volvió, a poco, con nuestra yegua, ya desenganchada, a la que hacía andar sobre la tierra húmeda. ¡Cuántas precauciones se tomaban para no despertarme!

»Cada vez más me asombraba al ver que Herbert no entraba en nuestro cuarto, como solía hacer al regreso de estos viajes nocturnos; me puse a toda prisa una bata y comencé a vagar por los oscuros corredores. Mis pasos me llevaron, naturalmente, al pequeño gabinete que tanto miedo me inspiraba. Y aún no había entrado en el pasillo que conducía a él, cuando oí a Herbert mandar, con voz sorda y áspera, a la criada que subía: «¡Agua! ¡Tráeme agua, agua caliente! ¿Oyes? ¡Esto no sale!». Me detuve, conteniendo el aliento. Por otra parte, apenas me era posible respirar. Me ahogaba; tenía el presentimiento de que acababa de ocurrirnos una horrible desgracia. De súbito, la voz de mi marido me hizo estremecer: «¡Ah! ¡Por fin! ¡Ya está! ¡Ya salió!». La criada y él hablaron en voz baja durante unos momentos y luego oí los pasos de Herbert. Esto me devolvió las fuerzas y corrí a encerrarme en mi habitación. Cuando llamó a la puerta, fingí que me despertaba en aquel momento y le abrí. Tenía una vela en la mano, que cayó al suelo cuando advertí la terrible expresión de su rostro. Me preguntó: «¿Qué te pasa? ¿Estás soñando todavía? ¡Acuéstate!».

»Quise volver a encender la luz, pero él se opuso a ello, y me eché en mi cama, en donde pasé una noche horrible. A mi lado, Herbert daba vueltas y más vueltas, suspirando y sin lograr dormir. No me dijo una palabra. Al amanecer, se levantó, me dio un beso en la frente y se marchó. Cuando bajé, la criada me entregó una nota en la que mi esposo me anunciaba que se veía obligado a ausentarse de nuevo por dos días.

»A las ocho de la mañana supe, por unos obreros que iban a Neustadt, que Baeckler había sido encontrado asesinado en una casita que poseía en el Valle del Infierno, donde solía pasar la noche cuando sus negocios lo retenían demasiado tiempo entre los aldeanos. Baeckler había recibido un terrible hachazo en la cabeza, que la había dividido en dos. ¡Indudablemente, aquello era obra de un leñador!

»Volví a casa tambaleándome y me arrastré nuevamente hacia el fatal cuartito. No hubiera podido decir lo que pasaba por mi cabeza, pero después de haber oído las palabras pronunciadas por Herbert la noche anterior, y de haber visto la expresión de su rostro, sentía verdadera necesidad de saber qué había detrás de aquella puerta. En aquel momento me sorprendió la criada, quien me gritó: «¡Deje usted en paz esta puerta; ya sabe usted que su esposo le ha prohibido abrirla! ¡Bastante habrá usted adelantado cuando sepa qué hay en ese cuarto!». Y se alejó, con su risa de demonio.

»Me metí en la cama, con fiebre. Estuve quince días enferma. Herbert me cuidó con una solicitud maternal. Yo creía haber sufrido una pesadilla, y me bastaba mirar su dulce rostro para confirmarme en la idea de que no debía hallarme en mi estado normal la noche en que creí ver y escuchar tantas cosas extrañas. Por otra parte el asesino de Baeckler estaba preso. Era un leñador de Bergen, a quien el usurero había sangrado demasiado, y que se había vengado «sangrándolo» a su vez. Este leñador, un tal Matías Müller, seguía proclamando su inocencia; mas, a pesar de no haberse encontrado una sola gota de sangre en sus ropas, y de que su hacha presentaba el aspecto de acero nuevo, había, al parecer, bastantes pruebas de su culpabilidad para que no pudiese abrigar esperanzas de evadir el castigo.

»Nuestra posición no cambió, contrariamente a lo que creíamos, por la muerte de Baeckler, y Herbert esperó inútilmente la aparición de un testamento que no existía, cosa que, con gran asombro mío, me contestó, malhumorado: «Sí, contaba con ese testamento, ya lo sabes». Y puso una cara tan espantosa, que creí estar viendo aquella otra de la noche misteriosa, una cara que, a partir de aquel momento, me parecía tener constantemente delante. Era como una máscara, siempre dispuesta, que adaptaba yo al rostro de Herbert, aun cuando su expresión fue naturalmente dulce y triste. Cuando se falló, en Friburgo, la causa de Matías Müller, devoré los periódicos. Una frase que pronunció el abogado me perseguía constantemente: «Mientras no encontremos el hacha con que se ha cometido el asesinato, y las ropas, necesariamente manchadas de sangre, que vestía el asesino en el momento de matar a Baeckler, no podéis condenar a Matías Müller». A pesar de todo, Müller fue condenado a muerte, y debo decir que esta noticia turbó extrañamente a mi esposo. Por la noche soñaba con Matías Müller. Me inspiraba horror y, al mismo tiempo, me horrorizaban mis pensamientos.

»¡Ah! ¡Yo necesitaba saber! ¡Quería saber! ¿Por qué había dicho: «Esto no quiere salir...»? ¿Qué hacía aquella noche en el misterioso cuartito?

»Una noche me levanté, a oscuras, y le robé las llaves... y atravesé con ellas el corredor... Fui a la cocina a buscar un farol... Con los dientes castañeteando llegué ante la puerta a la que me estaba prohibido acercarme, la abrí y vi en seguida el baúl... el oblongo baúl que tanto me había chocado... Estaba cerrado con llave, pero no me costó trabajo encontrar la llavecita en el llavero... Y levanté la tapa... me arrodillé para ver mejor... y lancé un grito de terror... Dentro del baúl había unas ropas salpicadas de sangre, y el hacha, mohosa, con que se había cometido el asesinato...

»Después de lo que había visto, ¿cómo pude vivir al lado de aquel hombre las pocas semanas que precedieron a la ejecución del desgraciado Müller? ¡Tenía miedo de que me matara! ¿Cómo mi actitud y mis terrores no le revelaron lo que pasaba? Ello se debió a que a la sazón, estaba completamente dominado por un terror casi tan grande como el mío: Matías Müller no lo abandonaba un solo instante. Para huir de él, sin duda, se encerraba en el gabinetito, donde a veces daba unos golpes tan formidables que hacían retumbar el suelo y los muros, como si luchara, con su hacha, contra los espectros y los fantasmas que hacían presa de él.

»Una cosa extraña, y que al principio me pareció inexplicable, fue que cuarenta y ocho horas antes del día fijado para la ejecución de Müller, mi esposo recobró repentinamente su calma, una calma de estatua. La antevíspera, por la noche, me dijo: «Isabel, me voy al amanecer, tengo un asunto importante en Friburgo. Tal vez esté ausente dos días; no te alarmes». En Friburgo era donde debía verificarse la ejecución. De repente, se me ocurrió pensar que la serenidad de Herbert se debía a que, sin duda, había tomado una resolución heroica. Iba a denunciarse. Semejante pensamiento me tranquilizó hasta el punto que, por primera vez, después de muchas noches, me dormí con un sueño de plomo. Cuando desperté, ya era de día. Mi esposo se había marchado.

»Me vestí, apresuradamente y, sin decir nada a la criada, corrí a Todnau, donde tomé un coche que debía conducirme a Friburgo. Llegué al anochecer. Me dirigí al Palacio de Justicia, y la primera persona con la cual mis ojos tropezaron fue mi marido, que entraba. Me quedé como clavada en el suelo; y al ver que Herbert no salía, me persuadí de que se había denunciado y lo tenían preso y a disposición del tribunal. A la sazón, la cárcel se hallaba junto al Palacio de Justicia. Empecé a dar vueltas a su alrededor, como loca. Vagué por las calles toda la noche, pero siempre iba a parar al lúgubre edificio. Empezaban a lucir los primeros resplandores del alba cuando vi a dos hombres vestidos de levita que subían las escaleras del Palacio de Justicia. Me acerqué a ellos y les dije que deseaba ver al fiscal lo antes posible, porque tenía que hacerle una comunicación muy grave referente al asesinato de Baeckler.

»Resultó que uno de aquellos hombres era precisamente el fiscal. Me rogó que lo siguiese y me hizo entrar en su despacho. Una vez allí le dije mi nombre, y añadí que el día anterior debía haber recibido la visita de mi marido. Me contestó que así era, en efecto. Y como, tras su contestación, callase, me arrojé a sus pies y le supliqué que me dijera si Herbert había confesado su crimen. Dio muestras de gran asombro, me hizo levantar del suelo y me interrogó. Poco a poco le conté toda mi vida, como se la he contado a usted, y, por último, le comuniqué el horrible descubrimiento que había hecho en el pequeño gabinete de la casa de Todnau. Terminé diciendo que no hubiese dejado ejecutar a un inocente, y que, si mi marido no se hubiese denunciado, yo no hubiera vacilado en revelar la verdad a la justicia. Finalmente, le pedí, como una gracia suprema, que me dejase ver a mi marido. «Va usted a verlo, señora —me dijo—. Tenga la bondad de seguirme».

»Me condujo, más muerta que viva, a la cárcel, y me hizo atravesar unos corredores y subir una escalera. Luego me colocó ante una ventanita enrejada que daba a una inmensa sala. Antes de dejarme sola, me rogó que tuviese paciencia. Pronto vinieron otras personas a asomarse a aquella ventanita y, sin decir una palabra, miraron hacia la sala. Yo hice lo mismo. Estaba como colgada de los hierros de la reja y tenía el presentimiento de que iba a presenciar un espectáculo monstruoso. Poco a poco fueron penetrando en la sala infinidad de personas, que guardaban el más lúgubre silencio. La luz del día iluminaba cada vez mejor la escena. En medio de la sala se percibía, distintamente, un pesado armatoste, que alguien, detrás de mí, nombró: el tajo.

»Así, pues, iban a ejecutar a Müller. Un sudor frío comenzó a brotar de mis sienes, y no sé cómo no perdí el conocimiento en aquel instante. Se abrió una puerta y apareció un cortejo, a la cabeza del cual iba el condenado, temblando bajo su camisa, desabrochada en el pecho. Llevaba las manos atadas a la espalda y lo sostenían dos ayudantes. Un sacerdote murmuró algunas palabras a su oído; un magistrado leyó una sentencia y, luego, los ayudantes le obligaron a arrodillarse y a poner la cabeza en el tajo. Apenas daba el desdichado señales de vida, cuando vi destacarse del muro, junto al cual había permanecido hasta entonces, en la sombra, un hombre con los brazos desnudos y un hacha al hombro. El hombre tocó la cabeza del condenado, apartó con un ademán a los ayudantes, levantó el hacha y la dejó caer con gran violencia. Al golpe, rodó la cabeza; el verdugo la cogió por los cabellos y se irguió.

»¿Cómo pude presenciar hasta el fin aquella espantosa escena? Sólo sé que mis ojos no podían apartarse de aquel espectáculo sangriento, como si aún hubiesen de ver más... y, en efecto, vieron... vieron al hombre que se erguía y levantaba la cabeza, mostrando el horrible trofeo que sostenía su mano derecha... Lancé un grito desgarrador: «¡Herbert!». Y caí desmayada.

»Ahora, caballero, ya lo sabe usted todo: me había casado con el verdugo. El hacha que descubrí en el gabinetito era el hacha del verdugo, y las ropas ensangrentadas, las del verdugo también. Estuve en trance de volverme loca en casa de una anciana pariente, en donde me refugié al día siguiente, y no sé cómo me encuentro aún en este momento. En cuanto a mi marido, que no podía vivir sin mí, porque me amaba sobre todas las cosas, lo hallaron ahorcado en nuestro cuarto, dos meses después. En su última carta me decía: «Perdóname, Isabel. He ensayado todas las profesiones; pero de todas partes me despedían tan pronto conocían la de mi padre. No tuve más remedio que decidirme a ser su sucesor. ¿Comprendes ahora por qué el oficio de verdugo va de padres a hijos? Nací honrado. El único crimen que he cometido en mi vida es haberte ocultado todo. Pero te amaba, Isabel. ¡Adiós!».

La dama enlutada se había alejado ya, y yo aún seguía contemplando, absorto, el punto del lago donde había arrojado el hacha de oro...

LA CRUZ AZUL

Bajo la cinta de plata de la mañana, y sobre el reflejo azul del mar, el bote llegó a la costa de Harwich y soltó, como enjambre de moscas, un montón de gente, entre la cual ni se distinguía ni deseaba hacerse notable el hombre cuyos pasos vamos a seguir.

No; nada en él era extraordinario, salvo el ligero contraste entre su alegre y festivo traje y la seriedad oficial que había en su rostro. Vestía un chaqué gris pálido, un chaleco, y llevaba sombrero de paja con una cinta casi azul. Su rostro, delgado, resultaba trigueño, y se prolongaba en una barba negra y corta que le daba un aire español y hacía echar de menos la gorguera isabelina. Fumaba un cigarrillo con parsimonia de hombre desocupado. Nada hacía presumir que aquel chaqué claro ocultaba una pistola cargada, que en aquel chaleco blanco iba una tarjeta de policía, que aquel sombrero de paja encubría una de las cabezas más potentes de Europa. Porque aquel hombre era nada menos que Valentin, jefe de la Policía parisiense, y el más famoso investigador del mundo. Venía de Bruselas a Londres para hacer la captura más comentada del siglo.

Flambeau estaba en Inglaterra. La policía de tres países había seguido la pista al delincuente de Gante a Bruselas, y de Bruselas al Hoek van Holland. Y se sospechaba que trataría de disimularse en Londres, aprovechando el trastorno que por entonces causaba en aquella ciudad la celebración del Congreso

Eucarístico. No sería difícil que adoptara, para viajar, el disfraz de eclesiástico menor, o persona relacionada con el Congreso. Pero Valentin no sabía nada a punto fijo. Sobre Flambeau nadie sabía nada a punto fijo.

Hace muchos años que este coloso del crimen desapareció súbitamente, tras haber tenido al mundo en zozobra; y a su muerte, como a la muerte de Rolando, puede decirse que hubo una gran quietud en la tierra. Pero en sus mejores días —es decir, en sus peores días—, Flambeau era una figura tan estatuaria e internacional como el Káiser. Casi diariamente los periódicos de la mañana anunciaban que había logrado escapar a las consecuencias de un delito extraordinario, cometiendo otro peor.

Era un gascón de estatura gigantesca y gran potencia física. Sobre sus rasgos de buen humor atlético se contaban las cosas más estupendas: un día cogió al juez de instrucción y lo puso de cabeza «para despejarle la cabeza». Otro día corrió por la calle de Rivoli con un policía bajo cada brazo. Y hay que hacerle justicia: esta fuerza casi fantástica solo la empleaba en ocasiones como las descritas: aunque poco decentes, no sanguinarias.

Sus delitos eran siempre hurtos ingeniosos y de alta categoría. Pero cada uno de sus robos merecía historia aparte, y podría considerarse como una especie inédita del pecado. Fue él quien lanzó el negocio de la «Gran Compañía Tirolesa» de Londres, sin contar con una sola lechería, una sola vaca, un solo carro, una gota de leche, aunque sí con algunos miles de suscriptores. Y a estos los servía por el sencillísimo procedimiento de acercar a sus puertas los botes que los lecheros dejaban junto a las puertas de los vecinos. Fue él quien mantuvo una estrecha y misteriosa correspondencia con una joven, cuyas cartas eran invariablemente interceptadas, valiéndose del procedimiento extraordinario de sacar fotografías infinitamente pequeñas de las cartas en los portaobjetos del microscopio. Pero la mayor parte de sus hazañas se distinguían por una sencillez abrumadora. Cuentan que una vez repintó, aprovechándose de la soledad de la noche, todos los números de una calle, con el solo fin de hacer caer en una trampa a un forastero.

No cabe duda que él es el inventor de un buzón portátil, que solía apostar en las bocacalles de los quietos suburbios, por si los transeúntes distraídos depositaban algún giro postal. Últimamente se había revelado como acróbata formidable; a pesar de su gigantesca mole, era capaz de saltar como un saltamontes y de esconderse en la copa de los árboles como un mono. Por todo lo cual el gran Valentin, cuando recibió la orden de buscar a Flambeau, comprendió muy bien que sus aventuras no acabarían en el momento de descubrirlo.

Y ¿cómo arreglárselas para descubrirlo? Sobre este punto las ideas del gran Valentin estaban todavía en embrión.

Algo había que Flambeau no podía ocultar, a despecho de todo su arte para disfrazarse, y este algo era su enorme estatura. Valentin estaba, pues, decidido, en cuanto cayera bajo su mirada vivaz alguna vendedora de frutas de desmedida talla, o un granadero corpulento, o una duquesa medianamente desproporcionada, a arrestarlos al punto. Pero en todo el tren no había topado con nadie que tuviera trazas de ser un Flambeau disimulado, a menos que los gatos pudieran ser jirafas disimuladas.

Respecto a los viajeros que venían en su mismo vagón, estaba completamente tranquilo. Y la gente que había subido al tren en Harwich o en otras estaciones no pasaba de seis pasajeros. Uno era un empleado del ferrocarril —pequeño él—, que se dirigía al punto terminal de la línea. Dos estaciones más allá habían recogido a tres verduleras lindas y pequeñitas, a una señora viuda —diminuta— que procedía de una pequeña ciudad de Essex, y a un sacerdote católico-romano —muy bajo también— que procedía de un pueblecito de Essex.

Al examinar, pues, al último viajero, Valentin renunció a descubrir a su hombre, y casi se echó a reír: el curita era la esencia misma de aquellos insulsos habitantes de la zona oriental; tenía una cara redonda y roma, como pudín de Norfolk; unos ojos tan vacíos como el mar del Norte, y traía varios paquetitos de papel de estraza que no acertaba a juntar. Sin duda el Congreso Eucarístico había sacado de su estancamiento local a muchas criaturas semejantes, tan ciegas e ineptas como topos desenterrados. Valentin era un escéptico del más severo estilo francés, y no sentía amor por el sacerdocio. Pero sí podía sentir compasión, y aquel triste cura bien podía provocar lástima en cualquier alma. Llevaba una sombrilla enorme, usada ya, que a cada rato se le caía. Al parecer, no podía distinguir entre los dos extremos de su billete cuál era el de ida y cuál el de vuelta. A todo el mundo le contaba, con una monstruosa candidez, que tenía que andar con mucho cuidado, porque entre sus paquetes de papel traía alguna cosa de legítima plata con unas piedras azules. Esta curiosa mezcolanza de vulgaridad —condición de Essex— y santa simplicidad divirtieron mucho al francés, hasta la estación de Stratford, donde el cura logró bajarse, quién sabe cómo, con todos sus paquetes a cuestas, aunque todavía tuvo que regresar por su sombrilla. Cuando le vio volver, Valentin, en un rapto de buena intención, le aconsejó que, en adelante, no le anduviera contando a todo el mundo lo del objeto de plata que traía. Pero Valentin, cuando hablaba con cualquiera, parecía estar tratando de descubrir a otro; a todos, ricos y pobres, machos o hembras, los consideraba atentamente, calculando si medirían uno ochenta, porque el hombre a quien buscaba tenía casi dos metros.

Se apeó en la calle de Liverpool, enteramente seguro de que, hasta allí, el criminal no se le había escapado. Se dirigió a Scotland Yard —la oficina de policía— para regularizar su situación y prepararse los auxilios necesarios, por si se daba el caso; después encendió otro cigarrillo y se echó a pasear por las calles de Londres. Al pasar la plaza de Victoria se detuvo de pronto. Era una plaza elegante, tranquila, muy típica de Londres, llena de accidental quietud. Las casas, grandes y espaciosas, que la rodeaban, tenían aire, a la vez, de riqueza y de soledad; el pradito verde que había en el centro parecía tan desierto como una verde isla del Pacífico. De las cuatro calles que circundaban la plaza,

... Se apeó en la calle Liverpool, enteramente seguro de que, hasta allí, el criminal no se le había escapado...

Grabado de una calle de Londres en el siglo XIX.

una era mucho más alta que las otras, como para formar un estrado, y esta calle estaba rota por uno de esos admirables disparates de Londres: un restaurante, que parecía extraviado en aquel sitio y venido del barrio de Soho. Era un objeto absurdo y atractivo, lleno de tiestos con plantas enanas y visillos listados de blanco y amarillo limón. Aparecía en lo alto de la calle, y, según los modos de construir habituales en Londres, un vuelo de escalones subía de la calle hacia la puerta principal casi a manera de escala de salvamento sobre la ventana de un primer piso. Valentin se detuvo, fumando, frente a los visillos listados, y se quedó un rato contemplándolos.

Lo más increíble de los milagros está en que acontezcan. A veces se juntan las nubes del cielo para figurar el extraño contorno de un ojo humano; a veces, en el fondo de un paisaje equívoco, un árbol asume la elaborada figura de un signo de interrogación. Yo mismo he visto estas cosas hace pocos días. Nelson muere en el instante de la victoria, y un hombre llamado Williams da la casualidad de que asesina un día a otro llamado Williamson; ¡una especie de infanticidio! En suma, la vida posee cierto elemento de coincidencia fantástica, que la gente, acostumbrada a contar solo con lo prosaico, nunca percibe. Como lo expresa muy bien la paradoja de Poe, la prudencia debiera contar siempre con lo imprevisto.

Aristide Valentin era profundamente francés, y la inteligencia francesa es, especial y únicamente, inteligencia. Valentin no era una «máquina pensante», insensata frase, hija del fatalismo y el materialismo modernos. La máquina solamente es máquina, por cuanto no puede pensar. Pero él era un hombre pensante y, al mismo tiempo, un hombre claro. Todos sus éxitos, tan admirables que parecían cosa de magia, se debían a la lógica, a esa ideación francesa clara y llena de buen sentido. Los franceses electrizan al mundo, no lanzando una paradoja, sino realizando una evidencia. Y la realizan al extremo que puede verse por la Revolución Francesa. Pero, por lo mismo que Valentin entendía el uso de la razón, palpaba sus limitaciones. Solo el ignorante en motorismo puede hablar de motores sin petróleo; solo el ignorante en cosas de la razón puede creer que se razone sin sólidos e indisputables primeros principios. Y en el caso no había sólidos primeros principios. A Flambeau le habían perdido la pista en Harwich, y si estaba en Londres podría encontrársele en toda la escala que va desde un gigantesco trampista, que recorre los arrabales de Wimbledon, hasta un gigantesco *toastmaster*[41] en algún banquete del Hotel Métropole. Cuando sólo contaba con noticias tan vagas, Valentin solía tomar un camino y un método que le eran propios.

En casos como este, Valentin se fiaba de lo imprevisto. En casos como este, cuando no era posible seguir un proceso racional, seguía, fría y cuidadosamente, el proceso de lo irracional. En vez de ir a los lugares más indicados —bancos, puestos de policía, sitios de reunión—, Valentin asistía sistemáticamente a los menos indicados: llamaba a las casas vacías, se metía por las calles cerradas, recorría todas las callejas bloqueadas de escombros, se dejaba ir por todas las transversales que le alejaran inútilmente de las arterias céntricas. Y defendía muy lógicamente este procedimiento absurdo. Decía que, a tener algún vislumbre, nada hubiera sido peor que aquello; pero, a falta de toda noticia, aquello era lo mejor, porque había al menos probabilidades de que la misma extravagancia que había llamado la atención del perseguidor hubiera impresionado antes al perseguido. El hombre tiene que empezar sus investigaciones por algún sitio, y lo mejor era empezar donde otro hombre pudo detenerse. El aspecto de aquella escalinata, la misma quietud y curiosidad del restaurante, todo aquello conmovió la romántica imaginación del policía y le sugirió la idea de probar fortuna. Subió las gradas y, sentándose en una mesa junto a la ventana, pidió una taza de café solo.

Aún no había almorzado. Sobre la mesa, las ligeras angarillas que habían servido para otro desayuno le recordaron su apetito; pidió, además, un huevo escalfado, y procedió, pensativo, a

---

[41] **Toastmaster:** maestro de ceremonias.

endulzar su café, sin olvidar un punto a Flambeau. Pensaba cómo Flambeau había escapado en una ocasión gracias a un incendio; otra vez, con pretexto de pagar por una carta falta de franqueo, y otra, poniendo a unos a ver por el telescopio un cometa que iba a destruir el mundo. Y Valentin se decía —con razón— que su cerebro de detective y el del criminal eran igualmente poderosos. Pero también se daba cuenta de su propia desventaja: el criminal —pensaba sonriendo— es el artista creador, mientras que el detective es solo el crítico. Y levantó lentamente su taza de café hasta los labios..., pero la separó al instante: le había puesto sal en vez de azúcar.

Examinó el objeto en que le habían servido la sal; era un azucarero, tan inequívocamente destinado al azúcar como lo está la botella de champaña para el champaña. No entendía cómo habían podido servirle sal. Buscó por allí algún azucarero ortodoxo...; sí, allí había dos saleros llenos. Tal vez reservaban alguna sorpresa. Probó el contenido de los saleros, era azúcar. Entonces extendió la vista en derredor con aire de interés, buscando algunas huellas de aquel singular gusto artístico que llevaba a poner el azúcar en los saleros y la sal en los azucareros. Salvo un manchón de líquido oscuro, derramado sobre una de las paredes, empapeladas de blanco, todo lo demás aparecía limpio, agradable, normal. Llamó al timbre. Cuando el camarero acudió presuroso, despeinado y algo torpe todavía a aquella hora de la mañana, el detective —que no carecía de gusto por las bromas sencillas— le pidió que probara el azúcar y dijera si aquello estaba a la altura de la reputación de la casa. El resultado fue que el camarero bostezó y acabó de despertarse.

—¿Y todas las mañanas gastan ustedes a sus clientes estas bromitas? —preguntó Valentin—. ¿No les resulta nunca cansada la bromita de trocar la sal y el azúcar?

El camarero, cuando acabó de entender la ironía, le aseguró tartamudeante, que no era tal la intención del establecimiento, que aquello era una equivocación inexplicable. Cogió el azucarero y lo contempló, y lo mismo hizo con el salero, manifestando un creciente asombro. Al fin, pidió excusas precipitadamente, se alejó corriendo, y volvió pocos segundos después acompañado del propietario. El propietario examinó también los dos recipientes, y también se manifestó muy asombrado.

De pronto, el camarero soltó un chorro inarticulado de palabras.

—Yo creo —dijo tartamudeando— que fueron esos dos sacerdotes.

—¿Qué sacerdotes?

—Esos que arrojaron la sopa a la pared —dijo.

—¿Que arrojaron la sopa a la pared? —preguntó Valentin, figurándose que aquella era alguna singular metáfora italiana.

—Sí, sí —dijo el criado con mucha animación, señalando la mancha oscura que se veía sobre el papel blanco—; la arrojaron allí, a la pared.

Valentin miró, con aire de curiosidad, al propietario. Este satisfizo su curiosidad con el siguiente relato:

—Sí, caballero, así es la verdad, aunque no creo que tenga ninguna relación con esto de la sal y el azúcar. Dos sacerdotes vinieron muy temprano y pidieron una sopa, en cuanto abrimos la casa. Parecían gente muy tranquila y respetable. Uno de ellos pagó la cuenta y salió. El otro, que era más pausado en sus movimientos, estuvo algunos minutos recogiendo sus cosas, y al cabo salió también. Pero antes de hacerlo tomó deliberadamente la taza (no se la había bebido toda), y arrojó la sopa a la pared. El camarero y yo estábamos en el interior; así apenas pudimos llegar a tiempo para ver la mancha en el muro y el salón ya completamente desierto. No es un daño muy grande, pero es una gran desvergüenza. Aunque quise alcanzar a los dos hombres, ya iban muy lejos. Sólo pude advertir que doblaban la esquina de la calle de Carstairs.

El policía se había levantado, puesto el sombrero y empuñado el bastón. En la completa oscuridad en que se movía, estaba decidido a seguir el único indicio anormal que se le ofrecía; y el caso era, en efecto, bastante anormal. Pagó, cerró de golpe tras de sí la puerta de cristales y pronto había doblado también la esquina de la calle.

Por fortuna, aun en los instantes de mayor fiebre conservaba alerta los ojos. Algo le llamó la atención frente a una tienda, y al punto retrocedió unos pasos para observarlo. La tienda era un almacén popular de comestibles y frutas, y al aire libre estaban expuestos algunos artículos con sus nombres y precios, entre los cuales se destacaban un montón de naranjas y un montón de nueces. Sobre el montón de nueces había un tarjetón que ponía, con letras azules: «Naranjas finas de Tánger, dos por un penique». Y sobre las naranjas, una inscripción semejante e igualmente exacta, decía: «Nueces finas del Brasil, a cuatro la libra». Valentin, considerando los dos tarjetones, pensó que aquella forma de humorismo no le era desconocida, por su experiencia de hacía poco rato. Llamó la atención del frutero sobre el caso. El frutero, con su carota bermeja y su aire estúpido, miró a uno y otro lado de la calle como preguntándose la causa de aquella confusión. Y, sin decir nada, colocó cada letrero en su sitio. El policía, apoyado con elegancia en su bastón, siguió examinando la tienda. Al fin exclamó:

—Perdone usted, señor mío, mi indiscreción: quisiera hacerle a usted una pregunta referente a la psicología experimental y a la asociación de ideas.

El caribermejo comerciante le miró de un modo amenazador. El detective, blandiendo el bastoncillo en el aire, continuó alegremente:

—¿Qué hay de común entre dos anuncios mal colocados en una frutería y el sombrero de teja de alguien que ha venido a pasar a Londres un día de fiesta? O, para ser más claro: ¿qué relación mística existe entre estas nueces, anunciadas como naranjas, y la idea de dos clérigos, uno muy alto y otro muy pequeño?

Los ojos del tendero parecieron salírsele de la cabeza, como los de un caracol. Por un instante se dijera que se iba a arrojar sobre el extranjero. Y, al fin, exclamó, iracundo:

—No sé lo que tendrá usted que ver con ellos, pero si son amigos de usted, dígales de mi parte que les voy a estrellar la cabeza, aunque sean párrocos, como vuelvan a tumbarme mis manzanas.

—¿De veras? —preguntó el detective con mucho interés—. ¿Le tumbaron a usted las manzanas?

—Como que uno de ellos —repuso el enfurecido frutero— las echó a rodar por la calle. De buena gana le hubiera yo cogido, pero tuve que entretenerme en arreglar otra vez el montón.

—Y ¿hacia dónde se encaminaron los párrocos?

—Por la segunda calle, a mano izquierda y después cruzaron la plaza.

—Gracias —dijo Valentin, y desapareció como por encanto.

A las dos calles se encontró con un guardia, y le dijo:

—Oiga usted, guardia, un asunto urgente: ¿Ha visto usted pasar a dos clérigos con sombrero de teja?

El guardia trató de recordar.

—Sí, señor, los he visto. Por cierto que uno de ellos me pareció ebrio: estaba en mitad de la calle como atontado...

—¿Por qué calle tomaron? —le interrumpió Valentin.

—Tomaron uno de aquellos ómnibus amarillos que van a Hampstead.

Valentin exhibió su tarjeta oficial y dijo precipitadamente:

—Llame usted a dos de los suyos, que vengan conmigo en persecución de esos hombres.

Y cruzó la calle con una energía tan contagiosa que el pesado guardia se echó a andar también con una obediente agilidad. Antes de dos minutos, un inspector y un hombre en traje de paisano se reunieron al detective francés.

—¿Qué se le ofrece, caballero? —comenzó el inspector, con una sonrisa de importancia. Valentin señaló con el bastón.

—Ya se lo diré a usted cuando estemos en aquel ómnibus —contestó, escurriéndose y abriéndose paso por entre el tráfico de la calle. Cuando los tres, jadeantes, se encontraron en la imperial del amarillo vehículo, el inspector dijo:

—Iríamos cuatro veces más de prisa en un taxi.

—Es verdad —le contestó el jefe plácidamente—, siempre que supiéramos adónde vamos.

—Pues, ¿adónde quiere usted que vayamos? —le replicó el otro, asombrado.

Valentin, con aire ceñudo, continuó fumando en silencio unos segundos, y después, apartando el cigarrillo, dijo:

—Si usted sabe lo que va a hacer un hombre, adelántese. Pero si usted quiere descubrir lo que hace, vaya detrás de él. Extravíese donde él se extravíe, deténgase cuando él se detenga, y viaje tan lentamente como él. Entonces verá usted lo mismo que ha visto él y podrá usted adivinar sus acciones y obrar en consecuencia. Lo único que podemos hacer es llevar la mirada alerta para descubrir cualquier objeto extravagante.

—¿Qué clase de objeto extravagante?

—Cualquiera —contestó Valentin, y se hundió en un obstinado mutismo.

El ómnibus amarillo recorría las carreteras del Norte. El tiempo transcurría, inacabable. El gran detective no podía dar más explicaciones, y acaso sus ayudantes empezaban a sentir una creciente y silenciosa desconfianza. Acaso también empezaban a experimentar un apetito creciente y silencioso, porque la hora del almuerzo ya había pasado, y las inmensas carreteras de los suburbios parecían alargarse cada vez más, como las piezas de un infernal telescopio. Era aquel uno de esos viajes en que el hombre no puede menos de sentir que se va acercando al término del universo, aunque a poco se da cuenta de que simplemente ha llegado a la entrada del parque de Tufnell. Londres se deshacía ahora en miserables tabernas y en repelentes andrajos de ciudad, y más allá volvía a renacer en calles altas y deslumbrantes y hoteles opulentos. Parecía aquel un viaje a través de trece ciudades consecutivas. El crepúsculo invernal comenzaba ya a vislumbrarse —amenazador— frente a ellos; pero el detective parisiense seguía sentado sin hablar, mirando a todas partes, no perdiendo un rasgo de las calles que ante él se desarrollaban. Ya habían dejado atrás el barrio de Camdem, y los policías iban medio dormidos. De pronto, Valentin se levantó y, poniendo una mano sobre el hombro de cada uno de sus ayudantes, dio orden de parar. Los ayudantes dieron un salto. Y bajaron por la escalerilla a la calle, sin saber con qué objeto los habían hecho bajar.

Miraron en torno, como tratando de averiguar la razón, y Valentin les señaló triunfalmente una ventana que había a la izquierda, en un café suntuoso lleno de adornos dorados. Aquel era el departamento reservado a las comidas de lujo. Había un letrero: «Restaurante». La ventana, como todas las de la fachada, tenía una vidriera escarchada y ornamental. Pero en medio de la vidriera había una rotura grande, negra, como una estrella entre los hielos.

—¡Al fin, hemos dado con un indicio —dijo Valentin, blandiendo el bastón—. Aquella vidriera rota...

—¿Qué vidriera? ¿Qué indicio? —preguntó el inspector—. ¿Qué prueba tenemos para suponer que eso sea obra de ellos?

Valentin casi rompió su bambú de rabia.

—¿Pues no pide prueba este hombre, Dios mío? —exclamó—. Claro que hay veinte probabilidades contra una. Pero, ¿qué otra cosa podemos hacer? ¿No ve usted que estamos en el caso de seguir la más nimia sospecha, o de renunciar e irnos a casa a dormir tranquilamente?

Empujó la puerta del café, seguido de sus ayudantes. Pronto se encontraron todos sentados ante un *lunch*[42] tan tardío como anhelado. De tiempo en tiempo echaban una mirada a la vidriera rota. Pero no por eso veían más claro en el asunto.

Al pagar la cuenta, Valentin le dijo al camarero:

—Veo que se ha roto la vidriera, ¿eh?

—Sí, señor —dijo este, muy preocupado con darle el cambio, y sin hacer mucho caso de Valentin.

Valentin, en silencio, añadió una propina considerable. Ante esto, el camarero se puso comunicativo:

—Sí, señor; una cosa increíble.

—¿De veras? Cuéntenos usted cómo fue —dijo el detective, como sin darle mucha importancia.

[42] **Lunch:** almuerzo.

—Verá usted: entraron dos curas, dos párrocos forasteros de esos que andan ahora por aquí. Pidieron alguna cosilla de comer, comieron muy quietecitos, uno de ellos pagó y se salió. El otro iba a salir también, cuando yo advertí que me habían pagado el triple de lo debido. «Oiga usted (le dije a mi hombre, que ya iba por la puerta), me han pagado ustedes más de la cuenta». «¿Ah?», me contestó con mucha indiferencia. «Sí», le dije, y le enseñé la nota... Bueno: lo que pasó es inexplicable.

—¿Por qué?

—Porque yo hubiera jurado por la santísima Biblia que había escrito en la nota cuatro chelines, y me encontré ahora con la cifra de catorce chelines.

—¿Y después? —dijo Valentin lentamente, pero con los ojos llameantes.

—Después, el párroco que estaba en la puerta me dijo muy tranquilamente: «Lamento enredarle a usted sus cuentas; pero es que voy a pagar por la vidriera». «¿Qué vidriera?». «La que ahora mismo voy a romper»; y descargó allí la sombrilla.

Los tres lanzaron una exclamación de asombro, y el inspector preguntó en voz baja:

—¿Se trata de locos escapados?

El camarero continuó, complaciéndose manifiestamente en su extravagante relato:

—Me quedé tan espantado, que no supe qué hacer. El párroco se reunió al compañero y doblaron por aquella esquina. Y después se dirigieron tan de prisa hacia la calle de Bullock, que no pude darles alcance, aunque eché a correr tras ellos.

—¡A la calle de Bullock! —ordenó el detective.

Y salieron disparados hacia allá, tan veloces como sus perseguidos. Ahora se encontraron entre callecitas enladrilladas que tenían aspecto de túneles; callecitas oscuras que parecían formadas por la espalda de todos los edificios. La niebla comenzaba a envolverlos, y aun los policías londinenses se sentían extraviados por aquellos parajes. Pero el inspector tenía la seguridad de que saldrían por cualquier parte al parque de Hampstead.

Súbitamente, una vidriera iluminada por luz de gas apareció en la oscuridad de la calle, como una linterna. Valentin se detuvo ante ella: era una confitería. Vaciló un instante y, al fin, entró hundiéndose entre los brillos y los alegres colores de la confitería. Con toda gravedad y mucha parsimonia compró hasta trece cigarrillos de chocolate. Estaba buscando el mejor medio para entablar un diálogo; pero no necesitó él comenzarlo.

Una señora de cara angulosa que le había despachado, sin prestar más que una atención mecánica al aspecto elegante del comprador, al ver destacarse en la puerta el uniforme azul del policía que le acompañaba, pareció volver en sí, y dijo:

—Si vienen ustedes por el paquete, ya lo remití a su destino.

—¡El paquete! —repitió Valentin con curiosidad.

—El paquete que dejó ese señor, ese señor párroco.

—Por favor, señora —dijo entonces Valentin, dejando ver por primera vez su ansiedad—, por amor de Dios, díganos usted puntualmente de qué se trata.

La mujer, algo inquieta, explicó:

—Pues verá usted: esos señores estuvieron aquí hará una media hora, bebieron un poco de menta, charlaron y después se encaminaron al parque de Hampstead. Pero a poco uno de ellos volvió y me dijo: «¿Me he dejado aquí un paquete?». Yo no encontré ninguno por más que busqué. «Bueno —me dijo él—, si luego aparece por ahí, tenga usted la bondad de enviarlo a estas señas». Y con la dirección, me dejó un chelín por la molestia. Y, en efecto, aunque yo estaba segura de haber buscado bien, poco después me encontré con un paquetito de papel de estraza, y lo envié al sitio indicado. No me acuerdo bien adónde era: era por Westminster. Como parecía ser cosa de importancia, pensé que tal vez la policía había venido a buscarlo.

—Sí —dijo Valentin—, a eso vine. ¿Está cerca de aquí el parque de Hampstead?

—A unos quince minutos. Y por aquí saldrá usted derecho a la puerta del parque.

Valentin salió de la confitería precipitadamente, y echó a correr en aquella dirección; sus ayudantes le seguían con un trotecillo de mala gana.

La calle que recorrían era tan estrecha y oscura, que cuando salieron al aire libre se asombraron de ver que había todavía tanta luz. Una hermosa cúpula celeste, color verde pavo, se hundía entre fulgores dorados, donde resaltaban las masas oscuras de los árboles, ahogadas en lejanías violetas. El verde fulgurante era ya lo bastante oscuro para dejar ver, como unos puntitos de cristal, algunas estrellas. Todo lo que aún quedaba de la luz del día caía en reflejos dorados por los términos de Hampstead y aquellas cuestas que el pueblo gusta de frecuentar y reciben el nombre de Valle de la Salud. Los obreros, endomingados, aún no habían desaparecido; quedaban, ya borrosas en la media luz, unas cuantas parejas por los bancos, y aquí y allá, a lo lejos, una muchacha se mecía, gritando, en un columpio. En torno a la sublime vulgaridad del hombre, la gloria del cielo se iba haciendo cada vez más profunda y oscura. Y desde arriba de la cuesta, Valentin se detuvo a contemplar el valle.

Entre los grupitos negros que parecían irse deshaciendo a distancia, había uno, negro entre todos, que no parecía deshacerse: un grupito de dos figuras vestidas con hábitos clericales. Aunque estaban tan lejos que parecían insectos, Valentin pudo darse cuenta de que una de las dos figuras era más pequeña que la otra. Y aunque el otro hombre andaba algo inclinado, como hombre de estudio, y cual si tratara de no hacerse notar, a Valentin le pareció que bien medía algo más de un metro ochenta de talla. Apretó los dientes y, cimbreando el bambú, se encaminó hacia aquel grupo con impaciencia. Cuando logró disminuir la distancia y agrandar las dos figuras negras cual con ayuda de microscopio, notó algo más, algo que le sorprendió mucho, aunque, en cierto modo, ya lo esperaba. Fuera quien fuera el mayor de los dos, no cabía duda respecto a la identidad del menor: era su compañero del tren de Harwich, aquel cura pequeñín y regordete de Essex, a quien él había aconsejado no andar diciendo lo que traía en sus paquetitos de papel de estraza.

Hasta aquí todo se presentaba muy racionalmente. Valentin había logrado averiguar aquella mañana que un tal padre Brown, que venía de Essex, traía consigo una cruz de plata con zafiros, reliquia de considerable valor, para mostrarla a los sacerdotes extranjeros que venían al Congreso. Aquel era, sin duda, el «objeto de plata con piedras azules», y el padre Brown, sin duda, era el propio y diminuto paleto que venía en el tren. No había nada de extraño en el hecho de que Flambeau tropezara con la misma extrañeza en que Valentin había reparado. Flambeau no perdía nada de cuanto pasaba junto a él. Y nada de extraño tenía el hecho de que, al oír hablar Flambeau de una cruz de zafiros, se le ocurriera robársela: aquello era lo más natural del mundo. Y de seguro que Flambeau se saldría con la suya, teniendo que habérselas con aquel pobre cordero de la sombrilla y los paquetitos. Era el tipo de hombre en quien todo el mundo puede hacer su voluntad, atarlo con una cuerda y llevárselo hasta el Polo Norte. No era de extrañar que un hombre como Flambeau, disfrazado de cura, hubiera logrado arrastrarlo hasta el parque de Hampstead. La intención delictuosa era manifiesta. Y el detective compadecía al pobre curita desamparado, y casi desdeñaba a Flambeau por encarnizarse en víctimas tan indefensas. Pero cuando Valentin recorría la serie de hechos que le habían llevado al éxito de sus pesquisas, en vano se atormentaba tratando de descubrir en todo el proceso el menor ritmo de razón. ¿Qué tenía de común el robo de una cruz de plata y piedras azules con el hecho de arrojar la sopa a la pared? ¿Qué relación había entre esto y el llamar nueces a las naranjas, o el pagar de antemano los vidrios que se van a romper? Había llegado al término de la caza, pero no sabía por cuáles caminos. Cuando fracasaba —y pocas veces le sucedía— solía dar siempre con la clave del enigma, aunque perdiera al delincuente. Aquí había cogido al delincuente, pero la clave del enigma se le escapaba.

Las dos figuras se deslizaban como moscas sobre una colina verde. Aquellos hombres parecían enfrascados en animada charla y no darse cuenta de adónde iban; pero ello es que se encaminaban a lo más agreste y apartado del parque. Sus perseguidores tuvieron que adoptar las poco dignas actitudes de la caza al acecho, ocultarse tras los matojos y aun arrastrarse escondidos entre la hierba. Gracias a este desagradable procedimiento, los cazadores lograron acercarse a la presa lo bastante para oír el murmullo de la discusión; pero no lograban entender más que la palabra «razón», frecuentemente repetida en una voz chillona y casi infantil. Una vez, la presa se les perdió en una profundidad y tras un muro de espesura. Pasaron diez minutos de angustia antes de que lograran verlos de nuevo, y después reaparecieron los dos hombres sobre la cima de una loma que dominaba un anfiteatro, el cual a estas horas era un escenario desolado bajo las últimas claridades del sol. En aquel sitio visible, aunque agreste, había, debajo de un árbol, un banco de palo, desvencijado. Allí se sentaron los dos curas, siempre discutiendo con mucha animación. Todavía el suntuoso verde y oro era perceptible hacia el horizonte; pero ya la cúpula celeste había pasado del verde pavo al azul pavo, y las estrellas se destacaban más y más como joyas sólidas. Por señas, Valentin indicó a sus ayudantes que procuraran acercarse por detrás del árbol sin hacer ruido. Allí lograron, por primera vez, oír las palabras de aquellos extraños clérigos.

Tras haber escuchado unos dos minutos, se apoderó de Valentin una duda atroz: ¿Habría arrastrado a los dos policías ingleses hasta aquellos nocturnos campos para una empresa tan loca como era la de buscar higos entre los cardos? Porque aquellos dos sacerdotes hablaban realmente como verdaderos sacerdotes, piadosamente, con erudición y compostura, de los más abstrusos enigmas teológicos. El curita de Essex hablaba con la mayor sencillez, de cara hacia las nacientes estrellas. El otro inclinaba la cabeza, como si fuera indigno de contemplarlas. Pero no hubiera sido posible encontrar una charla más clerical e ingenua en ningún blanco claustro de Italia o en ninguna negra catedral española.

Lo primero que oyó fue el final de una frase del padre Brown que decía: «...que era lo que en la Edad Media significaban con aquello de: los cielos incorruptibles».

El sacerdote alto movió la cabeza y repuso:

—¡Ah, sí! Los modernos infieles apelan a su razón; pero, ¿quién puede contemplar estos millones de mundos sin sentir que hay todavía universos maravillosos donde tal vez nuestra razón resulte irracional?

—No —dijo el otro—. La razón siempre es racional, aun en el limbo, aun en el último extremo de las cosas. Ya sé que la gente acusa a la Iglesia de rebajar la razón; pero es al contrario. La Iglesia es la única que, en la Tierra, hace de la razón un objeto supremo; la única que afirma que Dios mismo está sujeto por la razón.

El otro levantó la austera cabeza hacia el cielo estrellado, e insistió:

—Sin embargo, ¿quién sabe si en este infinito universo...?

—Infinito solo físicamente —dijo el curita agitándose en el asiento—, pero no infinito en el sentido de que pueda escapar a las leyes de la verdad.

Valentin, tras del árbol, crispaba los puños con muda desesperación. Ya le parecía oír las burlas de los policías ingleses a quienes había arrastrado en tan loca persecución, solo para hacerles asistir al chismorreo metafísico de los dos viejos y amables párrocos. En su impaciencia, no oyó la elaborada respuesta del cura gigantesco, y cuando pudo oír otra vez el padre Brown estaba diciendo:

—La Razón y la Justicia imperan hasta en la estrella más solitaria y más remota: mire usted esas estrellas. ¿No es verdad que parecen como diamantes y zafiros? Imagínese usted la geología, la botánica más fantástica que se le ocurra; piense usted que allí hay bosques de diamantes con hojas de brillantes; imagínese usted que la luna es azul, que es un zafiro elefantino. Pero no se imagine usted que esta astronomía frenética pueda afectar a los principios de la Razón y de la Justicia. En llanuras de ópalo, como en escolleros de perlas, siempre se encontrará usted con la sentencia: «No robarás».

Valentin estaba para cesar en aquella actitud violenta y alejarse sigilosamente, confesando aquel gran fracaso de su vida; pero el silencio del sacerdote gigantesco le impresionó de un modo que quiso esperar su respuesta. Cuando este se decidió, por fin, a hablar, dijo simplemente, inclinando la cabeza y apoyando las manos en las rodillas:

—Bueno; yo creo, con todo, que ha de haber otros mundos superiores a la razón humana. Impenetrable es el misterio del Cielo, y ante él humillo mi frente.

Y después, siempre en la misma actitud, y sin cambiar de tono de voz, añadió:

—Vamos, deme usted ahora mismo la cruz de zafiros que trae. Estamos solos y puedo destrozarle a usted como a un muñeco.

Aquella voz y aquella actitud inmutables chocaban violentamente con el cambio del asunto. El guardián de la reliquia apenas volvió la cabeza. Parecía seguir contemplando las estrellas. Tal vez, no entendió. Tal vez entendió, pero el terror le había paralizado.

—Sí —dijo el sacerdote gigantesco sin inmutarse—, sí, yo soy Flambeau.

Y, tras una pausa, añadió:

—Vamos, ¿quiere usted darme la cruz?

—No —dijo el otro; y aquel monosílabo tuvo una extraña sonoridad.

Flambeau depuso entonces sus pretensiones pontificales. El gran ladrón se retrepó en el respaldo del banco y soltó la risa.

—No —dijo—, no quiere usted dármela, orgulloso prelado. No quiere usted dármela, célibe borrico. ¿Quiere usted que le diga por qué? Pues porque ya la tengo en el bolsillo del pecho.

El hombrecillo de Essex volvió hacia él, en la penumbra, una cara que debió de reflejar el asombro, y con la tímida sinceridad del «Secretario Privado», exclamó:

—Pero, ¿está usted seguro?

Flambeau aulló con deleite:

—Verdaderamente —dijo— es usted tan divertido como una farsa en tres actos. Sí, hombre de Dios, estoy enteramente seguro. He tenido la buena idea de hacer una falsificación del paquete, y ahora, amigo mío, usted se ha quedado con el duplicado y yo con la alhaja. Una estratagema muy antigua, padre Brown, muy antigua.

—Sí —dijo el padre Brown alisándose los cabellos con el mismo aire distraído—, ya he oído hablar de ella.

El coloso del crimen se inclinó entonces hacia el rústico sacerdote con un interés repentino.

—¿Usted ha oído hablar de ella? ¿Dónde?

—Bueno —dijo el hombrecillo con mucha candidez—. Ya comprenderá usted que no voy a decirle el nombre. Se trata de un penitente, un hijo de confesión. ¿Sabe usted? Había logrado vivir durante veinte años con gran comodidad gracias al sistema de falsificar los paquetes de papel de estraza. Y así, cuando comencé a sospechar de usted, me acordé al punto de los procedimientos de aquel pobre hombre.

—¿Sospechar de mí? —repitió el delincuente con curiosidad cada vez mayor—. ¿Tal vez tuvo usted la perspicacia de sospechar cuando vio usted que yo le conducía a estas soledades?

—No, no —dijo Brown, como quien pide excusas—. No, verá usted: yo comencé a sospechar de usted en el momento en que por primera vez nos encontramos, debido al bulto que hace en su manga el brazalete de la cadena que suelen ustedes llevar.

—Pero, ¿cómo demonios ha oído usted hablar siquiera del brazalete?

—¡Qué quiere usted; nuestro pobre rebaño...! —dijo el padre Brown, arqueando las cejas con aire indiferente—. Cuando yo era cura de Hartlepool había allí tres con el brazalete... De modo que, habiendo desconfiado de usted desde el primer momento, como usted comprende, quise asegurarme de que la cruz quedaba a salvo de cualquier contratiempo. Y hasta creo que me he visto en el caso de vigilarle, ¿sabe usted? Finalmente, vi que usted cambiaba los paquetes. Y entonces, vea usted, yo los volví a cambiar. Y después, dejé el verdadero por el camino.

—¿Que lo dejó usted? —repitió Flambeau; y por primera vez, el tono de su voz no fue ya triunfal.

—Vea usted cómo fue —continuó el curita con el mismo tono de voz—. Regresé a la confitería aquella y pregunté si me había dejado por ahí un paquete, y di ciertas señas para que lo remitieran si acaso aparecía después. Yo sabía que no me había dejado antes nada, pero cuando regresé a buscar lo dejé realmente. Así, en vez de correr tras de mí con el valioso paquete, lo han enviado a estas horas a casa de un amigo mío que vive en Westminster —y luego añadió, amargamente—. También esto lo aprendí de un pobre sujeto que había en Hartlepool. Tenía la costumbre de hacerlo con las maletas que robaba en las estaciones; ahora el pobre está en un monasterio. ¡Oh!, tiene uno que aprender muchas cosas, ¿sabe usted? —prosiguió sacudiendo la cabeza con el mismo aire del que pide excusas—. No puede uno menos de portarse como sacerdote. La gente viene a nosotros y nos lo cuenta todo.

Flambeau sacó de su bolsillo un paquete de papel de estraza y lo hizo pedazos. No contenía más que papeles y unas barritas de plomo. Saltó sobre sus pies revelando su gigantesca estatura, y gritó:

—No le creo a usted. No puedo creer que un patán como usted sea capaz de eso. Yo creo que trae usted consigo la pieza, y si usted se resiste a dármela... ya ve usted, estamos solos, la tomaré por fuerza.

—No —dijo con naturalidad el padre Brown; y también se puso de pie—. No la tomará usted por fuerza. Primero, porque realmente no la llevo conmigo. Y segundo, porque no estamos solos.

Flambeau se quedó suspenso.

—Detrás de este árbol —dijo el padre Brown señalándolo— están dos forzudos policías, y con ellos el detective más notable que hay en la tierra. ¿Me pregunta usted que cómo vinieron? ¡Pues porque yo los atraje, naturalmente! ¿Que cómo lo hice? Pues se lo contaré a usted si se empeña. ¡Por Dios! ¿No comprende usted que, trabajando entre la clase criminal, aprendemos muchísimas cosas? Desde luego, yo no estaba seguro de que usted fuera un delincuente, y nunca es conveniente hacer un escándalo contra un miembro de nuestra propia Iglesia. Así, procuré antes probarle a usted, para ver si, a la provocación se descubría usted de algún modo. Es de suponer que todo hombre hace algún aspaviento si se encuentra con que su café está salado; si no lo hace, es que tiene buenas razones para no llamar sobre sí la atención de la gente. Cambié, pues, la sal y el azúcar, y advertí que usted no protestaba. Todo hombre protesta si le cobran tres veces más de lo que debe. Y si se conforma con la cuenta exagerada, es que le importa pasar inadvertido. Yo alteré la nota, y usted la pagó sin decir palabra.

Parecía que el mundo todo estuviera esperando que Flambeau, de un momento a otro, saltara como un tigre. Pero, por el contrario, se estuvo quieto, como si le hubieran amansado con un conjuro; la curiosidad más aguda le tenía como petrificado.

—Pues bien —continuó el padre Brown con pausada lucidez—, como usted no dejaba rastro a la Policía, era necesario que alguien lo dejara, en su lugar. Y adondequiera que fuimos juntos, procuré hacer algo que diera motivo a que se hablara de nosotros para todo el resto del día. No causé daños muy graves por lo demás: una pared manchada, unas manzanas por el suelo, una vidriera rota... Pero, en todo caso, salvé la cruz, porque hay que salvar siempre la cruz. A esta hora está en Westminster. Yo hasta me maravillo de que no lo haya usted estorbado con el «silbido del asno».

—¿El qué? —preguntó Flambeau.

—Vamos, me alegro de que nunca haya usted oído hablar de eso —dijo el sacerdote con una muequecilla—. Es una atrocidad. Ya estaba yo seguro de que usted era demasiado bueno, en el fondo, para ser un «silbador». Yo no hubiera podido en tal caso contrarrestarlo, ni siquiera con el procedimiento de las «marcas»; no tengo bastante fuerza en las piernas.

—Pero, ¿de qué me está usted hablando? —preguntó el otro.

—Hombre, creí que conocía usted las «marcas» —dijo el padre Brown agradablemente sorprendido—. Ya veo que no está usted tan envilecido.

—Pero, ¿cómo diablos está usted al cabo de tantos horrores? —gritó Flambeau.

La sombra de una sonrisa cruzó por la cara redonda y sencillota del clérigo.

—¡Oh, probablemente a causa de ser un borrico célibe! —repuso—. ¿No se le ha ocurrido a usted pensar que un hombre que casi no hace más que oír los pecados de los demás no puede menos de ser un poco entendido en la materia? Además, debo confesarle a usted que otra condición de mi oficio me convenció de que usted no era un sacerdote.

—¿Y qué fue ello? —preguntó el ladrón, alelado.

—Que usted atacó la razón; y eso es de mala teología.

Y como se volviera en este instante para recoger sus paquetes, los tres policías salieron de entre los árboles penumbrosos. Flambeau era un artista, y también un *deportista*. Dio un paso atrás y saludó con una cortés reverencia a Valentin.

—No; a mí, no, *mon ami*[43] —dijo este con nitidez argentina—. Inclinémonos los dos ante nuestro común maestro.

Y ambos se descubrieron con respeto, mientras el curita de Essex hacía como que buscaba su sombrilla.

[43] **Mon ami**: amigo mío.

EMILIA PARDO BAZÁN

NUBE DE PASO

—Jamás lo hemos averiguado —declaró el registrador, dejando su escopeta arrimada al árbol y disponiéndose a sentarse en las raíces salientes, a fin de despachar cómodamente los fiambres contenidos en su zurrón de caza—. Hay en la vida cosas así que nadie logra nunca poner en claro, aunque las vea muy de cerca y tenga, al parecer, a su disposición los medios para enterarse.

Salieron de las alforjas molletes de pan, dos pollos asados, una ristra de chorizos rojos y la bota nos presentó su grata redondez pletórica, ahíta de sangre sabrosa y alegre. Nos disputamos el gusto de besarla y dejarla chupada y floja, bajo nuestras afanosas caricias de galanes sedientos. Los perros, con la lengua fuera y la mirada ansiosa, sentados en rueda, esperaban el momento de los huesos y mendrugos.

Cuando todos estuvieron saciados, amos y canes, y encendidos los cigarros para fumar deleitosamente a la sombra, insistí:

—Pero ¿ni aun conjeturas?

—¡Conjeturas! Claro es que nunca faltan. Cuando se notó que el pobre muchacho estaba muerto y no dormido; cuando, al descubrirle el cuerpo, se vio que tenía una herida triangular, como de estilete, en la región del corazón (la autopsia comprobó después que esa herida causó la muerte), figúrese usted si los compañeros de hospedaje nos echamos a discurrir.

Entre otras cosas, porque, al fin y al cabo, podíamos vernos envueltos en una cuestión muy seria. Como que, al pronto, se trató de prendernos. Por fortuna, la tan conocida como vulgar coartada era de esas que no admiten discusión. En la casa de huéspedes estábamos cinco, incluyendo a Clemente Morales, el asesinado. Los cuatro restantes pasamos la noche de autos en una tertulia cursi, donde bailamos, comimos pasteles y nos reímos con las muchachas hasta cerca del amanecer. Todo el mundo pudo vernos allí, sin que ninguno saliese ni un momento. Cien testigos afirmaban nuestra inculpabilidad, y, así y todo, nos quedó de aquel lance yo no sé qué: una sombra moral en el espíritu, que ha pesado, creo yo, sobre nuestra vida...

—Ello fue que ustedes, al regresar a casa...

—¡Ah!, una impresión atroz. Era ya de día, y la patrona nos abrió la puerta en un estado de alteración que daba lástima. Nos rogó que entrásemos en la habitación de nuestro amigo, porque al ir a despertarle, por orden suya, a las seis de la mañana, vio que no respondía, y estaba pálido, pálido, y no se le oía respirar... ¡O desmayado, o...! Fue entonces cuando, alzando la sábana, observamos la herida.

—¿Qué explicación dio la patrona?

—Ninguna. ¡Cuando le digo a usted que ni la patrona, ni la Justicia, ni nadie ha encontrado jamás el hilo para desenredar la maraña de ese asunto! La patrona, eso sí, fue presa, incomunicada, procesada, acusada...; pero ni la menor prueba se encontró de su culpabilidad. ¡Qué digo prueba! Ni indicio. La patrona era una buena mujer, viuda, fea, de irreprochables antecedentes, incapaz de matar una mosca. La noche fatal se acostó a las diez y nada oyó. La sirvienta dormía en la buhardilla: se retiró desde la misma hora, y a las ocho de la mañana siguiente roncaba como un piporro. El sereno a nadie había visto entrar. ¡El misterio más denso, más impenetrable!

—¿Se encontró el arma?

—Tampoco.

—¿Tenía dinero en su habitación la víctima?

Antología de relatos policíacos

—Que supiésemos, ni un céntimo; es decir, unos duros..., que es igual a no tener nada, para el caso... Y esos allí estaban, en el cajón de la cómoda, por señas, abierto.

—¿Se le conocían amores?

—Vamos, rehacemos el interrogatorio. No tenía lo que se dice relaciones seguidas, ni querida ni novia; no sería un santo, pero casi lo parecía; por celos o por venganza de amor no se explica tan trágico suceso.

—Pero ¿cuáles eran sus costumbres? —insistí, con afán de polizonte psicólogo, a quien irrita y engolosina el misterio, y que sabe que no hay efecto sin causa—. Ese muchacho, ¿no era un hombre joven?, tendría sus hábitos, sus caprichos, sus peculiares aficiones...

—Era —contestó el registrador, en el tono del que reflexiona en algo que hasta entonces no se había presentado a su pensamiento— el chico más formal, más exento de vicios, más libre de malas compañías que he conocido nunca. Retraído hasta lo sumo, muy estudioso; nosotros, por efecto de esta misma condición suya, le tuvimos en concepto de un poco chiflado. Ya ve usted: todos fuimos aquella noche a divertirnos y a correrla, menos él, y si hubiese ido, no le matan... Para dar a usted idea de lo que era el pobre, se acostaba muy temprano, y encargaba que le despertasen así que amanecía, solo por el prurito de estudiar.

—¿Recuerda usted dónde estudiaba?

—¡Ah! Eso, en todas partes. A veces se traía a casa libros; otras se pasaba el día en bibliotecas o sabe Dios en qué rincones.

—Amigo registrador —interrumpí—, que me maten si no empiezo a rastrear algo de luz en el sombrío enigma.

—¡Permítame que lo dude...! ¡Tanto como se indagó entonces...! ¡Tantos pasos como dieron la Justicia y la Policía, y hasta nosotros mismos, sin que se haya llegado a saber nada!

Callé unos instantes. El celaje de la tarde se encendía con sangrientas franjas de fuego, incesantemente contraídas, dilatadas, inflamadas o extinguidas, sin que ni un momento permaneciese fija su terrible forma. Pensé en que la sospecha, la verdad, la culpa, el destino se disuelven e integran, como las nubes, en la cambiante fantasía y en la versátil conciencia. Pensé que si nada es inverosímil en la forma de las nubes, nada tampoco debe parecérnoslo en lo humano. Lo único increíble sería que un hombre fuese asesinado en su lecho y el crimen no tuviese ni autor ni móvil.

—Registrador —dije al cabo—, todos mueren de lo que han vivido. El muchacho estudiaba sin cesar: en sus estudios está la razón de su muerte violenta. No diga usted que no sabe por qué le mataron: lo sabe usted, pero no se ha dado cuenta de lo que sabe.

—Mucho decir es... —murmuró— Sin embargo...

—Lo sabe usted. En cuanto me conteste a otras pocas preguntas se convencerá de que lo sabía perfectamente; lo sabía la parte mejor de su ser de usted: su instinto.

—¡Qué raro será eso! Pero, en fin, pregunte, pregunte lo que quiera.

—¿A qué clase de estudios se dedicaba Clemente?

—A ver, Dontato, haz memoria —murmuró el registrador, rascándose la sien—. Ello era cosa de muchas matemáticas y mucha física... ¡Ya, ya recuerdo! ¡Pues si el muchacho aseguraba que, cuando consiguiese lo que buscaba, sería riquísimo, y su nombre, glorioso en toda Europa! Creo que se trataba de algo relacionado con la navegación aérea. Advierto a usted que murió como vivía, porque fue el hombre más reconcentrado y enemigo de enterar a nadie de sus proyectos.

—¿Tendría muchos papeles, cuadernos, notas de su trabajo?

—¡Ya lo creo! A montones.

—¿Dónde los guardaba?

—¡En la cómoda! Y su ropa andaba tirada por las sillas y revuelta.

—¿Aparecieron esos papeles después del crimen?

—Se me figura que sí. Pero confirmaron lo que creíamos: que el pobre no estaba en sus cabales. Eran apuntes sin ilación, y algunos, borradores que nadie entendía.

—¿Tenía algún amigo Clemente, enterado de sus esperanzas? ¿Alguien que conociese su secreto?

La cara del registrador sufrió un cambio análogo al de las nubes. Primero se enrojeció; palideció después; los ojos se abrieron, atónitos; la boca también adquirió la forma de un cero.

—¡Rediós! —gritó al cabo—. ¡Y tenía usted razón! ¡Y yo sabía, es decir, yo tenía que saber...! ¡Tonto de mí! ¿Cómo pude ofuscarme...? ¡Qué cosas! Había, había un amigo, un ingeniero belga, que le daba dinero para experiencias... ¡Un barbirrojo, más antipático que los judíos de la Pasión! ¡Y hasta judío creo que era! ¡Seré yo estúpido! ¡No haber comprendido! ¡No haber sospechado! ¡El bandido del extranjero fue, y para robarle el fruto de sus vigilias! ¡Dejó los papeles inútiles y cargó con los que valían, y sabe Dios, a estas horas, quién se está dando por ahí tono y ganando millones con el descubrimiento del infeliz! ¡Y a mí la cosa me pasó por las mientes; pero... no me detuve ni a meditarla, porque... no se veía por dónde hubiese podido entrar el asesino!

—¡Bah! Esa es la infancia del arte —contesté—. Entró con una llave falsa, que había preparado, o con el propio llavín de la víctima; estuvo en el cuarto de este hasta tarde, hizo su asunto, se escondió y de madrugada se marchó.

—¡Así tuvo que ser! ¡Bárbaros, que no lo comprendimos! ¡Requetebárbaros!

—No se apure usted... Quizá estemos soñando una novela.

—No, no; si ahora lo veo más claro que el sol... Soy capaz de perseguir al asesino...

—¿Cuántos años hace de eso?

—Trece, lo menos...

—Déjelo usted por cosa perdida... Aun en fresco no se averigua nada... Conténtese con el goce del filósofo: saber... y callar.

EL PROBLEMA DE LA CELDA NÚMERO 13

I

Prácticamente todas las letras que quedaban en el alfabeto después de haberse dado el nombre a Augustus S. F. X. van Dusen fueron adquiridas más adelante por ese caballero en el curso de una brillante carrera científica y, siendo honorablemente adquiridas, se añadieron al otro extremo del nombre. Por lo tanto, su nombre, como todo lo que le correspondía, era una maravillosa e imponente estructura. Era un Ph.D., un Ll.D., un F.R.S., un M.D. y un M.D.S. Era también algunas cosas más —hasta el punto que él mismo no podía decirlo—, debidas al reconocimiento de su capacidad por varias instituciones culturales y científicas extranjeras.

No era menos impresionante por su aspecto que por su nomenclatura. Era delgado, con los hombros flacos y caídos del estudioso y la palidez de la vida sedentaria y de reclusión en su rostro afeitado. Sus ojos tenían un perpetuo estrabismo, propio de un hombre que estudia cosas pequeñas, y cuando podían ser vistos a través de sus gruesos lentes eran unas simples hendiduras de azul acuoso. Pero encima de sus ojos estaba su rasgo más impresionante: una frente alta y ancha, casi anormal por su altura y amplitud, coronada por una pesada mata de pelo rubio y enmarañado. Todo eso se conjuraba para darle una personalidad peculiar, casi grotesca.

El profesor Van Dusen era de remota ascendencia germana. Sus antepasados, durante muchas generaciones, se habían destacado en las ciencias; él era su resultado lógico, la inteligencia maestra. Ante todo y por encima de todo, era un lógico. Había dedicado exclusivamente al menos treinta y cinco años de su medio siglo de existencia a probar que dos y dos siempre son cuatro, excepto en casos insólitos en que suman tres o bien cinco. Sostenía la proposición general de que todas las cosas que se ponen en marcha deben ir a alguna parte, y era capaz de concentrar toda la fuerza mental de sus antepasados para solucionar un determinado problema. Podemos observar, incidentalmente, que el profesor Van Dusen usaba sombrero del número 8.

El mundo en general había oído hablar vagamente del profesor Van Dusen como de la Máquina Pensante. Era la frase inspirada que le aplicó un periódico en ocasión de una notable exhibición de ajedrez, en la cual demostró que un profano en el juego puede, por la fuerza de la lógica inevitable, derrotar a un campeón que haya dedicado su vida al estudio de aquel. ¡La Máquina Pensante! Este calificativo quizá lo describa de un modo más aproximado que todas sus iniciales honorarias, pues pasaba semana tras semana, mes tras mes, encerrado en su pequeño laboratorio del que habían salido pensamientos que hacían tambalear a los hombres de ciencia y conmovían profundamente al mundo entero.

Rara vez la Máquina Pensante recibía visitantes, y estos eran generalmente hombres de ciencia muy encumbrados que iban a verlo para discutir algún punto y quizá para convencerse. Dos de tales hombres, el doctor Charles Ransone y Alfred Fielding, lo visitaron una noche para discutir cierta teoría que no viene al caso.

—Esto es imposible —declaró el doctor Ransone, enfáticamente, durante el curso de la conversación.

—Nada es imposible —replicó la Máquina Pensante con énfasis igual. Siempre hablaba en tono petulante—. La mente es dueña de todo. Cuando la ciencia reconozca este hecho, se habrá avanzado mucho.

—¿Qué hay de la aeronave? —preguntó el doctor Ransone.

—No tiene nada de imposible —afirmó la Máquina Pensante—. Algún día será inventada. Lo haría yo mismo, pero estoy ocupado.

El doctor Ransone se rió con aire condescendiente.

—Le he oído decir esas cosas otras veces —dijo—. Pero no significan nada. La mente puede ser dueña de la materia, pero no ha encontrado todavía la manera de emplearse a sí misma. Hay algunas cosas que no es posible suprimir con el pensamiento, o mejor dicho, que no ceden a ninguna cantidad de pensamiento.

—¿Qué, por ejemplo? —preguntó la Máquina Pensante.

El doctor Ransone permaneció un momento pensativo, fumando.

—Digamos los muros de una cárcel —contestó—. Nadie puede salir de una celda «pensando». Si así fuera, no habría presos.

—Un hombre puede aplicar su cerebro y su ingenio para salir de una celda, lo cual es lo mismo —replicó vivamente la Máquina Pensante.

El doctor Ransone se sentía ligeramente divertido.

—Supongamos un caso —dijo, después de un momento—. Imaginemos una celda donde son encerrados los condenados a muerte..., hombres desesperados y enloquecidos de terror, que aprovecharían cualquier oportunidad para escapar... Supongamos que está usted encerrado en aquella celda. ¿Podría usted fugarse?

—Ciertamente —declaró la Máquina Pensante.

El señor Fielding, interviniendo en la conversación por primera vez, dijo:

—Naturalmente, podría volar la celda con un explosivo... Pero un preso, allí dentro, no lo podría obtener.

—No seria nada de eso —replicó la Máquina Pensante—. Podrían tratarme exactamente igual que a los presos condenados a muerte, y yo dejaría la celda.

—No, a menos que entrase en ella con herramientas preparadas para salir —dijo el doctor Ransone.

La Máquina Pensante mostraba irritación y sus ojos azules echaban chispas.

—Enciérrenme en cualquier celda de cualquier prisión, donde sea y cuando sea, llevando encima solamente lo necesario, y escaparé dentro de una semana —declaró, tajante.

El doctor Ransone se irguió en su asiento, interesado. El señor Fielding encendió un nuevo cigarro.

—¿Quiere decir que podría realmente salir por medio del «pensar»? —preguntó el doctor Ransone.

—Saldría —fue la respuesta.

—¿Habla en serio?

—Ciertamente, hablo en serio.

El doctor Ransone y el señor Fielding permanecieron silenciosos durante largo rato.

—¿Querría usted probarlo? —preguntó, finalmente, el señor Fielding.

—Ciertamente —contestó el profesor Van Dusen, con un vislumbre de ironía en la voz—. He hecho cosas más tontas que esa para convencer a otros hombres de verdades menos importantes.

Su tono era ofensivo y por ambas partes había un fluir subyacente que se parecía mucho a la ira. Naturalmente, aquello era absurdo, pero el profesor Van Dusen reiteró su voluntad de realizar la fuga y se decidió llevarlo a la práctica.

—Empecemos ahora —dijo el doctor Ransone.

—Preferiría empezar mañana —dijo la Máquina Pensante—, porque...

No, ahora —dijo de plano, el señor Fielding—. Está usted detenido, figurativamente, por supuesto; sin previo aviso es encerrado en una celda, sin ningún medio de comunicarse con sus amigos, y recibiendo exactamente el mismo cuidado y atención que se dedicarían a un hombre condenado a muerte. ¿Está dispuesto?

—Bien, ahora, pues —contestó la Máquina Pensante.

Y se levantó.

—Digamos la celda de los condenados a muerte de la prisión de Chisholm.

—La celda de los condenados a muerte de la prisión de Chisholm.

—¿Y qué ropas llevará?

—Lo menos posible —dijo la Máquina Pensante—. Zapatos, calcetines, pantalones y una camisa.

—¿Permitirá que lo registren, naturalmente?

—Debe tratárseme exactamente como se trata a todos los presos —dijo la Máquina Pensante—. Ni más atención, ni menos.

Había que disponer algunos preliminares con objeto de obtener el permiso para la prueba, pero los tres eran hombres influyentes y todo se resolvió satisfactoriamente por teléfono, aunque los funcionarios de la prisión, a quienes fue explicado el experimento en el terreno puramente científico, estaban confusos. El profesor Van Dusen sería el preso más distinguido que habrían tenido a su cargo. Una vez que la Máquina Pensante se hubo puesto las prendas que debía llevar durante su encarcelamiento, llamó a la viejecita que era a la vez su ama de llaves, cocinera y camarera.

—Martha —dijo—, ahora son las nueve y veintisiete minutos. Me voy. De hoy en una semana, a las nueve y media de la noche, estos caballeros y uno, quizá dos más, cenarán conmigo aquí. Recuerde que al doctor Ransone le gustan mucho las alcachofas.

Los tres hombres fueron llevados en coche a la prisión de Chisholm, donde los esperaba el alcaide, quien había sido informado del asunto por teléfono. Solo entendió que el eminente profesor Van Dusen sería su prisionero, si podía retenerlo, por una semana; que no había cometido ningún crimen, pero que debía ser tratado de la misma manera que todos los demás presos.

—Regístrelo —ordenó el doctor Ransone.

La Máquina Pensante fue cacheado. No se le encontró nada; los bolsillos de sus pantalones estaban vacíos; la camisa blanca de pechera almidonada no tenía bolsillo. Se le descalzó, se examinaron los zapatos y los calcetines y luego se le volvieron a poner. Contemplando todos esos preliminares —el rígido cacheo— y observando la debilidad física, lastimosa y aniñada, de aquel hombre, su rostro pálido y sus delgadas y blancas manos, el doctor Ransone casi lamentó su intervención en el asunto.

—¿Está usted seguro de que quiere hacer esto? —preguntó.

—¿Se convencería usted si no lo hiciera? —preguntó a su vez la Máquina Pensante.

—No.

—Bien. Lo haré.

La poca o mucha simpatía que el doctor Ransone había sentido fue disipada por aquel tono que lo irritaba, y decidió ver el experimento hasta el fin; sería una punzante reprimenda a su egotismo.

—¿Le será imposible comunicarse con alguien de fuera? —preguntó.

—Absolutamente imposible —contestó el alcaide—. No se le permitirá tener materiales para escribir de ninguna clase.

—Y los carceleros, ¿transmitirían un mensaje suyo?

—Ni una palabra, directa ni indirectamente —replicó el alcaide—. Pueden estar seguros de eso. Me informarán de todo lo que él pueda decir y me entregarán todo lo que él pueda darles.

—Esto me parece completamente satisfactorio —dijo el señor Fielding que estaba francamente interesado por el problema.

—Naturalmente, en caso de que fracase y pida su libertad —dijo el doctor Ransone—, debe usted soltarlo. ¿Comprendido?

—Comprendido —dijo el alcaide.

La Máquina Pensante escuchaba, pero no tuvo nada que decir hasta que todo hubo terminado, y entonces dijo:

—Me gustaría pedir tres pequeñas cosas. Pueden concedérmelas o no, según sea su deseo.

—Ningún favor especial, ahora —advirtió el señor Fielding.

—No pido ninguno —fue la seca respuesta—. Quisiera un poco de polvo dentífrico... Cómprelo usted mismo para asegurarse de que es polvo dentífrico. Y me gustaría tener un billete de cinco dólares y dos de diez dólares.

El doctor Ransone, el señor Fielding y el alcaide le lanzaron miradas de sorpresa. No los asombraba la demanda de polvo dentífrico, pero si la de dinero.

—¿Hay algún hombre con quien nuestro amigo pueda tener contacto, al que pueda sobornar por veinticinco dólares? —preguntó el doctor Ransone al alcaide.

—Ni por veinticinco billetes de a cien dólares —fue la respuesta decidida.

Antología de relatos policíacos

—Bueno, dejemos que los tenga —dijo el señor Fielding—. Creo que serán bastante inofensivos.

—¿Y cuál es la tercera demanda? —preguntó el doctor Ransone.

—Quisiera que me lustrasen los zapatos.

Otra vez se intercambiaron las miradas de asombro. Esta última demanda era el colmo del absurdo y, por lo tanto, accedieron. Satisfechos esos requerimientos, la Máquina Pensante fue conducido de nuevo a la prisión de la que se había propuesto fugarse.

—Esta es la celda número 13 —dijo el alcaide, deteniéndose ante la tercera puerta del corredor de acero—. Aquí es donde encerramos a los condenados a muerte. Nadie puede salir de ella sin mi permiso, ni comunicarse con el exterior. Me juego en ello mi reputación. Solo está a tres puertas de mi despacho y puedo oír perfectamente cualquier ruido inusitado.

—¿Les parece bien esta celda, caballeros? —preguntó la Máquina Pensante.

En su voz había un toque de ironía.

—Admirable —fue la respuesta.

Se abrió la pesada puerta de acero, se oyó una carrera de numerosas patitas diminutas que huían precipitadamente y la Máquina Pensante penetró en la lobreguez de la celda. Luego el alcaide cerró la puerta y dio dos vueltas al cerrojo.

—¿Qué es ese ruido, ahí dentro? —preguntó el doctor Ransone a través de la reja.

—Ratones... por docenas —contestó la Máquina Pensante, concisamente.

Los tres hombres, después de dar las buenas noches, se volvían para marcharse cuando la Máquina Pensante gritó:

—¿Qué hora es, exactamente, alcaide?

—Las once y diecisiete —contestó el interpelado.

—Gracias. Me reuniré con ustedes, caballeros, en su despacho, de hoy en una semana a las ocho y media de la noche —dijo la Máquina Pensante.

—¿Y si no lo hace?

—Sobre eso no hay «si...».

II

La prisión de Chisholm era una gran construcción de granito, vasta, de cuatro pisos, que se alzaba en el centro de un espacio libre de muchos acres. La rodeaba un sólido muro de albañilería de cinco metros y medio de alto, tan liso por dentro y por fuera que no podía ofrecer ningún apoyo al pie del que quisiera trepar, por experto que fuera. Para mayor precaución, sobre aquella pared había una verja de un metro y medio de altura, cuyos barrotes de acero terminaban en una aguda punta. La cerca en sí constituía una absoluta línea divisoria entre la libertad y el encarcelamiento, pues, aun cuando un hombre escapara de su celda le resultaría imposible traspasar el muro.

El patio, que rodeaba el edificio, tenía siete metros y medio de ancho, pues tal era la distancia entre aquel y la pared del recinto. Durante el día era el terreno de ejercicio de aquellos presos a quienes se concedía la merced de una semilibertad ocasional. Pero eso no regía para los de la celda número 13.

A todas horas del día en el patio había guardias armados, en número de cuatro, uno para cada lado del edificio.

Durante la noche el patio estaba iluminado casi tan brillantemente como de día. A cada uno de los cuatro lados se levantaba sobre la pared de la prisión un gran arco eléctrico que permitía a los guardias ver claramente todo el patio. Los arcos también iluminaban brillantemente la erizada cima del muro. Los cables que llevaban la corriente a los arcos corrían a lo largo del costado del edificio sobre aisladores, desde el último piso hasta los postes que soportaban los arcos.

Todo eso fue visto y comprendido por la Máquina Pensante, quien sólo podía mirar a través de la ventana enrejada de su celda subiéndose a la cama. Hizo esto, en la mañana siguiente a su encarcelamiento. También dedujo que el río pasaba en algún punto al otro lado del muro porque oyó débilmente la pulsación de una lancha de motor y en lo alto, en el aire, vio una ave acuática. De la misma dirección llegaban gritos de muchachos jugando y, de cuando en cuando, el golpear de una pelota. Supo entonces que entre el muro de la prisión y el río había un espacio abierto, un campo de juegos.

La prisión de Chisholm era considerada absolutamente segura. Nadie se había fugado de ella nunca. La Máquina Pensante, encaramado sobre la cama, viendo lo que veía, pudo comprender fácilmente por qué era así. Las paredes de la celda, aunque construidas, según juzgó, veinte años antes, eran perfectamente sólidas, y los barrotes de la ventana, de hierro nuevo, no tenían ni una sombra de herrumbre. La propia ventana, aun sin la reja, hubiera sido una difícil salida, porque era muy pequeña.

Sin embargo, la Máquina Pensante no se desanimó al ver esas cosas. Al contrario, fijó su mirada estrábica en el gran arco eléctrico —en aquel momento brillaba al sol— y recorrió con sus ojos el cable que iba de aquel al edificio. Aquel cable, razonó, debía bajar por el costado del edificio a poca distancia de su celda. Valdría la pena saberlo.

La celda número 13 se hallaba al mismo nivel que las oficinas de la prisión, esto es, ni en la planta baja ni en el primer piso. Sólo había que subir cuatro escalones hasta el piso de las oficinas y, por lo tanto, no debía estar a más de metro y medio sobre el nivel del suelo. No podía ver el suelo directamente bajo su ventana, pero sí podía verlo más allá, hacia el muro. Sería fácil dejarse caer desde la ventana. Tanto mejor.

Entonces la Máquina Pensante se puso a recordar cómo había llegado a la celda. Primero se encontraba la garita de la guardia exterior, que formaba parte del muro. Allí había dos pesadas verjas, ambas de acero. Siempre había un hombre de centinela ante aquella verja. Después de mucho ruido de llaves y cerrojos, dejaba entrar a la gente en la prisión, y dejaba salir cuando se lo ordenaban. El despacho del alcaide estaba en el edificio de la prisión y para llegar a él desde el patio había que trasponer una puerta de sólido acero que sólo tenía una mirilla. Después, para ir desde la oficina a la celda número 13, donde él se encontraba, había que pasar una maciza puerta de madera y dos puertas de acero, en los corredores de la prisión; y una vez allí, había que contar con la puerta de la celda número 13, con su doble cerrojo.

Por consiguiente, resumió la Máquina Pensante, había que trasponer siete puertas para pasar de la celda número 13 al mundo exterior y ser un hombre libre. Pero en compensación había el hecho de que rara vez era importunado. A las seis de la mañana aparecía a la puerta de su celda un carcelero con el desayuno del rancho carcelario; volvía a mediodía, y otra vez a las seis de la tarde. A las nueve de la noche pasaba la ronda de inspección. Y eso era todo.

«El sistema carcelario está admirablemente organizado», fue el tributo mental de la Máquina Pensante. «Tendré que estudiarlo un poco cuando salga. No tenía idea de que se procediera con tanto cuidado en las prisiones».

En su celda no había nada, absolutamente nada, excepto la cama de hierro, tan sólidamente construida que nadie podía hacerla pedazos excepto con la ayuda de un martillo de herrero o una lima. Él no tenía ninguna de las dos cosas. No había ni siquiera una silla, ni una mesita, ni una pequeña lata, ni vasija. ¡Nada! El carcelero permanecía a su lado mientras comía, y luego se llevaba la cuchara de palo y el cuenco que había usado.

Esas cosas, una a una, penetraban en el cerebro de la Máquina Pensante. Cuando hubo considerado la última posibilidad, empezó a examinar su celda. Revisó las piedras y el cemento que las unía, en todas las paredes, desde el techo. Golpeó con el pie meticulosamente, una y otra vez, el piso, pero era de cemento, perfectamente sólido. Después del examen, se sentó al borde de la cama de hierro y se sumió en la meditación por largo tiempo. Pues el profesor Augustus S. F. X. van Dusen, la Máquina Pensante, tenía algo sobre qué meditar.

Fue interrumpido por un ratón que pasó corriendo sobre su pie y huyó luego hacia un rincón oscuro de la celda, asustado de su propia osadía. Un rato después, la Máquina Pensante, desde su lugar en la cama, mirando fijamente a la oscuridad del rincón a donde había huido el ratón, pudo distinguir en la sombra varios ojillos como cuentas que lo miraban. Contó seis pares, y había quizá más, pues no podía ver bien.

Luego la Máquina Pensante, sentado en la cama, observó por primera vez la parte inferior de la puerta de su celda. Había una abertura de cinco centímetros entre la barra de acero y el suelo. Mirando fijamente esa abertura, retrocedió de pronto hacia el rincón donde había visto los ojillos como cuentas. Se oyeron grandes carreras de patitas, varios chillidos de los asustados roedores, y luego el silencio.

Ninguno de los ratones había salido por debajo de la puerta y, sin embargo, no había ninguno en la celda. Por lo tanto, debía existir otra salida de la celda, aunque fuera muy pequeña. La Máquina Pensante, a gatas, empezó la búsqueda de aquella salida, tanteando en la oscuridad con sus largos y delgados dedos.

Por fin, su búsqueda fue recompensada. Encontró una pequeña abertura en el suelo, al nivel del cemento. Era perfectamente redonda y algo más grande que un dólar de plata. Por allí habían huido los ratones. Metió sus dedos en la abertura; al parecer, se trataba de una tubería de desagüe en desuso y estaba seca y polvorienta.

Satisfecho su interés en este punto, permaneció de nuevo sentado en la cama durante una hora, luego efectuó otra inspección de los alrededores por la ventanita de la celda. Uno de los guardias de afuera se hallaba de pie exactamente enfrente, junto al muro, y por casualidad estaba mirando hacia la ventana de la celda número 13 cuando apareció la cabeza de La Máquina Pensante. Pero el científico no se fijó en el guardia.

Llegó mediodía y vino el carcelero con la comida simple y repulsiva de la prisión. En su casa, la Máquina Pensante comía meramente para vivir; aquí tomaba lo que le daban sin comentarios. Alguna vez dirigía la palabra al carcelero que permanecía afuera observándolo.

—¿Se han hecho algunas mejoras aquí durante los últimos años? —preguntó.

—Nada de particular —contestó el carcelero—. Hace cuatro años se construyó un nuevo muro.

—¿Se hizo algo en la propia prisión?

—Se pintaron las maderas de la parte de afuera, y creo que hace siete años se instaló un nuevo sistema de tuberías.

—¡Ah! —dijo el preso—. ¿A qué distancia está el río de aquí?

—A casi un kilómetro. Los muchachos tienen un campo de béisbol entre el muro y el río.

La Máquina Pensante en aquel momento no tuvo nada más que decir, pero cuando el carcelero se disponía a marcharse le pidió agua.

—Aquí tengo mucha sed —explicó—. ¿No podría usted dejarme un poco de agua en una vasija?

—Lo preguntaré al alcaide —contestó el carcelero.

Y se alejó. Media hora más tarde volvió con agua en una pequeña vasija de barro.

—El alcaide dice que puede quedarse con esta vasija —informó al preso—. Pero debe enseñármela cuando se la pida. Si está rota, será la última.

—Gracias —dijo la Máquina Pensante—. No la romperé.

El carcelero se fue a sus obligaciones. Por una fracción de segundo pareció que la Máquina Pensante quería preguntar algo, pero no lo hizo.

Dos horas más tarde, aquel mismo carcelero, al pasar ante la puerta de la celda número 13 oyó un ruido dentro y se detuvo. La Máquina Pensante estaba en un rincón de la celda, a gatas, y viniendo del mismo rincón se oyeron varios chillidos de miedo. El carcelero miró con interés.

—¡Ah, ya te tengo! —oyó que decía el preso.

—¿Tiene qué? —preguntó.

—Uno de estos ratones —fue la respuesta—. ¿Lo ve? —Y entre los largos dedos del sabio vio el carcelero agitarse un ratoncito gris. El preso lo llevó a la luz y lo examinó atentamente—. Es una rata de agua —dijo.

—¿No tiene usted nada mejor que hacer —preguntó el carcelero— que cazar ratones?

Antología de relatos policíacos

—Es una vergüenza que los haya aquí —dijo el profesor, irritado—. Llévese este y mátelo. En el lugar de donde viene hay docenas de ellos.

El carcelero tomó el roedor que se agitaba y se retorcía, y lo arrojó contra el suelo con violencia. El ratón lanzó un chillido y quedó inmóvil. Más tarde, el carcelero informó del incidente al alcaide, quien se limitó a sonreír.

Un rato después, aquella tarde, el centinela de guardia en el patio, en el lado de la prisión correspondiente a la celda número 13, levantó otra vez los ojos hacia la ventana y vio al preso mirando afuera. Vio que una mano se levantaba hasta la reja y luego algo blanco que volaba hacia el suelo, exactamente bajo la ventana de la celda número 13. Era un pequeño rollo de tela, que evidentemente procedía de una camisa blanca, y atado a él, envolviéndolo, un billete de cinco dólares. El guardia volvió a mirar a la ventana, pero el rostro había desaparecido.

Con una sonrisita, llevó el rollito de tela y el billete de cinco dólares al despacho del alcaide. Allí los dos juntos descifraron algo que estaba escrito en la tela con una rara especie de tinta, frecuentemente emborronada.

En la parte de afuera decía: «Ruego al que encuentre esto que lo entregue al doctor Charles Ransone».

—¡Ah! —dijo el alcaide, con una risita burlona—. El plan de fuga número uno ha fracasado. —Luego, como ocurriéndosele de pronto, añadió—: Pero, ¿por qué lo dirige al doctor Ransone?

—¿De dónde sacó la pluma y la tinta para escribir? —preguntó el guardia.

El alcaide miró al guardia y el guardia miró al alcaide. No se veía ninguna solución a aquel misterio. El alcaide estudió cuidadosamente la escritura, luego sacudió la cabeza.

—Bueno, veamos lo que iba a decir al doctor Ransone —dijo por fin, todavía intrigado.

Y desenrolló el pedazo de tela.

—Bueno, si esto... ¿Qué... qué... piensa usted de esto? —preguntó aturdido.

El guardián tomó el pedazo de tela y leyó lo que sigue:
Aguf edot netni imse onets. «E».

III

El alcaide pasó una hora tratando de adivinar qué clave era aquella, y media hora preguntándose por qué el preso trataría de comunicarse con el doctor Ransone, que era la causa de que él estuviese allí. Después de eso dedicó el alcaide algunas reflexiones a la cuestión de dónde había obtenido el preso los materiales para escribir, y qué clase de materiales eran. Con la idea de aclarar este punto, examinó de nuevo el lienzo. Era un pedazo arrancado de una camisa blanca y tenía los bordes rasgados.

Ahora ya era posible saber el origen de la tela, pero qué había usado el preso para escribir en ella, era otro asunto. El alcaide sabía que era imposible que el preso tuviera ni pluma ni lápiz y, por otra parte, aquella escritura no había sido hecha ni con pluma ni con lápiz. ¿Con qué, pues? El alcaide resolvió investigar personalmente. La Máquina Pensante era su prisionero; tenía órdenes de retener a sus presos; si ese trataba de escapar enviando mensajes cifrados a personas del exterior, pondría fin a ello, como lo haría en el caso de cualquier otro preso.

El alcaide fue a la celda número 13 y encontró a la Máquina Pensante andando a gatas y ocupado en algo tan poco alarmante como cazar ratones. El preso oyó los pasos del alcaide y se volvió rápidamente hacia él.

—¡Qué vergüenza —le soltó— esos ratones! Los hay a montones.

—Otros han sido capaces de soportarlos —dijo el alcaide—. Aquí tiene otra camisa... Deme la que lleva.

—¿Por qué? —preguntó, apresuradamente, la Máquina Pensante.

Su tono era poco natural y su actitud sugería verdadera turbación.

—Ha intentado usted comunicarse con el doctor Ransone —dijo severamente el alcaide—. Siendo usted mi prisionero, tengo el deber de poner fin a eso.

La Máquina Pensante permaneció silencioso un momento.

—Está bien —dijo, por fin—. Cumpla con su deber.

El alcaide sonrió agriamente. El preso se levantó del suelo, se quitó la camisa blanca y la sustituyó por una camisa rayada de presidiario que el alcaide había traído.

Afanosamente, el alcaide tomó la camisa blanca y comparó los trozos de tela en los que estaba escrito el mensaje cifrado con ciertos lugares desgarrados de la camisa. La Máquina Pensante lo contemplaba con curiosidad.

—¿El guardia le trajo eso, pues? —preguntó.

—¡Claro que me lo trajo! —exclamó el alcaide, en tono triunfante—. Y esto acaba con su primer intento de fuga.

La Máquina Pensante contemplaba al alcaide mientras este comprobaba con satisfacción, comparando los lienzos, que sólo se habían arrancado de la camisa blanca dos trozos de tela.

—¿Con qué escribió usted esto? —preguntó el alcaide.

—Yo diría que averiguarlo es parte de sus deberes —replicó, irritado, la Máquina Pensante.

El alcaide iba a decir algunas palabras rudas, pero se contuvo y, en lugar de eso, se dedicó a registrar minuciosamente la celda y al preso. No encontró absolutamente nada, ni siquiera un fósforo o un mondadientes, que pudiera haberse usado como pluma. Igual misterio rodeaba el fluido con que había sido escrito el mensaje cifrado. El alcaide, aunque dejó la celda número 13 visiblemente fastidiado, se llevó triunfalmente la camisa desgarrada.

«Bueno, escribir notas en una camisa no lo sacará de la cárcel, de eso estoy seguro —se dijo con cierta complacencia. Guardó en su pupitre los retazos de lienzo para esperar los acontecimientos—. Si ese hombre se fuga de la celda, yo... ¡que me cuelguen si no presento la dimisión!».

El tercer día de su encarcelamiento, la Máquina Pensante trató abiertamente de conseguir su libertad por medio del soborno. El carcelero le había traído la comida y estaba apoyado contra la puerta enrejada, esperando, cuando la Máquina Pensante empezó el diálogo.

—Las cañerías de desagüe de la prisión van a parar al río, ¿verdad? —preguntó.

—Sí —contestó el carcelero.

—¿Supongo que son muy estrechas?

—Demasiado estrechas para pasar por ellas, si es eso en lo que está pensando —contestó el carcelero, sonriendo con ironía.

Guardaron silencio hasta que la Máquina Pensante terminó su comida, y entonces dijo:

—Usted sabe que no soy un criminal, ¿verdad?

—Sí.

—¿Y que tengo perfecto derecho a ser puesto en libertad si así lo solicito?

—Sí.

—Bueno, vine aquí creyendo que podría fugarme —dijo el preso, observando el rostro del carcelero con sus ojos estrábicos—. ¿Qué pensaría usted de una recompensa monetaria por ayudarme a escapar?

El carcelero, que resultó ser un hombre honrado, miró la débil y delgada figura del preso, su gran cabeza con su mata de pelo rubio, y casi le tuvo lástima.

—Me parece que las cárceles como esta no han sido construidas para que se fuguen personas como usted —dijo, por fin.

—Pero, ¿aceptaría usted una proposición para ayudarme a escapar? —insistió el preso, casi suplicando.

—No —contestó el carcelero, secamente.

—Quinientos dólares —ofreció la Máquina Pensante—. No soy un criminal.

—No —repitió el carcelero.

—¿Mil?

—No —contestó de nuevo el carcelero.

Empezó a alejarse apresuradamente para rehuir otras tentaciones. Luego se volvió y dijo:

—Aunque me diese usted diez mil dólares, no podría sacarlo de aquí. Hay que pasar siete puertas, y yo sólo tengo las llaves de dos de ellas.

Luego lo refirió todo al alcaide.

—El plan número dos fracasa —dijo el alcaide, sonriendo irónico—. Primero un mensaje cifrado, luego el soborno.

Cuando el carcelero, a las seis de la tarde, se dirigía a la celda número 13 llevando otra vez comida a la Máquina Pensante, se detuvo, alarmado por el inconfundible roce de acero contra acero. Al oírse sus pasos el ruido cesó y entonces el carcelero, a quien el preso no podía ver, reanudó hábilmente las pisadas, haciéndolas sonar como si fueran de alguien que se alejara de la celda número 13, cuando en realidad permanecía en el mismo lugar.

Un momento después se oyó de nuevo el insistente roce y el carcelero se acercó sigilosamente de puntillas a la puerta y atisbó por entre los barrotes. La Máquina Pensante, de pie sobre la cama de hierro, trabajaba en los barrotes de la ventana. A juzgar por el movimiento de balanceo de sus brazos, hacia adelante y hacia atrás, usaba una lima.

Cautelosamente, el carcelero retrocedió hacia las oficinas, buscó al alcaide en persona y ambos se dirigieron, de puntillas, a la celda número 13. Se oía aún el ruido del roce regular. El alcaide escuchó para convencerse y luego apareció de pronto en la puerta.

—¿Y bien? —preguntó, con una sonrisa en su rostro.

La Máquina Pensante miró hacia atrás desde su lugar, sobre la cama, y saltó súbitamente al suelo, mientras hacía locos esfuerzos por ocultar algo.

El alcaide entró con la mano extendida.

—Démelo, dijo.

—No —replicó el preso, secamente.

—Vamos, démelo —insistió el alcaide—. No quiero tener que registrarlo otra vez.

—No —repitió el preso.

—¿Qué era? ¿Una lima? —preguntó el alcaide.

La Máquina Pensante permanecía silencioso y fijaba su mirada bizca en el alcaide, mientras su rostro expresaba algo muy parecido a la decepción... Muy parecido, pero no igual. El alcaide casi se enterneció.

—El plan número tres falla, ¿eh? —preguntó, bonachón—. ¡Qué lástima!, ¿verdad?

El preso no habló.

—Regístrelo —ordenó al carcelero.

El carcelero registró cuidadosamente al preso. Por fin, oculto en la cintura del pantalón, encontró una pieza de acero de unos cinco centímetros de largo, curvada de un lado como una media luna.

—¡Ah! —exclamó el alcaide cuando la recibió de manos del carcelero—. ¡Del tacón de su zapato! —y sonrió amablemente.

El carcelero continuó el cacheo y encontró al otro lado de la cintura del pantalón una segunda pieza de acero idéntica a la primera. En los bordes se notaba el desgaste donde se había frotado contra los barrotes de la ventana.

—Con esto no podría usted abrirse paso a través de la reja —observó el alcaide.

—Sí podría —replicó la Máquina Pensante con firmeza.

—En seis meses, quizá —dijo el alcaide, con buen talante.

El alcaide sacudió lentamente la cabeza mientras miraba el ligero sonrojo en el rostro de su prisionero.

—¿Dispuesto a abandonar la partida? —preguntó.

—Todavía no he empezado —fue la pronta respuesta.

Luego vino otro registro a fondo de la celda. Los dos hombres lo realizaron minuciosamente, acabando por voltear la cama y registrarla también. Nada. El alcaide en persona subió sobre la cama y examinó los barrotes de la ventana que el preso había estado aserrando. Al verlo le dieron ganas de reír.

—Solamente los abrillantó un poco, frotando tanto —dijo al preso, quien lo miraba con un aire algo apabullado.

El alcaide, agarró los barrotes de hierro con sus manos forzudas y trató de sacudirlos. Eran inconmovibles, firmemente clavados en el sólido granito. Los examinó uno por uno y los encontró satisfactorios. Finalmente, bajó de la cama.

—Ríndase, profesor —aconsejó.

La Máquina Pensante movió la cabeza negativamente y el alcaide y el carcelero salieron. Cuando desaparecían por el corredor, la Máquina Pensante se sentó al borde de la cama y apoyó la cabeza en sus manos.

—Es una locura tratar de fugarse de esta celda —comentó el carcelero.

—Naturalmente, no podrá escapar —dijo el alcaide—. Pero es inteligente. Me gustaría saber con qué escribió el mensaje.

Eran las cuatro de la madrugada siguiente cuando un horrible, espantoso chillido de terror resonó por los ámbitos de la gran prisión. Venía de alguna de las celdas del centro, y su tono hablaba de horror, de angustia, de terrible espanto. El alcaide lo oyó y, con tres de sus hombres, se precipitó en el corredor que conducía a la celda número 13.

IV

Mientras corrían, se oyó de nuevo el terrible grito. Se extinguió en una especie de gemido. Las pálidas caras de los presos aparecieron en las puertas de las celdas de arriba y de abajo, mirando interrogantes y asustados.

—Es ese loco de la celda número 13 —refunfuñó el alcaide.

Se detuvo y miró dentro, mientras uno de los carceleros sostenía, encendida, una linterna. «Ese loco de la celda número 13» estaba cómodamente acostado en su catre, sobre la espalda, con la boca abierta, roncando. Mientras estaban mirándolo se oyó otra vez el agudo grito, viniendo de arriba. El rostro del alcaide mostraba cierta palidez cuando empezó a subir la escalera. En el último piso, en la celda 43, exactamente encima de la celda número 13, pero dos pisos más arriba, encontró a un hombre acurrucado en un rincón de su celda.

—¿Qué pasa? —preguntó el alcaide.

—¡Gracias a Dios que han venido! —exclamó el preso, arrojándose contra la reja de la puerta.

—¿Qué pasa? —preguntó de nuevo el alcaide.

Abrió la puerta y entró. El preso cayó de rodillas y se abrazó al alcaide. Su cara estaba pálida de terror, sus ojos terriblemente abiertos, y temblaba. Sus manos heladas agarraban las del alcaide.

—¡Sáqueme de esta celda, por favor, sáqueme! —suplicaba.

—Pero, ¿qué le pasa, vamos a ver? —insistió el alcaide, impaciente.

—Oí algo... algo... —dijo el preso, mientras, nerviosamente, sus ojos recorrían la celda.

—¿Qué oyó?

—No... no puedo decirlo —tartamudeó el preso; luego, en un súbito estallido de terror, gritó—: ¡sáqueme de esta celda..., póngame en cualquier parte..., pero sáqueme de aquí!

El alcaide y los tres carceleros se miraron.

—¿Quién es este hombre? ¿De qué está acusado? —preguntó el alcaide.

—Joseph Ballard —dijo uno de los carceleros—. Se le acusa de haber arrojado un ácido a la cara de una mujer. Ella murió a consecuencia de eso.

—Pero no pueden probarlo —dijo el preso, jadeando—. No pueden probarlo. Por favor, póngame en cualquier otra celda.

Seguía agarrado al alcaide, quien se deshizo rudamente de sus brazos. Luego, durante cierto tiempo, estuvo contemplando al infeliz acobardado, que parecía poseído por el irrazonable y loco terror de un niño.

—Mire Ballard —dijo finalmente el alcaide—, si oyó usted algo, quiero saber qué fue. Dígamelo, vamos.

—No puedo, no puedo —fue la respuesta.

El preso sollozaba.

—¿De dónde venia?

—No sé. De todas partes..., de ninguna parte. Lo oí, eso es todo.

—¿Qué era? ¿Una voz?

—Por favor, no me haga contestar —suplicó el preso.

—Debe confesar —dijo el alcaide, severo.

—Era una voz..., pero... pero no era humana —contestó, sollozando.

—¿Una voz..., pero no humana? —repitió el alcaide, intrigado.

—Parecía ahogada y... y lejana... y fantasmal... —explicó el hombre.

—¿Venía de dentro o de fuera de la prisión?

—No parecía venir de ninguna parte... Simplemente estaba aquí, aquí, en todas partes. La oí. La oí.

Durante una hora el alcaide se esforzó por sacarle la historia, pero Ballard se había vuelto obstinado y no quería decir nada... Únicamente suplicaba ser trasladado a otra celda, o que uno de los carceleros se quedara con él hasta el amanecer. Esos ruegos fueron rechazados con aspereza.

—Y, mire —concluyó el alcaide—, si vuelvo a oír chillidos de esos, lo meto en la celda acolchada.

Aquel día, el cuarto del encarcelamiento de la Máquina Pensante, fue muy animado por parte del preso voluntario, el cual pasó la mayor parte del tiempo asomado a la ventanita de su celda. Empezó sus manejos arrojando otro pedazo de lienzo al guardia, quien lo recogió y lo llevó al alcaide. En él estaba escrito esto:

«Sólo tres días más».

El alcaide no se sorprendió en absoluto por lo que leyó; comprendía que la Máquina Pensante se refería a que le quedaban solamente tres días de encierro, y consideraba la nota una fanfarronada. Pero, ¿cómo había sido escrita? ¿Dónde había encontrado la Máquina Pensante aquel nuevo pedazo de tela? ¿Dónde? Examinó cuidadosamente el lienzo. Era blanco, de fina textura, un género de camisería. Tomó la camisa que había quitado al preso y adaptó con cuidado los dos primeros trozos de lienzo a los lugares desgarrados. Este tercer pedazo era enteramente superfluo; no se adaptaba a ninguna parte y, sin embargo, era inequívocamente del mismo género.

—¿Y de dónde..., de dónde saca algo con qué escribir? —preguntaba el alcaide, dirigiéndose al ancho mundo.

Aún en el cuarto día, más tarde, la Máquina Pensante dirigió la palabra, por la ventana de su celda, al centinela armado que estaba de guardia afuera.

—¿En qué día del mes estamos? —preguntó.

—El quince —fue la respuesta.

La Máquina Pensante hizo mentalmente un cálculo astronómico y quedó satisfecho al establecer que la luna no saldría aquella noche hasta las nueve. Luego hizo otra pregunta:

—¿Quién cuida de esos arcos eléctricos?

—Un hombre de la Compañía.

—¿No tienen electricistas en el establecimiento?

—No.

—Creo que ahorrarían dinero si tuviesen su propio electricista.

—No es cosa mía —replicó el guardia.

Durante aquel día el guardia vio con frecuencia a la Máquina Pensante en la ventana de la celda, pero siempre el rostro parecía indiferente y los ojos bizcos algo pensativos tras las gafas. Terminó por aceptar la presencia de la leonina cabeza como una cosa natural. Había visto hacer lo mismo a otros presos: era la nostalgia del mundo exterior.

Aquella tarde, poco antes de que fuera relevada la guardia diurna, apareció de nuevo la cabeza a la ventana y la mano de la Máquina Pensante sacó por entre los barrotes algo que voló hacia el suelo y que el guardia recogió. Era un billete de cinco dólares.

—Es para usted —gritó el preso. Como de costumbre, el guardia lo llevó al alcaide. Este caballero lo miró con suspicacia; todo lo que venía de la celda número 13 se le hacía sospechoso.

—Dijo que era para mí —explicó el guardia.

—Es una especie de propina, supongo —dijo el alcaide—. No veo ninguna razón para que no lo acepte usted...

Se interrumpió de pronto. Acababa de recordar que la Máquina Pensante había entrado en la celda número 13 con un billete de cinco dólares y dos billetes de diez dólares; veinticinco en total. Ahora bien, los primeros pedazos de lienzo que salieron de la celda llevaban atado un billete de cinco dólares. El alcaide todavía lo guardaba y, para convencerse, lo sacó y lo contempló. Era de cinco dólares. Sin embargo, aquí estaba otro billete de cinco dólares, y a la Máquina Pensante sólo le quedaban billetes de diez dólares.

«Acaso alguien le cambió uno de los billetes», pensó, por fin, exhalando un suspiro de alivio.

Pero inmediatamente tomó una decisión. Registraría la celda número 13 como nunca una celda había sido registrada en el mundo. Si un hombre podía escribir a voluntad, y cambiar moneda, y hacer otras cosas totalmente inexplicables, es que había algo que no marchaba bien en la prisión. Proyectó entrar en la celda por la noche... Las tres sería una hora excelente. La Máquina Pensante debía hacer en algún momento todas aquellas cosas raras. La noche parecía el tiempo mas razonable para ello.

Así fue como aquella noche, a las tres, el alcaide se dirigió furtivamente a la celda número 13. Se detuvo a la puerta y escuchó. No se oía nada, excepto la pausada y regular respiración del preso. Las llaves abrieron el doble cerrojo sin casi ningún ruido y el alcaide entró y cerró la puerta tras él. De súbito, enfocó su linterna a la cara de la figura acostada.

Si el alcaide se había propuesto sobresaltar a la Máquina Pensante, se equivocó, pues ese individuo no hizo más que abrir los ojos tranquilamente, buscar sus anteojos y preguntar, en el tono más natural:

—¿Quién es?

Sería inútil describir el registro que practicó el alcaide. Fue minucioso. No pasó por alto ni un centímetro de la celda ni de la cama.

Encontró el redondo agujero en el suelo y en un arranque de inspiración metió en él sus gruesos dedos. Después de unos instantes de hurgar en él, sacó algo y lo miró a la luz de su linterna.

—¡Puá! —exclamó.

La cosa que había sacado era un ratón, un ratón muerto. Su inspiración se desvaneció como la niebla ante el sol. Pero continuó el registro.

La Máquina Pensante, sin decir palabra, se levantó y de un puntapié mandó el ratón fuera de la celda, al corredor.

El alcaide se subió a la cama y probó los barrotes de acero de la pequeña ventana. Eran perfectamente rígidos, y lo mismo podía decirse de cada uno de los barrotes de la puerta.

Luego el alcaide revisó las prendas de vestir del preso, empezando por los zapatos. ¡Nada oculto en ellos! Luego la cintura de los pantalones. De uno de ellos sacó algunos billetes y los examinó.

—Cinco billetes de a dólar... —dijo, asombrado.

—Exacto —afirmó el preso.

—Pero el... Tenía usted dos de diez y uno de cinco... Cómo de... ¿Cómo lo hizo?

—Esto es cosa mía —replicó la Máquina Pensante.

—Conteste, bajo su palabra de honor: ¿Alguno de mis hombres le cambió este dinero?

La Máquina Pensante calló durante una fracción de segundo. Luego dijo:

—No.

—Bien, pues, ¿los fabrica usted? —preguntó el alcaide, pues estaba dispuesto a creer cualquier cosa.

—Esto es cosa mía —repitió el preso.

El alcaide miró enfurecido al eminente hombre de ciencia. Sentía... sabía... que aquel hombre se estaba burlando de él, pero no sabía cómo. Si fuera un verdadero preso le sacaría la verdad..., pero en ese caso, las cosas inexplicables que habían sucedido no se hubieran presentado de un modo tan visible. Ambos hombres guardaron silencio durante largo rato, hasta que el alcaide, de pronto, se volvió, furioso, salió de la celda y dio un portazo tras él. No se atrevió a hablar.

Miró el reloj. Eran las cuatro menos diez. Apenas acababa de meterse en la cama cuando de nuevo llegó a él, a través de la prisión, aquel espeluznante chillido. Murmurando algunas palabras nada elegantes pero altamente expresivas, volvió a encender la linterna y corrió hacia la celda del piso superior.

Otra vez Ballard estaba acurrucado contra la puerta de acero, chillando, chillando con todas sus fuerzas. Solo dejó de gritar cuando el alcaide enfocó la linterna dentro de la celda.

—¡Sáquenme, sáquenme —chillaba—. ¡Lo hice, lo hice, la maté! ¡Llévenselo!

—¿Llevar qué? —preguntó el alcaide.

—Le arrojé el ácido a la cara... Lo hice... ¡Confieso! ¡Sáquenme de aquí!

El estado de Ballard era lastimoso; fue un acto de piedad sacarlo al corredor. Allí se agachó en un rincón, como un animal acosado, y se tapó los oídos con las manos. Media hora tardaron en calmarlo suficientemente para que pudiera hablar. Entonces contó, de un modo incoherente, lo que había sucedido. La noche anterior, a las cuatro, oyó una voz..., una voz sepulcral, ahogada y gimiente.

—¿Qué decía? —preguntó el alcaide, curioso.

—¡Ácido... ácido... ácido! —dijo el preso, jadeando—. Me acusaba. ¡Ácido! Yo arrojé el ácido y la mujer murió. ¡Oh! —terminó en un prolongado lamento de terror.

—¿Ácido? —repitió el alcaide, intrigado.

Aquello estaba fuera de sus alcances.

—Ácido. Eso es todo lo que oí..., esa sola palabra, repetida varias veces. Dijo también otras cosas, pero no pude entenderlas.

—Eso fue la otra noche, ¿eh? —preguntó el alcaide—. ¿Qué ocurrió esta noche..., qué... lo asustó hace un momento?

—La misma cosa —contestó el preso, hablando convulsivamente—. Ácido... ácido... ácido. —Se cubrió el rostro con las manos y se sentó, temblando—. Era ácido lo que empleé contra ella, pero no quería matarla. Oí las palabras. Era algo que me acusaba... me acusaba... —murmuró; y luego quedó silencioso.

—¿Oyó algo más?

—Sí..., pero no pude entender..., solo un poco..., una o dos palabras nada más.

—Bien, ¿qué era?

—Oí la palabra «ácido» tres veces, luego oí un sonido largo y gimiente, luego... luego... oí: «Sombrero del número 8». Oí esa voz.

—Sombrero del número 8 —repitió el alcaide—. ¡Qué diablos...! ¿Sombrero del número 8? Las voces acusadoras de la conciencia nunca han hablado de sombreros del número 8, que yo sepa.

—Está loco —dijo uno de los carceleros, en tono definitivo.

—Así lo creo —afirmó el alcaide—. Ha de estar loco. Probablemente oyó algo y se asustó. Ahora está temblando. ¡Sombrero del número 8! Qué...

V

Cuando llegó el quinto día del encierro de la Máquina Pensante, el alcaide tenía un aire acorralado. Ansiaba que aquello terminase. No podía por menos de sentir que su distinguido preso se había divertido. Y si era así, la Máquina Pensante no había perdido nada de su sentido del humor, pues el quinto día arrojó otra nota sobre tela al guardia del patio, con estas palabras: «Sólo dos días más». También lanzó medio dólar.

Ahora bien, el alcaide sabía —sabía— que el hombre encerrado en la celda número 13 no tenía ninguna moneda de medio dólar. No podía tener ninguna moneda de medio dólar, como tampoco pluma, tinta y lienzo; y, sin embargo, lo tenía. Era un hecho, no una teoría; y esa era la razón que daba al alcaide aquel aspecto acorralado.

También aquel pavoroso misterio del «ácido» y el «sombrero del número 8» lo obsesionaba con tenacidad. Aquello no significaba nada, naturalmente, sino los delirios de un loco asesino a quien el miedo había llevado a confesar su crimen; pero ¡tantas cosas que «no significan nada» sucedían en la prisión desde que la Máquina Pensante estaba allí!

El sexto día el alcaide recibió una postal en la que se le comunicaba que el doctor Ransone y el señor Fielding estarían en la prisión de Chisholm al día siguiente, jueves, por la noche, y que en el caso de que el profesor Van Dusen no se hubiese fugado todavía —y suponían que no, puesto que no tenían noticias de él— se reunirían con él allí.

¡En el caso de que no se hubiese fugado todavía! —El alcaide sonrió burlón—. ¡Fugado!

La Máquina Pensante animó el día del alcaide con tres notas. Estaban escritas sobre el lienzo habitual y se referían a la cita de las ocho y media de la noche del jueves, cita que había dado el hombre de ciencia en el momento de su encierro.

Por la tarde del séptimo día el alcaide pasó ante la celda número 13 y miró adentro. La Máquina Pensante yacía sobre la cama de hierro, al parecer sumido en un sueño ligero. La celda, ante una ojeada rápida, tenía exactamente el aspecto de siempre. El alcaide hubiera jurado que ningún hombre saldría de ella entre aquella hora —eran las cuatro— y las ocho y media de aquella noche.

De regreso, al pasar ante la celda, el alcaide oyó de nuevo la respiración regular; se acercó a la puerta y miró adentro. No lo hubiera hecho si la Máquina Pensante pudiera verlo, pero así..., bueno, era diferente.

Por la alta ventana entró un rayo de luz y cayó sobre la cara del durmiente. Por primera vez se le ocurrió al alcaide que su preso parecía macilento y cansado. En aquel momento la Máquina Pensante se movió un poco y el alcaide, como sintiéndose culpable, escapó apresuradamente por el corredor. Aquella tarde vio al carcelero después de las seis.

—¿Todo va bien en la celda número 13? —preguntó.

—Sí, señor —contestó el carcelero—. No comió mucho, sin embargo.

Con el sentimiento de haber cumplido con su deber, el alcaide recibió al doctor Ransone y al doctor Fielding poco después de las siete. Pensaba enseñarles las notas escritas sobre lienzo y exponerles toda la larga historia de sus cuitas. Pero antes de que pudiera hacerlo, el centinela del patio de la prisión correspondiente al lado del río entró en el despacho.

—El arco de mi lado del patio no se enciende —comunicó al alcaide.

—¡Maldición! Ese hombre trae la mala suerte —tronó el alcaide—. Desde que está aquí, han sucedido toda clase de percances.

El guardia volvió a su puesto en la oscuridad y el alcaide telefoneó a la compañía de la luz.

—Aquí la prisión de Chisholm —dijo—. Manden tres o cuatro hombres pronto para arreglar un arco eléctrico.

La respuesta fue satisfactoria, evidentemente, pues el alcaide colgó el auricular y salió al patio. Mientras el doctor Ransone y el señor Fielding permanecían sentados, esperando, entró el centinela de la puerta exterior con una carta urgente. Por casualidad el doctor Ransone se fijó en la dirección y, cuando el guardia hubo salido, observó la carta con más atención.

—¡Por Dios! —exclamó.

—¿Qué pasa? —preguntó el señor Fielding. Silenciosamente, el doctor le pasó la carta. El señor Fielding la examinó atentamente.

—Coincidencia —dijo—. No puede ser otra cosa.

Eran cerca de las ocho cuando el alcaide volvió a su despacho. Los electricistas habían llegado en un camión y ya estaban trabajando. El alcaide tocó el timbre que comunicaba con el centinela de la puerta exterior, en el muro del recinto.

—¿Cuántos electricistas entraron? —preguntó por el teléfono interno—. ¿Cuatro? ¿Tres obreros en ropas de trabajo y el encargado? ¿Levita y sombrero de copa? Está bien. Asegúrese de que salgan solamente cuatro. Nada más.

—Se volvió hacia el doctor Ransone y el señor Fielding y les dijo:

—Debemos tener mucho cuidado aquí..., particularmente —añadió con un tono sarcástico— desde que albergamos hombres de ciencia.

El alcaide tomó con indiferencia la carta urgente y empezó a abrirla.

—En cuanto haya leído esto quiero decirles, caballeros, algo referente a cómo... ¡Gran Dios! —terminó, de súbito, contemplando la carta.

Permanecía inmóvil, boquiabierto, atónito.

—¿Qué pasa? —preguntó el señor Fielding.

—Una carta urgente de la celda número 13 —dijo el alcaide, sin aliento—. Una invitación a cenar.

—¿Cómo? —exclamaron los otros dos a un tiempo, levantándose.

El alcaide, asombrado, contempló fijamente la carta por un momento, luego llamó, perentorio, a un guardia que se hallaba afuera, en el corredor.

—Corra a la celda número 13 y vea si aquel hombre está dentro.

El guardia obedeció, mientras el doctor Ransone y el señor Fielding examinaban la carta.

—Es letra de Van Dusen, no hay duda —dijo el doctor Ransone—. La he visto bastantes veces.

En aquel instante sonó el teléfono que comunicaba con la puerta exterior, y el alcaide, casi en trance, descolgó el aparato.

—¡Diga! ¿Dos reporteros, eh? Que pasen. —Se volvió de pronto hacia el doctor y el señor Fielding—. ¡Caramba! Ese hombre no puede haber salido. Ha de estar en su celda.

En aquel momento precisamente volvía el guardia.

—Está todavía en su celda, señor —informó—. Lo vi. Está acostado.

—Ahí tienen, como les dije —observó el alcaide; y volvió a respirar con tranquilidad—. Pero ¿cómo echó al correo esta carta?

Se oyó un golpecito en la puerta de acero que comunicaba el despacho del alcaide con el patio de la prisión.

—Son los reporteros —dijo el alcaide—. Hágalos pasar —ordenó al guardia. Luego, dirigiéndose a los otros dos hombres, advirtió—: no digan nada de esto delante de ellos, porque todavía no sabemos cómo terminará.

Se abrió la puerta y entraron los dos hombres que venían de la calle.

—Buenas noches, caballeros —dijo uno de ellos.

Era Hutchinson Hatch; el alcaide lo conocía muy bien.

—¿Y bien? —dijo el otro, en tono irritado—. Estoy aquí.

Era la Máquina Pensante.

Fijó sus ojos estrábicos, agresivamente, en el alcaide boquiabierto. En aquel momento ese funcionario no supo qué decir. El doctor Ransone y el señor Fielding estaban asombrados, pero no sabían lo que sabía el alcaide. Estaban solamente asombrados; el alcaide estaba paralizado. Hutchinson Hatch, el periodista, contemplaba la escena con ojos ávidos.

—¿Cómo... cómo... cómo lo hizo? —dijo finalmente el alcaide, jadeando.

—Vamos a la celda —dijo la Máquina Pensante con la voz irritada que sus colegas conocían tan bien.

El alcaide, todavía en un estado casi de trance, pasó adelante.

—Enfoque su linterna ahí dentro —indicó la Máquina Pensante.

El alcaide así lo hizo. No había nada extraordinario en el aspecto de la celda, y allí, allí en la cama, yacía la figura de la Máquina Pensante. ¡Ciertamente! ¡Allí estaba su pelo rubio! El alcaide miró de nuevo al hombre que estaba a su lado y se maravilló de la rareza de sus propios sueños.

Con manos temblorosas abrió la puerta de la celda y la Máquina Pensante entró.

—Miren esto —dijo.

Dio un puntapié a los barrotes de acero de la parte inferior de la puerta y tres de ellos se apartaron. El cuarto se rompió y rodó por el corredor.

—Y miren esto, también —indicó el ex preso, subiéndose a la cama para alcanzar la ventanita.

Pasó la mano por la reja y todos los barrotes saltaron.

—¿Qué es eso de la cama? —preguntó el alcaide, quien se recobraba lentamente.

—Una peluca —fue la respuesta—. Levante la cobija.

Así lo hizo el alcaide. Bajo la cobija había un gran rollo de fuerte cuerda, diez metros o más, una daga, tres limas, tres metros de cable eléctrico, unos alicates de acero, delgados y fuertes, un pequeño martillo con su mango y... y una pistola Derringer.

—¿Cómo lo hizo? —preguntó el alcaide.

—Señores, están ustedes comprometidos a cenar conmigo a las nueve y media —dijo la Máquina Pensante—. Vamos, o llegaremos tarde.

—Pero ¿cómo lo hizo? —insistió el alcaide.

—No crea usted nunca que podrá retener a un hombre capaz de usar su cerebro —dijo la Máquina Pensante—. Vamos; llegaremos tarde.

VI

La cena que tuvo lugar en la casa del profesor Van Dusen fue impaciente y silenciosa. Los invitados eran el doctor Ransone, Albert Fielding, el alcaide y el periodista Hutchinson Hatch. La cena fue servida puntualmente, de acuerdo con las instrucciones dadas por el profesor Van Dusen una semana antes; el doctor Ransone encontró deliciosas las alcachofas. Por fin, terminó la cena y la Máquina Pensante se enfrentó con el doctor Ransone y lo miró fieramente.

—¿Lo cree, ahora? —preguntó.

—Lo creo —contestó el doctor Ransone.

—¿Reconoce que no hubo trampa en la prueba?

—Lo reconozco.

Esperaba ansiosamente la explicación, lo mismo que los otros, especialmente el alcaide.

—¿Si nos dijera cómo lo hizo? —propuso el señor Fielding.

—Sí, dígalo —rogó el alcaide.

La Máquina Pensante se ajustó las gafas, dirigió un par de previas miradas bizcas a su audiencia y empezó el relato. Lo explicó desde el principio, de una manera lógica; y nadie tuvo nunca oyentes más interesados. Empezó:

—Me comprometí a ingresar en una celda, sin llevar encima nada más que lo indispensable, y a dejar esa celda al cabo de una semana. No había visto nunca la prisión de Chisholm. Cuando ingresé, pedí polvos dentífricos, dos billetes de diez dólares y uno de cinco, y también que me lustraran los zapatos. Aunque esas demandas me hubieran sido negadas, eso no hubiera importado mucho. Pero ustedes accedieron a ellas.

»Sabía que no habría nada en la celda de lo que ustedes creyesen que yo podía sacar provecho. Por lo tanto, cuando el alcaide cerró la puerta tras de mí, quedé aparentemente indefenso, a menos que pudiese usar tres cosas que parecían inocentes. Eran cosas que se hubieran concedido a cualquier preso condenado a muerte, ¿no es cierto, alcaide?

—Polvo dentífrico y los zapatos lustrados, sí; pero dinero, no —contestó el alcaide.

—Todo es peligroso en manos de un hombre que sabe cómo emplearlo —continuó la Máquina Pensante—. Aquella primera noche no hice nada sino dormir y cazar ratones —miró al alcaide—. Cuando el asunto se divulgó, supe que no podía hacer nada aquella noche y, por lo tanto, lo dejé para el día siguiente. Ustedes, caballeros, creían que me faltaría tiempo para organizar mi fuga con ayuda exterior, pero eso no era verdad. Sabía que podría comunicarme con quien quisiera, cuando quisiera.

El alcaide lo miró un momento y luego continuó fumando solemnemente.

—A las seis de la mañana siguiente me despertó el carcelero con mi desayuno —continuó el sabio—. Me dijo que la comida era a las doce y la cena a las seis. Calculé que entre esas horas estaría solo. Por lo tanto, inmediatamente después del desayuno, examiné las cercanías, el exterior, por la ventana de mi celda. Una ojeada me bastó para comprender que sería vano intentar escalar el muro, aun cuando me decidiera a salir de la celda por la ventana, pues mi propósito era dejar, no solamente la celda, sino la prisión. Naturalmente, hubiera podido salvar el muro, pero trazar mis planes en ese sentido hubiera requerido más tiempo. Por lo tanto, desistí de tal idea por el momento.

»Mediante aquella primera observación supe que el río estaba de aquel lado y que también había allí un campo de juegos. Luego, esas deducciones fueron confirmadas por un carcelero. Entonces me enteré de una cosa importante: que cualquiera podía acercarse al muro de la prisión por aquel lado, si era necesario, sin llamar particularmente la atención. Era bueno recordar eso. Lo recordé.

»Pero lo que más atrajo mi atención en el exterior fue el cable que llevaba la corriente al arco y que pasaba a pocos palmos, probablemente cinco o seis, de la ventana de mi celda. Sabía que tal hecho tendría valor en caso de que considerara necesario cortar la corriente del arco.

—¡Oh! ¿Lo apagó usted esa noche, pues? —preguntó el alcaide.

—Después de enterarme de todo lo posible desde esa ventana —continuó la Máquina Pensante, sin hacer caso de la interrupción—, estudié la idea de escapar a través de la propia prisión. Recordé cómo había llegado a esta celda, por el que sabía era el único camino. Siete puertas se interponían entre mi persona y el exterior. Así, pues, también de momento, abandoné la idea de huir por ese camino. Y no podía pasar a través de las sólidas paredes de granito de la celda.

La Máquina Pensante hizo una pausa y el doctor Ransone encendió un cigarro. Reinó el silencio durante varios minutos, luego el sabio y preso fugitivo reanudó su explicación:

—Mientras pensaba en esas cosas un ratón pasó corriendo sobre mi pie, y llevó mi pensamiento en otra dirección. Al menos había media docena de ratones en la celda: podía ver sus ojos brillantes. Sin embargo, no había visto entrar ninguno por debajo de la puerta de la celda. Los asusté adrede y vigilé esa puerta para ver si huían por allí. No salieron por debajo de la puerta y, sin embargo, desaparecieron. Evidentemente, se fueron por otro camino. Otro camino significaba otra abertura.

»Busqué esa abertura y la encontré. Era una antigua tubería de desagüe, en desuso desde hacía mucho tiempo y en parte obstruida por el polvo y la basura. Pero aquel era el camino por donde venían los ratones. Venían de algún lugar. ¿De dónde? Los desagües generalmente van a parar fuera del terreno de la prisión. Este probablemente llegaba al río, o cerca de él. Por lo tanto, los ratones debían venir de allá. Si pasaban por una parte del caño, debían recorrerlo todo, pues era poco probable que una tubería sólida de hierro o de plomo tuviera algún agujero, excepto el de la salida.

»Cuando el carcelero vino con mi comida me reveló, sin saberlo, dos cosas importantes. Una de ellas era que siete años antes se instaló un nuevo sistema de cañerías en la prisión. La otra, que el río se hallaba solamente a cien metros de distancia. Entonces supe con certeza que aquella tubería formaba parte del sistema viejo; también supe que se inclinaba hacia el río. Pero ¿terminaba en el agua o en tierra?

»Esa era la primera cuestión que debía resolver. La resolví cazando varios de los ratones que entraban en la celda. Mi carcelero quedó sorprendido al verme ocupado en esa tarea. Examiné al menos una docena de ratones. Estaban perfectamente secos; habían venido por la cañería y, lo que era más importante, no eran ratones domésticos, sino ratones del campo. El otro extremo de la tubería, pues, estaba en tierra, fuera de los muros de la prisión. Tanto mejor.

»Entonces pensé que si actuaba a partir de ese punto debía atraer la atención del alcaide en otra dirección. Ya comprenderán que al decirle a ustedes que yo iba allí para fugarme hicieron más difícil la prueba, porque tuve que engañarlo con falsos indicios.

El alcaide levantó los ojos con triste expresión.

—Lo primero fue hacerle creer que trataba de comunicarme con usted, doctor Ransone. Por eso escribí una nota en un pedazo de lienzo que arranqué de mi camisa, la dirigí al doctor Ransone, le amarré un billete de cinco dólares y lo arrojé por la ventana. Sabía que el guardia la llevaría al alcaide, pero esperaba que el alcaide la mandaría a quien iba dirigida. ¿Tiene usted ese primer mensaje, alcaide?

El alcaide sacó el mensaje cifrado.

—Pero ¿qué diablos significa? —preguntó.

—Léalo usted al revés, empezando por la «E» de la firma y sin tener en cuenta la separación de las palabras —le indicó la Máquina Pensante.

El alcaide lo hizo.

—E... s... t... e..., este —deletreó; luego estudió el escrito un momento y, sonriendo, leyó de corrido—: «Este no es mi intento de fuga».

Sonriendo aún, preguntó:

—Bueno, ¿qué dice usted de esto?

—Sabía que eso atraería su atención, como lo hizo —dijo la Máquina Pensante—, y si hubiese descubierto usted realmente lo que decía, hubiera visto en ello una especie de amable censura.

—¿Con qué lo escribió? —preguntó el doctor Ransone después de haber examinado el lienzo y al tiempo que lo tendía al señor Fielding.

—Con esto —dijo el ex presidiario, extendiendo el pie. Calzaba el mismo zapato que llevaba en la prisión, aunque el lustre había desaparecido..., había sido raspado.

—La grasa de los zapatos, humedecida con agua, era mi tinta; el herrete del cordón de mi zapato hacía una pluma bastante buena.

El alcaide levantó los ojos y, de pronto, estalló en una carcajada, mitad de alivio y mitad de diversión.

—Es usted una maravilla —dijo, admirado—. Continúe.

—Eso precipitó un registro de mi celda por el alcaide, como yo me había propuesto —prosiguió la Máquina Pensante—. Deseaba hacer que el alcaide adquiriera el hábito de registrar mi celda, de manera que por fin, al ver que invariablemente no encontraba nada, se fastidiase y dejase de hacerlo. Eso, prácticamente, acabó por suceder.

El alcaide se sonrojó.

—Entonces se llevó mi camisa blanca y me dio una de presidiario. Quedó satisfecho al comprobar que aquellos dos pedazos de tela era todo lo que faltaba a la prenda. Pero mientras él registraba mi celda yo tenía otro pedazo de la misma camisa, de unos veintidós centímetros cuadrados, dentro de la boca, hecho una pelotita.

—¿Veintidós centímetros de aquella camisa? —preguntó el alcaide—. ¿De dónde salieron?

—Las pecheras de todas las camisas blancas almidonadas son de triple grueso —fue la explicación—. Arranqué la tela interior, dejando sólo doble la tela de la pechera. Sabía que usted no se daría cuenta.

Hubo una pequeña pausa durante la cual el alcaide miraba de uno a otro, sonriendo tímidamente.

—Habiéndome desembarazado del alcaide dándole otra cosa en que pensar, di el primer paso serio hacia la libertad —dijo el profesor Van Dusen—. Tenía mis razones para creer que la tubería llegaba hasta algún punto del campo de juegos que había fuera del recinto; sabía que eran numerosísimos los muchachos que jugaban allí; sabía que los ratones venían de allí a mi celda. Contando con todo esto, ¿podría comunicarme con alguien del exterior?

»Vi que ante todo era necesario un hilo largo y bastante fuerte, por lo que... Pero miren —se levantó las perneras del pantalón y mostró que la parte superior de sus calcetines, de fino y fuerte lino, había desaparecido—. Los deshice (una vez empezado no fue difícil) y obtuve con facilidad un cuarto de milla de hilo en el que podía confiar.

»Luego, sobre la mitad del lienzo que me quedaba, escribí, muy laboriosamente, se lo aseguro, una carta en la que explicaba mi situación al caballero aquí presente —señaló a Hutchinson Hatch—. Sabía que me ayudaría..., por lo que podría valer la información periodística. Amarré a aquella carta sobre tela un billete de diez dólares, pues no hay medio más seguro de atraer las miradas de cualquiera, y escribí sobre el lienzo: «El que encuentre esto lo entregará a Hutchinson Hatch, en el *Daily American*, quien dará otros diez dólares a cambio de la información».

»Lo que debía hacer a continuación era procurar que aquella nota saliera y fuera a parar a aquel campo de juegos, donde algún muchacho podría encontrarla. Había dos maneras de conseguirlo, y elegí la mejor. Agarré un ratón —me había vuelto muy hábil en la caza de ratones— y até firmemente a una de sus patas el pedazo de tela y el dinero, y solté el animal dentro de la tubería. Pensé que el miedo lo haría correr hasta hallarse fuera del caño y que cuando se encontrase en el campo seguramente se detendría para roer el lienzo y el billete.

»Desde el momento en que el ratón desapareció en aquella polvorienta tubería, fui presa del ansia. Me exponía a tantos riesgos... El ratón podía roer el hilo, del cual yo tenía un cabo; otros ratones podían roerlo; el ratón podía salir del caño y dejar el lienzo y el billete donde nunca pudiesen ser encontrados; otros mil percances podían ocurrir. Por lo tanto, empezaron unas horas de nerviosismo, pero el hecho de que el ratón corriera hasta que solo quedaran algunos palmos de hilo en mi celda, me hacía creer que ya habían salido de la tubería. Di cuidadosas instrucciones al señor Hatch sobre lo que debía hacer si la nota llegaba a sus manos. Pero la cuestión era esta: ¿llegaría?

»Sólo podía esperar y hacer otros planes para el caso de que ese fallara. Intenté abiertamente sobornar a mi carcelero y por él me enteré de que solo tenía las llaves de dos de las siete puertas que se interponían entre yo y la libertad. Luego, hice otra cosa para poner nervioso al alcaide. Saqué las chapas de acero de los tacones de mis zapatos y fingí aserrar los barrotes de la ventana de mi celda. El alcaide armó mucho alboroto a propósito de eso. Además, desarrolló el hábito de sacudir los barrotes de mi ventana para ver si eran sólidos. Lo eran... entonces.

El alcaide volvió a sonreír. Ya había dejado de asombrarse.

—En aquel plan había hecho ya todo lo que podía y solo me restaba esperar para ver lo que sucedía —continuó el sabio—. No podía saber si mi nota había sido entregada, ni siquiera si había sido hallada, o si el ratón se la había comido. Y no me atreví a retirar de la tubería aquel delgado hilo, lo único que me unía con el exterior.

»Cuando me acosté aquella noche no dormí, por miedo a no darme cuenta de la leve señal, el tirón al hilo, que debía decirme que el señor Hatch había recibido la nota. Creo que a las tres y media sentí el tirón, y ningún preso realmente condenado a muerte recibió nunca una señal con más alegría.

La Máquina Pensante se interrumpió y se volvió hacia el periodista.

—Será mejor que explique usted mismo lo que hizo —indicó.

—La nota escrita sobre tela me fue traída por un muchachito que había estado jugando al béisbol —dijo el señor Hatch—. Inmediatamente vi en ella una gran historia en perspectiva, de modo que di otros diez dólares al muchacho, me procuré varios carretes de seda, bramante y un rollo de alambre ligero y flexible. La nota del profesor sugería que me hiciese mostrar por el portador de la nota el lugar exacto donde la había encontrado y me decía que empezase mi búsqueda desde allí a las dos de la madrugada. Si encontraba al otro cabo del hilo debía tirar de él tres veces, luego una cuarta vez.

»Empecé a buscar con ayuda de una pequeña linterna eléctrica. Pasó una hora y veinte minutos antes de que encontrara la boca del caño de desagüe, medio oculta por los hierbajos. La tubería era muy ancha allí, tendría unos treinta centímetros de diámetro. Luego encontré el cabo del hilo, tiré de él de acuerdo con las instrucciones e inmediatamente recibí el tirón de respuesta.

»Luego amarré a ese el hilo de seda y el profesor Van Dusen empezó a tirar de él desde su celda. Casi enfermé del corazón por el miedo a que se rompiera el hilo. Al extremo de la seda até el bramante y al cabo de este, el alambre, que fue arrastrado dentro de la tubería y tuvimos así una sólida línea de comunicación, que los ratones no podían roer, desde la boca del caño hasta la celda.

La Máquina Pensante levantó la mano y Hatch calló.

—Todo eso fue hecho en absoluto silencio —dijo el sabio—. Pero cuando el alambre llegó a mis manos hubiera gritado. Luego probamos otro experimento, para el que el señor Hatch estaba preparado. Usé la cañería como tubo acústico. Ninguno de los dos podía oír muy claramente, pero no me atreví a hablar alto por miedo a llamar la atención en la cárcel. Por fin le hice comprender lo que necesitaba inmediatamente. Al parecer, le fue muy difícil entenderme cuando le pedí ácido nítrico, y repetí varias veces la palabra «ácido».

»Entonces oí un chillido en una celda, encima de mí. Comprendí al instante que alguien había oído y cuando me di cuenta de que usted venía, señor alcaide, fingí dormir. Si hubiese usted entrado en mi celda en aquel momento, todo ese plan de fuga hubiera terminado ahí. Pero pasó usted de largo. Esa fue la vez que estuve más cerca de ser atrapado.

»Ya establecida la línea de comunicación improvisada, es fácil comprender de qué manera recibía objetos en la celda y cómo los hacía desaparecer. Simplemente, los dejaba caer de nuevo en la tubería. Usted, señor alcaide, no hubiera podido alcanzar el alambre de comunicación con sus dedos, pues son demasiado gruesos. Los míos, ¿ve usted?, son más largos y más delgados. Además, tapaba la boca de aquella cañería con un ratón..., ya lo recordará usted.

—Lo recuerdo —dijo el alcaide haciendo una mueca.

—Pensé que si alguien se sentía tentado de registrar aquel agujero, el ratón templaría su ardor. El señor Hatch no podría mandarme nada útil a través de la tubería hasta la noche siguiente, aunque, como prueba, me mandó el cambio de diez dólares; por lo tanto, procedí a realizar otras partes de mi plan. Entonces ideé el método de fuga que finalmente empleé.

»A fin de llevarlo a cabo con éxito, era necesario que el centinela del patio se acostumbrara a verme en la ventana de la celda. Lo conseguí dejando caer notas escritas sobre tela dirigidas a él en tono jactancioso, para hacer creer al alcaide, si era posible, que uno de sus subordinados me comunicaba con el exterior. Permanecí en la ventana durante horas mirando afuera, de modo que el guardia pudiera verme, y de vez en cuando le hablaba. De esta manera me enteré de que la prisión no tenía electricistas propios, sino que dependía de la compañía suministradora en caso de que algo se descompusiera.

»Eso me abría perfectamente el camino de la libertad. Al atardecer del último día de mi encarcelamiento, cuando oscureciera, cortaría el cable eléctrico que pasaba a poca distancia de mi ventana, tocándolo con la punta empapada en ácido de un alambre que tenía preparado. Con eso dejaría completamente a oscuras aquel lado de la prisión, mientras los electricistas buscasen el desperfecto. Eso también franquearía el paso del señor Hatch al patio de la prisión.

»Solo quedaba una cosa por hacer antes de que pudiera empezar realmente a trabajar para libertarme: arreglar los últimos detalles con el señor Hatch a través de nuestro tubo acústico. Lo hice cosa de media hora después que el alcaide hubo salido de mi celda, la cuarta noche de mi encarcelamiento. Al señor Hatch volvió a serle extremadamente difícil entenderme, y tuve que repetirle varias veces la palabra «ácido», y más tarde las palabras «sombrero del número 8», mi número..., cosas que hicieron que un preso del piso superior confesara un asesinato, según me dijo al día siguiente uno de los carceleros. Ese preso oyó nuestras voces, naturalmente confusas, a través de la tubería que también comunicaba con su celda. La celda que había exactamente encima de la mía no estaba ocupada, por lo que nadie más pudo oírnos.

»Claro que la tarea precisa de cortar los barrotes de acero de la ventana y de la puerta fue relativamente fácil con el ácido nítrico que recibí por el caño en pequeños frascos, pero requirió bastante tiempo. Hora tras hora, el quinto, sexto y séptimo días, el guardia de abajo me contemplaba mientras yo trabajaba en los barrotes de la ventana con el ácido al extremo de un pedazo de alambre. Usaba el polvo dentífrico para impedir que el ácido se esparciera. Miraba a lo lejos con expresión abstraída mientras operaba, y cada minuto el ácido cortaba más profundamente el metal. Observé que los carceleros siempre probaban la puerta sacudiendo la parte superior, nunca la inferior; por lo tanto corté los barrotes de abajo y los dejé en su lugar, sujetos por delgadas tiras de metal. Pero eso fue solo una osada diablura, pues no podía huir por allí tan fácilmente.

La Máquina Pensante permaneció silencioso durante varios minutos. Luego continuó:

—Creo que eso lo aclara todo. Los puntos que no he explicado fueron simplemente actos para confundir al alcaide y a los carceleros. Las cosas que estaban en mi cama las llevé allí para complacer al señor Hatch, quien deseaba mejorar su historia.

Naturalmente, la peluca era necesaria en mi plan. La carta urgente fue escrita en mi celda con la pluma estilográfica del señor Hatch; luego se la mandé y él la echó al correo. Eso es todo, creo.

—Pero ¿y su salida del recinto de la prisión y luego su entrada por la puerta exterior, hasta mi despacho? —preguntó el alcaide.

—Perfectamente sencillo —dijo el sabio—. Corté el cable eléctrico con ácido, como dije, cuando no había corriente. Por lo tanto, cuando se conectó la corriente, el arco no se encendió. Sabía que necesitarían algún tiempo para descubrir el desperfecto y arreglarlo. Cuando el guardia fue a informarlo a usted, el patio estaba oscuro. Salí por la ventana, que era muy angosta, por cierto, volví a colocar los barrotes en su lugar, sosteniéndome sobre una estrecha cornisa, y permanecí en la sombra hasta que llegaron los electricistas. El señor Hatch era uno de ellos.

»Cuando lo vi, le hablé. Entonces me dio una gorra y un mono, los cuales me puse a poco más de tres metros de usted, señor alcaide, cuando se hallaba usted en el patio. Más tarde el señor Hatch me llamó, como si fuera un obrero, y juntos salimos por la puerta con el pretexto de ir a buscar algo en el camión. El centinela nos dejó pasar sin dificultad, considerándonos dos de los obreros que acababan de entrar. Cambiamos nuestros trajes, nos presentamos de nuevo y pedimos verle a usted. Lo vimos. Eso es todo.

Se guardó silencio durante varios minutos. El doctor Ransone fue el primero en hablar.

—¡Maravilloso! —exclamó—. Perfectamente asombroso.

—¿Cómo fue que el señor Hatch entró con los electricistas? —preguntó el señor Fielding.

—Su padre es gerente de la Compañía —contestó la Máquina Pensante.

—Pero ¿qué hubiera sucedido si afuera no hubiese existido ningún señor Hatch para ayudarlo?

—Todo preso tiene un amigo afuera que lo ayudaría a fugarse si pudiera.

—Suponga... sólo, supóngalo... que no hubiese en la prisión un viejo sistema de tuberías... —propuso el alcaide, con curiosidad.

—Había otros dos medios de fuga —dijo la Máquina Pensante, enigmático.

Diez minutos más tarde sonó el timbre del teléfono. Preguntaban por el alcaide.

—¿La luz está bien, eh? —preguntó el alcaide, al teléfono—. Bueno. ¿El cable estaba cortado junto a la celda número 13? Sí, ya lo sé. ¿Hay un electricista de más? ¿Cómo es eso? ¿Salieron dos antes?

El alcaide se volvió a los demás con expresión intrigada.

—Solo dejó entrar a cuatro electricistas —dijo—, dejó salir a dos y dice que ahora quedan tres.

—Yo soy el que sobra —dijo la Máquina Pensante.

—¡Oh! —exclamó el alcaide. Luego, por el teléfono, ordenó—: Deje salir al quinto electricista. Está bien.

UN HOMBRE LLAMADO SPADE

Samuel Spade apartó el teléfono y miró la hora. Aún no eran las cuatro. Gritó:

—¡Hooola!

Effie Perine entró desde la antesala. Estaba comiendo un trozo de pastel de chocolate.

—Avisa a Sid Wise que no podré ir a la cita de esta tarde —pidió.

Effie Perine se llevó a la boca el último trozo de pastel y se chupó las yemas del índice y el pulgar.

—Es la tercera vez en esta semana que cancelas la cita.

Cuando sonreía, las uves de la barbilla, la boca y las cejas de Sam Spade se alargaban.

—Lo sé, pero tengo que salir a salvar una vida —señaló el teléfono—. Alguien le ha metido miedo en el cuerpo a Max Bliss.

Ella rió.

—Probablemente su propia conciencia.

Spade la miró levantando la vista del cigarrillo que estaba liando.

—¿Sabes de Bliss algo que yo ignore?

—Nada que ignores. Solo pensaba en que permitió que encerraran a su hermano en San Quintín[44].

---

[44] **San Quintín:** famoso penal.

Spade se encogió de hombros.

—No es lo peor que ha hecho en su vida —encendió el cigarrillo, se puso en pie y cogió el sombrero—. Pero se ha regenerado. Todos los clientes de Samuel Spade son ciudadanos honrados y temerosos de Dios. Si no he vuelto a la hora de cerrar, haz tu vida.

Se dirigió a un alto edificio de apartamentos situado en Nob Hill y accionó el botón empotrado en el marco de la puerta, donde se leía «10K». Un hombre fornido y moreno, de traje oscuro y arrugado, abrió inmediatamente la puerta. Estaba casi calvo y llevaba un sombrero gris en la mano.

—Hola, Sam —lo saludó el hombre fornido. Sonrió, pero sus ojillos no perdieron ni un ápice de su astucia—. ¿Qué haces aquí?

—Hola, Tom —replicó Spade. Su rostro y su voz no transmitían ninguna emoción—. ¿Está Bliss en casa?

—¡Ya lo creo! —Tom curvó las comisuras de su boca de labios gruesos—. Por eso no debes preocuparte.

Spade movió sus cejas.

—¿Qué has dicho?

En el vestíbulo, detrás de Tom, apareció otro hombre. Aunque más menudo que Spade o Tom, poseía una figura compacta. Su cara era rubicunda y cuadrada, y gastaba un bigote entrecano y recortado. Su ropa estaba limpia. Lucía un bombín negro caído sobre la nuca.

Spade saludó al hombre por encima del hombro de Tom:

—Hola, Dundy.

Dundy respondió con una ligera inclinación de cabeza y se dirigió a la puerta. Sus ojos azules eran acerados e inquisitivos. Preguntó a Tom:

—¿Qué pasa?

—M-a-x B-l-i-s-s —deletreó Spade con paciencia—. Quiero verlo, y él quiere verme a mí. ¿Está claro?

Tom rió y Dundy se mantuvo serio.

—Sólo uno de vosotros verá cumplido su deseo —repuso Tom. Miró de soslayo a Dundy y se le atragantó la risa. Parecía incómodo.

Spade frunció el ceño.

—Está bien —dijo de mal talante—, ¿está muerto, o ha matado a alguien?

Dundy acercó su cara cuadrada a Spade y pareció expulsar las palabras con el labio inferior:

—¿Qué te hace pensar que es eso lo que ha ocurrido?

—Lo adivino —susurró Spade—. Vengo a visitar al señor Bliss, en la puerta me encuentro con un par de hombres de la Brigada de Homicidios, y pretendes que crea que solo he interrumpido una partida de *rummy*[45].

—Venga, Sam, ya está bien —protestó Tom sin mirar a Spade ni a Dundy—. Bliss está muerto.

—¿Asesinado?

Tom asintió lentamente con la cabeza y miró a Spade:

—¿Qué sabes?

Spade respondió con un tono deliberadamente monocorde:

—Me telefoneó esta tarde, digamos que a las cuatro menos cinco, recuerdo que miré la hora después de colgar, y que aún faltaba un minuto, y dijo que alguien iba a por él. Me pidió que viniera a verlo. El asunto le parecía bastante serio..., estaba acojonado, ya lo creo —hizo un ligero ademán—. Bien, eso es todo cuanto sé.

—¿No te dijo quién, ni cómo? —intervino Dundy.

Spade negó con la cabeza.

—No. Solo mencionó que alguien se había ofrecido a matarlo, le creyó y me pidió que acudiera inmediatamente a su casa.

—¿No te...? —añadió Dundy rápidamente.

—No dijo nada más —lo atajó Spade—. Y vosotros, ¿no tenéis nada que decir?

—Entra y échale un vistazo —se limitó a replicar Dundy.

—Es digno de verse —apostilló Tom.

Atravesaron el vestíbulo y franquearon la puerta para entrar en una sala decorada en verde y rosa.

---

[45] **Rummy:** juego de cartas parecido al póquer.

El hombre que se encontraba junto a la puerta dejó de rociar con polvo blanco el borde de una mesilla con tapa de cristal, para decir:

—Hola, Sam.

—¿Cómo estás, Phels? —preguntó Sam, después de lanzarle un saludo con la cabeza, y antes de reconocer la presencia de los dos hombres que charlaban junto a la ventana.

El muerto yacía con la boca abierta. Le faltaba parte de la ropa. Tenía el cuello abotargado y amoratado. La punta de la lengua, que asomaba por la comisura de los labios, estaba azulada e hinchada. En el pecho desnudo, encima del corazón, habían dibujado con tinta negra una estrella de cinco puntas, en cuyo centro destacaba una «T».

Spade observó al finado y lo estudió en silencio unos segundos.

—¿Lo encontrasteis así? —inquirió.

—Más o menos —replicó Tom—. Lo movimos un poco —y señaló con el pulgar la camisa, la camiseta, el chaleco y el abrigo depositados sobre la mesa—. Esas prendas estaban desparramadas por el suelo.

Spade se frotó la barbilla. Sus ojos gris amarillento adoptaron una mirada ensoñadora.

—¿A qué hora?

—Nos hicimos cargo de él a las cuatro y veinte —repuso Tom—. Nos lo entregó su hija —inclinó la cabeza para señalar una puerta cerrada—. Luego la verás.

—¿Sabe algo?

—Es imposible asegurarlo —contestó Tom con indiferencia—. Hasta ahora ha sido difícil tratar con ella. ¿Quieres que volvamos a intentarlo? —preguntó a Dundy.

Dundy asintió y habló con uno de los hombres apostados junto a la ventana.

—Mack, empieza a registrar sus papeles. Parece ser que lo habían amenazado.

—Ya —dijo Mack. Se caló el sombrero sobre los ojos y caminó hacia el secreter verde situado en el otro extremo de la sala.

Por el pasillo llegó un hombre corpulento, de unos cincuenta años, con la cara agrisada y surcada de arrugas bajo el sombrero negro de ala ancha. Saludó a Sam y se dirigió a Dundy:

—Alrededor de las dos y media tuvo compañía durante cerca de una hora. Un hombre rubio y corpulento, de traje marrón, de cuarenta o cuarenta y cinco años. No dio su nombre. Lo averigüé por el filipino que lo subió y lo bajó en el ascensor.

—¿Estás seguro de que sólo estuvo una hora? —preguntó Dundy.

El hombre de cara agrisada meneó la cabeza.

—El filipino está seguro de que no eran más de las tres y media cuando se fue. Dice que en ese momento llegaron los diarios de la tarde, y que el hombre había bajado con él en el ascensor antes de que se los entregaran —apartó el sombrero para rascarse la cabeza. Señaló con un dedo regordete el dibujo a tinta en el pecho del muerto y preguntó: —¿Qué carajo significa eso?

Nadie respondió.

—¿El ascensorista puede identificarlo? —preguntó Dundy.

—Dice que supone que podría hacerlo, pero no está seguro. Dice que nunca lo había visto —dejó de observar al muerto—. La chica está preparando una lista con las llamadas telefónicas. ¿Cómo estás, Sam?

Spade respondió que estaba bien, y añadió lentamente:

—Su hermano es corpulento, rubio y ronda los cuarenta o cuarenta y cinco.

Los ojos azules de Dundy adquirieron una mirada severa y vivaz.

—¿Y qué? —espetó.

—Acuérdate de la estafa de Graystone Loan. Ambos estaban metidos, pero Max dejó que Theodore pagara los platos rotos, y le tocaron de uno a catorce años en San Quintín.

Dundy meneaba lentamente la cabeza.

—Ahora que lo dices, lo recuerdo. ¿Dónde está? —Spade se encogió de hombros y empezó a liar un cigarrillo. Dundy dio un codazo a Tom—. Averígualo.

—Enseguida —respondió Tom—, pero si salió de aquí a las tres y media y este individuo seguía vivo a las cuatro menos cinco...

—Y si se rompió una pierna de modo que no pudo regresar... —comentó irónicamente el hombre de cara agrisada.

—Averígualo —repitió Dundy.

—Enseguida, enseguida —aceptó Tom, y se dirigió al teléfono.

Dundy habló con el hombre de cara agrisada:

—Comprueba lo de los periódicos. Averigua exactamente a qué hora llegaron esta tarde.

El hombre de cara agrisada asintió y abandonó la sala. El encargado de registrar el secreter soltó una exclamación y se volvió con un sobre en una mano y una hoja en la otra.

Dundy estiró el brazo.

—¿Has encontrado algo?

El hombre volvió a soltar una exclamación y entregó la hoja a Dundy.

Spade miraba por encima del hombro de Dundy.

Era una hoja pequeña, de papel blanco corriente, que llevaba un mensaje escrito a lápiz, con letra clara y vulgar:

«Cuando esta llegue a tus manos, estaré demasiado cerca para que puedas huir..., esta vez. Ajustaremos las cuentas definitivamente».

La firma era una estrella de cinco puntas con una «T» en el centro, el mismo dibujo que aparecía sobre la tetilla izquierda del difunto.

Dundy volvió a extender el brazo, y el hombre le entregó el sobre. El sello era francés. Las señas estaban escritas a máquina:

«SEÑOR DON MAX BLISS
AMSTERDAM APARTMENTS
SAN FRANCISCO, CALIFORNIA
U.S.A.».

—Fue matasellada en París el 2 de este mes —comentó. Contó rápidamente con los dedos—. Pudo llegar perfectamente hoy —dobló lentamente el mensaje, lo metió en el sobre y se lo guardó en el bolsillo del abrigo—. Sigue buscando —dijo, dirigiéndose al hombre que había encontrado el mensaje.

El hombre asintió y caminó hacia el secreter.

Dundy miró a Spade.

—¿Qué opinas?

El cigarrillo liado con papel castaño se balanceó cuando Spade tomó la palabra:

—No me gusta, no me gusta nada.

Tom colgó e informó:

—Salió el 15 del mes pasado. Les he pedido que intenten localizarlo.

Spade se acercó al teléfono, marcó un número y preguntó por el señor Darrell.

—Hola, Harry, soy Sam Spade... Muy bien. ¿Cómo está Lil? Sí, claro... Oye, Harry, ¿qué significa una estrella de cinco puntas con una «T» mayúscula en el centro? ¿Qué...? ¿Cómo se escribe? Sí, me lo figuro... ¿Y si aparece un cadáver? Yo tampoco... Sí, muchas gracias. Te lo contaré cuando nos veamos... Sí, llámame cualquier día de estos... Gracias... Hasta pronto —cuando colgó, vio que Dundy y Tom lo observaban atentamente. Explicó—: Es un amigo que sabe mucho. Dice que es una estrella de cinco puntas con la letra griega *tau*, t-a-u, en el medio, un signo que utilizaban los magos. Es posible que los rosacruces[46] sigan usándolo.

—¿Qué son los rosacruces? —quiso saber Tom.

—También puede ser la inicial de Theodore —apuntó Dundy.

Spade giró los hombros, y dijo descuidadamente:

—Puede ser, pero si quería firmar el trabajo, le hubiese sido más fácil poner su nombre —adoptó un tono más serio—. Hay rosacruces en San José y en Point Loma. Aunque no me parece una buena pista, podríamos echarles un vistazo.

---

[46] **Rosacruces**: miembros de una secta esotérica fundada en la Edad Media.

Dundy asintió.

Spade miró las ropas del muerto depositadas sobre la mesa.

—¿Llevaba algo en los bolsillos?

—Solo las cosas de rutina —replicó Dundy—. Están sobre la mesa.

Spade se acercó a la mesa y miró la pequeña pila formada por el reloj y la leontina, el llavero, la cartera, la libreta de direcciones, dinero, pluma de oro, pañuelo y estuche para gafas, depositados junto a la ropa. Aunque no las tocó, cogió lentamente una por una: la camisa, la camiseta, el chaleco y el abrigo del difunto. Sobre la mesa, debajo de la ropa, había una corbata azul. Spade la observó contrariado.

—Está sin estrenar —advirtió.

Dundy, Tom y el ayudante del forense —un hombre menudo y de cara afilada, oscura e inteligente—, que hasta ese momento habían permanecido en silencio junto a la ventana, se acercaron a mirar la impecable corbata de seda azul.

Tom protestó. Dundy maldijo para sus adentros. Spade levantó la corbata para mirar el reverso. Llevaba la etiqueta de una tienda londinense de artículos para caballeros.

—¡Fantástico! —exclamó Spade entusiasmado—. San Francisco, Point Loma, San José, París, Londres.

Dundy lo miró con cara de pocos amigos.

Apareció el hombre de cara agrisada:

—Está comprobado que los diarios llegaron a las tres y media —confirmó y se mostró asombrado—. ¿Qué pasa? —cruzó la sala en dirección a ellos—. No encontré a nadie que viera que Rubito volvía a entrar sigilosamente —miró la corbata sin saber de qué iba la cosa.

—Está sin estrenar —espetó Tom, y el hombre de cara agrisada soltó un silbido de sorpresa.

Dundy se volvió hacia Spade, y dijo con amargura:

—Al diablo con todo esto. Su hermano tiene motivos para no quererlo. Su hermano acaba de salir de chirona. Alguien que se parece a su hermano salió de aquí a las tres y media. Veinticinco minutos después te telefoneó para decir que lo habían amenazado. Menos de media hora después su hija entró en casa y lo encontró finado..., estrangulado —hundió un dedo en el pecho del hombre menudo y de cara oscura—. ¿Correcto?

—Estrangulado por un hombre —precisó el individuo de cara oscura—. Lo hicieron unas manos grandes.

—Vale. Encontramos una carta amenazadora —Dundy volvió a dirigirse a Spade—. Tal vez te estaba hablando de eso, quizá se refería a algo que le dijo su hermano. Dejémonos de conjeturas. Ciñámonos a lo que sabemos. Sabemos que...

El hombre apostado delante del secreter se volvió y dijo:

—Aquí hay otra —su expresión era presuntuosa.

La mirada que le dirigieron los cinco hombres reunidos alrededor de la mesa fue igualmente fría e indiferente.

Sin inmutarse ante esa muestra de hostilidad, leyó en voz alta:

«Querido Bliss:

Le envío esta carta para decirle por última vez que quiero recuperar mi dinero, y que lo quiero a principios de mes en su totalidad. Si no lo recibo, tendré que hacer algo, y supongo que sabe perfectamente a qué me refiero. No crea que estoy bromeando.

Su seguro servidor, Daniel Talbot».

El encargado del secreter sonrió.

—Aquí hay otra «T» —cogió un sobre—. Matasellado en San Diego el 25 del mes pasado —volvió a sonreír—. Y aquí hay otra ciudad.

Spade meneó la cabeza y comentó:

—Point Loma cae por ahí.

Dundy y Spade se acercaron al secreter para echar un vistazo a la carta. Estaba escrita con tinta azul, en papel blanco de buena calidad, al igual que el remite del sobre, con trazos apretados y angulosos que, aparentemente, nada tenían que ver con la misiva escrita a lápiz.

—Ahora sí que nos acercamos a algo interesante —comentó Spade burlonamente.

Dundy hizo un gesto de impaciencia, y gruñó:

—Ciñámonos a lo que sabemos.

—Vale —aceptó Spade—. ¿Qué sabemos?

No obtuvo respuesta.

Spade sacó tabaco y papel de liar del bolsillo.

—¿Alguien dijo que se podía hablar con la hija de Bliss? —preguntó.

—Hablaremos con ella —Dundy giró sobre los talones y, de pronto, miró con el ceño fruncido el cadáver tendido en el suelo. Señaló con el pulgar al hombre menudo y de cara oscura—. ¿Has terminado?

—He terminado.

Dundy pidió secamente a Tom:

—Llévatelo —luego habló con el hombre de cara agrisada—. Cuando haya acabado con la chica, quiero ver a los dos ascensoristas.

Se dirigió a la puerta cerrada que Tom le había mostrado a Spade, y llamó.

Desde el interior, una voz femenina, algo chillona, preguntó:

—¿Quién es?

—Soy el teniente Dundy. Quiero hablar con la señorita Bliss.

Se hizo silencio y luego, la misma voz, respondió:

—Pase.

Dundy abrió la puerta y Spade lo siguió hasta el interior de una habitación decorada en negro, gris y plata. Una mujer mayor, huesuda y fea, de vestido negro y delantal blanco, estaba sentada junto a la cama en la que descansaba una joven.

La muchacha, con un codo apoyado sobre la almohada y la mejilla en la mano, permanecía frente a la mujer fea y huesuda.

La chica rondaba los dieciocho años. Vestía traje gris. Sus cabellos eran rubios y los llevaba cortos; su rostro era de rasgos definidos y extraordinariamente simétricos. No miró a los dos hombres que entraron.

Dundy habló con la mujer huesuda mientras Spade encendía el cigarrillo.

—Señora Hooper, nos gustaría hacerle algunas preguntas. ¿Es usted el ama de llaves de Bliss?

—Sí —respondió la mujer. Su voz, ligeramente chillona, la franca mirada de sus ojos grises y hundidos y la quietud y tamaño de las manos que reposaban sobre el regazo, todo contribuía a irradiar una impresión de fuerza tranquilizadora.

—¿Qué sabe de todo esto?

—De todo esto no sé nada. Me dejaron la mañana libre para asistir al entierro de mi sobrino en Oakland, y cuando volví me encontré con usted y los demás caballeros y..., y todo esto había ocurrido.

Dundy asintió e inquirió:

—¿Y su impresión cuál es?

—No sé qué pensar —respondió con sencillez.

—¿No sabía que él esperaba que ocurriera?

De repente, la muchacha dejó de mirar a la señora Hooper. Se incorporo en la cama, clavó sus ojos muy abiertos y perturbados en Dundy, y preguntó:

—¿Qué quiere decir?

—Exactamente lo que he dicho. Lo habían amenazado. Telefoneó al señor Spade —lo señaló con una inclinación de cabeza— y se lo dijo pocos minutos antes de que lo asesinaran.

—¿Pero quién...? —intentó decir la joven.

—Eso es lo que queremos saber —confirmó Dundy—. ¿Quién tenía tantas cosas contra él?

La muchacha lo miró azorada.

—Nadie seria capaz...

Esta vez la interrumpió Spade, hablando con suavidad para restar brutalidad a sus palabras:

—Alguien lo hizo —la muchacha clavó la mirada en él. Aprovechó para preguntar—: ¿No está al tanto de las amenazas?

La joven negó enfáticamente con la cabeza.

Spade miró a la señora Hooper.

—¿Y usted?

—No, señor.

El detective privado volvió a concentrarse en la joven.

—¿Conoce a Daniel Talbot?

—Sí —replicó—. Anoche vino a cenar.

—¿Quién es?

—Todo lo que sé es que vive en San Diego, y que papá y él llevaban juntos algún negocio. Hasta anoche no lo había visto nunca.

—¿Se llevaban bien?

La muchacha frunció ligeramente el ceño, y replicó:

—Tenían una relación cordial.

—¿A qué se dedicaba su padre? —intervino Dundy.

—Era financiero.

—¿Quiere decir promotor?

—Sí, creo que es el modo en que se dice.

—¿Sabe dónde se hospeda Talbot, o si ha regresado a San Diego?

—No tengo la menor idea.

—¿Qué aspecto tiene?

La joven volvió a fruncir el ceño y se mostró pensativa.

—Es corpulento, con la cara rojiza y pelo y bigote canos.

—¿Es viejo?

—Le calculo sesenta; cincuenta y cinco como mínimo.

Dundy miró a Spade, que dejó la colilla en una bandeja que se encontraba sobre el tocador, y continuó el interrogatorio:

—¿Cuándo fue la última vez que vio a su tío?

La muchacha se ruborizó.

—¿Se refiere a tío Ted? —Spade asintió—. No lo he visto desde que... —se mordió el labio. A renglón seguido añadió—: Claro que usted está enterado. No lo he visto desde que salió de la cárcel.

—¿Vino a esta casa?

—Sí.

—¿Para ver a su padre?

—Por supuesto.

—¿Se llevaban bien?

La muchacha abrió los ojos desmesuradamente.

—Ninguno de los dos es muy expresivo —respondió—, pero son hermanos, y papá le dio dinero para que volviera a montar un negocio.

—¿Entonces, las relaciones eran buenas?

—Sí —contestó con el tono de alguien que responde a una pregunta superflua.

—¿Dónde vive?

—En Post Street —repuso, y le dijo el número.

—¿Desde entonces no ha vuelto a verlo?

—No. Verá, se avergonzaba de haber estado preso... —concluyó la frase con un ademán.

Spade se dirigió a la señora Hooper:

—¿Y usted lo ha visto desde entonces?

—No, señor.

Spade apretó los labios y preguntó lentamente:

—¿Alguna de ustedes sabe si esta tarde estuvo aquí? —ambas mujeres negaron al unísono—. ¿Dónde...?

Alguien llamó a la puerta, y Dundy dijo:

—Adelante.

Tom entreabrió la puerta lo suficiente para asomarse y comunicar:

—Su hermano está aquí.

La joven se echó hacia adelante y gritó:

—¡Oh, tío Ted!

Detrás de Tom apareció un hombre corpulento y rubio, vestido con un traje marrón. Estaba tan bronceado que su dentadura parecía más blanca y sus ojos claros más azules de lo que en realidad eran.

—Miriam, ¿qué ocurre? —preguntó.

—Papá ha muerto —dijo, y se puso a llorar.

Dundy hizo una señal a Tom, que despejó el camino de Theodore Bliss y le permitió entrar en la habitación.

Lenta y vacilante, una mujer entró detrás de él. Era alta, próxima a la treintena, rubia y no muy rolliza. Sus facciones eran amplias y tenía un rostro agradable y despejado. Llevaba un pequeño sombrero castaño y abrigo de visón.

Bliss abrazó a su sobrina, la besó en la frente y se sentó en la cama a su lado.

—Calma, calma —dijo con torpeza.

La joven vio a la rubia, la contempló unos instantes en medio de lágrimas y murmuró:

—Hola, señorita Barrow, ¿cómo está?

—Lamento enormemente... —comenzó a decir la rubia.

Bliss carraspeó y la cortó:

—Ahora es la señora Bliss. Nos casamos esta tarde.

Dundy miró furibundo a Spade. Este parecía a punto de desternillarse de risa mientras liaba un cigarrillo. Después de unos segundos de muda sorpresa, Miriam Bliss añadió:

—Le deseo toda la felicidad del mundo —se volvió hacia su tío, mientras la flamante esposa le daba las gracias—. Y a ti también, tío Ted.

Bliss le palmeó el hombro y la abrazó, sin dejar de mirar inquisitivamente a Spade y a Dundy.

—Su hermano ha muerto esta tarde —informó Dundy—. Lo asesinaron.

La señora Bliss contuvo el aliento. Con un ligero estremecimiento, Bliss abrazó un poco más a su sobrina, pero su rostro no registró el menor cambio de expresión.

—¿Lo asesinaron? —repitió sin comprender.

—Así es —Dundy se metió las manos en los bolsillos del abrigo—. Esta tarde usted estuvo aquí.

Theodore Bliss palideció ligeramente a pesar del bronceado, pero respondió con firmeza:

—Estuve aquí.

—¿Cuánto tiempo?

—Alrededor de una hora. Llegué más o menos a las dos y media y... —miró a su esposa—. Cuando te llamé por teléfono eran casi las tres y media, ¿no?

—Sí —confirmó la esposa.

—Bueno, me marché inmediatamente después.

—¿Tenía una cita con él? —preguntó Dundy.

—No. Llamé a su despacho —señaló a su esposa— y me dijo que se había ido a casa, así que vine para aquí. Quería verlo antes de que Elise y yo nos fuéramos, y quería que asistiera a la boda, pero no podía. Me dijo que esperaba una visita. Estuvimos charlando más tiempo del previsto, por lo que tuve que llamar a Elise para pedirle que nos reuniéramos en el Registro Civil.

Después de una reflexiva pausa, Dundy inquirió:

—¿A qué hora?

—¿Me está preguntando a qué hora nos encontramos? —Bliss miró a su esposa inquisitivamente.

—Eran exactamente las cuatro menos cuarto —respondió la mujer, y rió ligeramente—. Fui la primera en llegar, y no hice más que mirar la hora.

Bliss añadió muy deliberadamente:

—Nos casamos poco después de las cuatro. Tuvimos que esperar a que el juez Whitefield acabara con el caso que estaban viendo, lo que le llevó unos diez minutos, pero pasaron varios más hasta que empezamos. Puede verificarlo... Creo que es la sala segunda del tribunal.

Spade giró y señaló a Tom:

—Será mejor que lo compruebes.

—Ya mismo —respondió Tom, y se alejó.

—Señor Bliss, si las cosas son así no hay ningún problema, pero tengo que hacerle todavía algunas preguntas —prosiguió Dundy—. ¿Le dijo su hermano a quién esperaba?

—No.

—¿Comentó que lo habían amenazado?

—No. No hablaba mucho de sus asuntos, ni siquiera conmigo. ¿Lo habían amenazado?

Dundy apretó los labios.

—¿Sostenían una buena relación?

—Si lo que quiere saber es si éramos amigos, sí.

—¿Está seguro? —insistió Dundy—. ¿Está seguro de que ninguno de los dos estaba resentido con el otro?

Theodore Bliss dejó de abrazar a su sobrina. Una palidez cada vez mayor tornaba cetrino su rostro bronceado.

—Todos los presentes saben que estuve en San Quintín —dijo—. Si se refiere a eso, hable de una buena vez.

—Exactamente —confirmó Dundy. Tras una pausa, añadió—: ¿Qué dice?

Bliss se puso de pie, e inquirió con impaciencia:

—¿Qué digo de qué? ¿Me está preguntando si estaba resentido con él a causa de esa historia? No. ¿Por qué iba a estarlo? Participamos juntos, él pudo librarse y yo tuve mala suerte. Al margen de lo que a él le pasara, yo sabía que me condenarían. El hecho de que lo encerraran conmigo no habría mejorado mi situación. Lo hablamos y decidimos que yo iría solo y él se quedaría libre a fin de solucionar los problemas. Fue lo que hizo. Si echa un vistazo a su cuenta bancaria verá que dos días después de mi salida de San Quintín me entregó un cheque por veinticinco mil dólares, y el secretario de la *National Steel Corporation* le dirá que en esa fecha mil acciones fueron traspasadas de su nombre al mío —sonrió como si pidiera disculpas, y volvió a sentarse en la cama—. Lo lamento. Ya sé que tiene que hacer preguntas.

Dundy hizo caso omiso de la disculpa y prosiguió:

—¿Conoce a Daniel Talbot?

—No —replicó Bliss.

—Yo sí —intervino su esposa—. Mejor dicho, lo he visto. Ayer estuvo en el despacho.

Dundy la examinó atentamente de arriba a abajo antes de preguntar:

—¿Qué despacho?

—Soy..., fui la secretaria del señor Bliss y...

—¿De Max Bliss?

—Sí. Ayer por la tarde lo visitó un tal Daniel Talbot, supongo que se trata de la misma persona.

—¿Y qué pasó?

La mujer miró a su marido, que suplicó:

—Por amor de Dios, si sabes algo, dilo.

—En realidad, no pasó nada. Al principio me pareció que estaban enfadados, pero se fueron juntos, riendo y charlando. Antes de salir, el señor Bliss me llamó y me pidió que le dijera a Trapper, el contable, que hiciera un cheque a nombre del señor Talbot.

—¿Y lo hizo?

—Claro. Yo misma se lo entregué. Era un cheque de siete mil quinientos y pico dólares.

—¿En pago de qué?

—No lo sé —la mujer negó con la cabeza.

—Puesto que era la secretaria de Bliss, debe tener alguna idea sobre sus tratos con Talbot —insistió Dundy.

—En este caso no es así —dijo la señora de Theodore Bliss—. Nunca lo había oído mencionar.

Dundy miró a Spade, cuya expresión era indescifrable. Lo fulminó con la mirada, y luego preguntó al individuo sentado en la cama:

—¿Cómo era la corbata que llevaba su hermano cuando lo vio por última vez?

—Era verde con..., si la viera la reconocería. ¿Por qué me lo pregunta?

La señora Bliss intervino:

—Delgadas rayas diagonales en distintos tonos de verde. Así era la que esta mañana lucía en el despacho.

—¿Dónde guarda las corbatas? —preguntó Dundy al ama de llaves.

La señora Hooper se incorporó, al tiempo que decía:

—En un armario de su habitación. Se lo mostraré.

Dundy y la flamante pareja Bliss siguieron al ama de llaves. Spade dejó el sombrero en el tocador y preguntó a Miriam Bliss:

—¿A qué hora salió? —se sentó a los pies de la cama.

—¿Hoy? Alrededor de la una. Tenía una cita para almorzar a la una y llegué un poco tarde. Luego fui de tiendas y, más tarde... —un estremecimiento la obligó a interrumpirse.

—¿Y a qué hora volvió? —el tono de Spade era amistoso, pragmático.

—Diría que poco después de las cuatro.

—¿Y qué ocurrió?

—Encontré a papá tendido en el suelo y telefoneé..., no sé si al conserje o a la policía, y luego ya no sé qué hice. Me desmayé, tuve un ataque de nervios o algo parecido. Lo único que recuerdo es que recobré el conocimiento y encontré aquí a esos policías y a la señora Hooper —lo miró de lleno a la cara.

—¿No llamó al médico?

La muchacha volvió a bajar la mirada.

—No, creo que no.

—Seguro que no lo hizo, pues sabía que estaba muerto —comentó Spade indiferente. La muchacha guardó silencio—. ¿Sabía que estaba muerto? —persistió.

Miriam Bliss alzó la mirada y lo observó sin comprender.

—Pero estaba muerto.

Spade sonrió.

—Sin duda. A lo que apunto es a saber si lo comprobó antes de telefonear.

La joven se llevó la mano al cuello y repuso con sinceridad:

—No recuerdo qué hice. Me parece que supe que estaba muerto.

Spade asintió comprensivamente.

—Y telefoneó a la policía porque sabía que lo habían asesinado.

La joven se frotó las manos, las miró y respondió:

—Supongo que sí. Fue espantoso. No sé qué pensé o qué hice.

Spade se inclinó hacia adelante y adoptó un tono de voz bajo y convincente:

—Señorita Bliss, no soy detective de la policía. Fui contratado por su padre..., aunque demasiado tarde para salvarlo. En cierto sentido, ahora estoy trabajando para usted, de modo que si hay algo que pueda hacer..., tal vez algo para lo que la policía no está preparada... —se interrumpió cuando Dundy, seguido de los Bliss y del ama de llaves, entró en la habitación—. ¿Hubo suerte?

—La corbata verde no está en su sitio —respondió Dundy. Su mirada recelosa saltó de Spade a la joven—. La señora Hooper dice que la corbata azul que encontramos es una de la media docena que acababa de recibir de Inglaterra.

—¿Qué importancia tiene la corbata? —quiso saber Bliss. Dundy lo miró con evidente disgusto.

—Lo encontramos parcialmente desnudo. Nunca había usado la corbata que estaba con su ropa.

—¿No es posible que se estuviera cambiando cuando se presentó el asesino y que lo matara antes de que terminara de vestirse?

Dundy frunció un poco más el ceño.

—Sí, pero, ¿qué hizo con la corbata verde? ¿Se la comió?

—No se estaba cambiando —aseguró Spade—. Basta mirar el cuello de la camisa para saber que debía tenerla puesta cuando lo asfixiaron.

Tom se asomó y habló con Dundy:

—Confirmadas todas las comprobaciones. El juez y el alguacil Kittredge sostienen que estuvieron allí desde las cuatro menos cuarto hasta las cuatro y cinco o y diez. Le pedí a Kittredge que viniera y les echara un vistazo para cerciorarse de que son los mismos.

—De acuerdo —aceptó Dundy. Sin volver la cabeza, sacó del bolsillo la amenaza escrita a lápiz y firmada con una T dentro de la estrella. La dobló de tal modo que sólo se viera la firma, y preguntó—: ¿Alguien sabe qué significa esto?

Miriam Bliss se levantó de la cama para mirar el dibujo. Todos se observaron desconcertados.

—¿Alguien sabe algo sobre esto? —preguntó Dundy.

—Se parece al dibujo del pecho del pobre señor Bliss, pero... —respondió la señora Hooper.

Los demás manifestaron no saber nada.

—¿Alguien vio alguna vez algo parecido?

Respondieron que nunca.

—Muy bien —concluyó Dundy—. Esperen aquí. Tal vez dentro de un rato quiera preguntarles algo más.

—Un momento —intervino Spade—. Señor Bliss, ¿cuánto hace que conoce a la señora Bliss?

Bliss miró extrañado a Spade, y repuso con cierta reticencia:

—Desde que salí en libertad. ¿Por qué?

—Sólo desde hace un mes —comentó Spade, como si pensara en voz alta—. ¿La conoció a través de su hermano?

—Por supuesto, la conocí en su despacho. ¿Por qué?

—Esta tarde, en el Registro Civil, ¿estuvieron juntos todo el tiempo?

—Sí, absolutamente —respondió Bliss tajante—. ¿A dónde quiere ir a parar?

Spade le sonrió amistoso y se justificó:

—Me veo obligado a hacer preguntas.

Bliss también sonrió, cada vez más entusiasmado.

—No se preocupe. En realidad, soy un mentiroso. De hecho, no estuvimos juntos todo el tiempo. Salí al pasillo a fumar un cigarrillo. Le aseguro que cada vez que miré por el cristal de la puerta la vi sentada en la sala, exactamente donde la había dejado.

Aunque la sonrisa de Spade era tan jovial como la de Bliss, inquirió:

—En los momentos en que no miraba a través del cristal, ¿podía ver la puerta? ¿No es posible que ella abandonara la sala sin que usted la viera?

La sonrisa de Bliss se congeló.

—Imposible —aseguró—. Además, no estuve fuera de la sala más de cinco minutos.

Spade le dio las gracias. Cerró la puerta al salir y siguió a Dundy hasta la sala.

El teniente miró a Spade de soslayo.

—¿Qué opinas?

Spade se encogió de hombros.

Se habían llevado el cadáver de Max Bliss. Además del encargado del secreter y del hombre de cara agrisada, en la sala había dos jóvenes filipinos con uniformes color ciruela. Estaban sentados en el sofá, uno al lado del otro.

—Mack, es imprescindible que aparezca una corbata verde. Te pido que pongas esta casa patas arriba, que eches abajo la manzana y, si es necesario, todo el barrio, con tal de encontrar la maldita corbata. Pide tantos hombres como necesites.

El encargado del secreter se puso en pie, aceptó el encargo, se caló el sombrero y salió.

Dundy miró severamente a los filipinos.

—¿Quién de vosotros vio al hombre de marrón?

—Yo, señor —el más pequeño se puso de pie.

Dundy abrió la puerta del dormitorio, y dijo:

—Bliss.

Bliss se acercó a la puerta. La cara del filipino se iluminó.

—Sí, señor, es él.

Dundy cerró la puerta en las narices de Bliss.

—Siéntate —el muchacho se apresuró a tomar asiento. Dundy los miró amenazadoramente, hasta que se pusieron nerviosos, y entonces preguntó—: ¿A quién más subisteis al apartamento esta tarde?

Los ascensoristas negaron simultáneamente con la cabeza.

—A nadie más, señor —respondió el más menudo. Una sonrisa desesperadamente zalamera le cruzó el rostro. Dundy dio un paso amenazador hacia los muchachos.

—¡Y un cuerno! —exclamó—. Subisteis a la señorita Bliss.

El muchacho más corpulento movió la cabeza corroborando las palabras del teniente.

—Sí, señor. Sí, señor. Los subí yo. Creí que se refería a otras personas —también intentó sonreír.

Dundy lo observaba furioso.

—No te preocupes por lo que crees que quiero decir, y responde a mis preguntas. Dime, ¿qué significa «los subí»?

El chico dejó de sonreír. Miró el suelo, entre sus pies, y respondió:

—A la señorita Bliss y al caballero.

—¿Qué caballero? ¿El que ahora está aquí? —con la cabeza, señaló la puerta que había cerrado en las narices de Bliss.

—No, señor. Otro caballero, uno que no es norteamericano —había vuelto a levantar la cabeza y tenía la mirada encendida—. Me parece que es armenio.

—¿Por qué?

—Porque no es como nosotros, los norteamericanos, ni habla como nosotros.

Spade rió e inquirió:

—¿Has conocido a algún armenio?

—No, señor. Por eso creo que el caballero... —cerró la boca con un chasquido cuando oyó refunfuñar a Dundy.

—¿Qué aspecto tenía? —quiso saber Dundy.

El muchacho alzó los hombros y extendió los brazos.

—Es alto, como este caballero —señaló a Spade—. Pelo y bigote oscuros. Muy... —frunció el ceño con gravedad—, ropa muy elegante. Era un hombre muy elegante. Bastón, guantes, incluso polainas, y...

—¿Joven? —lo cortó Dundy.

El chico volvió a afirmar con la cabeza.

—Sí, señor, era joven.

—¿Cuándo se fue?

—Cinco minutos después —respondió el muchacho.

Dundy simuló masticar, y luego preguntó:

—¿A qué hora llegaron?

El chico estiró las manos y volvió a encogerse de hombros.

—A las cuatro..., tal vez diez minutos después.

—¿Subisteis a alguien más antes de que llegáramos nosotros?

Los filipinos volvieron a negar simultáneamente con la cabeza.

Dundy se dirigió a Spade, procurando que nadie más lo oyera:

—Tráela.

Spade abrió la puerta del dormitorio, hizo una ligera reverencia y preguntó:

—Señorita Bliss, ¿puede salir un momento?

—¿Qué quiere? —preguntó ella a la defensiva.

—Solo le pido que salga un momento —insistió, y mantuvo la puerta abierta. Añadió a bote pronto—: Señor Bliss, será mejor que usted también venga.

Miriam Bliss entró lentamente en la sala, seguida por su tío, y, una vez dentro, Spade cerró la puerta. El labio inferior de la señorita Bliss tembló ligeramente al ver a los ascensoristas. Miró inquieta a Dundy.

El teniente preguntó:

—¿Qué significa esa bobada de que un hombre entró con usted?

A la señorita Bliss volvió a temblarle el labio inferior.

—¿Có-mo? —intentó simular desconcierto.

Theodore Bliss atravesó velozmente la estancia, se detuvo unos segundos ante su sobrina, como si quisiera decir algo pero, evidentemente, cambió de idea y se situó detrás de ella, con los brazos cruzados sobre el respaldo de una silla.

—El hombre que entró con usted —repitió Dundy seca y rápidamente—. ¿Quién es? ¿Dónde está? ¿Por qué se fue? ¿Por qué no lo mencionó?

La joven se tapó la cara con las manos y se puso a llorar.

—Él no tuvo nada que ver —gimoteó con las manos sobre la cara—. No tuvo nada que ver, y sólo le habría creado problemas.

—¡Qué buen muchacho! —ironizó Dundy—. De modo que, para evitar que la prensa publique su nombre, se larga y la deja a solas con su padre asesinado.

Miriam Bliss se descubrió el rostro y gritó:

—No tuvo otra opción. Su esposa es muy celosa, y si se hubiera enterado de que él volvía a estar aquí conmigo, sin duda le pediría el divorcio. Y él no tiene un céntimo a su nombre.

Dundy miró a Spade. Este observó a los filipinos de ojos desorbitados y señaló con el pulgar la puerta de salida.

—Largo de aquí —dijo. Los ascensoristas desaparecieron en menos que canta un gallo.

—¿Quién es esta joya? —preguntó Dundy a Miriam Bliss.

—El no tuvo nada que...

—¿Quién es?

La joven dejó caer los hombros, bajó la mirada y replicó contrariada:

—Se llama Boris Smekalov.

—Deletréelo.

La muchacha accedió.

—¿Dónde vive?

—En el hotel St. Mark.

—Además de dar el braguetazo, ¿a qué se dedica?

La ira demudó su rostro, pero desapareció deprisa.

—No hace nada —respondió.

Dundy giró para dirigirse al hombre de cara agrisada.

—Tráelo.

El hombre de cara agrisada protestó y salió.

Dundy volvió a concentrarse en la chica.

—¿Usted y el mentado Smekalov están enamorados? —la expresión de la joven se tornó desdeñosa. Lo miró con desprecio y no abrió la boca. El teniente prosiguió—: Ahora que su padre ha muerto, ¿heredará suficiente dinero para que él dé el braguetazo con usted si su esposa le exige el divorcio? —Miriam Bliss volvió a cubrirse la cara con las manos—. Ahora que su padre ha muerto, ¿se...?

Spade se estiró tanto como pudo y sostuvo a la joven antes de que cayera. La cogió fácilmente en brazos y la llevó al dormitorio. Regresó, cerró la puerta y se apoyó en el pasador.

—No sé qué pasa con lo demás, pero el desmayo es falso.

—Todo es falso —masculló Dundy.

Spade sonrió burlonamente.

—Debería existir una ley que obligara a los criminales a entregarse.

El señor Bliss sonrió y tomó asiento ante el escritorio de su hermano, junto a la ventana.

La voz de Dundy adquirió un tono desagradable.

—Tú no tienes de qué preocuparte —dijo a Spade—. Tu cliente ha muerto y no puede protestar. Pero si yo no resuelvo el caso, tendré que dar explicaciones al capitán, al jefe, a la prensa y a la madre que los parió.

—Insiste —propuso Spade con tono conciliador—, tarde o temprano atraparás al asesino —adoptó una expresión seria, aunque sus ojos gris amarillento estaban encendidos—. No quiero desviarme del caso más de lo necesario pero, ¿no crees que deberíamos averiguar algo sobre el entierro al que dice haber asistido el ama de llaves? Esa mujer tiene algo extraño.

Dundy miró a Spade con suspicacia, asintió y replicó:

—Tom se encargará.

Spade giró, apuntó con el dedo a Tom y dijo:

—Te apuesto diez a uno a que no hubo tal entierro. Compruébalo... no te dejes embaucar —abrió la puerta del dormitorio y llamó a la señora Hooper. Le dijo—: El sargento Polhaus necesita cierta información.

Mientras Tom apuntaba los nombres y señas que le daba la mujer, Spade se sentaba en el sofá, liaba un cigarrillo y lo fumaba mientras Dundy caminaba lentamente de un extremo a otro, mirando la alfombra con el ceño fruncido. Con autorización de Spade, Theodore Bliss se puso de pie y se reunió en el dormitorio con su esposa.

Finalmente, Tom se guardó la libreta en el bolsillo y dijo al ama de llaves:

—Muchas gracias. Nos veremos —añadió en dirección a Spade y a Dundy y abandonó el apartamento.

Fea, fuerte, serena y paciente, el ama de llaves se quedó donde Tom la había dejado.

Spade giró en el sofá para mirar los ojos firmes y hundidos de la señora Hooper.

—Por eso no se preocupe —comentó y señaló con la mano la puerta que Tom acababa de atravesar—. Solo son comprobaciones de rutina —frunció los labios. Preguntó—: Señora Hooper, sinceramente, ¿qué opina de todo esto?

La mujer respondió serenamente, con su voz firme y algo chillona:

—Creo que es un castigo de Dios.

Dundy dejó de pasearse de un lado a otro.

—¿Qué? —preguntó Spade.

Más que agitación, su voz denotaba certidumbre:

—La muerte es el precio del pecado.

Dundy avanzó hacia la señora Hooper como si fuera un cazador que acecha a su presa. Spade lo retuvo con un ademán de la mano que el sofá ocultaba de la vista de la mujer. Aunque su expresión y su tono denotaban interés, eran tan tranquilos como los de la mujer.

—¿Del pecado?

—A aquel que ofenda a cualquiera de los más jóvenes que creen en mí, más le valiera que le colgaran una piedra de molino al cuello y que lo arrojaran al mar —no habló como si citara la Biblia, sino como si mencionara algo de lo que estaba convencida.

—¿A cualquiera de los más jóvenes?

La señora Hooper clavó su severa mirada gris en el teniente, la desvió hacia la puerta del dormitorio y respondió:

—A ella, a Miriam.

—¿A la hija de Bliss? —Dundy la miró con el ceño fruncido.

—Sí, a su propia hija adoptiva —respondió la mujer.

La cólera tiñó de rojo la cara cuadrada de Dundy.

—¿Qué demonios significa todo esto? —planteó. Meneó la cabeza como si tuviera algo pegajoso—. ¿Miriam no es su hija legítima?

La cólera del teniente no perturbó lo más mínimo la serenidad de la mujer.

—No. Su esposa fue inválida casi toda la vida y no tuvieron hijos.

Dundy movió las mandíbulas como si masticara, y cuando recobró la palabra habló con tono más apaciguado.

—¿Qué le hizo Bliss a Miriam?

—No estoy segura —respondió la señora Hooper—, pero creo sinceramente que cuando se descubra la verdad, comprobará que el dinero que le dejó su padre, quiero decir su legítimo padre, ha...

Spade la interrumpió, hizo un gran esfuerzo por hablar con absoluta claridad y trazó pequeños círculos con una mano para recalcar sus palabras:

—O sea que no sabe realmente si él la estaba timando, está diciendo que sólo lo sospecha.

El ama de llaves se llevó una mano al corazón y respondió con gran aplomo:

—Lo sé, mi corazón lo sabe.

Dundy miró a Spade, y este al teniente, con los ojos encendidos pero no de puro contento. Dundy carraspeó y volvió a dirigirse a la mujer:

—¿También cree que esto —señaló el suelo, donde habían encontrado el cadáver— fue castigo de Dios?

—Estoy convencida.

Su mirada solamente mostraba un íntimo destello de astucia.

—¿De modo que el asesino sólo actuó como mano de Dios?

—No soy yo quien debe decirlo —replicó.

La cara de Dundy volvió a teñirse de rojo.

—De momento, nada más —dijo atragantado, pero cuando la mujer llegó a la puerta del dormitorio, su mirada volvió a encenderse. Agregó—: Un momento —volvieron a quedar frente a frente—. Dígame, ¿por casualidad es rosacruz?

—Solo aspiro a ser cristiana.

—Está bien, está bien —refunfuñó Dundy y le dio la espalda. La señora Hooper entró en el dormitorio y cerró la puerta. El teniente se secó la frente con la palma de la mano derecha y exclamó, agotado—: ¡Santo cielo, qué familia!

Spade se encogió de hombros.

—Prueba a investigar la tuya cuando tengas un rato libre.

Dundy palideció. Sus labios casi incoloros se tensaron sobre la dentadura. Cerró los puños y se lanzó hacia Spade.

—¿Qué diablos quieres...? —lo frenó la expresión afablemente sorprendida de Spade. Desvió la mirada, se humedeció los labios con la punta de la lengua, miró a Spade, volvió a apartar los ojos, intentó sonreír y murmuró—: Te refieres a cualquier familia. Supongo que tienes razón —se dirigió apresuradamente hacia la puerta del pasillo cuando sonó el timbre.

El regocijo que se manifestaba en las facciones de Spade acrecentaba su parecido con un maligno ángel rubio.

A través de la puerta del pasillo llegó una voz amable y cansina:

—Soy Jim Kittredge, del tribunal. Me dijeron que viniera.

—Sí, pase —habló Dundy.

Kittredge era un hombre rechoncho y rubicundo, con ropas demasiado estrechas que brillaban por el paso de los años. Saludó a Spade con la cabeza y dijo:

—Señor Spade, lo recuerdo de la vista del caso Burke-Harris.

—Claro —confirmó Spade y se puso de pie para estrecharle la mano.

Dundy fue al dormitorio en busca de Theodore Bliss y su esposa. Kittredge los miró, les sonrió afablemente y preguntó:

—¿Cómo están ustedes? —se volvió hacia Dundy—. Son ellos, no hay duda —miró a su alrededor en busca de una escupidera, pero no la encontró. Añadió—: Eran aproximadamente las cuatro menos diez cuando este caballero entró en la sala y me preguntó cuánto tardaría su señoría. Le respondí que unos diez minutos y se quedaron esperando. Los casamos a las cuatro en punto, inmediatamente después de que el tribunal levantara la sesión.

—Gracias —concluyó Dundy. Se despidió de Kittredge y envió a los Bliss de regreso al dormitorio. Miró descontento a Spade y preguntó:

—¿Qué sacas en limpio?

Spade volvió a sentarse y respondió:

—Es imposible ir de aquí al Registro Civil en menos de quince minutos, de modo que él no pudo regresar sigilosamente mientras esperaba al juez ni escaparse y hacerlo después de la boda y antes de la llegada de Miriam.

La expresión de insatisfacción de Dundy se acentuó. Abrió la boca y la cerró sin mediar palabra cuando el hombre de cara agrisada se presentó con un joven alto, delgado y pálido que coincidía con la descripción que había hecho el filipino del acompañante de Miriam Bliss.

El hombre de cara agrisada hizo las presentaciones:

—Teniente Dundy, señor Spade, el señor Boris... esto... Smekalov.

Dundy hizo una leve inclinación de cabeza.

Smekalov se puso a hablar enseguida. No tenía tanto acento como para que sus oyentes no se enteraran de lo que decía, si bien sus «erres» sonaban guturales y arrastradas.

—Teniente, le suplico que esto quede entre nosotros. Teniente, si se divulgara sería el acabóse, me llevaría a la ruina total e injustamente. Señor, le aseguro que soy absolutamente inocente de corazón, espíritu y actos, no solo soy inocente, sino que no tengo nada que ver con este horrible asunto. No existe...

—Espere un momento —Dundy clavó un dedo contundente en el pecho de Smekalov—. Nadie ha dicho que estuviera mezclado en nada... pero nos pareció mejor que se presentara.

El joven estiró los brazos con las palmas de las manos hacia adelante, en un gesto expansivo.

—¿Qué quiere que haga? Tengo una esposa que... —meneó enérgicamente la cabeza—. Es imposible...

El hombre de cara agrisada comentó con Spade en tono insuficientemente bajo:

—Estos rusos se pasan de gilipollas.

Dundy clavó la mirada en Smekalov, adoptó un tono imparcial y declaró:

—Probablemente se ha metido en un buen lío.

Smekalov parecía a punto de echarse a llorar.

—Póngase en mi lugar —suplicó— y verá que...

—No me gustaría —a su brusca manera, Dundy parecía compadecerse del joven—. En este país, el asesinato es algo muy serio.

—¡Asesinato! Teniente, le aseguro que me vi involucrado en esta situación por pura mala suerte. No soy...

—¿Quiere decir que vino aquí con la señorita Bliss por casualidad?

El joven parecía a punto de responder afirmativamente, pero dijo que no con gran lentitud y añadió con creciente velocidad:

—No hicimos nada, señor, absolutamente nada. Habíamos almorzado juntos. La acompañé a casa y me invitó a tomar una copa. Acepté. Eso fue todo, se lo juro —levantó las manos con las palmas hacia arriba—. A usted podría haberle pasado lo mismo —giro las manos en dirección a Spade—. Y a usted.

—A mí me pasan muchas cosas —reconoció Spade—. ¿Estaba Bliss enterado de que hacía el tonto con su hija?

—Sí, sabía que éramos amigos.

—¿Sabía además que usted está casado?

—Creo que no —respondió Smekalov prudentemente.

—Usted sabe que Bliss no estaba enterado —insistió Dundy. Smekalov se humedeció los labios y no contradijo al teniente—. ¿Cómo cree que habría reaccionado si lo hubiese descubierto?

—No lo sé, señor.

Dundy se acercó al joven y le habló con voz seca y pausada, apretando los dientes:

—¿Qué hizo cuando se enteró?

El joven retrocedió un paso, pálido y asustado.

Se abrió la puerta del dormitorio y Miriam Bliss entró en la sala.

—¿Por qué no lo deja en paz? —preguntó indignada—. Ya le he dicho que no tuvo nada que ver. Ya le he dicho que no sabe nada —se había detenido junto a Smekalov y le tomó una mano—. Le está creando problemas sin que sirva de nada. Boris, lo siento enormemente, intenté impedir que te molestaran.

El joven masculló unas palabras ininteligibles.

—Lo intentó, es verdad —coincidió Dundy. Se dirigió a Spade—: Sam, ¿es posible que las cosas ocurrieran de la siguiente manera? Bliss se enteró de que Smekalov estaba casado, sabía que tenían una cita para almorzar, volvió temprano a casa para encararlos en cuanto llegaran, amenazó con contárselo a la esposa y lo asfixiaron para impedirlo —miró a la chica de soslayo—. Y si ahora quiere simular otro desmayo, adelante.

El joven lanzó un grito, se arrojó sobre Dundy y lo agarró con ambas manos. Dundy gruñó y le dio un sonoro puñetazo en pleno rostro. El joven trastabilló por la sala hasta chocar con una silla. Hombre y mueble rodaron por el suelo. Dundy ordenó al hombre de cara agrisada:

—Llévalo a comisaría... como testigo.

El hombre de cara agrisada asintió, recogió el sombrero de Smekalov y se acercó a ayudarlo.

Theodore Bliss, su esposa y el ama de llaves se habían acercado a la puerta que Miriam Bliss dejara abierta. La muchacha lloraba, daba pataditas en el suelo y amenazaba a Dundy:

—Cobarde, lo denunciaré. No tenía derecho a...

Nadie le hizo mucho caso. Todos miraron al hombre de cara agrisada, que ayudó a Smekalov a levantarse y se lo llevó. La nariz y la boca de Smekalov eran manchones rojos.

—Silencio —dijo Dundy a Miriam Bliss y sacó un papel del bolsillo—. Tengo una lista de las llamadas que hoy se hicieron en esta casa. Dígame cuáles reconoce.

El teniente leyó un número de teléfono.

—Es de la carnicería —intervino la señora Hooper—. Llamé esta mañana, antes de salir.

Dundy leyó otro número y el ama de llaves informó que correspondía a la tienda de alimentación. Leyó un tercer número.

—Es del St. Mark —dijo Miriam Bliss—. Llamé a Boris.

La joven identificó dos números más, diciendo que eran de sendas amigas.

Bliss dijo que el sexto número pertenecía al despacho de su hermano.

—Probablemente fue la llamada que hice a Elise para pedirle que se reuniera conmigo.

Spade dijo «es el mío» al oír el séptimo número, y Dundy concluyó:

—El último corresponde al servicio de guardia de la policía —se guardó el papel en el bolsillo.

—Esto nos abre muchas posibilidades —comentó Spade alegremente

Sonó el timbre.

Dundy acudió a la puerta. Habló con un hombre, en voz tan baja que sus palabras eran ininteligibles desde la sala.

Sonó el teléfono. Respondió Spade:

—Diga... No, soy Spade. Un momento... De acuerdo —escuchó—. Vale, se lo diré... No lo sé. Diré que te llame... Entendido —al colgar, vio a Dundy de pie en el umbral del vestíbulo, con las manos a la espalda. Spade informó—: O'Gar dice que el ruso enloqueció totalmente durante el traslado a la comisaría. Tuvieron que ponerle una camisa de fuerza.

—Hace mucho que debería estar encerrado —refunfuñó Dundy—. Ven.

Spade siguió a Dundy hasta el vestíbulo. Un policía de uniforme montaba guardia al otro lado de la puerta.

Dundy dejó de ocultar las manos tras la espalda. Con una sujetaba una corbata de delgadas rayas diagonales en distintos tonos de verde, y, con la otra, un alfiler de platino en forma de medialuna, engastado con pequeños diamantes.

Spade se inclinó para estudiar las tres manchas pequeñas e irregulares de la corbata.

—¿Sangre?

—O tierra —arriesgó Dundy—. Los encontró envueltos en una hoja de periódico y arrojados a la papelera de la esquina.

—Sí, señor —dijo con orgullo el agente uniformado—, los encontré apelotonados en... —calló porque nadie le prestaba atención.

—Mejor que sea sangre —decía Spade—. Supone un motivo para llevarse la corbata. Entremos a hablar con esta gente.

Dundy se guardó la corbata en un bolsillo y metió la mano con el alfiler en el otro.

—De acuerdo... diremos que es sangre.

Se dirigieron a la sala. Dundy paseó la mirada de Bliss a su esposa, de esta a su sobrina y al ama de llaves, como si nadie le cayera bien. Sacó la mano del bolsillo, la levantó, la abrió para mostrar el alfiler de medialuna que reposaba en su palma e inquirió:

—¿Y esto qué es?

—Vaya, es el alfiler de papá —Miriam Bliss fue la primera en responder.

—¿De verdad? —preguntó malhumorado el teniente—. ¿Se lo había puesto hoy?

—Se lo ponía siempre —la joven buscó la confirmación de los demás.

Todos asintieron con la cabeza menos la señora Bliss, que murmuró:

—Sí.

—¿Dónde lo encontró? —quiso saber la joven.

Dundy los escrutaba uno tras otro, como si le cayeran peor que nunca. Estaba rojo.

—Se lo ponía siempre —repitió furioso—, pero a ninguno se le ocurrió decir: «Papá siempre se ponía el alfiler, ¿dónde está?». No, tuvimos que esperar a que apareciera para que a alguien se le ocurriera mencionarlo.

—No sea injusto —pidió Bliss—. ¿Cómo podíamos saber...?

—No se preocupe por lo que podían saber —lo interrumpió Dundy—. Ha llegado el momento de que les diga lo que sé.

Sacó la corbata verde de su bolsillo.

—¿Esta es su corbata?

—Sí, señor —respondió la señora Hooper.

—Tiene manchas de sangre, pero no pertenecen a Max Bliss, porque, por lo que vimos, no tenía un solo rasguño —informó Dundy. Entornó los ojos y paseó la mirada de uno a otro—. Supongamos que alguien intenta asfixiar a un hombre que lleva un alfiler de corbata, que el agredido se resiste y entonces... —se interrumpió para mirar a Spade.

Spade se había acercado a la señora Hooper, que estaba de pie. Tenía las manos grandes cruzadas sobre el pecho. Le tomó la derecha, le dio la vuelta, retiró de su palma el pañuelo hecho una bola y descubrió un rasguño reciente de cinco centímetros.

El ama de llaves se dejó examinar la mano pasivamente. No perdió la calma ni pronunció palabra.

—¿Cómo lo explica? —preguntó Spade.

—Me arañé con el alfiler de la señorita Miriam, al acostarla cuando se desmayó —respondió serenamente el ama de llaves.

Dundy soltó una carcajada corta y cruel.

—De todas maneras, la enviarán a la horca —afirmó.

La expresión de la mujer no cambió.

—Se hará la voluntad del Señor —replicó.

Spade emitió un extraño sonido gutural mientras soltaba la mano del ama de llaves.

—Bien, veamos dónde estamos —sonrió a Dundy—. Esa «T» de la estrella no te gusta nada, ¿verdad?

—Ni un ápice —respondió Dundy.

—A mí tampoco —coincidió Spade—. Probablemente la amenaza de Talbot iba en serio, pero esa deuda parece saldada. Veamos... espera un momento —se acercó al teléfono y marcó el número de su despacho—. Durante un rato el asunto de la corbata resultó bastante extraño —comentó mientras esperaba—, pero supongo que las manchas de sangre lo explican. Hola, Effie —dijo por teléfono—. Escucha, en la media hora desde el momento en que telefoneó Bliss, ¿recibiste alguna llamada que tal vez fuera falsa? ¿Llamó alguien para decir algo que te sonó a pretexto? Sí, un poco antes... Exprímete los sesos —tapó el auricular con la mano. Se dirigió a Dundy—: En este mundo hay mucha maldad —volvió a hablar por teléfono—. ¿De verdad? Sí... ¿Kruger? Si... ¿Hombre o mujer? Muchas gracias... No, en media hora habré terminado. Si me esperas te invito a cenar. Adiós —se alejó del teléfono—. Aproximadamente media hora antes de que telefoneara Bliss, un hombre llamó a mi despacho y preguntó por el señor Kruger.

—¿Y qué? —Dundy frunció el ceño.

—Kruger no estaba en mi despacho.

El entrecejo de Dundy se arrugó un poco más.

—¿Quién es Kruger?

—No tengo la menor idea —repuso Spade serenamente—. Jamás lo oí mentar —sacó de los bolsillos tabaco y papel de liar—. Está bien, Bliss, ¿dónde está el arañazo?

—¿Qué? —preguntó Theodore Bliss mientras los demás miraban desconcertados a Spade.

—El arañazo —repitió Spade con suma paciencia. Se había concentrado en el cigarrillo que estaba liando—. El sitio donde se clavó el alfiler mientras estrangulaba a su hermano.

—¿Se ha vuelto loco? —se defendió Bliss—. Yo estaba...

—Pues no es exactamente así —Spade humedeció el borde del papel de liar y lo alisó con los índices.

La señora Bliss tomó la palabra y tartamudeó ligeramente:

—Pero si él... pero si Max Bliss le telefoneó...

—¿Quién dice que Max Bliss me telefoneó? —preguntó Spade—. Eso no lo sé. Yo no conocía su voz. Lo único que sé es que un hombre que dijo ser Max Bliss me telefoneó. Pero pudo ser cualquiera.

—La relación de las llamadas telefónicas de esta casa demuestra que se hizo desde aquí —protestó la señora Bliss.

Spade meneó la cabeza y sonrió.

—Demuestra que recibí una llamada telefónica desde aquí, y es verdad, pero no se trata de la llamada de Max Bliss. Ya dije que alguien telefoneó más o menos media hora antes de la presunta llamada de Max Bliss y que preguntó por el señor Kruger —señaló a Theodore Bliss con la cabeza—. Fue lo bastante listo como para hacer una llamada que quedara registrada desde este apartamento hasta mi despacho, antes de reunirse con usted.

La mujer miró a Spade y a su flamante marido con sus azules ojos pasmados.

Su marido dijo a la ligera:

—Querida, es un disparate. Sabes...

Spade no le permitió acabar la frase:

—Usted sabe que salió al pasillo a fumar un cigarrillo mientras esperaba al juez y él sabía que en el pasillo había cabinas telefónicas. Le bastó un minuto —encendió el cigarrillo y guardó el mechero en el bolsillo.

—¡Es un disparate! —exclamó Bliss más tajantemente—. ¿Por qué querría matar a Max? —sonrió tranquilizadoramente ante la mirada horrorizada de su esposa—. Querida, no permitas que este asunto te perturbe. En ocasiones los métodos de la policía son algo...

—Está bien —lo cortó Spade—, veamos si tiene algún arañazo.

Bliss giró hasta mirarlo cara a cara.

—¡Y un cuerno! —se llevó una mano a la espalda.

Con cara impertérrita y mirada soñadora, Spade dio un paso al frente.

Spade y Effie Perine ocupaban una pequeña mesa del Juliu's Castle, en Telegraph Hill. Por el ventanal veían los transbordadores que de un extremo a otro de la bahía creaban avenidas de luces en las aguas.

—... cabe la posibilidad de que no pretendiera matarlo —decía Spade—, sino sacarle dinero. Supongo que cuando forcejearon y le sujetó el cuello con las manos, lo dominó el resentimiento y no pudo soltarlo hasta que vio que Max estaba muerto. Entiéndeme bien, sólo estoy poniendo en orden lo que indican las pruebas, lo que le arrancamos a la esposa y la poca información que pudimos extraerle.

Effie asintió.

—Es una esposa simpática y leal.

Spade bebió un sorbo de café y se encogió de hombros.

—¿De qué le sirve? Ahora sabe que Theodore le tiró los tejos sólo porque era la secretaria de Max. Sabe que cuando hace quince días él sacó la licencia de matrimonio, solo fue para lograr que le consiguiera las fotocopias de los expedientes que relacionaban a Max con la estafa de Graystone Loan. Sabe... Bueno, ahora sabe que no ayudó a un inocente perjudicado a limpiar su buen nombre.

Bebió otro sorbo de café.

—Así que esta tarde él llamó a su hermano para recriminarle, una vez más, su estancia en San Quintín, le reclamó

... Con cara impertérrita y mirada soñadora, Spade dio un paso al frente.

Imagen de Humphrey Bogart encarnando a Sam Spade
en la película *El halcón maltés* (1941).

dinero, forcejearon y lo mató. Mientras lo estrangulaba se arañó la muñeca con el alfiler. Sangre en la corbata, un rasguño en la muñeca: era muy sospechoso. Quitó la corbata al cadáver y buscó otra porque la ausencia de corbata daría que pensar a la policía. Ahí tuvo mala suerte: las corbatas nuevas de Max estaban a mano y cogió la primera que encontró. Hasta ese momento todo iba bien. Tenía que ponerla alrededor del cuello del muerto... un momento... se le ocurrió otra idea. Decidió quitarle parte de la ropa para desconcertar a la policía. Si le falta la camisa, la corbata no llama la atención, esté puesta o no. Mientras lo desvestía se le ocurrió otra idea. Decidió crear otro motivo de preocupación a la policía y por eso dibujó en el pecho del difunto un signo místico que había visto en alguna revista.

Spade acabó el café, dejó la taza sobre el plato y prosiguió su explicación.

—A esa altura se había convertido en un cerebro capaz de desconcertar a la policía. Pensó en una carta de amenaza firmada con el mismo signo que Max exhibía en el pecho. Sobre el escritorio estaba la correspondencia de la tarde. Cualquier sobre es bueno mientras esté mecanografiado y no tenga remite, pero el enviado desde Francia añadía un toque extranjero, así que sacó la carta original e introdujo la amenaza. Estaba cargando las tintas, ¿te das cuenta? Nos daba tantas pistas extrañas que solo podíamos sospechar de las que parecían correctas: por ejemplo, la llamada telefónica. En ese momento estaba dispuesto a hacer las llamadas que se convertirían en sus coartadas.

»Elige mi nombre en la lista de detectives privados de la guía y monta el numerito del señor Kruger, pero lo hace después de telefonear a la rubia Elise para comunicarle no solo que han desaparecido todos los obstáculos a su matrimonio, sino que le han ofrecido trabajo en Nueva York y que tiene que partir de inmediato. Le propone que se reúnan en quince minutos y se casen. Aquí hay algo más que una coartada. Theodore quiere cerciorarse de que ella está absolutamente convencida de que no es el asesino de Max, ya que

Elise sabe que no siente afecto hacia su hermano y no quiere que ella piense que sólo la cortejaba para sonsacarle información sobre este, dado que Elise es capaz de sumar dos más dos y obtener un resultado parecido a la respuesta correcta.

»Una vez resueltos estos asuntos, se hallaba en condiciones de irse. Salió a cara descubierta, y con una sola preocupación: la corbata y el alfiler que llevaba en el bolsillo. Se llevó el alfiler porque sospechaba que, por mucho que lo limpiara a fondo, la policía podía encontrar restos de sangre en el engaste de los diamantes. Al salir compró un periódico al chico que encontró en la puerta, envolvió corbata y alfiler en una hoja y los arrojó en la papelera de la esquina. Todo parecía correcto. No había motivos para que la policía buscara la corbata. No había motivos para que el barrendero encargado de vaciar las papeleras investigara una hoja de periódico arrugada, y si algo salía mal... ¡qué diablos!, el asesino la había arrojado allí y él, Theodore, no podía serlo porque tenía su coartada.

»Subió al coche y condujo hasta el Registro Civil. Sabía que había muchos teléfonos y que podía decir que necesitaba lavarse las manos, pero no hizo falta. Mientras esperaban a que el juez acabara con el caso, salió a fumar un cigarrillo y ahí lo tienes: «Señor Spade, soy Max Bliss y me han amenazado».

Effie Perine asintió con la cabeza y preguntó:

—¿Por qué crees que prefirió un detective privado a la policía?

—Para no correr riesgos. Si en el ínterin hubiese aparecido el cadáver, cabía la posibilidad de que la policía estuviera enterada y rastreara la llamada. Era imposible que un detective privado se enterara antes de leer el periódico.

—Ese fue tu golpe de suerte —comentó Effie y rió.

—¿De suerte? Yo no estaría tan seguro —se miró con tristeza el dorso de la mano izquierda—. Me lastimé el nudillo al intentar dominarlo y este trabajo sólo ha durado una tarde. Es probable que quien se ocupe de la sucesión arme jaleo si envío una factura por una cantidad digna —levantó la mano para llamar al camarero—. Bueno, espero que la próxima vez haya mejor suerte. ¿Quieres ir al cine o tienes otro compromiso?

RAYMOND CHANDLER

EL HOMBRE QUE AMABA A LOS PERROS

I

Delante de la puerta había un sedán DeSoto nuevo, de color gris aluminio. Pasé a su lado y subí tres escalones blancos, atravesé una puerta de cristal y subí otros tres escalones alfombrados. Llamé a un timbre que había en la pared.

Al instante, los ladridos de una docena de perros empezaron a hacer temblar las paredes. Mientras ladraban, aullaban y gruñían, eché un vistazo al pequeño gabinete, con un escritorio de tapa enrollable y una sala de espera con sillones de cuero de estilo misión californiana, tres diplomas colgados en la pared y una mesa del mismo estilo llena de ejemplares del *Dog Fancier's Gazette*.

Alguien calmó a los perros al fondo de la casa. Se abrió una puerta interior y entró un hombre pequeño, de rostro agradable, con un batín de color canela y zapatillas con suela de goma, exhibiendo una sonrisa preocupada sobre un bigote que parecía dibujado a lápiz. Miró a mi lado y debajo de mí, y no vio ningún perro. Su sonrisa se volvió más tranquila.

—Me gustaría quitarles ese vicio, pero es imposible —dijo—. Cada vez que oyen el timbre, se ponen como locos. Aquí se aburren y saben que el timbre significa visitas.

Yo dije: «Ya», y le entregué mi tarjeta. La leyó, le dio la vuelta y miró el dorso; le dio la vuelta de nuevo y la leyó otra vez.

—Un detective privado —dijo con voz suave, lamiéndose los labios ya húmedos—. Bueno, yo soy el doctor Sharp. ¿Qué puedo hacer por usted?

—Estoy buscando un perro robado.

Sus ojos se clavaron en mí. Su blanda boquita se apretó. Muy poco a poco, toda su cara se sonrojó.

—No estoy insinuando que lo robara *usted*, doctor —dije—. Prácticamente cualquiera podría dejar un animal en un sitio como este, y a usted ni se le ocurriría pensar que no era el dueño, ¿no cree?

—No me gusta la idea —dijo secamente—. ¿Qué clase de perro es?

—Un perro policía.

Restregó un pie sobre la delgada alfombra y miró un rincón del techo. El rubor desapareció de su cara, dejando una especie de blancura brillante. Al cabo de un buen rato dijo:

—Sólo tengo aquí un perro policía, y conozco a sus dueños, así que me temo que...

—Entonces, no le importará que lo vea —le interrumpí, echando a andar hacia la puerta interior.

El doctor Sharp no se movió. Restregó un poco más los pies.

—No creo que eso sea conveniente —dijo en tono suave—. Tal vez más tarde.

—Ahora me viene mejor —dije yo, agarrando el picaporte.

El doctor atravesó corriendo la sala de espera hasta el pequeño escritorio de tapa enrollable. Su manita empuñó el teléfono.

—Llamaré... llamaré a la policía si se pone usted difícil —dijo apresuradamente.

—Me parece bien —dije yo—. Pregunte por el comisario Fulwider. Dígale que Carmady está aquí. Vengo de su despacho.

El doctor Sharp apartó la mano del teléfono. Yo le sonreí, dándole vueltas a un cigarrillo entre los dedos.

—Venga, doctor. Deje esos aires de ofendido y vamos adentro. Si se porta bien, puede que le cuente la historia.

Se mordió los labios, primero uno y luego el otro, miró el secante pardo que había sobre la mesa, jugueteó un poco con él, se enderezó y cruzó la habitación sobre sus zapatillas blancas. Abrió la puerta para que yo pasara y recorrimos un estrecho pasillo gris. Por una puerta abierta vi una mesa de operaciones. Atravesamos otra puerta que había más adelante y entramos en una sala sin muebles, con suelo de cemento. En un rincón había una estufa de gas, a su lado un cuenco con agua y a lo largo de una pared, dos hileras de jaulas con recias puertas de tela metálica.

A través de la malla metálica, perros y gatos nos miraban callados y expectantes. Un pequeño chihuahua husmeaba debajo de un enorme persa rojo que llevaba al cuello un collar ancho de cuero. Había también un *scottie* de cara triste, un chucho al que le faltaba toda la piel de una pata, un angora sedoso de color gris, un *sealyham*, otros dos chuchos más y un fibroso *fox-terrier* con el hocico en forma de tubo y la curvatura justa en el último centímetro.

Tenían los hocicos húmedos y los ojos brillantes, y estaban ansiosos por saber a cuál de ellos iba yo a visitar.

Los miré por encima.

—Estos son de juguete, doctor —gruñí—. Yo hablo de un perro policía. Gris y negro, nada de pardo. Macho, de nueve años. De físico perfecto, excepto que tiene la cola demasiado corta. ¿Le aburro?

Me miró fijamente e hizo un gesto de disgusto.

—Sí, pero... —murmuró—. Está bien, venga por aquí.

Salimos de la habitación. Al parecer, los animales se llevaron una desilusión, sobre todo el chihuahua, que intentó trepar por la tela metálica y casi lo consigue. Salimos por una puerta trasera a un patio de cemento con dos garajes enfrente. Uno de ellos estaba vacío. El otro, que tenía la puerta entornada, era una caja tenebrosa, al fondo de la cual un enorme perro hacía sonar su cadena y apoyaba la quijada en la vieja colcha que le servía de cama.

—Tenga cuidado —dijo Sharp—. A veces se pone muy feroz. Lo tenía dentro, pero asustaba a los otros.

Entré en el garaje. El perro gruñó. Me acerqué a él y tiró de la cadena, haciéndola restallar.

—Hola, Voss —dije—. Dame la mano.

El perro volvió a apoyar la cabeza en la colcha. Alzó las orejas hasta media altura y se quedó muy quieto. Tenía ojos de lobo, con rebordes negros. Entonces, su rabo curvo y demasiado corto empezó a golpear despacio el suelo.

—Dame la mano, muchacho —dije, extendiendo la mía.

Detrás de mí, desde la puerta, el pequeño veterinario seguía diciéndome que tuviera cuidado. El perro se levantó poco a poco sobre sus enormes patazas, dejó caer las orejas a la posición normal y levantó la zarpa izquierda. Yo se la estreché.

El pequeño veterinario empezó a lamentarse.

—Es una sorpresa. Una gran sorpresa, señor... señor...

—Carmady —dije—. Sí, ya lo supongo.

Acaricié la cabeza del perro y salí del garaje.

Entramos en la casa y volvimos a la sala de espera. Quité de en medio unas revistas y me senté en una esquina de la mesa de estilo misión, mirando al pulcro hombrecillo.

—Muy bien —dije—. Desembuche. ¿Cómo se llaman sus dueños y dónde viven?

Hizo memoria con gesto huraño.

—Se llaman Voss. Se han mudado al Este y mandarán a buscar al perro cuando estén instalados.

—Mira qué bonito —dije—. El perro se llama Voss, en recuerdo de un avión de guerra alemán. Y ahora los dueños se llaman como el perro.

—¿Cree usted que miento? —dijo el hombrecillo, indignado.

—No. Es demasiado miedoso para ser un maleante. Lo que creo es que alguien quería desembarazarse del perro. Ahí va la historia. Una chica llamada Isobel Snare desapareció de su casa en San Angelo hace dos semanas. Vivía con su tía abuela, una anciana encantadora y muy bien vestida que no tiene un pelo de tonta. La chica andaba con malas compañías, por locales nocturnos y garitos de juego, así que la anciana se olió un escándalo y no acudió a la policía. No consiguió averiguar nada hasta que una amiga de la chica vio a su perro aquí. Se lo contó a la tía y la tía me contrató a mí... porque cuando la sobrina se marchó en su coche deportivo para no volver llevaba con ella al perro.

Aplasté mi cigarrillo con un tacón y encendí otro. La carita del doctor Sharp estaba blanca como la harina. El sudor brillaba en su pequeño y pulcro bigote.

—La policía todavía no está metida —añadí con suavidad—. Lo del comisario Fulwider era una broma. ¿Qué le parece si mantenemos la boca callada?

—¿Qué... qué quiere usted que haga? —balbuceó el hombrecillo.

—¿Cree que volverá a saber de la gente que trajo el perro?

—Sí —contestó rápidamente—. El hombre parecía que le tenía mucho cariño. Un auténtico amante de los perros. Y el perro era cariñoso con él.

—Entonces, puede que tenga noticias suyas —dije—. Y cuando ocurra, quiero enterarme. ¿Qué aspecto tenía el tipo?

—Era alto y delgado, con ojos negros muy penetrantes. Su mujer también es alta y delgada, como él. Gente bien vestida y tranquila.

—La chica Snare es pequeñaja —dije—. ¿A qué venía tanto secreto? El doctor se miró los pies y no dijo nada.

—Muy bien —dije—. Los negocios son los negocios. Juegue limpio conmigo y no tendrá nada de mala publicidad. ¿De acuerdo?

Le tendí la mano.

—Jugaré limpio —dijo, ofreciéndome una patita fofa y sudorosa. Se la estreché con cuidado para no dislocársela.

Le dije dónde me alojaba y salí a la soleada calle. Caminé una manzana hasta donde había dejado mi Chrysler, me metí en él y lo hice avanzar hasta una esquina lo bastante alejada, desde donde podía ver el DeSoto y la fachada delantera de la casa de Sharp.

Allí me quedé durante media hora. Al cabo de ese tiempo, el doctor Sharp salió de la casa vestido de calle y subió al DeSoto. Dobló la esquina y se metió por la callejuela que pasaba por detrás de su patio.

Puse en marcha el Chrysler y rodeé la manzana por el otro lado, quedándome de guardia en el otro extremo de la callejuela.

Hacia la mitad de la manzana se oyeron ladridos, gruñidos y rugidos, que duraron un buen rato. Por fin, el DeSoto salió marcha atrás del patio de cemento y vino hacia mí. Yo me retiré hasta la siguiente esquina.

El DeSoto se dirigió hacia el sur hasta el bulevar Arguello, y siguió por el bulevar en dirección este. En el asiento trasero iba encadenado un enorme perro policía con un bozal puesto. Solo se le veía la cabeza, tirando de la cadena.

Seguí al DeSoto.

II

La calle Carolina estaba a las afueras de la pequeña ciudad costera. Desembocaba en unas vías muertas del ferrocarril interurbano, más allá de las cuales se extendían una serie de raquíticas granjas japonesas. En la última manzana solo había dos casas, de modo que me escondí detrás de la primera, que hacía esquina y tenía un jardín lleno de hierbajos y una alta y polvorienta enredadera roja y amarilla que peleaba con una madreselva por el dominio de la fachada delantera.

Más allá había dos o tres solares quemados, con unos pocos tallos sobresaliendo de la hierba calcinada, y detrás un desvencijado bungaló del color del barro con una cerca de alambre. Delante de él se detuvo el DeSoto.

Se abrió la puerta del coche y el doctor Sharp sacó del asiento trasero al perro amordazado y forcejeó con él para pasar por la puerta de la cerca y subir el sendero que llevaba a la casa. Una enorme palmera en forma de tonel me impidió verlos llegar a la puerta de la casa. Di marcha atrás al Chrysler, lo hice girar oculto por la casa de la esquina, avancé tres manzanas y doblé por una calle paralela a Carolina. También esta calle terminaba en las vías muertas. Los raíles oxidados atravesaban una selva de hierbajos, bajaban por el otro lado de un camino de tierra y se dirigían de nuevo a la calle Carolina.

El camino de tierra descendía hasta que resultaba imposible ver por encima del terraplén. Cuando calculé que había avanzado tres manzanas, frené, bajé del coche, subí por el terraplén y eché un vistazo por encima.

La casa con la cerca de alambre estaba a media manzana de distancia. El DeSoto seguía aparcado delante. En el aire de la tarde se oían perfectamente los graves ladridos del perro policía. Me eché cuerpo a tierra sobre la hierba, vigilando el bungaló, y esperé.

Durante quince minutos no sucedió nada, excepto que el perro siguió ladrando. De pronto, los ladridos se hicieron más fuertes y feroces. Alguien gritó. Y un hombre empezó a dar alaridos.

Me levanté de entre las hierbas y atravesé corriendo las vías muertas hasta el extremo de la calle. Al acercarme a la casa oí los sordos y furiosos gruñidos del perro que mordía algo, y por detrás el agudo parloteo de una mujer, que parecía más irritada que asustada.

Detrás del portillo de alambre había un césped lleno de dientes de león y malas hierbas. De la palmera en forma de tonel colgaba un pedazo de cartón, los restos de un letrero. Las raíces del árbol habían roto el sendero, abriendo grietas en él y levantando los bordes como si fueran escalones.

Pasé por el portillo y subí a la carrera unos escalones de madera que llevaban a un destartalado porche. Llamé a la puerta.

Dentro se seguían oyendo gruñidos, pero la voz que regañaba había callado. Nadie acudió a abrir la puerta.

Probé el picaporte, abrí la puerta y entré. Olía muchísimo a cloroformo.

En medio del suelo, sobre una alfombra arrugada, yacía el doctor Sharp, tumbado de espaldas con los brazos extendidos. De un costado del cuello le salía sangre a borbotones, formando un charco espeso y reluciente alrededor de su cabeza. El perro estaba agachado a cierta distancia de él, agazapado sobre las patas delanteras, con las orejas pegadas a la cabeza y los fragmentos de un bozal desgarrado colgándole del cuello. Tenía erizados los pelos de la garganta y el espinazo, y emitía un gruñido sordo y constante.

Detrás del perro había un armario con la puerta destrozada y aplastada contra la pared; y en el suelo del armario, una gran bola de algodón despedía mareantes emanaciones de cloroformo.

Una mujer morena y atractiva, con un vestido casero estampado, empuñaba una gran pistola automática y apuntaba al perro, pero no disparó.

Me dirigió una rápida mirada por encima del hombro y empezó a volverse. El perro la miraba, entornando los ojos bordeados de negro. Saqué mi Luger y la mantuve pegada al costado.

Algo crujió y un hombre alto y de ojos negros, que vestía un mono azul descolorido y camisa vaquera azul, irrumpió en la habitación por una puerta de batientes que había al fondo. Traía en las manos una escopeta de dos cañones recortada, y me apuntó con ella.

—¡Eh, usted! ¡Suelte ese hierro! —dijo en tono airado.

Yo moví la mandíbula con la intención de decir algo. El dedo del hombre se cerró sobre el gatillo. Mi pistola se disparó... sin que yo prácticamente interviniera en ello. La bala pegó en la culata de la escopeta y la arrancó limpiamente de las manos del hombre. Cayó al suelo haciendo tanto ruido que el perro saltó de costado casi dos metros y volvió a agazaparse.

Con una expresión de absoluta incredulidad en su rostro, el hombre levantó las manos en el aire.

Ya no había quien me parara. Así que dije:

—Tire la suya también, señora.

La mujer se pasó la lengua por los labios, bajó la automática hasta el costado y se apartó del cuerpo tendido en el suelo.

El hombre dijo:

—No le dispare. Yo puedo controlarlo.

Parpadeé y tardé algo en comprender. El tipo temía que yo le disparara al perro. No estaba preocupado por su propia persona.

Bajé un poco la Luger.

—¿Qué ha pasado aquí?

—Ese... trató de darle cloroformo... ¡A él, un perro de pelea!

—Ya —dije—. Si tienen teléfono, será mejor que llamen a una ambulancia. Sharp no durará mucho con ese agujero en el cuello.

La mujer habló sin ninguna entonación:

—Creí que era usted policía.

Yo no dije nada. Ella caminó a lo largo de la pared hasta un banco de ventana lleno de periódicos arrugados y agarró un teléfono que había en un extremo.

Miré al pequeño veterinario. La sangre había dejado de manar de su cuello. Tenía el rostro más blanco que yo había visto en mi vida.

—Olvídese de la ambulancia —le dije a la mujer—. Llame a la Jefatura de Policía.

El hombre del mono bajó las manos, se arrodilló y comenzó a dar palmadas en el suelo mientras hablaba en tono tranquilizador al perro.

—Tranquilo, viejo, tranquilo. Ahora somos todos amigos..., todos amigos. Tranquilo, Voss.

El perro gruñó y movió un poquito el rabo. El hombre siguió hablándole. El perro dejó de gruñir y se le alisó el pelo del espinazo. El hombre del mono siguió canturreándole.

La mujer dejó el teléfono en el banco de ventana y dijo:

—Ya vienen. ¿Crees que puedes controlarlo, Jerry?

—Pues claro —respondió el hombre, sin apartar la mirada del perro.

El perro dejó que su vientre tocara el suelo, abrió la boca y sacó la lengua. La lengua chorreaba saliva, saliva rosa mezclada con sangre. El pelo de los lados de la boca estaba manchado de sangre.

III

El hombre llamado Jerry dijo:

—Vamos, Voss. Vamos, Voss, viejo amigo. Ya estás bien. Ya estás bien.

El perro jadeaba sin moverse. El hombre se puso en pie y se acercó a él. Le tiró de una oreja y el perro torció la cabeza y dejó que le tirara de la oreja. El hombre le rascó la cabeza, desabrochó el destrozado bozal y se lo quitó.

Se incorporó con el extremo de la cadena rota en la mano y el perro se pegó a sus pies obedientemente, y salió con él por la puerta de batientes a la parte trasera de la casa.

Yo me desplacé un poco, apartándome de la línea de la puerta. Jerry podía tener más escopetas. Había algo en la cara de Jerry que me preocupaba, como si lo hubiera visto antes, pero no muy recientemente, tal vez en una foto de periódico.

Miré a la mujer. Era una morena bastante guapa, de poco más de treinta años. Su sencillo vestido estampado no parecía concordar con sus cejas, delicadamente arqueadas, ni con sus manos, largas y suaves.

—¿Cómo ocurrió? —pregunté en tono casual, como si la cosa no tuviera mucha importancia.

Su voz salió disparada, como si estuviera ansiosa por soltarlo todo.

—Llevamos en esta casa una semana, más o menos. La alquilamos amueblada. Yo estaba en la cocina y Jerry en el jardín. El coche paró ahí delante y este tipejo entró como Pedro por su casa. Supongo que la puerta no estaba cerrada. Yo abrí un poquito la puerta de batientes y le vi empujando al perro dentro del armario. Entonces olí el cloroformo. Luego empezaron a pasar toda clase de cosas a la vez. Yo corrí a buscar una pistola y llamé a Jerry por la ventana. Volví aquí justo cuando usted entraba. ¿Quién es usted?

—¿Y entonces ya todo había terminado? —dije—. ¿Tenía a Sharp hecho trizas en el suelo?

—Sí..., si es que se llama Sharp.

—¿Usted y Jerry no le conocían?

—No le habíamos visto en la vida. Ni a él ni al perro. Pero a Jerry le encantan los perros.

—Vamos, inténtelo otra vez —dije—. Jerry sabía el nombre del perro: Voss.

Su mirada se endureció y la boca adoptó una expresión obstinada.

—Creo que se equivoca —dijo en tono avergonzado—. Le he preguntado quién es usted, señor.

—¿Quién es Jerry? —pregunté—. Lo he visto en alguna parte. Tal vez en los periódicos. ¿De dónde sacó la recortada? ¿Va a dejar que los polis la vean?

Se mordió un labio y se puso en pie de un salto, dirigiéndose a la escopeta caída. Dejé que la recogiera, pero vigilando que no acercara la mano al gatillo. Volvió al banco de la ventana y metió la escopeta debajo del montón de periódicos. Luego se encaró conmigo.

—Muy bien, ¿de qué va este lío? —preguntó muy seria.

Yo respondí despacio.

—El perro es robado. La propietaria es una chica y resulta que ha desaparecido. Me han contratado para encontrarla. Sharp me dijo que el perro se lo había dejado una gente que se parecía mucho a usted y Jerry. Se llamaban Voss y se mudaban al Este. ¿Ha oído hablar alguna vez de una chica llamada Isobel Snare?

La mujer dijo «no» con voz inexpresiva, mientras me miraba la punta de la barbilla.

El hombre del mono volvió a entrar por la puerta de batientes, secándose la cara con la manga de su camisa vaquera. No traía ninguna escopeta más. Me miró con aire despreocupado.

—Les vendría muy bien, de cara a la policía, el que pudieran recordar alguna cosilla acerca de esa chica Snare —dije.

La mujer me miró fijamente y frunció los labios. El hombre sonrió con cierta suavidad, como si tuviera todos los triunfos en la mano. Se oyó un chirrido de neumáticos que doblaban una esquina lejana a toda velocidad.

—Vamos, digan algo —dije rápidamente—. Sharp estaba asustado. Trajo al perro al lugar donde se lo entregaron. Seguramente creía que la casa estaría vacía. La idea del cloroformo no era demasiado buena, pero el pobre tipo estaba hecho un lío.

Ninguno de los dos emitió el menor sonido. Se limitaron a mirarme fijamente.

—Está bien —dije, situándome en un rincón de la habitación—. Creo que son ustedes un par de fugitivos, y si los que vienen por ahí no son de la policía, voy a empezar a disparar. No tengan la menor duda.

—Haga lo que le dé la gana, entrometido —dijo la mujer, muy tranquila.

Un coche llegó a toda velocidad y frenó estrepitosamente delante de la casa. Eché una mirada rápida y vi la luz roja encima del parabrisas y las letras «P. D.» en un costado. Dos tiarrones vestidos de paisano salieron a la carrera, cruzaron la puerta y subieron corriendo los escalones.

Un puño golpeó la puerta.

—Está abierta —grité.

La puerta se abrió de par en par y los dos polis entraron embistiendo, con las armas desenfundadas.

Al ver lo que había en el suelo, se pararon en seco. Sus revólveres nos apuntaron a Jerry y a mí. El que me apuntaba a mí era un tío grandote de cara colorada, con un traje gris abolsado.

—¡Manos arriba! ¡Y vacías! —gritó con voz ronca y potente. Yo levanté las manos, pero no solté la Luger.

—Tranquilos —dije—. Lo mató un perro, no una pistola. Soy detective privado de San Angelo y estoy trabajando en un caso.

—¿Ah, sí? —se acercó a mí, amenazador, y me clavó el revólver en el estómago—. Puede que sea así, amigo. Eso ya lo veremos más tarde.

Levantó la mano y me quitó la Luger de un tirón. La olió y apretó más su revólver contra mí.

—Has disparado, ¿eh? Muy bien, date la vuelta.

—Oiga...

—¡Que te des la vuelta!

Me volví despacio. Mientras yo giraba, él se guardó el revólver en un bolsillo y se llevó la mano a la cadera.

Aquello debió haberme alertado, pero no fue así. No sé si oí el zumbido de la cachiporra. Desde luego, debí sentir el golpe. A mis pies se abrió de pronto un pozo de tinieblas. Me zambullí en él y caí... caí... caí...

IV

Cuando recuperé el sentido, la habitación estaba llena de humo. El humo colgaba en el aire, formando finas líneas verticales, como una cortina de cuentas. Me pareció que había dos ventanas abiertas en la pared del fondo, pero el humo no se movía. Jamás había estado en aquella habitación.

Me quedé tumbado un buen rato, pensando. Luego abrí la boca y grité «¡fuego!» con toda la fuerza de mis pulmones.

Volví a caer de espaldas en la cama y me eché a reír. No me gustó nada el sonido de mi risa. Tenía un tono ridículo, incluso para mí.

Sonaron pasos en alguna parte, una llave giró en la cerradura y la puerta se abrió. Un hombre con una chaquetilla blanca me miró con expresión dura. Volví la cabeza un poco y dije:

—No cuentes con ese, Jack. Se ha escapado.

El hombre frunció el ceño. Tenía una cara pequeña y dura, con ojos como cuentas. No le conocía.

—Parece que quieres otro poco de camisa de fuerza —se burló.

—Estoy bien, Jack —dije yo—. Estoy perfectamente. Ahora voy a echar una siestecita.

—Es lo mejor que puedes hacer —gruñó.

La puerta se cerró, la llave giró, los pasos se alejaron.

Me quedé tumbado, mirando el humo. Ahora me daba cuenta de que en realidad no había humo. Debía ser de noche, porque una lámpara de porcelana que colgaba del techo por medio de tres cadenas estaba encendida. Tenía en el borde bultitos de colores azul y naranja, alternando. Mientras los miraba, los bultitos se abrieron como pequeños ventanucos y por ellos asomaron cabezas, cabecitas diminutas como las de las muñecas, pero vivas. Había un hombre con gorra de marinero, una rubia grandota y pechugona y un tipo flaco con una pajarita torcida, que no paraba de decir: «¿Desea el señor su filete poco hecho o bien pasado?».

Agarré el borde de la áspera sábana y me sequé el sudor de la cara. Me incorporé y puse los pies en el suelo. Estaba descalzo y tenía puesto un pijama de franela. Cuando apoyé los pies en el suelo, no sentí ninguna sensación en ellos. Al cabo de un rato empezaron a hormiguear y luego se llenaron de agujas y alfileres.

Por fin, sentí el suelo. Me agarré al borde de la cama, me puse en pie y di unos pasos.

Una voz, que probablemente era la mía, me decía: «Tienes delírium trémens... tienes delírium trémens... tienes delírium trémens...».

Vi una botella de whisky en una mesita blanca, situada entre las dos ventanas. Me lancé a por ella. Era una botella de Johnny Walker medio llena. La cogí y bebí un buen trago a morro. Dejé la botella en la mesa.

El whisky tenía un sabor raro. Mientras me percataba de que sabía raro vi una palangana en un rincón. Conseguí llegar a la palangana justo a tiempo de vomitar.

Volví a la cama y me tumbé. Vomitar me había dejado muy débil, pero ahora la habitación parecía un poco más real, algo menos fantástica. Vi que las dos ventanas tenían barrotes. Los únicos muebles que había en la habitación eran una pesada silla de madera y la mesita blanca con el whisky drogado. Había también una puerta de armario cerrada, seguramente con llave.

La cama era una cama de hospital y tenía dos correas de cuero a los lados, más o menos a la altura de las muñecas de un hombre. Comprendí que me encontraba en alguna especie de prisión.

De pronto empezó a dolerme el brazo izquierdo. Me remangué el pijama y contemplé media docena de pinchazos en la parte alta del brazo, cada uno con un cerco azul y negro alrededor.

Me habían inyectado tanta droga para mantenerme tranquilo que me habían provocado alucinaciones. Aquello explicaba lo del humo

Antología de relatos policíacos

y lo de las cabecitas en la lámpara del techo. El whisky drogado debía formar parte del tratamiento de alguna otra persona.

Me levanté de nuevo, me puse a andar y seguí andando. Al cabo de un rato bebí un poco de agua del grifo, la tragué y bebí más. Media hora más en ese plan y ya estaba listo para hablar con cualquiera.

La puerta del armario estaba cerrada con llave, y la silla era demasiado pesada para mí. Deshice la cama y corrí el colchón a un lado. Debajo había un somier de muelles, sujeto por los extremos con pesados muelles de más de veinte centímetros de longitud. Me costó media hora y muchos sufrimientos soltar uno de los muelles.

Descansé un ratito, bebí un poco mas de agua fría y me coloqué junto a la puerta, por el lado de las bisagras.

Grité «¡fuego!» varias veces con todas mis fuerzas.

Aguardé, pero no mucho. Oí los pasos de alguien que corría por el pasillo. La llave entró en la cerradura, el cerrojo dio un chasquido y el hombre de la mirada dura y la chaquetilla blanca irrumpió furioso, con los ojos dirigidos a la cama.

Le pegué con el muelle en el ángulo de la mandíbula y luego, según caía, en la nuca. Le agarré del cuello. Se resistió bastante. Le metí un rodillazo en la cara. Me hice daño en la rodilla.

Él no me dijo cómo le sentó a su cara. Le quité una cachiporra del bolsillo derecho, saqué la llave de la cerradura y cerré la puerta por dentro. Había otras llaves en el llavero; una de ellas abría el armario. Miré el interior y allí estaba mi ropa.

Me la puse despacio, con dedos temblorosos, bostezando mucho. El hombre del suelo no se movió.

Lo dejé allí encerrado y me largué.

V

Del pasillo amplio y silencioso, con suelo de parqué y una estrecha alfombra en el centro, partían unas barandillas de roble blanco que bajaban en largas curvas hasta el salón de entrada. Había puertas cerradas, grandes y pesadas, de estilo antiguo. No se oía ningún sonido al otro lado. Bajé por la escalera alfombrada, andando de puntillas.

Unas puertas con cristaleras daban al vestíbulo, donde estaba la puerta de la calle. Hasta allí había llegado cuando sonó un teléfono. Una voz de hombre respondió, desde detrás de una puerta entreabierta, por la que salía algo de luz al vestíbulo en penumbra.

Retrocedí, eché un vistazo por la rendija de la puerta entreabierta y vi a un hombre sentado ante un escritorio, hablando por teléfono. Aguardé a que colgara y entonces entré.

Tenía una cabeza pálida, huesuda y alargada, con un fino rizo de pelo castaño pegado al cráneo. La cara era también larga y pálida, sin alegría. Sus ojos se clavaron en mí y su mano voló hacia un botón del escritorio.

Yo sonreí y le gruñí.

—No lo haga, vigilante. Estoy desesperado —y le enseñé la cachiporra.

Su sonrisa era más rígida que un pescado congelado. Sus manos largas y pálidas gesticulaban sobre la mesa como mariposas mareadas. Una de ellas empezó a deslizarse hacia un cajón lateral del escritorio.

Por fin se le soltó la lengua.

—Ha estado usted muy enfermo, señor. Muy enfermo. Yo no le aconsejaría...

Le pegué un cachiporrazo en la mano vagabunda. Se recogió sobre sí mismo como una babosa sobre una piedra caliente.

—Enfermo no, vigilante, solo drogado hasta perder la razón —dije—. Lo que quiero es salir de aquí y un poco de whisky sin adulterar. Venga.

Hizo unos movimientos vagos con los dedos.

—Soy el doctor Sundstrand —dijo—. Esto es una clínica privada, no una cárcel.

—¡Whisky! —grazné—. Yo me ocuparé del resto. Una clínica privada divertidísima. Bonito montaje. ¡Whisky!

—En el botiquín —dijo con un largo suspiro de resignación.

—Ponga las manos detrás de la cabeza.

—Me temo que se arrepentirá de esto —dijo, poniendo las manos detrás de la cabeza.

Pasé al otro lado del escritorio y abrí el cajón que su mano había intentado alcanzar. Saqué una automática. Me guardé la cachiporra y rodeé de nuevo el escritorio para llegar al botiquín que colgaba de la pared. Dentro había una botella de *bourbon* de medio litro y tres vasos. Saqué dos y serví dos tragos.

—Usted primero, guardia.

—No..., yo no bebo. Soy abstemio total —murmuró, todavía con las manos detrás de la cabeza.

Volví a sacar la cachiporra. Bajó una mano a toda prisa y se bebió una de las copas. Lo miré con mucha atención y no me pareció que le sentara mal. Olfateé mi vaso y me lo eché al coleto. Me sentó de maravilla, así que me bebí otro y luego me guardé la botella en el bolsillo de la chaqueta.

—Muy bien —dije—. ¿Quién me metió aquí? Desembuche, que tengo prisa.

—Pues... la policía, naturalmente.

—¿Qué policía?

Se encogió de hombros en su butaca. Parecía mareado.

—Un hombre llamado Galbraith firmó como testigo de la denuncia. Estrictamente legal, se lo aseguro. Es de la policía.

—¿Desde cuándo puede un poli firmar como testigo de una denuncia en un caso psiquiátrico?

No respondió nada.

—Para empezar, ¿quién me drogó?

—No tengo ni idea. Supongo que eso viene ocurriendo desde hace bastante tiempo.

Me palpé la barbilla.

—Por lo menos dos días —dije—. Deberían haberme pegado un tiro. A la larga, trae menos complicaciones. Hasta luego, vigilante.

—Si sale de aquí —dijo, con voz quebrada—, le detendrán inmediatamente.

—No será solo por salir —dije yo con suavidad.

Cuando me marché, todavía tenía las manos detrás de la cabeza.

En la puerta de la calle había un pestillo con cadena, además de la cerradura, pero nadie trató de impedirme que la abriera. Atravesé un porche grande y anticuado y me encontré en un sendero ancho, bordeado de flores. Un pájaro cantaba en un árbol oscuro. Una cerca de estacas blancas separaba el jardín de la calle. La casa estaba en la esquina de la calle 29 con Descanso.

Caminé cuatro manzanas en dirección este, llegué a una parada de autobús y me puse a esperar. No se oyó ninguna alarma, ningún coche patrulla vino a buscarme. Llegó el autobús y me llevó al centro. Me metí en unos baños turcos y disfruté de un baño de vapor, una ducha fría, un masaje, un afeitado y el resto del whisky.

Ya estaba en condiciones de comer. Después de comer busqué un hotel donde no me conocieran y me inscribí con un nombre falso. Eran las once y media. El diario local, que leí mientras bebía más whisky con agua, me informó de que un tal doctor Richard Sharp, que había sido encontrado muerto en una casa deshabitada de la calle Carolina, seguía causándole quebraderos de cabeza a la policía. Aún no tenían ninguna pista del asesino.

Me metí en la cama a dormir, tuve pesadillas y me desperté cubierto de sudor frío. Era el último síntoma del síndrome de abstinencia. Por la mañana me encontré ya como nuevo.

VI

El comisario Fulwider era un peso pesado achaparrado y tirando a gordo, con ojos inquietos y una mata de pelo rojo de ese tono que es casi rosa. Lo llevaba muy corto, y el rosa de su cuero cabelludo brillaba entre el rosa de sus cabellos. Vestía un traje de franela de color canela, con bolsillos pegados y caída impecable, que no había sido cortado por un sastre cualquiera.

Me estrechó la mano, giró su silla hacia un lado y cruzó las piernas, enseñándome unos calcetines de hilo de Escocia de los de tres o cuatro dólares el par, y unos zapatos ingleses de color nogal hechos a mano, de quince a dieciocho dólares, a precios de crisis.

Pensé que seguramente su mujer tendría dinero.

—Ah, Carmady —dijo, pescando mi tarjeta de encima del cristal de su escritorio—. Con dos «aes», ¿eh? ¿Está aquí por razones de trabajo?

—He tenido un pequeño problema —dije—. Usted puede arreglarlo, si quiere.

Sacó pecho, gesticuló con una mano y bajó la voz un par de tonos.

—Problemas —dijo—. Eso es algo que no abunda en nuestra pequeña ciudad. Tenemos una ciudad pequeña pero muy, muy limpia. Miro por la ventana que da al oeste y veo el Océano Pacífico. Más limpio que eso no hay nada. Por el norte, el bulevar Arguello y las faldas de las colinas. Por el este, la mejor zona comercial que uno pueda desear, y más allá, un paraíso de casas y jardines bien cuidados. Por el sur..., si tuviera una ventana que diera al sur, que no la tengo..., vería el mejor embarcadero de yates del mundo, a pesar de lo pequeño que es.

—Me traje los problemas yo mismo —dije—. Al menos, parte de ellos. El resto vino por añadidura. Una chica llamada Isobel Snare se escapó de su casa en la gran ciudad, y su perro apareció aquí. Encontré el perro, pero la gente que lo tenía se tomó un montón de molestias para cerrarme la boca.

—¿Ah, sí? —preguntó el comisario con aire ausente. Las cejas le bailaban en la frente. No pude decidir si yo le estaba tomando el pelo o él me lo estaba tomando a mí.

—Por favor, cierre la puerta con llave, ¿quiere? —dijo—. Usted es más joven que yo.

Me levanté, hice girar la llave, volví a sentarme y saqué un cigarrillo. Para entonces, el comisario tenía ya sobre la mesa una botella con muy buena pinta, dos vasos y un puñado de semillas de cardamomo.

Tomamos un trago y Fulwider partió tres o cuatro semillas, que masticamos mientras nos mirábamos el uno al otro.

—Cuéntemelo todo —dijo por fin—. Ahora puedo asimilarlo.

—¿Ha oído hablar de un tipo llamado Saint el Granjero?

—¿Que si he oído? —pegó un puñetazo en la mesa que hizo saltar las semillas de cardamomo—. Pero si dan mil pavos por ese pájaro. Es un atracador de bancos, ¿no?

Asentí, procurando leer en sus ojos sin que se me notara.

—Él y su hermana trabajan juntos. Ella se llama Diana. Se visten de campesinos y atracan bancos pequeños, en poblaciones pequeñas. Por eso le llaman Saint el Granjero. Dan otros mil por la hermana.

—Ya me gustaría echarle el guante a esa pareja —dijo el comisario con firmeza.

—¿Y por qué coño no lo ha hecho? —pregunté.

No llegó a chocar con el techo, pero abrió tanto la boca que temí que se le cayera la mandíbula inferior en las rodillas. Se le salieron unos ojos como dos huevos duros. Un hilillo de saliva asomó en la grasienta comisura de su boca. La cerró con toda la determinación de una excavadora mecánica.

Fue una gran actuación, si es que estaba actuando.

—Repita eso —susurró.

Abrí el diario que llevaba doblado y señalé una columna.

—Fíjese en el asesinato de este Sharp. Su periódico local no ha dado ni una. Dice que hubo una llamada anónima a la policía y que sus muchachos llegaron corriendo y encontraron un muerto en una casa vacía. Pues de eso, nada. Yo estaba allí, Saint el Granjero estaba allí y su hermana estaba también allí. Y sus polis estaban allí cuando nosotros estábamos allí.

—¡Traición! —gritó de pronto—. ¡Traidores en el departamento!

Tenía la cara tan gris como un papel matamoscas. Sirvió dos tragos más con mano temblorosa.

Esta vez me tocaba a mí partir las semillas de cardamomo.

Se bebió su copa de un trago y se lanzó sobre un interfono de caoba que tenía en el escritorio. Capté el apellido Galbraith. Me levanté y abrí la puerta.

No tuvimos que esperar mucho, aunque sí lo suficiente para que el comisario se tomara dos copas más. Su rostro adquirió un color más agradable.

Entonces se abrió la puerta y por ella entró el poli grandullón de la cara colorada que me había atizado, con una pipa entre los dientes y las manos en los bolsillos. Cerró la puerta empujándola con el hombro y se apoyó en ella con aire despreocupado.

—Hola, sargento —le dije.

Me miró como si tuviera ganas de patearme la cara sin tener que andar con prisas.

—¡La placa! —chilló el comisario—. ¡La placa! Déjela en mi mesa. ¡Está despedido!

Galbraith se acercó despacio al escritorio, apoyó un codo en él y acercó la cara a un palmo de la nariz del comisario.

—¿De qué habla? —preguntó en tono insolente.

—Ha tenido a Saint el Granjero al alcance de la mano y le ha dejado escapar —chilló el comisario—. Usted y ese tarugo de Duncan. Dejaron que les encajonara con una escopeta y se largara. Pues se acabó. Está despedido. Va a tener menos trabajo que una ostra en lata. ¡Deme su placa!

—¿Quién demonios es Saint el Granjero? —preguntó Galbraith sin dejarse impresionar, echando el humo de la pipa a la cara del comisario.

—No lo sabe —se me quejó el comisario—. No lo sabe. Esta es la clase de personal con la que tengo que trabajar.

—¿Trabajar, usted? —preguntó Galbraith en tono displicente.

El obeso comisario saltó como si le hubiera picado una abeja en la punta de la nariz. Cerró su carnoso puño y le pegó a Galbraith en la mandíbula con lo que pretendía ser una fuerza terrible. La cabeza de Galbraith se movió aproximadamente un centímetro.

—No haga eso —dijo—. Se le reventará una tripa y ¿qué sería entonces del departamento? —Me dirigió una mirada y volvió a mirar a Fulwider—. ¿Se lo cuento?

Fulwider me miró para ver qué tal iba funcionando el espectáculo. Yo tenía la boca abierta y el rostro tan inexpresivo como el de un peón de granja en una clase de latín.

—Sí, cuénteselo —gruñó, sacudiendo los nudillos.

Galbraith apoyó una maciza pierna en una esquina de la mesa y vació su pipa. Echó mano al whisky y se sirvió un trago en el vaso del comisario. Se limpió los labios y sonrió. Cuando sonreía, abría toda la boca, y era una boca en la que un dentista habría podido meter las dos manos hasta los codos.

Habló con mucha calma.

—Cuando Dunc y yo llegamos allá, usted estaba tirado en el suelo, y el tipo larguirucho estaba encima de usted con una cachiporra. La tía estaba en un banco al lado de la ventana, con un montón de periódicos a su alrededor. Vale. El larguirucho empieza a contarnos algo cuando un perro se pone a aullar en la parte de atrás. En cuanto nos volvemos a mirar, la tía saca una recortada del calibre doce de entre los periódicos y nos apunta con ella. Bueno, ¿qué podíamos hacer, aparte de portarnos bien? Ella no podía fallar y nosotros sí. El tío se saca más pistolas de los pantalones, nos atan y nos meten en un armario con bastante cloroformo como para que nos quedáramos quietos sin necesidad de cuerdas. Al cabo de un rato los oímos marcharse, en dos coches. Cuando conseguimos soltarnos, el fiambre tenía toda la casa para él solo. Así que apañamos un poco la historia para la prensa. Aún no sabemos nada nuevo.

»¿Qué tal encaja esto con su versión?

—No del todo mal —dije yo—. Tal como yo lo recuerdo, la mujer telefoneó a la policía, pero podría haberme equivocado. Del resto, lo único que concuerda es que me tumbaron de un porrazo y no me enteré de nada más.

Galbraith me dirigió una mirada desagradable. El comisario se miró el dedo pulgar.

Antología de relatos policíacos

—Cuando recobré el sentido —continué—, estaba en una clínica privada de desintoxicación de drogados y alcohólicos en la calle 29. La dirige un tipo que se llama Sundstrand. Me habían metido en el cuerpo tanta morfina que me creía la moneda de la suerte de Rockefeller dando vueltas sobre mí misma.

—¡Ese Sundstrand! —dijo Galbraith en tono airado—. Ese tipo lleva ya demasiado tiempo tocándonos los cojones. ¿Y si vamos allá y le apretamos las tuercas, jefe?

—Debemos suponer que Saint el Granjero metió a Carmady allí —dijo Fulwider solemnemente—. De modo que tiene que haber alguna conexión. Sí, yo diría que sí. Y lleve con usted a Carmady. ¿Quiere ir? —me preguntó.

—¿Que si quiero? —dije de todo corazón.

Galbraith miró la botella de whisky y dijo con mucha cautela:

—Dan mil pavos por ese Saint y otro tanto por su hermana. Si los pescamos, ¿cómo repartimos la recompensa?

—Yo no entro en eso —dije—. Tengo una paga fija, más gastos.

Galbraith volvió a sonreír. Se balanceó sobre sus talones y sonrió con una amabilidad untuosa.

—Fenómeno. Tenemos su coche abajo, en el garaje. Un japonés llamó diciendo donde estaba. Podemos ir en él... usted y yo solos.

—Tal vez deberías llevar alguien más, Gal —dijo el comisario en tono dubitativo.

—Quita. Con él y yo hay más que de sobra. Es un tipo duro. De lo contrario, no estaría vivo.

—Muy bien —dijo el comisario, más animado—. Brindemos por ello.

Pero seguía estando confuso. Se olvidó de las semillas de cardamomo.

VII

A la luz del día era un sitio bastante bonito. Las begonias formaban una masa compacta bajo las ventanas frontales y había una alfombra redonda de pensamientos en torno al pie de una acacia.

A un lado de la casa, un rosal trepador de flores escarlatas cubría un enrejado, y un colibrí de color verde bronce picoteaba delicadamente una masa de guisantes de olor que crecía sobre la pared del garaje.

Parecía la casa de un matrimonio mayor y bien establecido que hubiera venido a la costa para disfrutar de la mayor cantidad posible de sol en su vejez.

Galbraith escupió en el estribo de mi coche, vació su pipa, abrió la puerta del jardín, recorrió el sendero a grandes zancadas y apretó con el pulgar un elegante timbre de bronce.

Esperamos. En la puerta se abrió una mirilla, y un rostro alargado y cetrino nos miró por debajo de una cofia almidonada de enfermera.

—Abra. Es la policía —gruñó el grandullón.

Chirrió una cadena y se corrió un cerrojo. La puerta se abrió. La enfermera medía un metro ochenta y tenía brazos largos y manos grandes; la ayudante ideal de un torturador. Algo le pasó a su cara y comprendí que estaba sonriendo.

—Vaya, si es el señor Galbraith —gorjeó con una voz que sonaba chillona y gutural al mismo tiempo—. ¿Cómo está usted, señor Galbraith? ¿Desea ver al doctor?

—Sí, y ahora mismo —gruñó Galbraith, pasando de largo junto a ella.

Atravesamos el vestíbulo. La puerta del despacho estaba cerrada. Galbraith la abrió de una patada. Yo le seguía los pasos y la gigantesca enfermera me los seguía a mí, sin parar de gorjear.

El doctor Sundstrand, aquel abstemio total, estaba tomándose un tentempié matutino salido de una botella nueva de litro. Sus finos cabellos formaban mechones pegajosos a causa del sudor, y la máscara huesuda que era su cara parecía tener un montón de arrugas que no estaban allí la noche anterior.

Apartó rápidamente la mano de la botella y nos obsequió con su sonrisa de pescado congelado.

—¿Qué es esto? —dijo con voz pastosa—. ¿Qué es esto? Creí haber dado orden de...

—Déjese de cuentos —dijo Galbraith, acercando una silla al escritorio—. Y usted ahueque, hermana.

La enfermera gorjeó algo más, salió y cerró la puerta. El doctor Sundstrand paseó la mirada por mi rostro y puso cara triste.

Galbraith apoyó los dos codos en la mesa y se agarró los carnosos mofletes. Miró fijamente al escurridizo doctor, con una mirada venenosa.

Al cabo de lo que pareció un largo rato, dijo, casi con suavidad:

—¿Dónde está Saint el Granjero?

Los ojos del doctor se abrieron como platos. Le temblaba la nuez por encima del cuello del batín. Sus ojos verdosos empezaron a adoptar un aspecto bilioso.

—¡No me haga perder el tiempo! —rugió Galbraith—. Lo sabemos todo sobre este montaje que es su clínica privada, el escondrijo para fugitivos que tiene en ella, los negocios paralelos con drogas y mujeres... Se pasó de la raya al meterse en el secuestro de este sabueso de la gran ciudad. Esta vez sus padrinos de la capital no le van a servir de nada. Venga ya, ¿dónde está Saint? ¿Y dónde está la chica?

Recordé como de pasada que yo no había dicho nada sobre Isobel Snare delante de Galbraith... si es que era ella la chica a la que se refería.

El doctor Sundstrand agitó una mano sobre el escritorio. El asombro más absoluto parecía estar añadiendo un toque definitivo de parálisis a su nerviosismo.

—¿Dónde están? —gritó de nuevo Galbraith.

Se abrió la puerta y volvió a irrumpir la enorme enfermera.

—Por favor, señor Galbraith, los pacientes. Piense en los pacientes, por favor, señor Galbraith.

—Váyase a freír espárragos —le dijo Galbraith por encima del hombro.

La enfermera revoloteó en torno a la puerta. Sundstrand recuperó por fin el habla. Pero era solo un vestigio de voz.

—Como si usted no lo supiera —dijo en tono fatigado.

Y entonces su mano se introdujo como un rayo bajo el batín y volvió a salir empuñando una reluciente pistola. Galbraith se dejó caer de la silla, tirándose de costado. El doctor le disparó dos veces y falló las dos. Yo toqué un arma con la mano, pero no llegué a sacarla. Galbraith se echó a reír desde el suelo y su manaza derecha buscó en el sobaco y sacó una Luger que se parecía mucho a la mía. Disparó una sola vez.

No hubo ningún cambio en el rostro alargado del doctor. No vi dónde le había dado la bala. Su cabeza se abatió y cayó sobre el escritorio, mientras la pistola rebotaba en el suelo. Quedó inmóvil, con la cara pegada a la mesa.

Galbraith me apuntó con su pistola y se levantó del suelo. Volví a mirar la pistola. Estaba seguro de que era la mía.

—Bonita manera de obtener información —dije como quien no quiere la cosa.

—Baje las manos, sabueso. Nada de travesuras.

Bajé las manos.

—Qué bien —dije—. Supongo que toda esta escena la han montado con el único fin de liquidar al doctor.

—Él tiró primero, ¿no?

—Sí —dije con un hilo de voz—. Él tiró primero.

La enfermera se deslizaba hacia mí, pegada a la pared. No había emitido un solo sonido desde que Sundstrand montó su número. Ya estaba casi a mi lado. De pronto, y ya demasiado tarde, vi el brillo de unos nudillos metálicos en su manaza derecha, y vi también pelos en el dorso de la mano.

Esquivé, pero no lo suficiente. Recibí un golpe demoledor que pareció reventarme la cabeza. Choqué contra la pared, se me licuaron las rodillas y tuve que forzar el cerebro al máximo para evitar que mi mano empuñara un arma.

Me enderecé. Galbraith me lanzó una mirada maligna.

—No ha sido muy listo que digamos —dije—. Todavía tiene mi Luger en la mano y eso fastidia el montaje, ¿no?

—Veo que va comprendiendo, sabueso.

Antología de relatos policíacos

Tras un momento de silencio, la enfermera de voz gorjeante dijo:

—Joder, el tío tiene una mandíbula como una pata de elefante. Que me maten si no le he pegado como para romperme los nudillos.

En los ojillos de Galbraith se veía la muerte.

—¿Y lo de arriba? —preguntó a la enfermera.

—Se terminó anoche. ¿Le arreo otra castaña?

—¿Para qué? No ha sacado su artillería y es demasiado duro para ti, nene. Este tío come plomo.

—El nene tendría que afeitarse dos veces al día para hacer este trabajo —dije yo.

La enfermera sonrió y se corrió la cofia almidonada y la peluca pajiza sobre su cráneo redondo. La tía —es decir, el tío— sacó un revólver del interior de su uniforme blanco.

Galbraith habló.

—Fue en defensa propia, ¿se da cuenta? Usted se peleó con el doctor, pero él disparó primero. Sea bueno y Dunc y yo procuraremos recordarlo así.

Me froté la mandíbula con la mano izquierda.

—Mire, sargento. Yo sé encajar una broma tan bien como cualquiera. Usted me aporreó en aquella casa de la calle Carolina y se lo calló. Yo tampoco dije nada. Me figuré que tendría sus razones y que ya me pediría disculpas en el momento oportuno. Me parece que puedo adivinar cuáles son esas razones. Creo que usted sabe dónde está Saint, o puede averiguarlo. Y Saint sabe dónde está la chica Snare, porque tenía su perro. Vamos a procurar hacer un trato que nos beneficie a los dos.

—Nosotros ya estamos servidos, pardillo. Le prometí al doctor que le traería a usted aquí para que él jugara con usted. Coloqué aquí a Dunc disfrazado de enfermera para que le ayudara a tenerle a usted controlado. Pero en realidad, al que queríamos controlar era a él.

—Muy bien —dije—. ¿Y yo qué saco de todo esto?

—Tal vez un poco más de vida.

—Ya —dije—. No vaya a pensar que quiero engañarle..., pero mire esa ventanita que hay en la pared, detrás de usted.

Galbraith no se movió ni apartó los ojos de mí. Sus labios se curvaron en una mueca cínica.

Duncan, el transformista, sí que miró... y dio un grito.

En el rincón de la pared del fondo una ventanita cuadrada con cristal de color se había abierto sin hacer ningún ruido. Yo la miraba de frente, más allá de la oreja de Galbraith, directamente a la negra boca de la ametralladora apoyada en el alféizar y a los dos ojos negros y duros que brillaban detrás del arma.

Una voz que yo había escuchado por última vez tranquilizando a un perro dijo:

—¿Qué tal si tiras el hierro, hermanita? Y tú, el de la mesa, agárrate a una nube.

VIII

La bocaza del polizonte aspiró aire. Luego, toda su cara se puso tensa, pegó un salto y la Luger tosió una vez, fuerte y cortante.

Yo me tiré al suelo en el momento en que la ametralladora soltaba una corta ráfaga. Galbraith se arrugó junto al escritorio y cayó de bruces con las piernas torcidas. Le salía sangre de la boca y la nariz.

El poli vestido de enfermera se puso tan blanco como su cofia almidonada. Su revólver rebotó en el suelo y sus manos trataron de agarrar el techo.

Se produjo un extraño e incómodo silencio. Apestaba a humo de pólvora. Saint el Granjero, desde su puesto elevado en la ventana, habló con alguien fuera de la casa.

Oí una puerta que se abría y se cerraba, y pasos que corrían por el vestíbulo. La puerta de nuestra habitación se abrió de par en par y entró Diana Saint con una automática en cada mano. Una mujer alta y guapa, morena y bien arreglada, con un gracioso sombrero negro y guantes en las manos que empuñaban las pistolas.

Yo me levanté del suelo, manteniendo las manos a la vista. Ella, muy tranquila, dirigió la voz hacia la ventana sin mirarla.

—Vale, Jerry. Los tengo controlados.

La cabeza y los hombros de Saint, junto con su ametralladora, desaparecieron del marco de la ventana, dejando ver el cielo azul y las lejanas y finas ramas de un árbol.

Se oyó un golpe sordo, como si alguien saltara de una escalera al porche de madera. En la habitación éramos como cinco estatuas, dos de ellas caídas.

Alguien tenía que moverse. La situación exigía dos muertes más. Si lo miraba desde el punto de vista de Saint, no encontraba otra salida. Había que hacer limpieza general.

El viejo truco no había dado resultado cuando no había truco. Lo intenté otra vez, ahora con truco. Miré más allá del hombro de la mujer, me forcé a sonreír y dije con voz ronca:

—Hola, Mike. Justo a tiempo.

No la engañé, como es natural, pero se puso furiosa. Tensó el cuerpo y disparó hacia mí con la pistola de la mano derecha. Era una pistola muy grande para una mujer, y saltó. La otra pistola saltó al mismo tiempo. No vi dónde pegaban los tiros. Me lancé contra ella por debajo de la línea de fuego.

Mi hombro chocó con su cadera y la tía cayó hacia atrás, golpeándose la cabeza contra el marco de la puerta. No me anduve con miramientos para hacerle soltar las pistolas. Cerré la puerta de una patada, estiré la mano para dar la vuelta a la llave y me aparté justo a tiempo para evitar un zapato de tacón que hacía lo posible por machacarme la nariz.

Duncan dijo: «Bien, tío», y se agachó a recoger su revólver del suelo.

—Vigile la ventanita si quiere seguir vivo —le gruñí.

Yo ya estaba detrás del escritorio, tirando del teléfono que había bajo el cadáver del doctor Sundstrand y llevándomelo tan lejos de la línea de la puerta como permitía el cable. Me tiré al suelo boca abajo y empecé a marcar.

Los ojos de Diana volvieron a la vida al ver el teléfono. Se puso a chillar.

—¡Me han pillado, Jerry! ¡Me han pillado! La ametralladora empezó a hacer pedazos la puerta mientras yo le berreaba al oído a un sargento que se aburría en su despacho. Volaban trozos de yeso y madera como los puñetazos en una boda de irlandeses. Las balas sacudían el cuerpo del doctor Sundstrand como si una descarga eléctrica lo hubiera vuelto a la vida. Lancé el teléfono lejos, agarré las pistolas de Diana y ataqué la puerta desde nuestro lado. Por un agujero grande se veía tela; tiré contra ella.

No podía ver lo que hacía Duncan, pero no tardé en saberlo. Un tiro que no podía haber entrado por la puerta acertó a Diana Saint en la punta de la barbilla. Volvió a caer, y caída se quedó.

Otro tiro que tampoco entró por la puerta hizo volar mi sombrero. Rodé por el suelo y le grité a Duncan. Su revólver describió un rígido arco, siguiéndome. El tío gruñía como una fiera. Volví a gritar.

Cuatro manchas rojas y redondas aparecieron en diagonal en su uniforme de enfermera, a la altura del pecho. Se extendieron hasta juntarse en el poco tiempo que tardó Duncan en caer.

En alguna parte sonaba una sirena. Era mi sirena, que venía a por mí. Cada vez sonaba más cerca.

La ametralladora dejó de disparar y un pie pateó la puerta. Esta tembló, pero la cerradura aguantó. Metí cuatro balas más a través de la puerta, lejos de la cerradura.

La sirena sonaba más fuerte. Saint tenía que largarse. Le oí correr por el vestíbulo. Una puerta se cerró de golpe y un coche se puso en marcha en el callejón de atrás. El ruido de su motor fue disminuyendo mientras el aullido de la sirena que se acercaba iba en *crescendo*.

Me arrastré hacia la mujer y vi que tenía sangre en la cara y el pelo, y manchas húmedas en la pechera de su traje. Le toqué la cara. Abrió los ojos muy despacio, como si le pesaran mucho los párpados.

—Jerry... —susurró.

—Muerto —mentí secamente—. ¿Dónde está Isobel Snare, Diana?

Se le cerraron los ojos. Brillaron lágrimas en su rostro, lágrimas de moribundo.

—¿Dónde está Isobel, Diana? —supliqué—. Sea decente y dígamelo. No soy policía, soy amigo suyo. Dígamelo, Diana.

Puse en mis palabras toda la ternura y melancolía de que fui capaz. Sus ojos se entreabrieron. Volvió a surgir el susurro.

—Jerry...

El sonido se extinguió y los ojos se cerraron. Entonces los labios se volvieron a abrir y musitaron una palabra que sonaba como «Monty».

Eso fue todo. Había muerto.

Me puse en pie poco a poco y escuché las sirenas.

IX

Se estaba haciendo tarde y empezaban a encenderse luces aquí y allá en un gran edificio de oficinas que se alzaba al otro lado de la calle. Me había pasado toda la tarde en el despacho de Fulwider y había contado mi historia veinte veces. Todo era verdad..., o sea, todo lo que dije.

Habían entrado y salido polis de toda clases, expertos en balística y en huellas, los de las fichas, periodistas, media docena de funcionarios del ayuntamiento y hasta un corresponsal de la A. P. Al corresponsal no le gustó la versión oficial, y así lo hizo constar.

El gordo comisario estaba sudoroso y desconfiado. Se había quitado la chaqueta, tenía las axilas manchadas y su corto cabello rojo se había rizado como si estuviera chamuscado. Como ignoraba lo que yo sabía o dejaba de saber, no se atrevía a manipularme. Lo único que podía hacer era gritarme y llorarme alternativamente, y entre medias tratar de emborracharme.

Yo empezaba a emborracharme, y me gustaba.

—¡Nadie dijo nada de nada! —aulló por centésima vez.

Yo me tomé otro trago, hice unos cuantos aspavientos con la mano y puse cara de tonto.

—Ni una palabra, jefe —dije con aires de sabio—. Se lo aseguro yo. Murieron todos de repente.

Se agarró la barbilla y se la retorció.

—También es curioso —se burló—. Cuatro muertos en el suelo y usted sin un solo rasguño.

—Yo fui el único que se tumbó en el suelo cuando aún estaba sano —dije.

Se agarró la oreja derecha y siguió lamentándose.

—Lleva usted aquí tres días —aulló—. Y en estos tres días hemos tenido más crímenes que en los tres años anteriores a su llegada. Esto no es humano. Debo estar teniendo una pesadilla.

—No puede culparme a mí, jefe —gruñí—. Yo vine aquí buscando a una chica, y todavía sigo buscándola. Yo no les dije a Saint y a su hermana que vinieran a esconderse en su ciudad. Cuando los descubrí, le avisé a usted, cosa que sus propios polizontes no hicieron. No fui yo quien mató al doctor Sundstrand antes de que se le pudiera sacar algo de información. Todavía no tengo la menor idea de lo que pintaba allí la falsa enfermera.

—Ni yo —gritó Fulwider—. Pero es como si me hubieran acribillado a mí y no a él. Para las posibilidades que tengo de salir de esta, tanto daría que me marchara a pescar ahora mismo.

Tomé otro trago e hipé alegremente.

—No diga eso, jefe —le animé—. Ya limpió este pueblo una vez y puede volverlo a hacer. Esto ha sido solo una jugada desafortunada que ha salido mal.

Dio una vuelta por el despacho, trató de agujerear de un puñetazo la pared del fondo y se dejó caer a plomo en su sillón. Me miró con furia y echó mano a la botella de whisky... pero no la tocó, como si pensara que le resultaría más provechoso que me la bebiera yo.

—Voy a hacer un trato con usted —gruñó—. Usted se vuelve pitando a San Angelo y yo me olvido de que fue su pistola la que reventó a Sundstrand.

—Hombre, jefe, no está bien decirle eso a un tipo que sólo intenta ganarse la vida. Usted sabe por qué se hizo con mi pistola.

Su rostro volvió a ponerse gris por un momento. Me miró como tomándome las medidas para el ataúd. En seguida se le pasó el pronto, dio una palmada en el escritorio y dijo animadamente:

—Tiene razón, Carmady. No está bien que haga eso, ¿verdad? Usted todavía tiene que encontrar a su chica, ¿no es cierto? Bueno, váyase a su hotel y descanse un poco. Me pensaré el asunto esta noche y nos veremos por la mañana.

Tomé otro traguito, pequeño, porque ya no quedaba más en la botella, y me sentí fenomenal. Le estreché la mano dos veces y salí tambaleándome de su despacho. Montones de flases centellearon a mi paso por el corredor.

Bajé la escalinata del Ayuntamiento y doblé la esquina del edificio para llegar al garaje de la policía. Mi Chrysler azul había vuelto a casa. Dejé de hacerme el borracho, bajé por calles secundarias hasta el paseo marítimo y fui dando un paseo por la amplia avenida de cemento hacia los muelles deportivos y el Gran Hotel.

Estaba ya anocheciendo. Se encendieron las luces de los muelles y las farolas de los pequeños yates anclados al abrigo del rompeolas del puerto. Un hombre asaba salchichas en una parrilla blanca, pinchándolas con un tenedor largo y canturreando: «Qué hambre dan, señores. Los mejores perritos calientes. Qué hambre dan, señores».

Encendí un cigarrillo y me quedé parado, mirando el mar. De pronto, muy a lo lejos, vi brillar las luces de un barco grande. Me quedé mirándolas, pero no se movían. Me acerqué al hombre de los perritos calientes.

—¿Está anclado? —pregunté, señalando las luces.

Miró hacia el extremo de su tenderete y arrugó la nariz con desprecio.

—Qué coño, es el barco casino. Lo llaman el Crucero a la Nada, porque no va a ninguna parte. Si le parece que en el Tango no hacen bastantes trampas, pruebe ahí. Sí, señor, ese es el famoso barco *Montecito*. ¿Le apetece un perrito calentito?

Puse un cuarto de dólar sobre el mostrador.

—Tómeselo usted —dije—. ¿De dónde salen los taxis?

No llevaba pistola. Tuve que volver al hotel a coger la de repuesto. Antes de morir, Diana Saint había dicho «Monty». A lo mejor no le había dado tiempo a decir «Montecito». En cuanto llegué al hotel me tumbé y me quedé dormido como si me hubieran anestesiado. Cuando me desperté eran las ocho y tenía hambre.

Al salir del hotel me siguieron, pero no hasta muy lejos. Evidentemente, en una ciudad, tan pequeña y limpia como aquella no se daban los suficientes crímenes como para que sus polis fueran buenos seguidores.

X

Era un trayecto bastante largo para costar solo cuarenta centavos. El taxi acuático, una vieja lancha motora sin ningún adorno, se deslizó entre los yates anclados y bordeó la punta del rompeolas. El oleaje nos azotó. La única compañía que llevaba a bordo, aparte del individuo de aspecto duro que manejaba el timón, eran dos parejas besuconas que empezaron a picotearse los morros en cuanto nos envolvió la oscuridad.

Me volví a mirar las luces de la ciudad y procuré no pensar mucho en mi cena. Las luces, que al principio, eran como diamantes dispersos, se fueron juntando hasta convertirse en un brazalete de pedrería colocado en el escaparate de la noche. Al poco rato ya no eran más que un suave resplandor amarillento por encima del oleaje. El taxi surcaba las olas invisibles, botando como una piragua. En el aire flotaba una niebla fría.

Las portillas del *Montecito* se fueron agrandando y el taxi describió una amplia curva, avanzó en un ángulo de cuarenta y cinco grados y se situó limpiamente al costado de una cubierta radiantemente iluminada. El motor de la lancha quedó al ralentí, petardeando en la niebla.

Un muchacho de ojos negros, con chaqueta azul ajustada y boca de gángster, ayudó a las chicas a transbordar, examinó a sus acompañantes con una mirada atenta y los invitó a subir. La mirada que me dirigió a mí me dijo bastante sobre el tipo. La manera en que me palpó la pistolera me dijo aún más.

—No —dijo con suavidad—. No.

Le hizo un gesto con la barbilla al de la lancha. Este amarró un cabo a una bita, hizo girar un poco el timón y subió a la cubierta, situándose detrás de mí.

—No —dijo el de la chaqueta ajustada—. Nada de artillería en este barco. Lo siento, señor.

—Forma parte de mi vestuario —dije—. Soy detective privado. Lo dejaré en el guardarropa.

—Lo siento, tío. No hay guardarropa para pistolas. En marcha.

El de la lancha me enganchó del brazo derecho. Yo me encogí de hombros.

—Vamos a la lancha —gruñó el taxista a mis espaldas—. Le debo cuarenta centavos. Venga.

Volví a la lancha.

—De acuerdo —le farfullé al de la chaquetilla—. Si no queréis mi dinero, allá vosotros. Vaya manera de tratar a las visitas. Esto es...

Su suave y callada sonrisa fue lo último que vi mientras el taxi se alejaba del barco y volvía a enfrentarse al oleaje. Me sentaba fatal separarme de aquella sonrisa.

El trayecto de regreso se me hizo más largo. No hablé con el hombre de la lancha ni él me habló a mí. Al apearme en el embarcadero me dijo en tono burlón:

—Alguna otra noche, sabueso, cuando no estemos tan ocupados.

Media docena de clientes que esperaban para embarcarse me miraron fijamente. Pasé junto a ellos, crucé la puerta de la sala de espera del embarcadero y me dirigí a los escalones que subían a tierra.

Un enorme bruto pelirrojo, con zapatillas sucias, pantalones manchados de alquitrán y un jersey azul lleno de rotos se levantó de la barandilla donde estaba sentado y tropezó conmigo como por casualidad.

Me paré y me puse en guardia.

—¿Qué pasa, sabueso? —dijo en voz baja—. ¿No ha caído bien en el garito flotante?

—¿Hace falta que se lo diga?

—Yo soy un tipo que sabe escuchar.

—¿Quién es usted?

—Puede llamarme Red.

—Quítese de en medio, Red. Estoy ocupado.

Sonrió con tristeza y me tocó el costado izquierdo.

—Esa pipa abulta mucho debajo de un traje fino —dijo—. ¿Quiere subir a bordo? Se puede hacer, si existe una buena razón para ello.

—¿Cuánto es la buena razón?

—Cincuenta pavos. Diez más si sangra en mi lancha.

Eché a andar.

—Veinticinco —dijo rápidamente—. Tal vez vuelva con amigos, ¿eh?

Me alejé cuatro pasos de él, me volví a medias, dije «vendido» y seguí andando.

Al pie del iluminado muelle deportivo se encontraba el deslumbrante salón Tango, lleno hasta los topes a pesar de que aún era bastante pronto. Me metí en él, me apoyé en una pared y miré los números que brillaban en un indicador eléctrico. También vi a un jugador de la casa que acababa de ligar una jugada, haciendo una señal con la rodilla por debajo de la mesa.

Una gran masa azul con olor a alquitrán cobró forma a mi lado. Una voz suave y triste dijo:

—¿Necesita ayuda allá arriba?

—Estoy buscando a una chica, pero la buscaré solo. ¿Tú a qué te dedicas? —dije sin mirarlo.

—Un dólar por aquí, otro por allá... Me gusta comer. Estuve en la poli, pero me echaron.

Me gustó que me dijera aquello.

—Sería porque eras honrado —dije, mientras miraba cómo el jugador de la casa deslizaba su carta con el pulgar sobre el número equivocado y cómo el crupier arrimaba su propio pulgar al mismo sitio y levantaba la carta.

Pude sentir la sonrisa de Red.

—Ya veo que conoce nuestra bonita ciudad. Así es como funciona. Tengo una lancha con tubo sumergido. Conozco una portilla de carga que se puede abrir. De vez en cuando le llevo un cargamento a un tipo. Por debajo de la cubierta apenas hay gente. ¿Le interesa?

Saqué la cartera, extraje un billete de veinte y otro de cinco y se los pasé hechos una bola. Fueron a parar a un bolsillo alquitranado.

—Gracias —dijo Red en voz baja, echando a andar.

Le di una pequeña ventaja y fui tras él. Dado su tamaño, resultaba fácil seguirle, incluso en medio de una multitud.

Pasamos de largo el embarcadero de yates y el segundo muelle deportivo. Más allá, las luces eran más escasas y la muchedumbre quedaba reducida a la nada. Un muelle negro y corto sobresalía en el agua, con unos cuantos botes amarrados a lo largo. Hacia él se dirigió mi hombre.

Se detuvo casi en el extremo, en lo alto de una escalera de madera.

—Lo traeré hasta aquí —dijo—. Hará ruido al calentarse.

—Oiga —dije con prisa—. Tengo que llamar por teléfono. Me había olvidado.

—Se puede hacer. Venga por aquí.

Me guió por el muelle, hizo sonar unas llaves y abrió un candado. Levantó una trampilla, sacó un teléfono y escuchó por el auricular.

—Todavía funciona —dijo con una sonrisa—. Debe pertenecer a unos maleantes. No se olvide de poner luego el candado.

Se perdió en las tinieblas sin hacer ruido. Estuve diez minutos escuchando el chocar del agua en los pilares del muelle y algún que otro graznido de gaviota en la oscuridad. Entonces se oyó a lo lejos el rugido de un motor. Siguió rugiendo durante unos minutos y de pronto el ruido cesó de golpe. Transcurrieron más minutos. Algo golpeó al pie de la escalera y una voz me llamó.

—Todo listo.

Volví corriendo al teléfono, marqué un número y pregunté por el comisario Fulwider. Se había marchado a casa. Marqué otro número y contestó una mujer. Pregunté por el comisario, diciendo que llamaba desde Jefatura.

Esperé un poco y por fin oí la voz del gordo comisario. Sonaba como si tuviera la boca llena de patatas cocidas.

—¿Diga? ¿Es que no puede uno ni comer? ¿Quién es?

—Carmady, jefe. Saint está en el *Montecito*. Lástima que esté fuera de su jurisdicción.

Se puso a chillar como un salvaje. Le colgué sin más, volví a meter el teléfono en su cajetín forrado de zinc y cerré el candado. Bajé la escalera al encuentro de Red.

Su lancha rápida, grande y negra, se deslizó sobre las aceitosas aguas. El tubo de escape no hacía ningún ruido, sólo un constante burbujeo en un costado del casco.

Una vez más las luces de la ciudad se convirtieron en un resplandor amarillento sobre las aguas negras, y una vez más los portillos del *Montecito* se fueron agrandando mar adentro, haciéndose más brillantes y redondos.

XI

No había farolas en el costado del barco que daba al mar. Red redujo la marcha al mínimo y giró bajo el saliente de la popa, pegándose a las grasientas planchas con la soltura de un aristócrata en el vestíbulo de un hotel.

A bastante altura sobre nosotros había una puerta doble de hierro, casi al lado de los resbaladizos eslabones de una cadena. Nuestra embarcación rozó las viejas planchas del *Montecito* mientras el agua golpeaba sin mucha fuerza el fondo de la lancha a nuestros pies. La sombra del gigantesco ex policía se irguió sobre mí. Un rollo de cuerda saltó en la oscuridad, quedó enganchado en algo y volvió a caer a la lancha. Red tiró de la cuerda y ató el extremo a algún saliente del motor.

—Esto es como una carrera de obstáculos —dijo en voz baja—. Hay que trepar por el costado.

Yo agarré el volante y apunté la proa de la lancha contra el resbaladizo casco, mientras Red alcanzaba una escalera de hierro pegada al costado del barco y se izaba en la oscuridad, gruñendo, con el cuerpo doblado en ángulo recto y las zapatillas resbalando en los mojados travesaños metálicos.

Al cabo de un rato, algo crujió muy arriba y una débil luz amarilla horadó la niebla. Pude ver el contorno de una pesada puerta y la cabeza de Red que miraba hacia abajo, recortada contra la luz.

Subí por la escalera siguiendo sus pasos. No era tarea fácil. Llegué jadeando a una siniestra y sucia bodega, llena de cajones y barriles. Las ratas se escabullían hacia los rincones más oscuros. El hombretón me habló al oído.

—Desde aquí se llega con facilidad a la pasarela de la sala de calderas. Tienen que mantener encendida la auxiliar para el agua caliente y los generadores. Eso significa que habrá un hombre. Yo me encargo de él. La tripulación hace doblete trabajando arriba. Una vez pasada la sala de calderas le enseñaré un respiradero sin rejilla que lleva a la cubierta de botes. A partir de ahí, tendrá que apañárselas solo.

—Debes tener parientes a bordo —dije.

—No crea. Uno se entera de muchas cosas viviendo en la playa. Es posible que sea amigo de una gente que está dispuesta a dar un vuelco a la situación. ¿Piensa salir con prisas?

—Tal vez tenga que hacer una zambullida desde la cubierta de botes —dije—. Toma.

Saqué más billetes de la cartera y se los ofrecí.

Él negó con su roja cabeza.

—No, no. Eso es para el viaje de regreso.

—Te lo pago ahora —dije—, aunque no vuelva. Coge el dinero antes de que me eche a llorar.

—Bueno..., gracias, tío. Eres un buen tipo.

Avanzamos entre los cajones y los barriles. La luz amarillenta venía de un pasillo, que recorrimos hasta llegar a una estrecha puerta de hierro. La puerta daba a la pasarela. Corrimos sigilosamente por ella, bajamos por una escalera de acero llena de grasa, oímos el sordo silbido de los quemadores y caminamos hacia el sonido entre montañas de hierro.

Al doblar una esquina nos encontramos frente a un italiano bajito y sucio, con una camisa de seda morada, que estaba sentado en una silla de rejilla bajo una bombilla desnuda, leyendo un periódico con ayuda de unas gafas de montura de acero y un mugriento dedo índice.

—Hola, Shorty —dijo Red con suavidad—. ¿Cómo están los pequeños *bambinos*?

El italiano abrió la boca y movió la mano con rapidez. Red le golpeó. Lo tendimos en el suelo e hicimos tiras su camisa morada para atarlo y amordazarlo.

—No está bien pegar a un tipo que lleva gafas —dijo Red—. Pero el caso es que se hace un ruido tremendo al trepar por el respiradero... aunque sólo se oye desde aquí abajo. Los de arriba no oirán nada.

Le dije que esperaba que fuera así y dejamos al italiano bien atado en el suelo. Encontramos el respiradero que no tenía rejilla, le di la mano a Red, le dije que confiaba en volverlo a ver y emprendí el ascenso por la escalera interior del respiradero.

Hacía frío, estaba muy oscuro y el aire cargado de niebla bajaba con fuerza por el tubo. La ascensión se me hizo larguísima. Al cabo de tres minutos que me parecieron una hora llegué a lo alto y asomé con cuidado la cabeza. Vi una serie de botes cubiertos con lonas que colgaban de sus pescantes. En el espacio oscuro entre dos de ellos se oían unos suaves susurros. De abajo llegaban las fuertes vibraciones de la música. En lo alto, un farol brillaba en la punta de un mástil y unas pocas estrellas tristonas miraban hacia abajo a través de las delgadas capas de niebla.

Escuché, pero no oí la sirena de ninguna lancha de la policía. Salí del respiradero y puse los pies en la cubierta de botes.

Los susurros venían de una pareja que se daba achuchones, acurrucada debajo de un bote. No me prestaron la menor atención. Avancé por la cubierta, pasando ante las puertas cerradas de tres o cuatro camarotes. Tras las contraventanas cerradas de dos de ellos se veía un poco de luz. Escuché, pero no oí nada, aparte del jolgorio de los clientes en la cubierta principal, más abajo.

Me oculté en una sombra muy oscura, aspiré una buena bocanada de aire y lo dejé salir en forma de aullido..., el aullido irritado de un lobo gris de los bosques, solitario, hambriento y lejos de su cubil, lo bastante siniestro como para augurar siete distintas clases de problemas.

Me respondió el ladrido ronco de un perro policía. Una chica dio un gritito en la cubierta y una voz de hombre dijo: «Creía que todos los bebedores de barniz habían muerto ya».

Me enderecé, desenfundé mi pistola y corrí hacia los ladridos. El sonido venía de un camarote al otro lado de la cubierta.

Pegué una oreja a la puerta y oí una voz de hombre que intentaba calmar al perro. El perro dejó de ladrar, gruñó una o dos veces y se quedó callado. Una llave giró en la puerta a la que yo estaba pegado.

Me aparté rápidamente, dejándome caer sobre una rodilla. La puerta se abrió un palmo y una cabeza repeinada asomó por el hueco. La luz de un farol de cubierta arrancó reflejos en el cabello negro.

Me puse en pie y aporreé la cabeza con el cañón de mi pistola. El hombre se desplomó suavemente en mis brazos. Lo arrastré al interior del camarote y lo dejé caer sobre una litera.

Cerré la puerta con llave. En la otra litera estaba acurrucada una chica menudita, con los ojos muy abiertos.

—Hola, señorita Snare —dije—. Me ha costado mucho trabajo encontrarla. ¿Quiere volver a casa?

Saint el Granjero empezó a incorporarse, agarrándose la cabeza. Al verme, se quedó completamente inmóvil, mirándome con sus ojos negros y penetrantes. En su boca se formó una sonrisa forzada, casi de buen humor.

Examiné de un vistazo el camarote y no vi al perro, aunque había una puerta interior y supuse que estaría detrás. Volví a mirar a la chica.

No había gran cosa que mirar, como sucede con la mayoría de la gente que ocasiona la mayoría de los problemas. Estaba acurrucada en la litera, con las rodillas levantadas y el pelo tapándole un ojo. Llevaba puesto un vestido de punto, calcetines de golf y zapatos deportivos con lengüetas muy anchas que caían sobre el empeine. No llevaba medias y los huesos de las rodillas se marcaban bajo el punto del vestido. Parecía una colegiala.

Registré a Saint por si iba armado, pero no encontré ningún arma. Me sonrió.

La chica levantó una mano y se echó hacia atrás el pelo. Me miraba como si yo estuviera a un par de manzanas de distancia. Entonces se le quebró el aliento y se echó a llorar.

—Estamos casados —dijo Saint en voz baja—. Cree que usted se propone llenarme de agujeros. Ha sido un buen truco ese del aullido de lobo.

No dije nada. Escuché y no oí ningún ruido fuera.

—¿Cómo ha sabido que estábamos aquí? —preguntó Saint.

—Me lo dijo Diana antes de morir —respondí brutalmente.

Me miró con ojos doloridos.

—No me lo creo, sabueso.

—Saliste huyendo, dejándola en la estacada. ¿Qué esperabas?

—Me figuré que los polis no matarían a una mujer y pensé que podría hacer algún trato desde fuera. ¿Quién se la cargó?

—Uno de los polis de Fulwider. Tú lo liquidaste.

Echó la cabeza hacia atrás y su rostro adoptó una expresión de ferocidad que no tardó en desaparecer. Sonrió de lado a la chica que lloraba.

—Tranquila, preciosa. Yo te sacaré de esto —se volvió de nuevo hacia mí—. Supongamos que me entrego sin resistencia. ¿Hay alguna posibilidad de que ella quede libre?

—¿Qué quiere decir eso de sin resistencia? —me burlé.

—Tengo muchos amigos en este barco, sabueso. Tu tarea ni siquiera ha empezado aún.

—Tú la metiste en esto —dije—. Ahora no puedes sacarla. Así es el juego.

XII

Asintió despacio, mirando el suelo entre sus pies. La chica dejó de llorar durante el tiempo suficiente para secarse las mejillas y empezó de nuevo.

—¿Sabe Fulwider que estoy aquí? —preguntó Saint.

—Sí.

—¿Le diste tú el chivatazo?

—Sí.

Se encogió de hombros.

—Desde tu punto de vista, hiciste bien. Solo que nunca llegaré a declarar, si es Fulwider el que me agarra. Si pudiera declarar ante un fiscal de distrito, tal vez podría convencerle de que ella no tenía ni idea de mis negocios.

—También tendrías que haber pensado en eso —dije en tono sombrío—. Nadie te mandó volver a casa de Sundstrand y liarte a tiros con tu metralleta.

Echó la cabeza hacia atrás y soltó una carcajada.

—¿No? Supón que le pagas a un tío diez grandes para obtener protección, y el tío te traiciona, agarra a tu mujer, la mete en una clínica siniestra para drogados y te dice que te largues bien lejos y seas bueno, o si no, la van a encontrar tirada en la playa.

¿Qué harías? ¿Sonreír o ir corriendo a hablar con el tío, llevando un poco de artillería pesada?

—Ella no estaba allí en aquel momento —dije—. Simplemente, te dieron ansias de matar. Y si no te hubieras aferrado a ese perro hasta que mató a un hombre, los que tenían que protegerte no se habrían asustado tanto como para venderte.

—Me gustan los perros —dijo Saint tranquilamente—. Cuando no trabajo, soy un tipo muy agradable, pero tengo poco aguante cuando se meten conmigo.

Escuché. Todavía no se oía ningún ruido en cubierta.

—Escucha —dije rápidamente—. Si quieres jugar limpio conmigo, tengo una lancha en la puerta de atrás y procuraré llevar a la chica a su casa antes de que la reclamen. Lo que te ocurra a ti me tiene sin cuidado. No movería un dedo por ti, por mucho que te gusten los perros.

La chica dijo de pronto, con voz chillona, como de niña:

—¡No quiero ir a casa! ¡No pienso ir!

—Dentro de un año me lo agradecerá —contesté.

—Tiene razón, cariño —dijo Saint—. Es mejor que te largues con él.

—¡No y no! —gritó la chica con rabia—. ¡No iré y ya está!

En medio del silencio de la cubierta, algo duro golpeó la puerta por fuera. Una voz áspera gritó:

—¡Abran! ¡Policía!

Retrocedí rápidamente hasta la puerta, sin quitarle a Saint los ojos de encima. Hablé hacia atrás por encima del hombro.

—¿Esta ahí Fulwider?

—Sí —gruñó la voz del gordo comisario—. ¿Es Carmady?

—Escuche, jefe. Saint está aquí y está dispuesto a entregarse. Hay una chica con él, la chica de la que le hablé. De manera que entren con cuidado, ¿vale?

—De acuerdo —dijo el comisario—. Abra la puerta.

Hice girar la llave, atravesé el camarote de un salto y apoyé la espalda en el tabique, al lado de la puerta tras la cual se oía ya al perro moverse y gruñir un poco.

Antología de relatos policíacos

La puerta de fuera se abrió de golpe. Dos hombres que yo no había visto nunca entraron al asalto con las armas desenfundadas. Tras ellos entró el gordo comisario. Antes de que cerrara la puerta, tuve una visión fugaz de uniformes náuticos al otro lado.

Los dos polis saltaron sobre Saint, le sacudieron un poco y lo esposaron. Luego retrocedieron y se situaron a los lados del comisario. Saint los miró sonriente, con un hilo de sangre cayéndole del labio inferior.

Fulwider me miró con desaprobación y movió su cigarro de un lado a otro de la boca. Nadie parecía tener el menor interés por la muchacha.

—Es usted la leche, Carmady. No me dio la menor indicación de dónde venir —gruñó.

—No lo sabía —dije—. Y además, creía que esto quedaba fuera de su jurisdicción.

—A la mierda con eso. Avisamos a los federales y van a venir.

Uno de los polis se echó a reír.

—Pero aún tardarán un poco —dijo bruscamente—. Suelta el arma, sabueso.

—Intenta obligarme —le contesté.

Dio un paso adelante, pero el comisario le detuvo con un gesto de la mano. El otro inspector vigilaba a Saint y no miraba nada más.

—¿Cómo lo encontró? —quiso saber Fulwider.

—Desde luego, no fue aceptando su dinero a cambio de esconderlo —dije.

No hubo ni un cambio en el rostro de Fulwider. Su voz se volvió casi lánguida.

—Oh, así que ha estado cotilleando —dijo con mucha suavidad.

—¿Por qué clase de imbécil me han tomado usted y su pandilla? —pregunté con disgusto—. Su pequeña y limpia ciudad apesta. Es el clásico sepulcro blanqueado. Un refugio para criminales donde los fugitivos pueden esconderse... siempre que paguen a tocateja y no armen líos aquí. Y desde donde pueden escapar a México en una lancha rápida si las cosas se ponen feas.

—¿Algo más? —preguntó el comisario con mucha cautela.

—Sí —grité—. Ya me lo he guardado demasiado tiempo. Usted me hizo drogar hasta dejarme medio tonto y me encerró en esa cárcel privada. Cuando ni así logró sujetarme, preparó un plan con Galbraith y Duncan para que mi pistola matara a Sundstrand y luego yo muriera al resistirme a ser detenido. Saint les arruinó la fiesta y me salvó la vida. Sin querer, seguramente, pero lo hizo. Usted sabía todo el tiempo dónde estaba la chica Snare. Era la mujer de Saint y usted la tenía retenida para mantenerlo a raya. Qué demonios, ¿por qué cree que le dije que él estaba aquí? Seguro que no tiene ni idea.

El poli que había intentado hacerme soltar la pistola dijo:

—Ahora, jefe. Más vale que nos demos prisa. Esos federales...

A Fulwider le temblaba la mandíbula. Tenía la cara gris y las orejas muy atrás en la cabeza. El cigarro temblequeaba en su gruesa boca.

—Un momento —dijo con voz ronca—. Muy bien. ¿Por qué me avisó?

—Para hacerle venir donde no tuviera más autoridad que Billy el Niño —dije—, y ver si tiene agallas para apechugar con un asesinato en alta mar.

Saint se echó a reír. De entre sus dientes salió un silbido bajo y ronco. Un gruñido de fiera le respondió. La puerta que había a mi lado se partió en dos, como si la hubiera coceado una mula. El enorme perro policía surgió por la abertura, atravesando el camarote de un salto. El cuerpo gris se contorsionó en el aire. Un revólver disparó sin ningún efecto.

—¡Cómetelos, Voss! —gritó Saint—. ¡Cómetelos vivos!

En el camarote estalló un tiroteo. Los gruñidos del perro se mezclaban con un alarido ronco y ahogado. Fulwider y uno de los inspectores habían caído al suelo, y el perro se ensañaba con la garganta del comisario.

La chica gritó y enterró la cabeza en una almohada. Saint se deslizó suavemente de la litera y quedó tendido en el suelo; la sangre manaba lentamente de su cuello, en espesas oleadas.

Antología de relatos policíacos

El poli que no había caído saltó a un lado y le faltó poco para caer de cabeza en la litera de la chica. Consiguió recuperar el equilibrio y empezó a meter balas en el corpachón gris del perro. Disparaba a lo loco, sin pretender apuntar.

El inspector caído empujó al perro y el perro le pegó un mordisco que casi le arranca la mano. El hombre chilló. Afuera, en la cubierta, se oían gritos y pasos apresurados. Algo me corría por la cara que me hacía cosquillas. Se me iba la cabeza, aunque no sabía con qué me habían dado.

La pistola que tenía en la mano me parecía grandísima y muy caliente. Disparé contra el perro, odiando tener que hacerlo. El perro rodó, soltando a Fulwider, y vi que una bala perdida había acertado al comisario justo entre los ojos, con la delicada exactitud propia de la pura casualidad.

El poli que quedaba en pie seguía disparando su revólver. El percutor pegó en un casquillo vacío y el hombre soltó una maldición y empezó a recargar frenéticamente.

Me toqué la sangre de la cara y la miré. Me pareció muy negra. La luz del camarote parecía estar apagándose.

De pronto, la brillante hoja de un hacha partió la puerta del camarote, que estaba atrancada por los cuerpos del comisario y el hombre que gemía junto a él. Miré el metal reluciente y lo vi desaparecer para reaparecer en otro lugar de la puerta.

Entonces todas las luces se fueron apagando poco a poco, como en el teatro cuando se va a levantar el telón. En el momento de quedar a oscuras me empezó a doler la cabeza, pero entonces aún no sabía que una bala me había fracturado el cráneo.

Me desperté dos días después, en un hospital. Estuve allí tres semanas. Saint no vivió lo suficiente para que lo colgaran, pero sí lo bastante para contar su historia. Debió contarla bien, porque permitieron que la señora de Jerry (el Granjero) Saint volviera a casa con su tía.

Para entonces, el Tribunal Superior del Condado había procesado a la mitad de la dotación policial de la pequeña ciudad costera. Me dijeron que había un montón de caras nuevas por la Jefatura. Una de ellas era la de un gigantesco sargento pelirrojo, apellidado Norgard, que dijo que me debía veinticinco dólares, pero que había tenido que emplearlos en comprarse un traje nuevo cuando recuperó su empleo. Dijo que me pagaría en cuanto cobrara su primer sueldo. Le respondí que procurara esperar.

¿SABÍAS QUE...?

❓ ¿Sabías que las cifras de homicidios van en aumento año tras año?

El número de homicidios perpetrados en las principales ciudades españolas va en aumento año tras año y alcanza ya unas cifras preocupantes. Durante el año 2002 en Madrid se registraron 67 muertes violentas, 45 en Barcelona, 26 en Bilbao, 25 en Valencia, 19 en Málaga y 14 en Sevilla. Un 40 por ciento de estos casos no se resuelve.

❓ ¿Sabías que la policía, al igual que la literatura policíaca, no existió siempre?

La institución que llamamos policía —que etimológicamente significa «el cuidado de la *polis»*, es decir, el cuidado de la ciudad— es una creación estatal relativamente reciente. Como su nombre indica, es una institución «urbana» cuya necesidad aparece una vez que como consecuencia del proceso de «urbanización de la población» —el traslado masivo de la población del campo hacia la ciudad que se viene produciendo desde la segunda mitad del siglo XVIII hasta nuestros días— la delincuencia se hace presente en las grandes ciudades que favorecen de modo extremo el anonimato y la inseguridad. El primer cuerpo de policía fue creado en Francia por Napoleón Bonaparte. Conviene recordar que uno de los primeros jefes de la policía de París, Eugène François Vidocq, ocupa un lugar destacado en la historia de la literatura policíaca. Este personaje pasó de ladrón a confidente y de confidente a inspector de policía. En 1828 publicó con enorme éxito su autobiografía con el título *Memorias de Vidocq,* cuya lectura influiría directamente sobre Dickens y Edgar Allan Poe. La autobiografía nos cuenta sus hazañas, su capacidad para introducirse disfrazado en el mundo de la delincuencia, sus recursos para seguir pistas, su habilidad para interpretarlas. Las armas de Vidocq son más la audacia y la experiencia que el razonamiento, pero su libro es el primer ejemplo de literatura criminal —y llamamos literatura criminal a aquella que contaba, muchas veces en forma de cantar de ciegos, las «hazañas» de delincuentes o bandidos famosos— en la que el héroe deja de ser «el fuera de la ley» y pasa a ser el representante del orden.

En Inglaterra la famosa Scotland Yard fue creada en 1829 a instancias del Secretario de Interior Robert Peel, de ahí que a partir del diminutivo de Robert, Bob, mantengan todavía hoy sus agentes el coloquial apelativo de «bobbies». Los primeros éxitos de esta policía, que la prensa de la época recogía y comentaba, hizo populares a algunos de sus agentes como el inspector Field, en cuya figura se inspiraría Charles Dickens para componer el personaje del inspector Bucket que aparece en su novela *Casa desolada* —novela que a su vez llevaría a Poe a escribir sus historias policíacas— o el también famoso en su tiempo inspector Weichar, que Wilkie Collins tomó como modelo para crear el personaje del sargento Cuff para su novela *La piedra lunar.*

❷ ¿Sabías que sin ciudades masificadas nunca hubiera existido la literatura policíaca?

Evidentemente, el proceso de concentración urbana, con la consolidación de un fuerte sector de familias de clase media temeroso de todo desorden que amenazase su integridad física, moral o económica, da lugar a ese giro literario por el que el delincuente deja de ser héroe —recordemos la fama de un Robin Hood o de un Luis Candelas— para ceder ese lugar a los representantes de la ley. Pero ese cambio no se produce sin resistencias. Cierta simpatía hacia el delincuente permanece mientras que a nivel popular la policía se reviste de antipática desconfianza. Desconfianza o desprecio que la literatura policíaca recoge al hacer que los detectives —los nuevos héroes— sean generalmente meros aficionados: Dupin, Holmes, el padre Brown, en cuyas historias los policías de verdad aparecen representados como seres torpes, burocratizados, cortos de mollera e incluso —en las narraciones de Hammett y Chandler— como corruptos, cuando no más criminales que los criminales.

En los primeros años del siglo XIX y debido a causas muy diversas que suelen agruparse bajo la denominación de «las transformaciones sociales provocadas por la primera Revolución Industrial», tanto en Europa como en Norteamérica (y en menor grado en Latinoamérica) la población tiende a concentrase en las ciudades. Durante la primera mitad del siglo, ciudades como París, Londres, Nueva York, Boston, Barcelona, Milán, Berlín o Madrid duplican o triplican su número de habitantes. El fuerte crecimiento económico en la mayoría de las naciones occidentales originó la aparición en las ciudades de una extensa clase media compuesta por comerciantes, empleados, funcionarios, pequeños rentistas, profesores, o técnicos, y en la que llegaba incluso a integrarse aquella parte más favorecida de las clases trabajadoras. Una amplia capa de población que demandaba información y entretenimiento.

❓ ¿Sabías que Poe nunca hubiera escrito *Los crímenes de la rue Morgue* si al mismo tiempo no hubiera surgido la cultura de masas?

Hablando de literatura policíaca decimos que su nacimiento se debe al genio literario de Edgar Allan Poe, y al utilizar la palabra genio parecería que estamos diciendo que se debe a su solo talento la creación de todo este género. Acaso esto sea verdad, pero en cualquier caso no es una verdad suficiente: un genio para fructificar necesita terreno abonado para que sus cualidades puedan cuajar y crecer. Por eso bien podremos decir que para que la literatura policíaca apareciera fue necesario el talento de Poe y algo más: la cultura de masas.

Para cubrir la demanda de información y entretenimiento de las clases medias en las nuevas ciudades nació lo que hoy llamamos cultura de masas y más en concreto tal demanda dio lugar a dos fenómenos que van a tener relación directa con nuestro tema: la popularización del libro y la aparición de la prensa escrita. El libro pasó de ser un objeto de minorías a convertirse, relativamente, en un producto al alcance de esa amplia capa media gracias a que las transformaciones de la imprenta y el abaratamiento del papel redujeron significativamente los costos de producción. Por otro lado, surge la prensa en sus distintas modalidades: diarios, publicaciones semanales, mensuales, trimestrales, etc. La concentración urbana favorece de modo especial la alfabetización de sus habitantes y el mercado para la letra impresa se expande. Crece la demanda de lecturas.

Sin embargo, los libros, aun cuando se hacen más accesibles, no llegan a satisfacer las necesidades de entretenimiento de tan amplia capa de consumidores. Las revistas semanales o mensuales se afanan en satisfacer esa demanda. Aparecen en Estados Unidos, en Inglaterra y Francia el tipo de revistas que hoy llamamos *magazine*, publicaciones dirigidas a toda la familia, con secciones para los niños, los mayores, las chicas, los chicos, los hombres, las mujeres. La mayoría de estas revistas funcionan por suscripción. Alrededor de la lectura brota toda una actividad industrial. La cultura se convierte en una industria. Los escritores se convierten en profesionales que viven de la venta de sus escritos.

En 1839, en Francia, se va a producir una pequeña revolución en los medios de comunicación: aparece un periódico, *La Presse*, que se vende a mitad de precio que los demás porque sus creadores cubren la diferencia de ingresos gracias a la inserción pagada en sus páginas de pequeños anuncios. Ha nacido la publicidad. La competencia se vuelve feroz. Los anunciantes exigen tiradas cada vez más amplias. Los editores de periódicos y revistas necesitan dar en sus páginas lo más atractivo para sus lectores: historias de escándalos, crímenes o consejos para triunfar en sociedad. Pero un tipo de escritura se descubre como el más eficaz para ganar el favor de los lectores: las novelas por entregas, los folletines y las narraciones de misterio.

Ese es el terreno que se encuentra Poe. Con talento y ni una moneda en el bolsillo. Solución: escribir para esas masas. ¿Y qué les gusta a esas masas? Argumentos con suspense, con morbo, con efectos inesperados, con finales sorprendentes, con héroes llamativos. A su servicio pondrá sus talentos: sus conocimientos y lecturas de Lógica y Filosofía, su gusto por los criptogramas, su capacidad para crear misterio. El talento de Poe es un talento perfectamente adecuado para aunar dos mundos aparentemente contrapuestos: la precisión de las matemáticas y la atracción por las tinieblas. Todo está dispuesto. Lee una novela de Dickens en la que aparece una intriga criminal y piensa que puede hacer, y mejor, algo semejante. Se sienta y escribe *Los crímenes de la rue Morgue*. La literatura policíaca ha dado sus primeros y brillantes pasos.

LOS AUTORES Y SU OBRA

EDGAR ALLAN POE

Nació en Boston el 19 de enero de 1809 y murió en un hospital de Baltimore el 7 de octubre de 1849. Sus padres eran actores modestos que trabajaban en una pequeña compañía teatral que recorría las diversas ciudades norteamericanas. Cuando su madre esperaba el nacimiento de Elisabeth, la última de los tres hermanos Poe, su padre les abandonó. Cuando el pequeño Edgar contaba tres años falleció su madre y fue adoptado por la familia de un comerciante de apellido Allan, residente en Norlfolk, una pequeña ciudad del estado sureño de Virginia y con la que en 1815 se trasladó a Londres para vivir allí hasta 1820. Desde los primeros años de la adolescencia la lectura fue su afición preferida. Se apasionaba con los poetas románticos y Lord Byron era su predilecto; escribió sus primeros versos imitando a su héroe literario. Estudió en la Universidad de Virginia hasta que por deudas de juego y su excesiva afición al alcohol —una afición que nunca llegará superar y que le acabará llevando a la tumba— fue expulsado de ella al tiempo que rompía sus relaciones con su padre adoptivo.

En 1827 publicó su primer libro, *Tamerlán*, un largo poema de corte byroniano que supuso un auténtico fracaso comercial.

Ingresó en la Academia militar de West Point aunque una nueva expulsión acabó con su proyecto de convertirse en militar. Decidió entonces irse a Nueva York y dedicarse totalmente a la escritura. La necesidad de sobrevivir económicamente hizo que abandonara por el momento la poesía y escribiera sus primeros cuentos dado que este género tenía mucha mejor acogida comercial. En 1833 ganó un premio de narraciones cortas convocado por la revista *Baltimore Saturday Visiter* con su cuento *Manuscrito encontrado en una botella*. A los 25 años se casó con su prima Virginia Clemm que fue para siempre su amor absoluto. Pero el matrimonio no acabó dando estabilidad a su vida. Colaboró en las mejores revistas del momento, se convirtió en un crítico literario de prestigio y publicó relatos fantásticos y de terror como *Berenice, Morella* o *La caída de la casa Usher*. En 1841 iniciaba la escritura de sus cuentos analíticos con los que fundó la literatura policíaca: *Los crímenes de la rue Morgue, El misterio de Marie Rôget, La carta robada, El escarabajo de oro* y *Tú eres el hombre*. Su fama como cuentista y poeta no dejó de crecer. En 1845 se publicó el poema que le dio fama universal, *El cuervo,* sobre cuya elaboración escribió un ensayo, *La filosofía de la composición,* donde desgranaba sus particulares teorías sobre la literatura.

A su fama como escritor le acompañaba su «mala fama» de pendenciero y alcohólico. Precisamente, como consecuencia de una solemne borrachera, morirá en un hospital de Baltimore este autor que dejó su huella literaria indeleble tanto en la poesía como en la narrativa de terror y misterio y, de manera muy especial, en la literatura policíaca a la que con sus obras dio carta de naturaleza literaria.

WILLIAM WILKIE COLLINS

Nació en 1824 y falleció en 1889. Este escritor británico era hijo de un pintor paisajista de cierto renombre en su época. Desde su adolescencia se inclinó por la vocación de escritor, vocación que mantuvo con tenacidad a pesar de la oposición paterna, quien le obligó a estudiar contabilidad y leyes. Cuando en 1847 murió su padre Wilkie Collins inició su carrera literaria precisamente con la edición de las memorias de su progenitor. En 1850 conoció al gran escritor Charles Dickens, con quien mantuvo una sólida amistad y con quien colaboró en la redacción de algunas novelas. Al parecer fue Dickens quien puso a Collins en contacto con la obra de Poe y cuando el autor de *Grandes Esperanzas* fundó una revista, *Houseworld Words,* donde escribía algunas historias que tenían como protagonistas a dos policías de Scotland Yard, invitó a Collins a publicar relatos policíacos. Precisamente fue entonces cuando Collins dio a conocer en 1856 *Cazador cazado,* una pieza literaria que por su especial sentido de la parodia y su ironía aparece en las más significativas antologías del género policíaco. Pero el papel de este autor en la historia de la literatura policíaca no se limitó a este relato.

En 1868 dio a conocer una novela larga, *La piedra lunar,* que está considerada como la «primera novela policíaca», logrando que el género saliera del formato cuento o historia corta que desde Poe se había venido escribiendo. Con *La piedra lunar* dio ejemplo de cómo integrar una trama policíaca en una estructura novelesca, una posibilidad de la que muchos autores y críticos dudaban. Su argumento se centraba en la desaparición de un famoso diamante dentro de un entorno social reducido. El aspecto técnico más relevante de la novela es que la narración utilizaba un punto de vista múltiple, es decir, el narrador es plural, lo que agiliza y añade sobreinterés al relato. Algo semejante sucedía ya en *Cazador cazado.* En la piedra lunar hay una investigación criminal y un auténtico detective —y en este caso perteneciente a la policía—, el sargento Cuff, un investigador metódico, perspicaz, extraño y amante de las rosas.

ARTHUR CONAN DOYLE

El creador de la figura inmortal del detective Sherlock Holmes nació en Edimburgo el 22 de mayo de 1859 en el seno de una familia de clase media e ilustrada. En 1876 inició la carrera de medicina que ejercería sin especial relevancia profesional hasta que el éxito literario le llevara a dedicarse exclusivamente a su verdadera vocación: la literatura. Ya en 1879 vendió al diario *Chamber's Journal* su primer relato: *El misterio del valle de Sassana*, una historia de corte fantástico. Si bien esta y otras obras primerizas obtendrían muy escaso éxito. En 1886, el joven doctor Doyle, ya casado, veía cómo su consulta apenas le daba para ganar un sustento digno mientras que su literatura tampoco acababa de asentarse comercialmente. Fue entonces cuando empezó a pensar en escribir una historia detectivesca, un género narrativo que desde los tiempos de Poe gozaba del favor del público. Lector atento y entusiasta tanto de Poe como del francés Gaboriau, que había creado la figura del detective Lecop, se propuso crear un detective superior a los creados por los dos autores mencionados. Para ello tomó como modelo la figura de un antiguo profesor suyo, el doctor Joseph Bell, un hombre delgado, de frente despejada y nariz aguileña y que era famoso por su «ojo clínico», es decir, por su alta capacidad para observar los síntomas y detectar y diagnosticar las enfermedades de los pacientes que acudían a su consulta aun antes de que estos le hubieran contado sus males. Será precisamente esa mirada «científica» que incorpora a su héroe Sherlock Holmes la clave del éxito del personaje. Su otro gran acierto narrativo residió en la elección de un narrador ingenuo que iba a encarnar «la visión» del hombre normal, el doctor Watson, curiosamente ex médico militar de profesión, que al actuar como una especie de Sancho Panza realzará por contraste la superioridad de la mente prodigiosa de Holmes.

A partir de esta idea, Conan Doyle escribió dos novelas largas protagonizadas por su nuevo héroe que fueron discretamente acogidas. El éxito real no saltaría hasta que Doyle traspasó a sus personajes desde el formato de las novelas largas a los límites de la narración corta. Los tres primeros cuentos que fueron apareciendo de manera periódica en la revista *Strand* desde julio de 1861 y que luego se integrarían en el libro *Las aventuras de Sherlock Holmes* supusieron un verdadero éxito de masas y Doyle se convirtió en el escritor mejor pagado de su tiempo. Tal éxito superó las expectativas del autor, que incluso se sintió molesto porque el éxito de Holmes había hecho olvidar todas sus obras anteriores. De ahí que al publicar el segundo libro de relatos con las historias de Holmes y Watson, decidiera matar al protagonista en el último cuento, *El problema final,* intentando así librarse de la fama de un personaje que oscurecía su propia personalidad de autor. En mala hora se le ocurrió, porque desde entonces sus lectores, sus amigos y editores no dejaron de presionarle para que Holmes reapareciera en sus escritos. Fracasado en su intento de dejar de ser solo el creador de Holmes, en 1901 publicaría en la revista *Strand* y en forma de episodios semanales una novela larga con el demandado detective como protagonista —con la preocupación de hacer ver que esa aventura era de una fecha anterior a su «muerte»—, *El sabueso de los Baskerville,* que fue un éxito de ventas extraordinario. Dos años más tarde, ya resignado a que su personaje vampirizase todo el resto de su obra, «resucitaría» al héroe en una nueva colección de relatos: *El regreso de Sherlock Holmes.* Un éxito que le perseguiría hasta su muerte y que ha hecho olvidar que Conan Doyle es el autor también de magníficas obras de fantasía, misterio y ciencia-ficción como sus novelas *El valle del miedo* o *El mundo perdido.* Hoy apenas nadie visita la casa natal del autor mientras una fila interminable de turistas y curiosos visita la casa de Baker Street donde «habitaba» su héroe imaginario.

MAURICE LEBLANC

Nacido en 1864, murió en 1941 y ocupa uno de los lugares más destacados en la llamada escuela francesa de la literatura policíaca. Entusiasta lector en su primera juventud de autores como Émile Zola o Guy de Maupassant, trabajó durante muchos años en el mundo del periodismo. En 1904 y por encargo del director de una revista, publicó *El arresto de Arsène Lupin,* creando en esta historia uno de los héroes, Arsène Lupin, más populares de la novela policíaca. Jean Paul Sartre, el famoso filósofo existencialista francés, recordaba por ejemplo la enorme influencia que supuso la lectura de sus aventuras durante su infancia y adolescencia. Arsène Lupin era una réplica de Sherlock Holmes. Su contrafigura. En cierto modo encarnaba el espíritu «chovinista» francés frente a la soberbia británica. Lupin pertenecía a los detectives-aventureros, aunque bien dotado para el análisis y la observación lógica. Pero es sobre todo una especie de fantasma que en cada aventura toma una personalidad diferente. Es un hombre volátil, moderno, amante de los nuevos medios de comunicación, deportista, mundano. Las novelas más famosas de Leblanc son *La aguja hueca* y *El tapón de cristal.*

GASTON LEROUX

Nacido en 1868 y muerto en 1917, este escritor francés ocupó un lugar gemelo al de Leblanc en la narrativa policíaca francesa. Gaston Leroux desde muy joven se sintió tentado por lo que él llamaba «el demonio de la Literatura». A los 18 años publicó su primer poema dedicado al gran poeta romántico Alphonse de Lamartine. Se licenció en Derecho y entró a trabajar en el despacho de un famoso jurista donde se puso en contacto con la Administración de Justicia, los Tribunales y la Policía. A los 20 años heredaba una fortuna de más de un millón de francos, herencia que dilapidó en breve tiempo llevado por su afición a los juegos de cartas y azar. Arruinado, comenzó a trabajar en el mundo del periodismo, desempeñando tareas de redactor de «sucesos» primero en el diario *L'echo* de París y más tarde en *Matin*. Pronto se hará famoso por su osadía e iniciativa como reportero. Se dice que una vez logró entrevistar, haciéndose pasar por un eminente criminólogo, a un preso que permanecía en la cárcel en régimen de rígido aislamiento. Aquella hazaña periodística incrementó su reputación y supuso el cese del director de la cárcel. Por entonces hizo sus primeros pinitos como autor teatral sin demasiado éxito.

En 1907 se adentró en la escritura de su primera novela policíaca, *El misterio del cuarto amarillo*, que apareció por entregas en una revista y que supuso un enorme éxito comercial. Nacía así el detective Rouletabille («Rueda-tu-bola»), que comparte con su autor la condición de periodista. Escribió también novelas y relatos de terror y aventuras convirtiéndose en uno de los escritores más populares de su tiempo. Valga recordar que su novela *El fantasma de la ópera* todavía hoy, en su versión de musical, sigue representándose con éxito.

GILBERT KEITH CHESTERTON

Nacido en Londres en 1874, sus primeros intereses artísticos estuvieron dirigidos hacia la pintura. Periodista de renombre, trabajó durante un tiempo como asesor literario con un editor especializado en el espiritismo y en las filosofías esotéricas. Como periodista mantuvo siempre actitudes y opiniones liberales y se opuso al excesivo racionalismo y cientificismo que dominaba la época. En 1922 se convirtió al catolicismo. Escritor polifacético, destacó como novelista de fino humor en novelas como *El hombre que fue Jueves* y *La esfera y la cruz,* pero su fama imperecedera como escritor la debe a sus cuentos policiales. La primera selección de ellos apareció en 1911 con el título *El candor del padre Brown*, donde la figura de aquel cura detective, regordete, vulgar, cargado de paquetes, corto de andares —tomado al perecer de un personaje real, el padre O'Connor—, sorprendió al público con su sabiduría detectivesca. A este volumen seguirían otros cuatro con el mismo protagonista: *La sabiduría del padre Brown* (1911), *La incredulidad del padre Brown* (1926), *El secreto del padre Brown* (1927) y *El escándalo del padre Brown* (1936), que supusieron el éxito para el autor y la fama para el entrañable sacerdote.

EMILIA PARDO BAZÁN

Doña Emilia Pardo Bazán es una de las grandes novelistas de la llamada generación de 1868 en la que también se encuadran autores como Benito Pérez Galdós, José María de Pereda o Leopoldo Alas «Clarín». Emilia Pardo Bazán nació en 1851 en A Coruña, en el seno de una familia aristocrática, y fue una especie de niña «empollona» que pronto mostró un especial gusto por la lectura y la escritura. Al parecer a los siete años ya había leído la Biblia y el *Quijote*. Se casó muy temprano y se instaló en Madrid, aunque permanecía largo tiempo haciendo viajes por Europa, lo que le permitió estar al tanto de la actualidad cultural. Fue ella precisamente la que dio a conocer en España la nueva escuela de la novela francesa, el Naturalismo, que defendió con vehemencia. Dicha escuela, que defendía una visión de la realidad muy centrada en el ambiente social y en los factores de la herencia, tuvo en Émile Zola su fundador y representante. El naturalismo de la Pardo Bazán no siguió de modo exacto las enseñanzas del autor de *Naná* o *La tierra*. En novelas, como *Los pazos de Ulloa* o *Madre Naturaleza* esta autora aclimata el naturalismo a una visión tradicional y espiritual.

Mujer de fuerte carácter y personalidad, fue una abanderada en la práctica de los primeros impulsos de los movimientos feministas. Mantuvo una amistad íntima con Pérez Galdós y fue uno de los ejes de la vida literaria de su tiempo. Escribió en todos los mejores periódicos de su época y dio a conocer sus cuentos y relatos en las revistas más conocidas. En ellas publicó una serie de relatos policíacos en los que pretendía de algún modo dar una réplica al método experimentalista de Sherlock Holmes. Además de *Nube de paso,* cabe destacar su relato *Una gota de sangre.* Falleció en Madrid en 1921.

JACQUES FUTRELLE

Norteamericano, nació en 1875 y falleció en 1912. Fue periodista y autor de obras teatrales que merecieron éxito popular. Sus padres le educaron en el gusto y aprecio por la Literatura y comenzó su carrera profesional como periodista, especializándose en deportes. Más tarde cubrirá como editor la guerra de Estados Unidos contra España en 1898. Durante un tiempo abandonó el periodismo para trabajar en un teatro dirigiendo y escribiendo distintas piezas teatrales. Volvió al periodismo trabajando en diversos diarios de la cadena de prensa del famoso William R. Hearts, el magnate que inspiró a Orson Welles su conocida película *Ciudadano Kane,* e inició la publicación de los relatos policíacos en los que dio a conocer con éxito al detective Augustus Van Dusen, conocido como la Máquina Pensante, y donde recoge los elementos más estrictamente científicos de Holmes y le otorga una sabiduría omnisciente que roza casi el absurdo y cae en un endiosamiento que algunas veces nos hace sonreír por exagerado. Este detective aparece siempre acompañado, siguiendo el modelo clásico, por el reportero Hutchison Hacht.

En 1912 Futrelle viajó a Europa en compañía de su esposa y dio a conocer sus libros a importantes editores europeos. Para el viaje de regreso compró billetes para el viaje inaugural del trasatlántico *Titanic,* en el que murió al naufragar el barco, logrando sobrevivir su esposa. Sus relatos más conocidos están agrupados en los libros *La Máquina Pensante* y *El amo del diamante.*

DASHIELL HAMMETT

Samuel Dashiell Hammett nació en los Estados Unidos en 1894 y murió en 1961. Era un hombre nacido en los márgenes de la miseria que a los 13 años, sin apenas haber recibido estudios, se había visto obligado a ganarse la vida en múltiples y precarios empleos y que durante su primera juventud trabajaría en la renombrada agencia de detectives Pinkerton, donde llevó a cabo tareas de muy diverso tipo, desde seguir a una esposa infiel hasta «dar una lección» a algún sindicalista molesto. En la Primera Guerra Mundial enfermaría gravemente de los pulmones, y durante su convalecencia empezó a escribir relatos policíacos y a enviarlos a las revistas siendo en una de ellas, *Black Mask,* donde se publicarían sus primeros cuentos que fueron bien recibidos y le decidieron a dedicarse a la escritura. Entre 1929 y 1932 —no olvidemos que 1929 es el famoso año del Crack económico mundial que dio origen a una larga era de depresión y miseria— escribiría cinco novelas entre las que se encuentra *El halcón maltés*, con las que alcanzaría fama, dinero, y el respeto y admiración de la más exigente crítica literaria. Inexplicablemente, no escribiría más novelas. Llamado por Hollywood para trabajar como guionista, su vida adquirió caracteres de leyenda. Dilapidaba fortunas, vaciaba existencias de whisky, era el galán de moda en una sociedad donde la seducción y el sexo eran la moneda corriente, pero al mismo tiempo Hammett fundaba un sindicato de guionistas, participaba en movimientos políticos anticapitalistas y acabaría por ser condenado a la cárcel cuando la política reaccionaria del gobierno, simbolizada en la famosa «caza de brujas» del senador McCarthy, decidió perseguir a todos los intelectuales sospechosos de filocomunistas. En 1961, y casi en el olvido, moriría en un hospital.

Como escritor de literatura policíaca la figura de Hammett es comparable a la de Poe. Si este fundó la novela policíaca de tono analítico y racionalista, el autor de *Un hombre llamado Spade* fue el creador de la llamada «novela negra», que supondría un giro radical en la evolución del género al dar vida a un tipo de héroe —ya sea el agente de la Continental, el hombre delgado o Sam Spade— que sin renunciar a sus capacidades de investigador pone en acción otras facultades como la osadía, el valor, la valentía o la astucia, más consecuentes y necesarios para sobrevivir en el mundo violento y corrupto que le rodea.

RAYMOND CHANDLER

Si Hammett nació en una familia humilde y su vida estuvo llena de obstáculos, esfuerzos y episodios broncos, la vida de Raymond Chandler, su continuador y con quien compartió el prestigio de fundador de la novela negra, es radicalmente distinta en cuanto a los primeros años de su biografía. Nacido en 1888 en Chicago y en el seno de una familia acomodada, a los 8 años se marchó a vivir a Inglaterra donde recibió una esmerada educación en los mejores colegios británicos. Se inició en el mundo literario como crítico y profesor, y una vez de vuelta a California, se dedicó con éxito a los negocios petrolíferos. Casado en 1924, Chandler entró en una especie de furia autodestructiva en la que el alcohol y las infidelidades conyugales ocupaban un lugar destacado hasta que acabó siendo despedido de su empleo. Fue entonces cuando retomó su viejo proyecto de convertirse en escritor.

Entre 1933 y 1939 publicó más de 25 relatos en la revista *Black Mask* con la pretensión de que escribir esa clase de relatos que había descubierto leyendo a Hammett «podía ser una buena manera de intentar aprender a escribir narrativa». Sin duda con tal «entrenamiento» literario aprendió a escribir excelentes novelas en las que sin perder el aire propio de la novela negra introdujo una sensibilidad literaria más refinada y poética. Sus obras principales, además de sus relatos, son *El sueño eterno, Adiós muñeca, La dama del lago* y *El largo adiós*. Su protagonista, el investigador privado Philip Marlowe, es un auténtico mito ya no solo de la novela policíaca moderna, sino de la literatura universal. La aparición de las novelas lo convirtió en un escritor de enorme éxito y pronto fue tentado por la industria cinematográfica de Hollywood no solo para adaptar al cine sus historias y relatos, sino también para colaborar como guionista. En ese ambiente volvió a recaer en una fase de autodestrucción con los ingredientes ya conocidos: demasiadas copas y demasiadas mujeres (a pesar de la adoración que sentía hacia su esposa). Finalmente recuperó la tranquilidad vital y se instaló en la costa californiana. En 1959 falleció en la ciudad de La Jolla, California.

ENLACES

LA LITERATURA POLICÍACA: ¿CUENTO O NOVELA?

Por sus propias características, una antología de textos literarios como la que estamos presentando ha tenido que inclinarse necesariamente por una selección de relatos cortos, *short stories* en inglés, frente al otro «formato» tradicional del género: la novela. En ambos tipos el género policíaco se ha desarrollado de modo espléndido. El cuento, continente que Poe consagra, por su extensión parece el formato más adecuado para aquellas historias en las que «el enigma» es el factor de más peso y en las que lo importante parece residir en la «sorprendente brillantez» con la que el héroe-detective lleva a cabo su misión reveladora. La sorpresa conlleva celeridad y esa celeridad se adapta mejor a la extensión del cuento que al «largo recorrido» de la novela. No es de extrañar por tanto la abundancia del cuento dentro de la literatura policíaca y no dejan de ser significativas las dificultades que encontró un autor como Conan Doyle para transplantar a Holmes al formato novela.

La novela constituye un espacio más amplio y en el que la intriga se desenvuelve y construye de modo más lento: lo importante sigue siendo la desembocadura: el descubrimiento final, pero los meandros adquieren una relevancia especial. La novela permite una demora en la trama, el juego de las sospechas y de los sospechosos. Por otro lado, la novela permite, frente al cuento, la construcción del entorno social donde el crimen o el delito tiene lugar, de ahí que la novela negra encuentre en ese formato el molde ideal, puesto que ya no se trata tanto de mostrar una investigación o un investigador sorprendente como de retratar el ambiente de corrupción e inmoralidad que rodea al mundo del crimen.

En *Diez negritos,* la escritora Agatha Christie, llamada por muchos la Reina del Crimen y creadora del detective Hercules Poirot, explota todas esas posibilidades de la novela. Se trata de una historia clásica: diez personas de clase media van a pasar unos días juntos en una mansión aislada situada en una isla. Se comete el primer crimen y todos sienten que cualquiera de ellos es sospechoso. Se comete un segundo crimen y sucede otro tanto. Lo sorprendente es que la ola de crímenes no cesa. Los diez morirán asesinados. Cuando ya solo quedan dos supervivientes (cada uno piensa que el asesino es el otro) la novela se convierte casi en una novela de terror. Pero cuando ya solo queda uno vivo (y sabe que él no es el asesino) el misterio roza lo fantástico. El final sorprendente encontrará una solución lógica e inesperada.

El francés Georges Simenon, creador del comisario Maigret, un policía sin capacidades sorprendentes pero buen conocedor de la psicología humana, logra en novelas como *El perro canelo* no solo mantener el suspense sobre la autoría de un crimen sino retratar al mismo tiempo la vida de las gentes humildes: sus problemas, sus miedos, sus deseos, sus traumas. En la novela citada Maigret se desplaza a un pequeño pueblo del interior de Francia donde ha aparecido el cadáver de un desconocido. El comisario, más que interrogar a la gente, habla con ellos, les hace comentar los pequeños detalles de la vida cotidiana, por ejemplo ese perro canelo que algunos dicen haber visto en las cercanías de la estación de tren. En la cantina de la estación prosigue sus conversaciones y poco a poco irá construyendo una hipótesis, una explicación. Lo importante no parece tanto encontrar al asesino sino ir mostrando la vida cotidiana de las gentes, el ambiente social, las dificultades del vivir.

Patricia Highsmith, una de las más grandes escritoras del género policíaco contemporáneo, se caracteriza en sus novelas por plantear una visión fría, egoísta y materialista del crimen. En su obra *A pleno sol (El talento de Ripley),* nos presenta a Ripley, un joven sin escrúpulos morales que asesina a un amigo rico y, falsificando su firma, se hace pasar por él logrando así disfrutar de sus bienes y cuentas corrientes. Lo llamativo de este personaje es su cinismo, su falta de culpa; y más sorprendente resulta que al final «no paga» su crimen. Esta ruptura del código moral en el género no deja de ser un buen ejemplo de la novela policíaca más actual. Se han hecho al menos dos versiones cinematográficas de esta obra.

En *La promesa,* el gran escritor suizo Friedrich Dürrenmatt plantea una curiosa cuestión: si las novelas policíacas están hechas con una lógica rigurosa y con la precisión propia de un mecanismo de relojería, ¿qué sucede con el azar, algo tan presente en la vida real? Para responder a esta pregunta su novela nos va contando la historia de una niña que aparece muerta en el bosque y que el policía encargado de resolver el caso pronto relaciona con otros crímenes semejantes. (Hay una versión cinematográfica de esta obra rodada en 1958 por Ladislao Vajda con el título de *El cebo* y otra de 2001 dirigida por Sean Penn, titulada *El juramento*). El detective investiga y acaba por proyectar una especie de trampa para capturar al asesino. Sin embargo, algo sucede, el azar, que impedirá ese final previsto.

A modo de antología virtual de la novela policíaca propondríamos la siguiente selección que a nuestro entender permitiría a cualquier lector hacerse una idea sobre la historia de «la novela policíaca».

- *La piedra lunar,* de William Wilkie Collins (1868). [Madrid, Suma de Letras, 2001].
- *El perro de los Baskerville,* de Arthur Conan Doyle (1902). [Madrid, Editorial Edaf, 2002].

- *El misterio del cuarto amarillo,* de Gaston Leroux (1908). [Madrid, Alianza Editorial, 2003].
- *El tapón de cristal*, de Maurice Leblanc (1912). [Madrid, Anaya, 1994].
- *Cosecha roja,* de Dashiell Hammett (1929). [Madrid, Alianza Editorial, 2003].
- *El perro canelo,* de Georges Simenon (1931). [Barcelona, Tusquets Editores, 2003].
- *El cartero siempre llama dos veces,* de James M. Cain (1934). [Barcelona, Círculo de Lectores, 2002].
- *Diez negritos,* de Agatha Christie (1939). [Barcelona, Editorial Molino, 2003].
- *El largo adiós,* de Raymond Chandler (1953). [Madrid, Editorial Debate, 1996].
- *Extraños en un tren,* de Patricia Highsmith (1950). [Barcelona, Editorial Anagrama, 2002].
- *La promesa,* de Friedrich Dürrenmatt (1958). [Barcelona, Noguer Ediciones, 1990].

LA LITERATURA POLICÍACA EN LENGUA ESPAÑOLA

La literatura policíaca no es un género que haya florecido en España. Esta ausencia se ha querido explicar de distintos modos. El argumento más convincente para explicar esta «anomalía» parece residir en la propia peculiaridad de nuestra historia. España es un país que dentro de la órbita occidental se desarrolla con un fuerte retraso. En realidad el siglo XIX y gran parte del XX es la historia de una nación que «perdió» el tren del desarrollo económico, social y cultural y que no ha conseguido «engancharse» a la modernidad hasta fechas bastante recientes. Este retraso es el responsable de que el terreno abonado para el nacimiento y desarrollo de lo policíaco —la concentración de la mayoría de la población en los entornos urbanos— no existiese en el grado suficiente. España, hasta la década de los sesenta del siglo pasado, era un país eminentemente rural y en ese contexto es difícil que la literatura policíaca brotase y fructificase.

A pesar de estos condicionantes, algunos autores del siglo XIX no permanecieron ajenos a lo policíaco. Es el caso de Pedro Antonio de Alarcón, que en su relato *El clavo* plantea el descubrimiento de un asesinato en el que no falta el protagonismo de un juez con cualidades de investigador analítico. Pero será la escritora Emilia Pardo Bazán la que mejor y de modo más continuo se interese por el género publicando a lo largo de su vida una docena de relatos policíacos bien logrados literariamente. Destacan entre ellos *La gota de sangre,* en el que aparece el típico detective aficionado, Ignacio Selva, que para salir del aburrimiento investiga un crimen en el que se ve implicado. El detective de la Pardo Bazán reniega de los métodos racionalistas o científicos para apoyarse en «la intuición», en lo psicológico, lo que le sitúa más cerca del padre Brown que de Holmes. Otros excelentes relatos policíacos de la Pardo Bazán son *Nube de paso* y *El aljófar,* cuento este último donde la investigación la lleva a cabo un guardia civil.

Durante la primera mitad del siglo XX la literatura policíaca española se concentra en la «novela popular» o de quiosco, de ediciones muy baratas y de nula o muy escasa entidad literaria.

En 1953 el escritor Mario Lacruz publica su novela *El inocente,* que debe ser considerada además de como una de las mejores aportaciones de nuestra literatura al género, como un libro precursor de un corpus de novelas y autores que a partir de los años sesenta trabajan con éxito literario y comercial el género policíaco. Títulos como *Las hermanas coloradas* de Francisco García Pavón, creador del personaje de Plinio, un policía municipal de pueblo que se erige en singular detective, o *Tatuaje,* de Manuel Vázquez Montalbán, asentaron y dieron prestigio a este género literario entre nosotros. Precisamente este último autor fue el que realmente legitimó y popularizó lo policíaco en España a través de la serie de novelas que constituyen la llamada serie Carvalho, en alusión al detective que las protagoniza: *En los mares del Sur* o *Asesinato en el Comité Central* son dos obras relevantes de esta serie en la que el autor analiza el trasfondo político y económico de la España contemporánea. *Prótesis* de Andreu Martín y *Qué hacer* de Juan Madrid son también una buena muestra del trabajo de estos autores que lentamente han logrado asentar el género —más en clave de novela negra que en novela de análisis— en nuestro país.

EL CINE Y LA LITERATURA POLICÍACA

El cine, que, no lo olvidemos, nace como «una atracción de feria», ha buscado siempre satisfacer la curiosidad del público hacia los crímenes, los asesinos, los juicios criminales, robos espectaculares y demás delitos. En ese sentido el cine es continuador de esos «cantares de ciegos» que desde la Edad Media forman parte de la llamada cultura popular. Y evidentemente la industria cinematográfica descubrió pronto que la literatura policíaca era una excelente fuente de argumentos, así como que los escritores que la practicaban podían escribir también excelentes guiones, ya basados en sus propias obras, ya originales. Puede decirse por tanto que siempre ha habido una especial sociedad entre el cine y las narraciones policíacas. En el caso de la novela negra se ha llegado además a una especie de fusión y ya es difícil distinguir qué le debe el cine a la literatura y qué la literatura al cine. Recordemos que autores como Dashiell Hammett o Raymond Chandler trabajaron en Hollywood y que sus historias y novelas pasaron muy pronto a la pantalla. El cine explotó muy especialmente la figura de los gángsteres, el Chicago de Al Capone y la «ley seca» y la figura de los detectives melancólicos y cínicos, pero también los relatos tradicionales de Poe, Conan Doyle, Gaston Leroux o Simenon.

Os vamos a proponer algunos títulos de películas que si tenéis ocasión de ver —en la tele, en DVD o en pantalla— no deberíais perderos:

- *El misterio del cuarto amarillo*, MARCEL L'HERBIER (Dir.), 1930. (Basada en la novela del mismo título de G. Leroux).

- *El pequeño Cesar,* MERVYN LE ROY (Dir.), 1931.
- *Emilio y los detectives,* GERHARD LAMPRECHT (Dir.), 1931.
- *Scarface «Cara cortada»,* HOWARD HAWKS (Dir.), 1932.
- *La mujer del cuadro,* FRITZ LANG (Dir.), 1944.
- *El sueño eterno,* HOWARD HAWKS (Dir.), 1946. (Basada en la novela del mismo título de Raymond Chandler).
- *La dama del lago,* ROBERT MONTGOMERY (Dir.), 1946. (Basada en la novela del mismo título de Raymond Chandler).
- *La ventana indiscreta,* ALFRED HITCHCOCK (Dir.), 1954.
- *Testigo de cargo,* BILLY WILDER (Dir.), 1957.
- *Sed de mal,* ORSON WELLES (Dir.), 1958.
- *La vida privada de Sherlock Holmes,* BILLY WILDER (Dir.), 1970.
- *El largo adiós,* ROBERT ALTMAN (Dir.), 1973. (Basada en la novela del mismo título de Raymond Chandler).
- *El amigo americano,* WIM WENDERS (Dir.), 1977. (Basada en la novela *El juego de Ripley* de Patricia Highsmith).
- *Ausencia de malicia,* SYDNEY POLLACK (Dir.), 1981.

OTRAS MIRADAS

Raymond Chandler nos presenta algunas claves para la construcción de la novela policíaca. Conviene tener en cuenta sus apreciaciones ya no solo para escribir esta clase de narraciones, sino para aprender a leerlas...

Comentarios informales sobre la novela policíaca.

1. *La novela policíaca debe tener motivaciones creíbles, tanto en la situación inicial como en el desenlace. Debe presentar acciones verosímiles de gente verosímil en circunstancias verosímiles, teniendo en cuenta que la verosimilitud es, en gran medida, cuestión de estilo. Esto descarta la mayoría de los finales tramposos en los que el personaje menos probable resulta ser el asesino, sin que nadie quede convencido.*

2. *El relato debe ser técnicamente correcto en lo referente a los métodos de homicidio e investigación. Nada de venenos fantásticos ni de errores como una muerte por dosis insuficiente, etc. Nada de serpientes trepando por el cordón de la campanilla. Si el detective es un policía profesional, tiene que comportarse como tal y poseer las cualidades físicas y mentales necesarias para su trabajo. Si se trata de*

un investigador privado debe conocer, al menos, las rutinas policiales en un grado suficiente como para no hacer el ridículo. El relato debe tener en cuenta el nivel cultural de sus lectores.

3. El relato policíaco debe ser realista en cuanto a caracterización, ambientación y atmósfera. Debe describir personas reales en un mundo real.

4. El desenlace ideal es aquel en el que todo queda claro en un rápido estallido de acción. La solución, una vez revelada, debe parecer inevitable.

5. El enigma debe superar al lector medianamente inteligente. Esto, y el problema de la honestidad, son los dos elementos más peliagudos de la novela detectivesca. Puesto que existen toda clase de lectores, algunos de ellos adivinarán la solución mejor escondida y otros se dejarán engañar por la trama más transparente (¿acaso algún lector moderno se dejaría engañar por La liga de los pelirrojos?). Pero al verdadero aficionado a las novelas de misterio no es necesario, ni siquiera deseable, engañarlo del todo. Un misterio semiadivinado resulta más intrigante que el que mantiene al lector completamente perdido.

6. La novela policíaca debe castigar al criminal de un modo u otro, aunque no necesariamente por medio de los tribunales de justicia. En contra de la opinión popular, esto no tiene nada que ver con la moralidad. Forma parte de la lógica del género. Sin ello, la historia sería como un acorde musical sin resolver. Dejaría una sensación de irritación.

7. La novela policíaca debe ser aceptablemente honrada con el lector. No basta con presentar los hechos. Hay que presentarlos honradamente, y debe tratarse de hechos a partir de los cuales se pueda razonar. No solo no se deben ocultar al lector pistas importantes; tam-

poco hay que distorsionarlas con un falso énfasis. Los hechos sin importancia no deben presentarse de manera que parezcan trascendentales. Sacar conclusiones de los hechos constituye el oficio del detective, pero este debe revelar sus pensamientos lo suficiente como para que el lector pueda pensar con él.

8. *La trama amorosa casi siempre debilita el misterio, porque introduce un tipo de tensiones que son antagónicas a los esfuerzos del detective por resolver el problema. Complica la situación inútilmente. El único tipo de trama amorosa eficaz es la que genera un peligro personal para el detective... pero, al mismo tiempo, uno sabe instintivamente que será episódica. Un buen detective nunca se casa.*

Raymond Chandler, *Chandler por sí mismo*,
Trad. de Juan Manuel Ibeas. Debate, 1990.

El novelista Juan José Millás, autor de una original novela policíaca para jóvenes, *Papel mojado*, se ha interesado en repetidas ocasiones por el género. Presentamos un texto en el que aborda el problema del «cuarto cerrado», presente en algunos de los relatos de esta *Antología,* y una pequeña joya por su rareza: lo que podríamos considerar un «poema policíaco».

El esquema del recinto cerrado es simple; se trata de situar la escena del crimen en el interior de una habitación cuyas ventanas y puertas están cerradas por dentro, de manera que parece imposible averiguar por dónde puede haber escapado el criminal. Poe lo plantea con brillantez y con ciertos toques de terror en Los crímenes de la calle Morgue. *Pero no hay autor de novela policíaca que se haya resistido a abordar este tema en busca de soluciones cada vez más complicadas e ingeniosas.*

La obsesión por el problema del «recinto cerrado» ha llegado, en forma de parodia, a España de la mano del no-

velista y director de cine Gonzalo Suárez. *No puedo resis-*
tirme a citar su magnífico cuento La víctima en la alfom-
bra, en el que de forma humorística y con cierta distancia
irónica hace su propia aportación al género. En este cuen-
to, después de una breve introducción de orden filosófico,
se nos dice: «La encontraron muerta encima de la alfom-
bra. La habitación estaba cerrada con llave y ella no llevaba
puesto ningún vestido. Su cuerpo había sido brutalmente des-
trozado...». Después de algunas páginas en las que la in-
triga va subiendo de tono debido a la sabia utilización de
todos los elementos pertenecientes al género, llega el final
divertido e irónico: la víctima era una mosca.

Juan José Millás, Introducción a Edgar Allan Poe,
en El escarabajo de oro, Anaya, 1982.

La casa no es muy grande, sin embargo
mi asesino se ha podido instalar en un rincón
junto a la caja donde
transporta sus herramientas criminales.
Cenamos juntos cuando vuelvo yo
de la jornada infame de trabajo.
Después me acuesta con un beso en la frente
y me cierra los párpados.
Yo inmovilizo los pulmones para
no respirar su aliento,
un aliento mortal que ha de matarme
un día.

Juan José Millás, De corpore insepulto, El Crotalón, 1987.

Juan Madrid, uno de los autores españoles actuales que en más
ocasiones han transitado por este género, explicaba en una
entrevista cómo la narrativa policíaca contemporánea se nu-
tre de la realidad más cotidiana de nuestras calles.

—*¿Por qué insistes en afirmar que la novela policíaca*
es la épica de nuestro tiempo?

Varios autores

—Porque pienso que personajes como Sam Spade o Philip Marlowe, creados por Hammett y Chandler, o el mismo James Bond de Ian Fleming encarnan hoy al héroe colectivo que en la épica clásica encarnaron figuras como Aquiles, Ulises, el Cid o Roldán. Asumen unos valores colectivos de justicia y denuncia frente a un sistema social corrupto en el que el único valor es el dinero y el beneficio privado.

—¿Crees que esto es propio de la novela negra o ya existía en la novela de investigación tradicional?

—En la novela policíaca tradicional evidentemente hay una figura mítica que es el detective, ya sea Dupin, Holmes o Hercules Poirot, pero en mi opinión son más mitos —personajes casi divinos, con facultades casi divinas— que héroes épicos. El héroe épico no es un hombre con facultades sobrenaturales. El héroe épico tiene unas facultades —y unas debilidades— semejantes a las de las personas normales. Si se distinguen por algo es por su valor, por su capacidad para enfrentarse a un mal concreto que suele estar relacionado con el dinero. Por eso tienen capacidad de representar a los hombres comunes. Cualquiera, en un momento determinado, puede tener ese valor.

—¿Por qué escribiste novelas policíacas?

—Estaba trabajando como periodista e investigaba una serie de actos violentos que se estaban produciendo en el barrio de Malasaña de Madrid, desde asesinatos hasta robos, asaltos a bares, extorsiones. Acabé descubriendo que detrás de todos estos actos había un grupo inmobiliario interesado en crear mala fama a fin de que la gente normal quisiera abandonar ese barrio, que bajasen los precios de las viviendas para comprar a bajo precio y luego «limpiar» el barrio y revender con altísimos beneficios. Lo malo es que esa información no la tenía constatada con pruebas y no podía publicarla en la re-

*vista en la que colaboraba. Fue entonces cuando acudí a
la ficción, a la novela negra.*

Entrevista a Juan Madrid, *Alfoz*, junio de 1984.

Para terminar, un puñado de citas que nos aportan sugerencias
brillantes, incisivas o curiosas sobre nuestro género:

*Leer una narración detectivesca es una manera, inclu-
so agradable, de matar el tiempo. Lo curioso es que nadie
nos persigue como culpables de ese asesinato.*

Oscar Wilde.

*El comienzo está en el fin. Todo, en un poema como en
una novela, en un soneto como en un cuento, debe concu-
rrir al desenlace. Un buen escritor tiene ya vista su última
línea cuando escribe la primera.*

Edgar Allan Poe.

*Es pues muy importante que la novela comporte en sí
misma un secreto. Es necesario que el lector no sepa al comenzar de qué manera terminará. Es necesario que se pro-
duzca un cambio en mí, como lector, que yo sepa al terminar
algo que no sabía antes, que yo no adivinaba, que los demás no adivinarían sin haberla leído; esta necesidad de la
novela, de toda novela, encuentra una expresión particularmente clara, como era de esperar, en formas populares
como la novela policíaca.*

Michel Butor.

*Lo típico del género policíaco, lo mismo en las nove-
las de investigación que en las de acción, no es tanto la
variación de los hechos, cuanto la repetición de un esquema habitual en el que el lector pueda reconocer una
cosa ya vista con la que se había encariñado. Bajo la*

apariencia de una máquina productora de información, la novela policíaca es, sin embargo, una máquina productora de redundancias.... Lo que podemos elogiar en las novelas de Ian Fleming sobre James Bond, el Agente 007, es ese elemento de juego sabido de antemano. Datados de un mecanismo perfecto, dichos artefactos representan unas estructuras narrativas que trabajan con unos contenidos evidentes y que no aspiran a efectuar declaraciones ideológicas especiales. Son máquinas de evasión.

Umberto Eco.

CLÁSICOS JUVENILES

Títulos de la colección

Este libro se terminó de imprimir
en los talleres gráficos
EDELVIVES, en Zaragoza,
el día 20 de febrero de 2004,
Festividad de San Leandro.